KIRSTEN NÄHLE

Schrei am Main

EIN NEST AUS LÜGEN Der 33-jährige Robert hat seiner fränkischen Heimat den Rücken gekehrt und lebt in Kanada. Seit dem grausamen Mord an seiner Schwester Marlene vor 20 Jahren ist der Kontakt zu seiner Familie und nach Deutschland so gut wie abgebrochen. Die Tat wurde nie aufgeklärt. Doch die Krebserkrankung seiner Mutter führt ihn zurück ins Heimatdorf nahe Würzburg. Schon bald trifft er alte Bekannte, auch Freunde seiner Schwester, die damals unter Verdacht standen. Sie wecken in Robert unerwünschte Erinnerungen, da er mit der Vergangenheit abgeschlossen hat. Aber ein mysteriöser Brief und ein Vorfall an Marlenes Grab lassen ihn nicht los. Gemeinsam mit der Privatdetektivin Valentina Wallrapp kommt er der Wahrheit über den Tod seiner Schwester gefährlich nahe. Dabei muss er sich auch der eigenen Schuld stellen.

© Armin von der Linden

Kirsten Nähle unterhielt schon als Kind ihre Familie mit eigenen Geschichten. Später begann sie, diese auch aufzuschreiben. Am Schreiben fasziniert sie, dass sie und ihre Leser in fremde Leben eintauchen und gefahrlos Abenteuer erleben können. Ob als Journalistin oder PR-Redakteurin, ob in Köln, Basel oder Würzburg– die Autorin hat stets auch beruflich geschrieben. Seit 2011 wohnt Kirsten Nähle in ihrer Wahlheimat Würzburg, die sie zu einer Kriminalroman-Trilogie inspiriert hat. Außerdem veröffentlicht die Autorin Kurzgeschichten. Feedback zu ihren Büchern nimmt sie gern auf Instagram oder per E-Mail an kirsten.naehle@ t-online.de entgegen.

KIRSTEN NÄHLE

Schrei am Main

WÜRZBURG-KRIMI

GMEINER

Bei Fragen zur Produktsicherheit gemäß der Verordnung über die allgemeine Produktsicherheit (GPSR) wenden Sie sich bitte an den Verlag.

Immer informiert

Spannung pur – mit unserem Newsletter informieren wir Sie regelmäßig über Wissenswertes aus unserer Bücherwelt.

Gefällt mir!

Facebook: @Gmeiner.Verlag
Instagram: @gmeinerverlag

Besuchen Sie uns im Internet:
www.gmeiner-verlag.de

© 2024 – Gmeiner-Verlag GmbH
Im Ehnried 5, 88605 Meßkirch
Telefon 0 75 75 / 20 95 - 0
info@gmeiner-verlag.de
Alle Rechte vorbehalten
2. Auflage 2026

Lektorat: Claudia Senghaas, Kirchardt
Satz: Mirjam Hecht
Umschlaggestaltung: U.O.R.G. Lutz Eberle, Stuttgart
unter Verwendung eines Fotos von: © RudyBalasko / istockphoto.com
Druck: Custom Printing Warschau
Printed in Poland
ISBN 978-3-8392-0729-1

PROLOG

Warum ist es so dunkel? Meine Augen sind geöffnet und doch sehe ich nichts als Schwärze. Ich liege auf dem Rücken, seltsam verdreht. Es ist unbequem. Mein Kopf pocht schmerzhaft, und das Schlucken fällt mir schwer.

Wo bin ich? Irgendetwas habe ich da am Hals, es kitzelt unangenehm. Ich greife mit der rechten Hand danach. Kühl und ledrig legt es sich um meine Kehle, die so trocken ist, dass ich husten muss.

Das ist ein Gurt, denke ich und fahre mit den Fingerspitzen an ihm entlang. Er endet an einem ebenso ledrigen Gegenstand. Ich benötige einen Augenblick, um diesen als eine Handtasche zu identifizieren. Ist das meine?

Schnell befreie ich den Hals aus der Schlaufe, und mit einem Stöhnen versuche ich, mich zu strecken. Was nicht geht. Meine Sandalen stoßen an etwas Festes. Vorsichtig taste ich die Umgebung unter mir ab. Filzartiger Stoff auf bretthartem Untergrund. Ich richte mich auf und stoße mit dem Kopf an. Sinke zurück und kriege Panik. Ich spreize die Arme, die schnell auf Widerstand stoßen.

Ich bin eingesperrt. Wieso? Mein Herz donnert gegen meine Rippen, während ich zu erfühlen versuche, wo ich bin. Es könnte eine Kiste sein, doch die Form ist zu unklar. Auch riecht es komisch hier drinnen.

Ich liege in einem Sarg, schießt es mir durch den Kopf. Lebendig begraben. Kann das sein? Warum?

Das ist ein Irrtum. Ich bin nicht tot!, schreie ich stumm,

weil Angst mir den Hals zuschnürt. Ich drehe und wende mich so weit es geht. Keuche, weil ich das Gefühl habe zu ersticken.

Das ist nur ein Albtraum, oder? Wach auf, Marlene! Feuchtigkeit läuft mir in die Augen, und ich blinzle. Mit Scham registriere ich, dass es auch zwischen meinen Beinen nass ist. Und dass es dort furchtbar schmerzt. Mit zittriger Hand taste ich unter mein Kleid. Mein Unterleib brennt. Wieso trage ich keine Unterhose? Erst jetzt bemerke ich, dass etwas um meine Fesseln baumelt. Ich winde mich vor Schmerzen, als ich den Slip wieder an die richtige Stelle hochziehe.

Ich muss hier raus.

»Hilfe.« Es ist kaum mehr als ein Flüstern, so geschwächt fühle ich mich. Ich klopfe gegen den Deckel über mir. Hämmere wild drauflos in der Hoffnung, dass mich jemand hört. »Hilfe!«, rufe ich lauter. Tränen laufen mir über die Wangen und ersticken weitere Schreie. Mein Puls dröhnt mir in den Ohren. Trotzdem glaube ich, Stimmen zu hören. Oder spielt mir meine Wahrnehmung einen Streich?

Mama? Papa? Seid ihr das? Falls ja, bitte helft mir.

Ich halte kurz mit dem Klopfen inne. Doch, da ist irgendjemand. Jetzt bin ich sicher, etwas gehört zu haben. Die Stimme kommt näher, wird lauter. Zwar kann ich nicht verstehen, was die Person sagt, doch bestimmt hat sie meinen Hilfeschrei vernommen. Gleich bin ich frei.

Moment mal, sind da etwa mehrere Stimmen? Wem gehören sie? Reden sie über mich? Kommen sie wirklich, um mir zu helfen, oder haben sie mich hier eingesperrt?

Plötzlich öffnet sich der Sargdeckel, und ein Gesicht, das mir vage bekannt vorkommt, starrt mich an. »Mein Gott, was habt ihr getan?«

»Bitte helfen Sie mir«, stoße ich erleichtert aus und setze mich auf.

Doch dann erkenne ich die Person, die neben meinem Retter steht, und die Erinnerung stürzt wie ein Tsunami auf mich ein. Alles in mir verkrampft sich. Ich japse. Gleichzeitig überfällt mich Scham. Wie konnte ich nur so dumm sein? Ich muss weg von hier, oder die Person wird mir erneut wehtun. Von Grauen erfasst versuche ich, aus meinem Gefängnis zu klettern, doch gelingt es mir nicht. Alles schmerzt, und der Schrecken lähmt mich. »Bitte«, dränge ich. »Ich brauche Hilfe.«

Da ist ein Arm, der sich mir entgegenstreckt und nach dem ich dankbar greife. Doch dann verschwindet er wieder, und mein Retter befiehlt etwas. Seine Wut macht mir Angst, aber immerhin hat er die andere Person weggeschickt.

Auch kann ich endlich ausmachen, wo ich bin. Erneut versuche ich, mich aus eigener Kraft zu befreien. Ich möchte nach Hause. Zu meinen Eltern.

Doch grob werde ich zurück in mein Gefängnis gezwungen. Wieder lande ich auf dem Rücken. Ich will mich aufrichten, schreien, doch ein fester Druck auf Mund und Nase verhindert, dass mir auch nur ein Wort über die Lippen kommt.

Tränen fließen mir aus den Augen. Ich trete und schlage um mich. Dabei rutscht mir eine Sandale vom nackten Fuß. Ich bekomme keine Luft, mein Puls rast. Vor lauter Panik beiße ich mir in die Zunge und schmecke Blut.

Ich will das Gesicht über mir zerkratzen, doch es ist zu weit weg. Stattdessen kralle ich die Fingernägel in die muskulösen Unterarme, die mich unbarmherzig quälen.

Ich ziehe die Beine an und bohre die Füße in den harten Boden, um die Hüfte hochzustemmen. Doch es hilft nicht. Mein Gegner ist zu stark.

Wie konnte ich nur so naiv sein? Mich so sehr täuschen? Ich bin selbst schuld. Was wird meine Familie nur von mir denken? So oft haben Mama und Papa mich davor gewarnt.

Ich werde sie nie wiedersehen, schießt es mir plötzlich durch den Kopf. Ich werde hier sterben. Bitte, lieber Gott, ich will nicht sterben. Meine Lunge fühlt sich an, als würde sie jeden Moment zerreißen. Ich denke an meinen kleinen Bruder. Daran, wie sehr ich ihn enttäuscht habe. Es tut mir so leid. Wie gern würde ich ihm das jetzt sagen. Auch, dass ich ihn lieb habe.

Ich sehe meine Eltern vor mir. Ob sie mich schon suchen? Papa. Mama. Ich bin hier. Bitte helft mir. Warum hilft mir denn keiner?

Ich kann nicht mehr. Meine Kräfte schwinden, die Muskeln erschlaffen. Ich hätte zu Hause bleiben sollen. Durch den Tränenschleier hindurch sehe ich ein kleines Stück vom Himmel. Die Sterne schimmern über mir. Sie sind wunderschön. Verblassen. Ich denke an Robert, und Wärme strömt durch mich hindurch. Dann stürze ich in eine tiefe Dunkelheit.

KAPITEL 1
DONNERSTAG, 08. AUGUST 2019

ROBERT

Die Maschine setzt derart holprig auf, dass ich mehrfach aus dem Sitz gehoben werde. Dabei presst sich der Gurt unangenehm in meinen ohnehin schon angespannten Unterleib.

Ich hasse Fliegen. Mit einem Seufzer öffne ich die Augen, während ein paar wenige Passagiere verhalten klatschen. Ich habe noch nie verstanden, warum die Leute bei Landungen applaudieren. Ich meine, der Pilot macht auch nur seinen Job. Mich hat bisher keiner mit Applaus überschüttet, nur weil ich es geschafft habe, Schatten und Beleuchtung bei einem Game effektvoll zu programmieren.

»Sehr geehrte Damen und Herren, herzlich willkommen in Frankfurt am Main, Flughafen. Es ist 15.20 Uhr Ortszeit und es herrschen angenehme Temperaturen von 29 Grad. Vielen Dank, dass Sie sich entschieden haben, mit …«

Angenehme Temperaturen? Scherzkeks. Sofort sehne ich mich nach den 21 Grad in Vancouver zurück, die ich gestern noch genießen durfte.

»Entschuldigen Sie, aber ich müsste an mein Gepäck.« Meine Sitznachbarin hat sich schon abgeschnallt und steht geduckt neben mir. Den ganzen Flug über hat sie kaum eine Minute stillgesessen und ständig Kaugummis gekaut. Den künstlichen Erdbeergeruch habe ich noch immer in der Nase.

Ich rücke meine Brille zurecht und öffne betont langsam die Schnalle des Sitzgurtes. Beobachte die anderen Passagiere, wie sie Gepäckfächer aufreißen, Smartphones einschalten und sich im Gang drängeln, obwohl der voll besetzte Flieger seine Türen noch gar nicht geöffnet hat.

»Das dauert«, sage ich mit gespieltem Bedauern zu meiner Sitznachbarin. »Da kommen wir jetzt nicht ran.« Ich bin wahrscheinlich der Einzige, der keine Eile hat, das Flugzeug zu verlassen. Kein Wunder, da ich es am liebsten gar nicht erst bestiegen hätte.

»Sie machen auf.« Meine Sitznachbarin deutet nach vorn, und die Menschen schlängeln sich durch den engen Gang.

Ich erwische eine Lücke und erhebe mich aus dem Sitz, um das Gepäckfach zu öffnen. Dann lasse ich der Dame den Vortritt, warte, bis alle anderen an mir vorbeigezogen sind, nehme in Ruhe meinen Rucksack und steige aus der Maschine.

Warme Luft und der Geruch von Kerosin erschlagen mich für einen Moment. Am liebsten würde ich mir das Sweatshirt vom Leib reißen, aber ich trage nur ein Unterhemd drunter. Gut, dass ich daran gedacht habe, ein paar T-Shirts einzupacken. Ich bin eher der Typ für Hemden und Anzüge.

Leider gibt es keine Gangway zum Terminal, stattdessen bringen uns zwei Busse zum Flughafengebäude. Allein der Anblick des riesigen Airports, von dem ich als Kind ein paar Mal mit meiner Familie in den Urlaub geflogen bin, bereitet mir leichte Panik. Ich gehöre hier einfach nicht mehr her.

Der Bus hält. Wieder drängelt sich alles an mir vorbei ins Freie. Es sind nur ein paar Schritte bis zur Rolltreppe im Gebäude, die uns ein Stockwerk nach oben trägt.

Die Ausweiskontrolle geht fix, da ich einen deutschen Pass habe, und so folge ich den Schildern zur Gepäck-halle. Das Rollband für meinen Koffer steht noch still. Zeit, E-Mails zu checken. Ich schalte mein Smartphone ein, das ich auch dienstlich nutze. Meinem Geschäftspartner Rory habe ich versprochen, dass ich für ihn erreichbar bin. Das war das Mindeste, nachdem ich von einem auf den anderen Tag abgereist bin und ihn mit einem wichtigen Projekt hängen gelassen habe.

Angerufen hat er nicht, dafür eine E-Mail geschickt. Unser Kunde hat mal wieder ein paar Änderungswünsche. Nichts Besonderes, das kriegt Rory hin. Ich antworte ihm, dass ich mit seiner Vorgehensweise einverstanden bin, dann öffne ich mit angehaltenem Atem wieder die Anrufliste.

Ava hat angerufen. Zweimal. Dann eine *WhatsApp* geschickt, in der sie mich fragt, ob ich schon angekom-men bin und wie der Flug war. Sie ist auch eine, die ich mit meiner ungeplanten Reise vor den Kopf gestoßen habe. Ich antworte ihr, dass alles gut gelaufen ist und ich sie später anrufe. Sofort schäme ich mich, da ich nicht weiß, ob ich es tatsächlich tun werde.

Es kommt Bewegung in die Menge vor dem Band. Die Koffer rollen an. Ich habe Glück, denn meiner ist unter den ersten, und so schnappe ich mir das schwarze Unge-tüm, lasse den Zoll hinter mir und nehme die *Skyline* zum Fernbahnhof.

Schon im Flieger war es komisch, vereinzelt wieder Deutsch zu hören, doch jetzt am Bahnsteig prasseln so viele Stimmen in meiner Muttersprache auf mich ein, dass es wie ein kleiner Kulturschock ist. Obwohl Deutschland ja meine Heimat ist – war.

Natürlich telefoniere ich ab und zu mit meiner Mutter auf Deutsch, aber dann ist es eben nur *ihre* Stimme.

Ich schüttle den Kopf über meine Verwirrung. So lange ist es auch wieder nicht her. Nach dem Studium vor acht Jahren habe ich das letzte Mal meine Mutter in Deutschland besucht. Shame on me. Aber sie ist eben schon lange nicht mehr die Frau, die sie einmal war.

Die Bahn ist zu spät. Wenigstens etwas, das sich in diesem Land nie ändern wird. Ich entscheide mich, eine der Reservierungsanzeigen zu ignorieren, und hoffe, die Person taucht nicht auf. Immerhin ist es nicht weit bis zu meinem Zielbahnhof.

»Nächster Halt: Würzburg Hauptbahnhof. Ausstieg in Fahrtrichtung rechts.« Die Ansage lässt mich aufschrecken. Bin ich doch tatsächlich eingenickt. Lustlos greife ich nach meinem Gepäck. Ein Teil von mir wünscht sich, dass die Reise zum Zielort endlich zu Ende ist, ein anderer, dass ich schon bald nach Vancouver zurückfliegen kann.

Würzburg in Unterfranken. Hier habe ich das Deutschhaus-Gymnasium besucht, mir Actionfilme im Kino angesehen und mich im Dallenbergbad zum ersten Mal verliebt.

Wie mir gleich auffällt, hat sich die Bahnhofshalle zum Besseren gewandelt. Meine Mutter hat mir irgendwann einmal erzählt, dass das gesamte Bahnhofsgelände seit 2012 saniert wird. Das ehemalige Fahrkartenbüro ist einem direkten Zugang zu den Gleisen gewichen, und die unansehnlichen gelben Wandfliesen wurden von einem weißen Anstrich sowie hellen Fliesen abgelöst, die für mehr Freundlichkeit sorgen. Auch die neuen Ladengeschäfte wie Drogerie, Buchhandlung und Bäckerei sowie mehr Sitzplätze und Aufzüge für Rollstuhlfahrer verleihen dem Inneren einen ungewohnt modernen Eindruck.

Der Vorplatz des Gebäudes führt mich zur Straßenbahnhaltestelle und zum Busbahnhof. Auch hier hat sich einiges verändert. Die zahlreichen Bahnhofsbuden sind alle verschwunden. Immerhin steht der Kiliansbrunnen noch an gewohnter Stelle, und der Bus, der Würzburg mit meiner Heimatgemeinde Friedberg verbindet, fährt häufiger als früher, wie ich mit Blick auf den Fahrplan erfreut feststelle. Leider ist es im Inneren des Fahrzeugs nicht klimatisiert. Ich puste mir eine dunkle Haarsträhne aus der mit Schweiß bedeckten Stirn. Ich muss mal wieder zum Friseur. In den letzten Wochen habe ich so viel in der Firma zu tun gehabt, dass selbst dafür keine Zeit war.

»Entschuldigen Sie, Ihr Koffer …« Eine junge Frau, vielleicht 16, spricht mich an. Mein Gepäck steht mitten im Gang.

»Oh, sorry.« Einen Moment lang stockt mir der Atem, und ich starre die Frau, die eigentlich noch ein Mädchen ist, an. Etwas zu lang, wie mir ihre zusammengekniffenen Augen verraten. Verständlich, denn ich bin doppelt so alt wie sie, und mein Glotzen könnte sie fehlinterpretieren. Kaum bin ich zurück in der Heimat, da sehe ich Gespenster.

Schnell ziehe ich den Koffer zwischen meine Beine, die wenig Freiheit genießen. 25 Minuten später steige ich aus. Ein paar Meter von der Bushaltestelle entfernt ist ein Bushäuschen, von der eine andere Linie durch die Gemeinde fährt. Das Häuschen existiert seit über 20 Jahren, genau an dieser Stelle. Der Dorfbus würde mich quasi direkt vor dem Haus meiner Mutter absetzen, es ist nur eine Station.

Doch ein paar Schritte zu Fuß werden mir nach dem langen Herumsitzen guttun.

Trotz Gepäck meide ich die Abkürzung über den Weinbergsweg und folge der kurvigen und steilen Hauptstraße hinauf, vorbei an vertrauten Einfamilien- und Reihenhäusern. Ich bin froh, niemandem zu begegnen. Mein Auftauchen wird sich schnell genug in Friedberg herumsprechen.

Mein Ziel ist ein alleinstehender Bungalow mit Vorgarten, der äußerst ungepflegt wirkt. Die Beete sind vertrocknet, und der Rasen sieht aus, als hätte er seit Wochen keinen Sprenger mehr gesehen. Aber was habe ich nach dem Anruf meiner Mutter auch erwartet? Sie hat andere Sorgen als ihre Blumenbeete. Trotzdem – sie liebt ihren Garten, hat sich immer selbst darum gekümmert. Sogar für Vater waren die Beete tabu. Ich lächle bei der Erinnerung an einen Nachmittag, an dem ich meiner Mutter eine Freude machen wollte und das Unkraut im Garten zupfte. Ich muss elf oder zwölf gewesen sein, meine Kindheit noch unbeschwert.

»Du hackst mir meine schönen Beete kaputt«, schimpfte sie zu Recht, denn ich hatte einige Setzlinge erwischt.

Jetzt, wo ich vor der Haustür stehe, schäme ich mich auf einmal, dass ich so verschwitzt bin. Meine Haare in der Stirn sind nass, und auch unter dem Sweatshirt hat sich Feuchtigkeit angesammelt.

Sie öffnet sofort auf mein Klingeln. Wahrscheinlich hat sie mich vom Küchenfenster aus entdeckt.

»Robert, da bist du ja endlich.« Mutter nimmt mich in den Arm. Sie reicht mir kaum bis zur Schulter. »Du bist blass«, meint sie, nachdem sie sich von mir gelöst hat. »Gibt es in Kanada keine Sonne?«

»Doch«, antworte ich. Aber da ich viel arbeite, bin ich zu selten im Freien. Dein Gesicht hat noch weniger Farbe, denke ich. Die dunklen Ringe, die seit Jahren von Schlafmangel zeugen, heben sich markant auf ihrer fahlen Haut ab. Auch hat sie abgenommen, was mir über *Skype* nicht aufgefallen ist.

Das Haus ist aufgeräumt, und der Geruch nach Putzmitteln drängt sich mir auf.

»Du magst doch in deinem alten Zimmer schlafen, oder?« Meine Mutter lächelt mich an. »Ich kann dir aber auch das Gästezimmer vorbereiten, wenn du das lieber möchtest.«

»Nein, das passt. Danke.« Unser Umgang miteinander wirkt etwas förmlich, aber was habe ich erwartet nach acht Jahren, in denen wir uns nur über Telefon oder Videochat gesprochen haben? Schnell unterdrücke ich das schlechte Gewissen. Es ist nicht meine Schuld. Jedenfalls nicht nur.

Ich bringe das Gepäck in mein altes Schlafzimmer. Natürlich sieht es nicht mehr aus wie ein Kinderzimmer, auch wenn Bett und Kleiderschrank schon immer dort standen, wo sie jetzt stehen. Ich bin kurz vor meinem 20. Geburtstag ausgezogen. Trotzdem erinnere ich mich noch genau an die Poster vom Videospiel *StarCraft*, mit denen ich als Teenager die Wände tapeziert habe. Und auch an meinen ersten PC, auf den ich damals so irre stolz war.

Der Raum nebenan ist das Elternschlafzimmer, in dem jetzt nur noch meine Mutter schläft. Das Zimmer gegenüber ist zugesperrt. Ich schlucke, wende den Blick ab.

»Ich habe dein Lieblingsessen gekocht.« Meine Mutter steht auf einmal hinter mir. »Rinderrouladen.«

Mir wird kurz übel, nicht vor Hunger, sondern weil sie doch eigentlich wissen müsste, dass ich Rouladen nicht mehr esse. Seit fast 20 Jahren nicht. Doch ich zwinge mich zu einem Lächeln, da ich weiß, wie viel Arbeit sie sich gemacht hat, nur um mir eine Freude zu bereiten.

Trotzdem frage ich mich, ob ich das Essen runterkriegen werde. Zwar knurrt mein Magen, doch Rouladen sind für mich zu eng mit der Katastrophe verknüpft, die vor zwei Jahrzehnten über dieses Haus hereingebrochen ist.

KAPITEL 2
FREITAG, 09. AUGUST 2019

VALENTINA

»Wie viele Energydrinks hattest du heute Morgen schon?«
Kris' Stimme ist anzuhören, dass er sich mal wieder über
mich lustig macht.

»Nur zwei. Keine Sorge.« Die beiden leeren Dosen liegen
auf dem Beifahrersitz meines heutigen Dienstwagens. Ich
greife in die Tüte Gummi-Colafläschchen auf der Ablage
und stecke mir drei auf einmal in den Mund. Säße Kris
neben mir, würde er die Augen verdrehen. Zucker, Koffein
und Farbstoffe – nichts hält mich besser wach. Die letzte
Nacht war wie die meisten davor wieder kurz. Um Mitternacht im Bett und um 4.30 Uhr raus für den nächsten Job.

Seit zweieinhalb Stunden sind der Kollege und ich im Einsatz. Kris' Wagen steht nur wenige Meter von meinem entfernt. Über Funk und Handy sind wir in ständigem Kontakt.

»Der Kerl ist jedenfalls kein Frühaufsteher.« Kris gähnt.
»Mein Hintern schläft langsam ein.«

Ich schmunzle. »Jetzt schon?«

»Ja. Ich werde wohl zu alt für den Job.«

»Lange kann es nicht mehr dauern. Es sei denn, er ist
wirklich krank.«

»Ach was. Wird schon was dran sein. Selbst du weißt

doch mittlerweile, wie das läuft.« Kris spielt auf meine Berufserfahrung an, da ich erst seit etwas über zwei Jahren dabei bin. Er dagegen ist mit Ende 40 ein alter Hase. Ich arbeite gern mit Kris zusammen. Es ist immer kurzweilig mit ihm, vor allem, wenn er eine Geschichte aus seiner 20-jährigen Laufbahn auspackt. Gestern haben wir uns zehn Stunden gemeinsam den Hintern wund gesessen, ohne die Zielperson überhaupt gesehen zu haben. Hoffentlich verläuft der heutige Tag anders.

»Arbeitest du am Wochenende?«, fragt Kris.

»Morgen auf jeden Fall.« Ich habe sowieso nichts vor am Samstag. »Sonntag mal sehen. Du?«

»Hab frei. Gott sei Dank.« Es klingt weniger erleichtert, als seine Worte es vermuten lassen. Kris lebt für den Job. Das müssen wir alle, da das Privatleben auf der Strecke bleibt. Na ja, ich habe ohnehin keines.

Endlich tut sich etwas. Die Haustür, die ich seit Stunden fokussiere, öffnet sich. »Er kommt raus.«

»Alles klar.«

»Er nimmt den Wagen. Es kann losgehen.«

Ich höre, dass Kris den Motor startet. »Übernimmst du das Protokoll?«

Ich bejahe und schalte das Diktiergerät an. »Die Zielperson verlässt das Haus mit der Nummer 16 um 7.42 Uhr. Sie steigt in einen schwarzen Passat, Kennzeichen WÜ-KJ-1518.« Ich warte, dass Kris an mir vorbeifährt, bevor ich ebenfalls dem Passat folge.

Nur 15 Minuten dauert die Fahrt, dann hält die Zielperson vor einer Baustelle.

»In derselben Stadt«, höre ich die Stimme des Kollegen. »Nicht zu fassen. Macht sich nicht einmal die Mühe, weiter weg anzuheuern.«

»Leichter für uns«, antworte ich. »Dann kommen wir heute vielleicht schneller ans Material als gedacht.« Ich parke am gegenüberliegenden Straßenrand, sodass ich ungehindert auf die Baustelle schaue. Kris biegt um die Ecke und stellt den Wagen eine Straße weiter ab, um sich dem Gebäude von der anderen Seite zu nähern. Schließlich weiß man nie, aus welcher Perspektive die besten Bilder zu holen sind.

Die Malerarbeiten an der Fassade des Neubaus sind bereits im vollen Gange. Ich nenne dem Diktiergerät nochmals die aktuelle Uhrzeit sowie Adresse und Hausnummer, dann schnappe ich mir die Videokamera, hänge sie mir um und verlasse leise den Dienstwagen. Kris wird nur sein Handy für Aufnahmen nutzen, da zwei Personen mit Kameras – sollte jemand uns sehen – doch sehr auffällig sind.

Es nieselt. Ich binde meine blonden Haare zu einem Pferdeschwanz zusammen und ziehe mir etwas umständlich die Kapuze des Hoodies über den Kopf. Ich mag es nicht, während der Arbeit offene Haare zu tragen. Bei der Länge stören sie mitunter, vor allem wenn es windig ist und sie beim Fotografieren oder Filmen vor die Linse fliegen.

»Ich habe die Jungs gut im Blick«, teilt mir Kris mit. Wir sind immer noch über unsere Smartphones verbunden. Meines ist in der rechten Tasche des Hoodies. Ich trage kabellose Kopfhörer. »Sind sehr fleißig. Auch unser Mann.«

Ich grinse in mich hinein, da ich mir vorstelle, wie Kris gerade irgendwo auf der anderen Seite der Baustelle steht und sich handschriftlich Notizen macht. Von meiner Position aus kann ich ihn nicht entdecken. Schon so oft habe ich ihm den Tipp gegeben, einfach alles ins Handy zu sprechen oder die Notizen-App zu nutzen, doch da ist er altmodisch. Er schreibt alles mit Kuli auf einen Block. Der Chef hat nichts dagegen, denn Kris' Berichte sind einwandfrei und haben den Kunden vor Gericht schon oft den Hals gerettet. Vermutlich tarnt er sich als Spaziergänger, manchmal hat er sogar seinen Basset dabei, um vorzugeben, Gassi zu gehen.

Ich brauche eine Weile, um eine Ecke vor dem Bauzaun zu finden, die von dem Neubau aus nicht so leicht einzusehen ist und gleichzeitig brauchbare Bilder liefert. »Bin auch so weit«, sage ich ein paar Minuten später, nachdem ich einen Baum entdeckt habe, der meinen schlanken Körper zumindest teilweise verdeckt. »Hab unseren Mann auch im Visier.«

»Dass die Leute immer noch glauben, damit durchzukommen.« Kris schnauft. »Und hinterher heulen sie ihrem Arbeitgeber was vor.«

»Ja, von wegen krank. Sieht mir ganz fit aus, so wie er den Strukturroller schwenkt.«

»Wette, die allermeisten von denen arbeiten schwarz. Da würde ich zu gern mal jemanden vorbeischicken.«

Nicht unsere Baustelle, denke ich und filme weiter. Mehrere Stunden lang. Die Jungs machen nicht mal Frühstückspause. Ich bin es gewohnt, mir die Beine in den Bauch zu stehen, doch bin ich trotzdem froh, als Kris um kurz nach 12 Uhr vorschlägt, für ein paar Minuten zurück zu den Autos zu gehen, um etwas zu essen.

Mir kommt die Unterbrechung auch deshalb gelegen, weil ich pinkeln muss und keine geeignete Stelle für das kleine Geschäft gefunden habe. Im Auto habe ich für den Notfall immer ein tragbares Urinal dabei.

»Hey, Sie, was machen Sie da mit der Kamera?«

Ich fahre zusammen. Scheiße, was will der denn jetzt?

Einer der Männer kommt auf mich zugelaufen. Ich beschleunige den Schritt, schaffe es aber nicht rechtzeitig, an ihm vorbeizuziehen. Er öffnet den Bauzaun und stellt sich mir in den Weg.

Ich schlucke. Es ist mir noch nie passiert, dass mich jemand während der Arbeit auf diese anspricht. Wenigstens ist er nicht unsere Zielperson, aber trotzdem ...

Ich versuche, ruhig zu bleiben und mich daran zu erinnern, was ich in der Ausbildung gelernt habe. Wie ich mit der Situation umgehen muss.

»Machen Sie etwa Fotos von der Baustelle?« Der Mann stemmt die Hände in die Hüften, wodurch sein Bizeps unnötig zur Geltung kommt.

»Nein. Ich bin Journalistin und komme von einem Pressetermin«, antworte ich möglichst locker. »Wieso? Möchten Sie, dass ich filme? Gibt es was Besonderes über den Bau zu berichten? Ich bin immer auf der Suche nach einer Story. Bin noch ganz frisch im Job, wissen Sie?« Ich rede zu viel! Das wird er mir nie abkaufen.

Doch zu meiner Überraschung tritt er ein paar Schritte zurück und schüttelt den Kopf. »Nein. Ist nur ein Wohnhaus. Nix Besonderes.«

Es ekelt mich an, wie er mich von oben bis unten mustert. Der Typ ist kaum größer als ich. Er fährt sich mit einer Hand über die schwitzige Stirn und leckt seine Lippen. »Aber wenn Sie mal 'nen richtigen Mann haben wollen, können Sie gern mal ohne Kamera vorbeikommen.« Sein Grinsen ist so schleimig wie die Pomade in seinem Haar.

Gerne hätte ich ihm geantwortet, dass ich lieber nie wieder Sex als mit ihm haben würde, doch dann besinne ich mich eines Besseren. Ich muss zum Wagen, bevor ich die Aufmerksamkeit der anderen Männer auf mich ziehe. Also verabschiede ich mich mit einem »Frohes Schaffen noch«, und wechsle die Straßenseite. Ich bin sicher, der Typ ist nicht der Einzige, der mir hinterherstarrt.

ROBERT

Heute habe ich für uns gekocht, weil meine Mutter nicht mehr verbergen kann, wie schlecht es ihr geht. Schon am Morgen habe ich mich darüber gewundert, dass ich vor ihr in der Küche stand. Sie war nie eine Langschläferin.

»Schmeckt sehr gut.« Es klingt leicht überrascht, so als hätte sie mir nicht zugetraut, das Mittagessen für uns beide zuzubereiten. Spaghetti mit Tomatensoße, na also, das kriege ich gerade noch so hin, auch wenn ich tatsächlich selten koche.

»Was sagt denn der Arzt?«, frage ich, sehe meine Mutter dabei aber nicht an. Gestern fand ich es aus irgendeinem Grund zu unhöflich, gleich mit der Tür ins Haus zu fallen.

Sie seufzt schwer. »Ein paar Wochen. Vielleicht auch zwei, drei Monate, aber Weihnachten werde ich wohl nicht mehr erleben.«

Ich schlucke. Scheiß Krebs. »Aber so plötzlich. So schnell.« Lustlos drehe ich die Spaghetti auf meine Gabel.

Noch immer wage ich es nicht, sie anzusehen, aus Angst, dass ich die Tränen dann nicht mehr zurückhalten kann.

»Darmkrebs in dem Stadium geht in der Regel immer schnell. Wer weiß, wie lange ich es schon habe.« Sie sagt es seltsam unberührt, als würde sie von einer entfernten Bekannten sprechen. Vielleicht, weil sie schon vor 20 Jahren gestorben ist. Zumindest innerlich.

»Aber man muss doch was machen können. Operieren oder Chemo.«

Wieder ein Seufzen. »Wenn man ihn früher entdeckt hätte, dann ja. Ich bin alt, Robert. Menschen sterben. Du wirst dich an den Gedanken gewöhnen müssen, dass ich bald nicht mehr da bin.«

»62 ist kein Alter, Mama«, protestiere ich.

»Du musst mir nicht beim Sterben zusehen, wenn es das ist, was du fürchtest.« Sie legt die Gabel beiseite. Ihr Teller ist noch halb voll. »Ich wollte dich nur noch mal sehen, das ist alles.«

Nun schaue ich sie doch an. Wir haben beide Tränen in den Augen. Appetit habe ich keinen mehr. Ich hätte das Thema doch erst nach dem Essen ansprechen sollen. »Was redest du denn nur? Natürlich bin ich da für dich.« Ich räuspere mich. »Solange es eben dauert.«

»Und deine Firma?«

»Mein Geschäftspartner hat alles im Griff. Außerdem kann ich auch von hier aus arbeiten.« Den Laptop habe ich dabei, und als Grafikprogrammierer ist es kein Problem, mich jederzeit ins Business einzuklinken. »Hast du eigentlich Schmerzen?«

»Mit den Medikamenten geht es meistens.« Sie hat heute schon einige Tabletten genommen, wie ich gesehen habe, auch wenn sie versucht hat, sie möglichst diskret einzunehmen. Wenigstens kennt sie sich aus. Sie ist Apothekerin und hat über Jahre mit meinem Vater die einzige Apotheke in Friedberg geführt. Später auch allein. »Ich habe dich vermisst«, sagt sie jetzt.

Ich senke den Blick. Auch wenn sie das behauptet, glaube ich es ihr nicht so recht. Ich weiß, wen sie eigentlich vermisst. Mehr als alles und jeden anderen auf dieser Welt.

»Hast du noch Kontakt zu deinem Vater?«, fragt sie mich.

Leicht gereizt schiebe ich den Stuhl zurück und erhebe mich. Greife nach den Tellern, um sie abzuräumen. »Du isst nichts mehr, oder?« Ich möchte nicht über ihn reden, es tut zu sehr weh.

»Robert, tut mir leid. Setz dich wieder hin. Bitte. Ich möchte nur nicht, dass du später etwas bereust.«

»Du weißt, dass ich ihn nicht mehr sehen möchte.« Habe ich auch nicht, seit er uns sitzen gelassen hat.

»Er ist dein Vater. Und er liebt dich.«

Ich stehe immer noch mit den Tellern in der Hand am Tisch. »Ich fasse nicht, dass du noch mit ihm sprichst. Nach allem, was er uns angetan hat.«

»Es war für uns alle nicht leicht«, sagt sie traurig.

Schnaufend räume ich Teller und Besteck in den Geschirrspüler und frage mich, wie ich überhaupt eine Woche mit ihr in diesem Haus aushalten soll, wenn wir schon nach den paar wenigen Stunden, die wir zusammen sind, streiten.

»Setz dich und erzähl mir was von dir«, fordert sie mich auf. »Du hast eine Freundin, oder?«

Ich nicke, habe jedoch keine Lust, über Kanada mit ihr zu sprechen. Das Leben dort hat mit dem hier in der Gemeinde nichts zu tun. Friedberg ist Geschichte, und ich werde nicht zulassen, dass irgendetwas aus dieser Vergangenheit mein jetziges Leben berührt. Ich habe sehr lange gebraucht, um mit dem, was uns vor 20 Jahren passiert ist, abzuschließen und mir etwas Neues aufzubauen.

»Warum hast du sie mir nie vorgestellt?«

»Über *Skype*?« Ich schüttle den Kopf.

»Besser als gar nicht. Wie heißt sie denn und wie ist sie so?«

»Ava. Sie ist …« Süß. Umwerfend. Meine Traumfrau. »Müssen wir über sie sprechen?« Ich setze mich zurück an den Tisch. »Es geht doch um dich jetzt.« Vorsichtig greife ich nach ihrer Hand.

»Ach, ich will nicht immer nur über diese Krankheit sprechen. Ich möchte was von dir wissen. Wie es dir geht. Wie du so lebst. Wie lange du mit deiner Freundin schon zusammen bist. Ich weiß darüber so wenig.«

»Mir geht es gut«, antworte ich, damit sie aufhört, mich zu löchern. »Meine Firma ist sehr erfolgreich, mit Ava bin ich seit etwas mehr als zwei Jahren in einer Beziehung. Wir wohnen aber nicht zusammen.«

»Wieso nicht?«

»Ach Mama, es ist kompliziert.«

»Dann bist du dir nicht sicher mit ihr, oder?«

»Doch, natürlich«, antworte ich lauter als beabsichtigt, aber warum kann meine Mutter sich nicht einfach mal mit den Antworten zufriedengeben? »Es ist nicht mehr so wie früher, dass man nach einem Jahr heiratet und im nächsten eine Familie gründet.«

»Na, so schnell ging es bei deinem Vater und mir auch nicht.« Sie lächelt flüchtig bei der Erinnerung. »Hauptsache, du bist glücklich mit ihr.«

Ich schweige.

»Was macht deine Ava denn? Also, beruflich, meine ich.«

»Sie ist Lektorin bei einem großen Publikumsverlag. Wir arbeiten beide gern«, betone ich. »Unsere Jobs sind uns wichtig.«

»Hmm«, meint sie nur und steht mühsam auf. »Es tut mir leid, aber ich muss mich hinlegen. Diese Medikamente machen mich immer fertig.« Sie berührt mich an der Schulter – oder stützt sie sich ab? – und läuft in Richtung Schlafzimmer.

»Ich werde ein paar Erledigungen machen«, rufe ich ihr hinterher. »Einkäufe und so.« Hauptsache, ich komme mal raus aus diesem Haus. »Brauchst du etwas?«

Sie antwortet nicht, also inspiziere ich Kühlschrank und Vorratskammer, mache mir ein paar Notizen ins Handy, schnappe mir meinen Rucksack und verlasse das Haus.

Ohne Koffer und bergab bin ich schnell unten im Dorfkern angekommen. Schon nach wenigen Schritten sehe ich, dass sich einiges getan hat in den letzten acht Jahren. Neues Pflaster bei den Gehwegen, auch ein paar Straßen wurden neu asphaltiert. Die Sparkasse hat Konkurrenz von einer Volksbank-Filiale erhalten, die Metzgerei ist hingegen verschwunden. Die ehemalige Apotheke meiner Eltern heißt jetzt nicht mehr *Friedberg-Apotheke*, sondern *Neue Apotheke*. Sehr einfallsreich, denke ich und öffne die Tür zur Bäckerei daneben, um Brot zu kaufen.

»Grüß Gott«, begrüßt mich eine Frau in den 30ern. »Sie wünschen bitte?«

»Hi«, sage ich nur und sehe an ihr vorbei ins Regal, in dem die Brote aufgereiht sind. Obwohl ich erst gegessen habe, läuft mir das Wasser im Mund zusammen. Ich habe ganz vergessen, wie sehr ich das deutsche Brot vermisst habe.

»Robert? Robert Muth?«

Ich schrecke auf. Die Verkäuferin hat mich angesprochen. Woher kennt sie meinen Namen?

Ich mustere sie. Auch sie kommt mir bekannt vor, doch fällt mir nicht gleich ein, woher.

»Ich bin es, Sandra. Sag bloß, du erkennst mich nicht mehr.« Mit gespielter Empörung stemmt sie die Fäuste in die Hüften.

»Ach, Sandra, sorry, ich war so auf die Brote konzentriert, dass ich es gar nicht gecheckt habe.« Ich bemühe mich mit einem Lächeln, den Fauxpas wieder gutzumachen. Sie hat sich ja auch verändert, denke ich. Hat kinnlange Haare, dabei reichte ihre blonde Mähne früher fast bis zum Po. Ein paar Falten auf der Stirn und in den Mundwinkeln hat sie auch bekommen und an Gewicht zugelegt, was ihr gut steht. Aber an den silbergrauen Augen, von denen ich schon als Teenager fasziniert war, erkennt man sie eigentlich sofort. Natürlich hätte ich mich auch daran erinnern können, dass diese Bäckerei mal ihren Eltern gehörte und nun wohl von ihr geführt wird.

Lachend kommt sie hinter der Theke hervor und umarmt mich. Was ich nach so langer Zeit übertrieben finde, deshalb versteife ich mich ein wenig. »Marlenes kleiner Bruder. Lange nicht gesehen.«

Ich zucke zusammen. »Ja. Ist eine Weile her.« Als ich vor acht Jahren hier war, haben wir uns, glaube ich, nur kurz gesehen und nicht gesprochen. Damals war sie hochschwanger.

Sandra schaut mich so prüfend an, wie ich es soeben bei ihr getan habe, und ich frage mich, ob sie denkt, dass auch ich mich sehr verändert habe. »Lebst du noch immer in Kanada?«

Ich nicke. »Vancouver. Bin dort nach dem Auslandsjahr hängen geblieben.«

»Wahnsinn.« Sie schüttelt lächelnd den Kopf. »Ich könnte nie so weit von zu Hause wegziehen.« Sie geht zurück hinter den Tresen, weil eine ältere Dame den Laden betritt. »Wohl deshalb lebe ich noch immer in Friedberg.«

Ich zucke mit den Mundwinkeln. Menschen, die nie etwas anderes als ihre Heimatgemeinde gesehen haben, kann ich nicht verstehen. »Gehen Sie ruhig vor«, sage ich zu der Kundin, da ich noch keine Zeit hatte, mich für ein Brot zu entscheiden. Auch der Kuchen in der Auslage sieht lecker aus.

Sandra packt zwei Stücke Aprikosen-Käse-Kuchen für die Dame ein. Nachdem sie kassiert hat, wendet sie sich wieder mir zu. »Welches Brot darf es denn nun sein?«

»Ein Graubrot und ein Dinkelbrot bitte.«

Sie packt beides in Papiertüten und reicht sie mir. »Macht neun Euro 20.«

Ein Blick in mein Portemonnaie verrät mir, dass ich etwas Entscheidendes vergessen habe. »Oh, ich habe gar kein Bargeld. Nur Dollar.« Wie unangenehm. »Ich gehe eben zur Bank und komme gleich wieder.«

»Schon gut.« Sandra kichert und sieht dabei aus wie das junge Mädchen, als das ich sie kennengelernt habe. »Kartenzahlung geht bei uns leider nicht, aber ich nehme an, du fliegst nicht gleich morgen wieder weg. Zahle einfach das nächste Mal, wenn du vorbeikommst.«

»Danke.« Das Dorfleben hat auch seine positiven Seiten. Ich greife nach den Tüten und packe sie in den Rucksack. Sie schaut mich erwartungsvoll an, und mir fällt ein, dass ich mich gar nicht nach ihr erkundigt habe. Zumindest aus

Höflichkeit hätte ich sie etwas über ihr Leben fragen sollen. »Bis dann«, verabschiede ich mich dennoch.

»Bis bald«, sagt sie, und ich mache schnell, dass ich aus dem Laden komme.

VALENTINA

Mit den zwei Einkaufstaschen quetsche ich mich durch die Wohnungstür. »Hallo, ich bin wieder zu Hause.«

Schön, dass du da bist, antworte ich mir selbst im Geiste und stelle den Einkauf neben dem Schuhschrank ab. Einen Moment lehne ich mich gegen die geschlossene Tür. Der Tag war anstrengend, und ich habe es gerade noch so vor Ladenschluss geschafft, ein paar Lebensmittel zu besorgen. Putzen müsste ich auch mal wieder, wie mir die Flusen auf den Fliesen im Flur verraten.

Morgen, beschließe ich und trage die Taschen in die Küche. Ich habe großen Hunger und keine Lust, mir etwas zu kochen, also entscheide ich mich für die Gnocchi aus dem Supermarkt. Angeblich brauchen die keine fünf Minuten. Im Kühlschrank finde ich noch einen Rest Tomatensoße. Prima. Meine Ernährung lässt in letzter Zeit sehr zu wünschen übrig, aber darüber würde ich mir ein andermal den Kopf zerbrechen.

Ich mache es mir mit einem Teller auf dem Sofa gemütlich, da vernehme ich ein lautes Maunzen aus Richtung der Terrassentür. Sofort stelle ich den Teller zur Seite und begrüße den Streuner, der durch die Katzenklappe in die Wohnung schleicht.

»Doktor Watson!« Erfreut hebe ich den schwarzen Kater hoch und vergrabe mein Gesicht im warmen Fell. »Da bist du ja.« Mein kleiner Freund ist mindestens so viel unterwegs wie ich, aber er scheint immer zu merken, wenn ich wieder zu Hause bin. »Hast du Hunger?«

Doktor Watson antwortet mit einem Schnurren und springt von meinem Arm. Eindeutiges Zeichen dafür, dass er mich verstanden hat und auf das Auffüllen seines Napfes wartet. Ich beobachte ihn, während er die Stücke Truthahn verschlingt. Ihm beim Fressen zuzuschauen hat auf mich eine ebenso beruhigende Wirkung wie für andere eine Yogaeinheit.

Anschließend begleitet Doktor Watson mich aufs Sofa. Meine Gnocchi sind kalt, schmecken aber trotzdem.

Eine *WhatsApp* reißt mich aus dem Feierabendmodus. Richtig, Melissa, unsere Assistentin in der Detektei, wollte mir ja noch den Auftrag für morgen schicken.

Ich lese den Namen und die Adresse eines Mannes sowie das Thema. Mehr Informationen erhalten wir in der Observation nicht, das verlangt der Datenschutz unserer Auftraggeber. Es wird strikt getrennt zwischen Mitarbeitern im Außendienst und denen, die die Kunden betreuen. Diesmal geht es um eine Untreueermittlung, bei Privatkunden mit Abstand die häufigste Anfrage.

»Du bist allein im Einsatz«, teilt Melissa mir noch mit. Das kommt zwar selten vor, aber am Wochenende haben eben doch einige Kollegen frei, und die Aufträge stapeln sich momentan.

»Kein Problem«, schreibe ich zurück und freue mich sogar, mich allein behaupten zu dürfen. Mein Traum ist es nämlich, in ein paar Jahren eine eigene Detektei zu führen. Auch wenn ich das meinem Arbeitgeber natürlich nicht auf die Nase binde.

»Zeit zu zeigen, was ich kann«, sage ich zu Doktor Watson und streichle sein Köpfchen. Sein Schnurren interpretiere ich als Zustimmung.

Erneut ist es mein Handy, das mich aus den Gedanken reißt.

»Hallo, Papa.« Eigentlich wäre es an mir gewesen, mich mal wieder zu melden.

»Hallo, Tinchen. Wie geht es dir?«

Ich hasse es, wenn er mich so nennt, aber egal, wie oft ich es erwähne, er liebt diesen Spitznamen einfach. »Gut. Und dir?«

»Kann nicht klagen. Kommst du morgen zum Essen?«

»Sehr verlockend, aber ich muss arbeiten.«

»Am Wochenende? Schon wieder?« Er klingt nicht enttäuscht, eher besorgt.

»Sonntag habe ich frei. Ginge das auch?«

»Na klar. Ich freue mich. Was hast du denn für einen Fall, dass du dich an einem Samstag darum kümmern musst?« Mein Vater ist eine von zwei Personen, die wissen, was ich beruflich tue. Allen anderen erzähle ich, dass ich immer noch in der Verwaltung arbeite. Diskretion ist wichtig, schließlich weiß man nie, wen man mal observieren muss. Auch in den sozialen Netzwerken treten die Kollegen und ich niemals unter richtigem Namen auf. Wobei ich von *Social Media* ohnehin nicht viel halte.

»Untreue. Nichts Spannendes. Aber ich darf sogar allein losziehen.« Ich bin ja schon ein bisschen stolz, dass die

Detektei mir so etwas mittlerweile zutraut. Das war in der praktischen Ausbildung lange Zeit nicht der Fall.

»Ist das ratsam?« Wieder höre ich die Besorgnis in seiner Stimme. »Was, wenn einer mal misstrauisch wird und dich angreift?«

Ich denke an den Typen von heute Mittag. Es war echt knapp, doch aufgeflogen bin ich trotzdem nicht. »Da fällt mir schon was ein. Wir sind darauf trainiert, mit solchen Situationen klarzukommen.« Außerdem bin ich kreativ und habe keine Angst.

Mein Vater stößt einen Seufzer aus. »Ich werde wohl nie verstehen, warum du ausgerechnet Privatdetektivin geworden bist.«

»So weit weg von deinem Beruf ist es nun auch nicht«, antworte ich. Er ist pensionierter Polizist, war jahrzehntelang auf Streife. Der Job hat ihn oft fertig gemacht, besonders die Fälle von Suizid und häuslicher Gewalt.

»Eben«, sagt er. »Daher war es ja auch vernünftiger, Jura zu studieren.«

Ich stöhne auf, da ich das Studium nach zwei Semestern geschmissen habe. »Ich hätte das Examen niemals geschafft. Meine Noten waren zu schlecht.«

»Ach, du hast nur zu früh aufgegeben.« Mein Vater hat mir den Abbruch des Studiums nie vorgeworfen, war aber froh, dass ich mich zeitnah danach für die Ausbildung zur Verwaltungswirtin entschieden habe. Ein sicherer Job als Beamtin, bei dem mir die Jurakenntnisse zugutekamen. Den Abschluss schaffte ich mit links, aber die fast drei Jahre danach in der Kämmerei waren zum Abgewöhnen. Warum man jemanden wie mich ausgerechnet in die Finanzverwaltung gesetzt hat, ist mir bis heute ein Rätsel. Als ich dann die Ausschreibung der Detektei gesehen habe, zögerte ich keine

Sekunde und schickte eine Bewerbung. Meine Erfahrungen aus Studium und Beamtenlaufbahn wurden sogar anerkannt, und so konnte ich die Ausbildung zur Privatdetektivin auf ein Jahr verkürzen. »Ich liebe meine Arbeit, Papa. Endlich habe ich genau das gefunden, was zu mir passt.« Und in zwei Jahren habe ich meine eigene Detektei. Dann wäre ich 30.

Mein Vater gibt auf. »Na schön. Wir sehen uns Sonntag um 12.30 Uhr. Was möchtest du essen?«

Etwas Gesundes wäre gut. Gemüse. »Makkaroni mit Käse?«, schlage ich vor. Fast bilde ich mir ein, Doktor Watson schüttelt tadelnd den Kopf.

ROBERT

Bei meiner Rückkehr ins Haus sitzt sie im Sessel im Wohnzimmer, ein Fotoalbum auf dem Schoß.

»Ich habe Brot gekauft.« Demonstrativ halte ich eine der Papiertüten in die Höhe. »Graubrot und Dinkel.«

»Danke. Komm, setz dich zu mir.«

Ich packe den Rucksack mit dem restlichen Einkauf aus, dann setze ich mich auf die Couch neben ihr. »Konntest du dich ausruhen?«

»Ein wenig«, sagt sie. »Erinnerst du dich an unseren Urlaub in Frankreich?« Mit einem Lächeln deutet sie auf ein Foto im Album. Es zeigt mich in Badehose am Strand. »Da warst du sieben.« Ich starre auf das zehnjährige Mädchen, das auf dem Bild neben mir steht und mich mit Sand eincremt.

Ich nicke, obwohl ich mich kaum erinnere. Nicht erinnern will. Was natürlich Unsinn ist angesichts der Tatsache, dass in diesem Haus alles an Marlene erinnert. Ihr verschlossenes Zimmer, die Alben, das Foto auf dem Kaminsims. Meine Brust wird eng, am liebsten würde ich wieder zurück ins Freie laufen.

»Wieso tust du dir das an?«, frage ich schroff. »Sie kommt nicht zurück.« Warum suhlt sie sich im Schmerz?

Meine Mutter wird blasser, als sie ohnehin schon ist. »Wie kannst du das nur sagen? Deine Schwester wird immer ein Teil von uns sein. Warum willst du sie vergessen?«

»Papa hat sie ganz schnell vergessen«, antworte ich. »Für ihn war es so leicht.«

Mutter schüttelt den Kopf. »Das ist nicht wahr«, sagt sie mit erstickter Stimme. »Das weißt du.«

»Er hat sie ersetzt. Und mich. Durch zwei neue Töchter. So wie er dich durch eine neue Frau ersetzt hat.« Es ist fies, was ich sage. Doch es ist die Wahrheit. Zumindest habe ich es immer so empfunden.

Meine Mutter schließt das Album. Tränen glitzern in ihren Augen.

»Es tut mir leid.« Ich lege eine Hand auf ihre. »Ich wollte dir nicht wehtun.«

Sie sieht mich aus ihren dunkelbraunen Augen an. Marlenes Augen, die ich auch jedes Mal sehe, wenn ich in den Spiegel schaue. »Ich habe dich nicht nur hergebeten, um dich noch mal zu sehen«, gibt sie zu.

Ich schnaufe unwillig, da ich glaube zu wissen, was jetzt

kommt. »Ich sollte noch etwas arbeiten.« Demonstrativ stehe ich auf.

»Du musst herausfinden, was damals passiert ist«, bittet sie mich. »Bevor ich sterbe.«

Mein Herz setzt zum Sprint an. Da haben wir sie. Die Konversation, vor der ich mich gefürchtet habe, seit ich Vancouver verlassen habe. Ich sehe auf die Uhr. Es ist früh am Morgen in Kanada, doch ist es längst an der Zeit, Ava anzurufen. Selbst wenn auch das ein unangenehmes Gespräch werden wird, ist es diesem hier auf jeden Fall vorzuziehen. »Ich muss telefonieren. In meinem Zimmer.« Ich drehe mich um.

»Bitte, Robert. Ich möchte nicht sterben, ohne es zu wissen.«

Die Traurigkeit in ihrer Stimme versetzt mir einen Stich. Trotzdem möchte ich mich nicht mit Marlenes Tod befassen, also stelle ich meine Ohren auf Durchzug und verlasse den Raum.

Ava geht gleich nach dem ersten Klingeln ran. Ich habe die Kamera auf meinem *iPhone* eingeschaltet, weil sie ohnehin darauf bestehen wird, mich nicht nur zu hören, sondern auch zu sehen.

»Good morning.« Sie lächelt sogar. Keine Selbstverständlichkeit, so wie ich mich zuletzt ihr gegenüber verhalten habe.

»Hier ist es Nachmittag«, antworte ich auf Englisch. Überflüssigerweise, denn natürlich hat sie sich gleich nach meiner Ankündigung, nach Deutschland zu fliegen, über den Zeitunterschied informiert. Sie sieht müde aus, und ihr schulterlanges hellblondes Haar wirkt so, als sei sie gerade erst aufgestanden. Für mich gibt es nichts Schöneres, als neben Ava aufzuwachen. Sie fehlt mir, und ich frage mich, warum ich ihr das nicht sagen kann.

»Entschuldige, dass ich es gestern nicht mehr geschafft habe, dich anzurufen«, sage ich stattdessen.

»Möchtest du mir nicht langsam mal erzählen, warum du in Deutschland bist?«, fragt sie. »Rory meint, es sei nicht geschäftlich.«

Na, das wäre was. Leider ist unsere winzige Firma nur national unterwegs. Ich hole tief Luft. »Nein. Ich bin bei meiner Mutter. Sie ist schwer krank.«

Ava verzieht ungläubig das Gesicht. Ich sehe, wie verletzt sie ist, und mein Magen zieht sich zusammen. »Bei deiner Mutter? Ich dachte, deine Eltern sind beide tot.«

Ja, das habe ich ihr erzählt. Weil es einfacher war. Jedenfalls solange ich in Vancouver war und Deutschland ausblenden konnte. »Es tut mir leid, dass ich dich belogen habe. Wenn ich zurück bin, erkläre ich dir alles.«

»Ja, und wann kommst du wieder?« Ihre Stimme ist ein Flüstern. Bestimmt hält sie die Tränen zurück. Dabei haut meine Ava sonst nichts so schnell um.

»Leider kann ich das noch nicht sagen. Ich möchte nicht, dass meine Mutter allein ist, wenn sie …«

Ava nickt. Sie versteht es. Manchmal ist sie zu verständnisvoll. »Und wann reden wir über uns und …?« Auch sie lässt den Rest des Satzes unausgesprochen.

Ich beiße auf meine Unterlippe. Ich bin nicht gut darin, Gefühle zu zeigen, und wenn ich ehrlich bin, ist mir die ganze Situation mit uns gerade zu viel. Ich liebe Ava, auch wenn ich es ihr zu selten sage und zeige, doch warum kann nicht einfach alles so bleiben, wie es ist? »Das ist nichts, was man am Telefon bespricht, meinst du nicht?«

Sie schnauft leise und schüttelt den Kopf. »Du bist so ein Arschloch, Robert«, sagt sie und legt auf. Sie hat ja so recht.

KAPITEL 3
SAMSTAG, 10. AUGUST 2019

VALENTINA

Der Auftrag ist erst für den Abend angesetzt. Gar nicht gut, denn so bin ich den ganzen Tag über hibbelig.

Gelangweilt klicke ich mich durch verschiedene Dating-Apps. Ich suche nichts Festes, aber ein bisschen menschliche Nähe wäre mal wieder schön. Der letzte Sex ist drei Monate her. Meist war ich zu fertig, kein Wunder nach Einsätzen, die oft zwölf oder 14 Stunden dauern. Aber heute habe ich ausgeschlafen und fühle mich, als könnte ich die Nacht durchtanzen. Muss das Adrenalin sein. Meine Droge.

Ein paar der Nachrichten sprechen mich an. Die meisten aber lösche ich, weil herauszulesen ist, dass die Person auf etwas Verbindliches aus ist. Ich entscheide mich für *nachtigall89* und schreibe: »Lust auf Tanzen? Kann nicht genau sagen, wann ich es schaffe, aber 23 Uhr sollte klappen. Vorher ist in den Klubs ohnehin nichts los.«

nachtigall89 sagt zu. »Wie wäre es mit Laby?«

Der Klub ist eine gute Wahl. Metal, Rock und Punk.

Um 19 Uhr stehe ich gegenüber einem Reihenhäuschen mit hellgelber Fassade. Nach meiner Information wird die Zielperson mit der Straßenbahn und dann zu Fuß unterwegs sein. Zu einem Geschäftsessen beim Griechen, bei dem ordentlich Alkohol fließen wird. Ich hoffe für ihn, dass er seiner Frau die Wahrheit erzählt hat. Aber wenn ein Ehepartner einen Verdacht hegt, ist dieser meistens begründet. Zumindest vermute ich, dass seine Frau unsere Auftraggeberin ist. Es kommt durchaus vor, dass der Bruder oder die Eltern der vermeintlich Betrogenen einen Privatdetektiv anheuern. Manchmal sogar die beste Freundin.

Selbst auf die Entfernung muss ich dem Enddreißiger, der fünf Minuten später auf der Türschwelle erscheint, eine hohe Attraktivität zugestehen. Etwa ein Meter 85 groß, dunkelblondes gewelltes Haar und eine sportliche Figur. Seine Frau verabschiedet ihn mit einem Kuss. Falls sie uns den Auftrag gegeben hat, lässt sie es sich zumindest nicht anmerken.

Fürs Protokoll tippe ich die Uhrzeit ins Handy und warte kurz.

Der Mann schaut sich nicht um, sondern läuft zielgerichtet zur Haltestelle der Straßenbahn. So, wie ich es mir gedacht habe. Die allermeisten Menschen achten nicht auf ihre Umgebung. So fällt ihm nicht auf, dass ich ihm zur Bahn folge und im gleichen Wagen Platz nehme.

Während der Fahrt tippt er auf dem Smartphone herum. Ein erster Hinweis darauf, dass er ein Date hat? Oder erledigt er nur ein paar unbeantwortete Nachrichten? Ich frage mich, ob er mit seiner Frau auch so rege kommuniziert, und seufze. Warum heiratet man überhaupt, wenn man sich irgendwann nichts mehr zu sagen hat?

Er steigt eine Station früher aus als erwartet. Dann läuft er sicher nicht zum Griechen, es sei denn, er hat Bewegungsdrang. Hoffentlich steuert er keine Privatadresse an, denn dann wird es schwierig, ihm etwas nachzuweisen. Die eigenen vier Wände sind für uns tabu. Dann bleibt uns nur zu hoffen, dass sie uns freie Sicht durch ein offenes Fenster geben. Aber die wenigsten sind exhibitionistisch veranlagt.

Ich atme erleichtert aus, als er vor einem kleinen Italiener haltmacht. Ich kenne das Restaurant. Es ist edler als der Grieche. Romantischer. Ein Geschäftsessen würde hier niemand anberaumen. Leider hat das Lokal auch nur wenige Tische, sodass es schwierig für mich sein wird, ohne Reservierung einen zu ergattern. Beim Griechen hat Melissa für mich einen Tisch reserviert. Hilft mir jetzt auch nicht.

Ich warte vorsichtshalber zehn Minuten, bevor ich das Restaurant betrete. Immerhin ist es so klein, dass jeder Tisch von allen Ecken aus einsehbar ist. Meine Zielperson entdecke ich sofort. Noch ist der Mann allein.

»Entschuldigen Sie«, spreche ich den Kellner an. »Ich habe nicht reserviert. Haben Sie trotzdem noch einen Tisch frei?«

»Für Sie allein?«

Ich nicke.

»Certo. Non c'è problema!« Er führt mich zu einem winzigen gedeckten Tisch. Ich rücke den Stuhl um 90 Grad an die andere Tischkante, sodass ich einen besseren Blick auf meine Zielperson habe. Dafür ernte ich eine argwöhnische Grimasse des Kellners, der Besteck und Serviette entsprechend umlegt. Egal. Hauptsache, der Mann, wegen dem ich hier bin, wird nicht misstrauisch. Der sitzt glücklicherweise mit dem Rücken zu mir.

»Was möchten Sie trinken, bitte?«

Ich habe Lust auf einen Rotwein, doch muss ich einen klaren Kopf bewahren. »Ein stilles Wasser, bitte.«

»Kommt sofort.« Er reicht mir die Speisekarte und zieht davon. Ich blättere durch die Karte, ohne mein Ziel aus den Augen zu lassen. Es ist 19.45 Uhr. Ich muss grinsen. Wäre ja zu schön, wenn sie ihn versetzt. Oder er. Wer weiß.

Ich entscheide mich für ein Steak mit Rosmarinkartoffeln und Gemüse, obwohl ich schon wieder auf die Pasta geschielt habe. In dem Job ist es wichtig, körperlich gesund und fit zu sein.

Kaum gebe ich die Bestellung auf, betritt eine dunkelhaarige Frau das Lokal. Sie steuert meine Zielperson an, die sich erhebt, um sie zu begrüßen.

Sie ist wirklich hübsch, denke ich. Spätestens seit dem Begrüßungskuss ist alles klar. Ich verfluche mich innerlich dafür, dass ich zu spät geschaltet habe. Anfängerin! Das Bild ist mir flöten gegangen. Ich prüfe meine Uhr, speziell die Funktionstüchtigkeit der knopflochgroßen Kamera, die integriert ist. Ab jetzt wird mir nichts mehr entgehen.

Alle Tische sind besetzt. Für die anderen Gäste muss ich ziemlich traurig wirken, sie werden vermuten, man habe mich versetzt. Spielt mir in die Hände, denn so wird sich niemand darüber wundern, dass ich nervös mit der Armbanduhr herumspiele und so den Auslöser betätige.

Während des gesamten Abends halten die beiden Händchen. Ich kann nicht verstehen, was sie sagen, doch das Leuchten in den Augen der Frau entgeht mir nicht. Sie ist verliebt in ihn. Schade, dass ich sein Gesicht maximal im Profil sehe. Jedoch erwische ich es einmal komplett, als er auf die Toilette geht. Um 22 Uhr bestellen sie die Rechnung. Er lädt sie ein. Auch ich deute gegenüber dem Kellner an, dass ich zahlen möchte. Ich werde ein bisschen nervös, weil er so lange braucht, um zu kassieren. Nicht, dass ich die beiden verliere. Mit Sicherheit wird der Abend noch weitergehen. Vermutlich bei ihr oder in einem Hotel.

Ich verlasse das Restaurant und habe Glück. Ich sehe

die beiden die Juliuspromenade entlangschlendern. Eng umschlungen. Zwischendurch halten sie an, um sich zu küssen. Ich darf ihnen nicht zu dicht auf den Fersen sein, sonst fällt es auf, wenn ich auch stehen bleibe.

Die beiden lösen sich voneinander. Er flüstert ihr etwas zu. Ich drehe mich zu einem der Schaufenster um, tue so, als würde ich mich brennend für die Modeaccessoires in der Auslage interessieren.

Zu spät registriere ich, dass er plötzlich neben mir steht. »Verfolgen Sie mich?«

Mein Magen dreht eine Pirouette. Ich atme tief ein und drehe mich dann mit empörter Miene zu ihm um. »Wie bitte?«

»Schon in der Straba sind Sie mir aufgefallen.«

Verdammt noch mal! Ich trete einen Schritt zurück. So aus der Nähe betrachtet sieht er sogar noch besser aus. Und wütend.

»Es ist ja wohl kein Zufall, dass Sie dann auch noch im selben Restaurant essen und zur gleichen Zeit zahlen.«

Ich fühle mich wie eine Versagerin. »Wieso sollte ich Ihnen folgen?« Ich merke, dass meine Stimme zittert, und fluche innerlich.

»Hat meine Frau Sie geschickt?«

»Ich weiß nicht, wovon Sie reden, und wenn Sie mich weiterhin belästigen, rufe ich die Polizei.«

»Komm, Schatz. Lass uns gehen.« Die Affäre hat sich uns genähert und ihn am Oberarm gepackt. Sie sieht mich mit einer Mischung aus Skepsis und Scham an.

Nach einem letzten Grummeln und Funkeln aus den zusammengekniffenen Augen folgt er ihr in die Nacht.

Ich atme die angehaltene Luft aus. Dann entfährt mir ein Fluch. Das muss ich umgehend melden, was Ärger geben wird. Hat nur noch gefehlt, dass er mich untersucht und die Kamera entdeckt hätte. Es war offensichtlich, dass der Typ mir nicht glaubt. Seine Frau, oder wer immer uns beauftragt hat, muss vorgewarnt werden. Hoffentlich ist er keiner von der aggressiven Sorte. Dabei bin ich mir sicher, keinen Fehler gemacht zu haben. Ich habe alle Vorgaben genau beachtet. Mit Kollegen habe ich ähnliche Fälle schon zig Mal hingekriegt. Aber manche Kerle sind von Natur aus misstrauisch. Trotzdem beschleicht mich der Verdacht, dass Kris das nicht passiert wäre. Ich war zu nervös. Wollte alles richtig machen.

Ich schicke Melissa eine Nachricht. Sie wartet ohnehin auf ein Update. Gern hätte ich ihr eine positive Botschaft mitgeteilt.

»Passiert. Mach dir keinen Kopf«, kommt zurück. Das ist lieb von ihr, aber ich mache mir trotzdem Vorwürfe, und ich weiß, dass der Chef das auch tun wird.

Ich überlege, nach Hause zu fahren und mich zu verkriechen, so mies fühle ich mich. Außerdem ist es zu früh für den Klub, der nicht weit von hier ist. Doch dann werde ich mich die ganze Nacht fertigmachen und nicht schlafen. Dann lieber tanzen. Bis in die Morgenstunden. Anschließend gern noch Sex, der mich das Ganze wenigstens für ein paar Stunden vergessen lässt.

»Na dann los, Nachtigall«, flüstere ich. »Auf in die Nacht.«

KAPITEL 4
SONNTAG, 11. AUGUST 2019

ROBERT

Auch heute gehe ich allein zum Bäcker, weil Mutter zu schwach ist. Ich möchte frische Brötchen holen und meine Schulden begleichen. Am Automaten der Sparkasse ziehe ich 100 Euro, dann betrete ich Sandras Laden.

»Grüß Gott, Robert.«

»Guten Morgen, Sandra. Ich komme, um dir das Geld zu geben, das ich dir schulde.« Ich ziehe mein Portemonnaie aus der Hosentasche. Eine Jacke trage ich nicht, denn schon am frühen Morgen ist es so warm, dass ich im T-Shirt herumlaufen kann. »Auch möchte ich gern ein paar Brötchen kaufen.«

Ich bin der einzige Kunde in der Bäckerei. Vermutlich sind die Friedberger alle Frühaufsteher. Es ist nach 10 Uhr.

Sandra grinst. »Du hast sogar einen leichten Akzent. Ich war in Englisch immer so schlecht.« Sie deutet auf einen der beiden Tische, die mir erst jetzt auffallen. »Einen Kaffee trinkst du aber schon noch mit mir, oder? Geht auch aufs Haus.«

»Meine Mutter wartet.« Ich schaue auf das Leder meiner Schuhspitzen. Ich bin sicher, dass Mama noch eine Weile im Bett liegen wird.

»Na komm. Ein paar Minuten wird sie auf das Frühstück schon warten können. Der größte Andrang ist auch vorbei heute, sodass ich ein wenig Zeit habe.«

»Okay«, sage ich nur. Ich habe keine Lust, mit ihr einen Kaffee zu trinken, aber ich möchte nicht allzu unhöflich rüberkommen. Wir nehmen an einem der Tische Platz. Sandra stellt zwei Tassen Cappuccino und einen Zuckerstreuer vor uns ab.

»Und, was machst du sonst im Leben?«, frage ich, hauptsächlich, damit ich nichts von mir erzählen muss. »Du hast Kinder, nicht wahr?«

»Zwei. Ein Mädchen und einen Jungen.« Sie lächelt versonnen. »Und du?«

Ich schüttle den Kopf, denke an Ava und nippe am Cappuccino. »Bist du verheiratet?«

Sandra nickt. »Mit Stefan Groß. Erinnerst du dich? Er war an unserer Schule.«

Erneut schüttle ich den Kopf, bemühe mich aber auch nicht um eine Erinnerung. »In eurer Klasse?«

»Nein. Er ist drei Jahre älter.« Sie zögert einen Moment, dann schneidet sie wie befürchtet das Thema an. »In zwei Tagen ist es so weit, oder? Dann jährt es sich.«

Ich senke den Blick. »Ja. Dann sind es 20 Jahre.« Eine halbe Ewigkeit und dennoch nicht lange genug, um sie zu vergessen. Jedenfalls nicht hier in Friedberg. Leichter ist es mit einem großen Ozean zwischen mir und dem Schmerz.

»Himmel, wie die Zeit vergeht«, sagt Sandra, gefolgt von einem Seufzen. »Es kommt mir vor wie gestern. Marlene und ich waren unzertrennlich.«

Das stimmt. Sie war die beste Freundin meiner Schwester. Dabei waren die beiden so verschieden. Sandra die Flippige mit der großen Klappe, hinter der die halbe Schule her war. Marlene die Stille, Ausgeglichene. Na ja, Gegensätze ziehen sich an. Ich habe trotzdem nie verstanden, was meine Schwester an Sandra fand.

Eine Erinnerung kommt hoch. An einen Frühlingstag vor über 20 Jahren. Marlene hatte mich zu einem Treffen mit Sandra mitgenommen. An den Erlabrunner Badesee. Ich versuche, die aufkommenden Bilder zu unterdrücken, doch sie drängen an die Oberfläche wie düstere Geheimnisse einer Kindheit, die in jenem Sommer ein jähes Ende fand. Wir fuhren mit dem Fahrrad zum See. Sandra machte damals keinen Hehl daraus, dass sie null Bock auf Marlenes kleinen Bruder hatte. »Müssen wir echt Babysitter für den spielen? Das ist so uncool.« Sandra ist Einzelkind. Meiner Meinung nach war sie immer schon verwöhnt. Als 13-Jähriger dachte ich oft, dass sie nur mit meiner Schwester befreundet ist, weil sie neben der ruhigen Marlene umso mehr auffällt.

»Es ist schrecklich, was damals mit ihr passiert ist«, reißt Sandra mich aus der Vergangenheit. »Ich denke oft an sie.« Sie sieht mich aus ihren silbergrauen Augen an. »Vermisse sie. Eine Freundin wie sie hatte ich nie wieder.«

Ich schlucke eine Bemerkung hinunter. Meine Schwester war viel zu gutmütig für dich, denke ich. »Danke für den Cappuccino. Ich muss los. Kann ich bitte noch vier Körnerbrötchen mitnehmen?« Wobei mir der Appetit vergangen ist.

»Klar.« Sandra packt sie mir ein und ich zahle. In der Tür kommt mir eine Frau entgegen. Ihr Gesicht kommt mir vage bekannt vor, doch für heute habe ich genug von Flashbacks.

»Grüß Gott, Michaela«, höre ich noch Sandras Stimme, dann stehe ich wieder auf der Straße. Sauge die frische

Luft ein, als käme ich aus einer stickigen Diskothek. Auf einmal habe ich keine Lust, ins Elternhaus zurückzukehren. Stattdessen verspüre ich Lust auf einen Spaziergang. Früher liebte ich es, durch die Weinberge der Gemeinde zu ziehen. Besonders im Spätsommer, kurz vor der Ernte. Marlene und ich stibitzten oft ein paar Trauben von den Reben. Friedberg ist bekannt für seinen Müller-Thurgau.

Nach 15 Minuten registriere ich, dass ich nur scheinbar ziellos umhergelaufen bin. Ich stehe vor dem Friedhof der Gemeinde. Der Schweiß bricht mir aus, was nicht an der Sonne liegt, die mich mittlerweile blendet.

Ich zögere. Wie lange war ich nicht an ihrem Grab? Existiert es nach so vielen Jahren überhaupt noch? Bestimmt. Meine Mutter hat immer davon gesprochen, neben ihrer Tochter bestattet werden zu wollen. Vielleicht ist sie bald mit ihr vereint, denke ich und schaudere. Schiebe die Frage beiseite, wer sich dann um die Gräber kümmern wird.

Bilder von der Beerdigung überfluten mich. Der Zusammenbruch meiner Mutter, von dem sie sich in gewisser Weise bis heute nicht erholt hat. Wie ich Erde auf den Sarg rieseln lasse und nicht begreifen kann, dass Marlene in dieser schwarzen Kiste liegt. Wie Schneewittchen, dachte ich damals und wartete darauf, dass sich jeden Moment der Sarg öffnet und meine Schwester erwacht. Denn dass sie nicht mehr am Leben war, war unvorstellbar.

Besser, ich gehe nicht zum Grab. Ich bin nach Kanada gezogen, um all das hier hinter mir zu lassen. Nach vorne zu schauen. Statt wie meine Mutter in der Vergangenheit zu leben.

Doch meine Füße scheinen ein Eigenleben zu entwickeln. Sie tragen mich über den Kies an den Grabsteinen vorbei. Die Steinchen knirschen unter den Ledersohlen.

Mir begegnen an diesem Sonntagvormittag viele Gemeindeangehörige. Ich ziehe schnell an ihnen vorbei, begnüge mich mit einem Kopfnicken als Begrüßung. Nicht, dass mich noch jemand wiedererkennt und in ein Gespräch verwickelt.

Ich brauche eine Weile, um sie zu finden. So viele Gräber sind hinzugekommen. Auch von jungen Menschen und Kindern. Wie sie wohl gestorben sind? Bestimmt nicht so grausam wie meine Schwester.

Endlich stehe ich vor dem richtigen Grab. Es ist gepflegt, Blumen bedecken die frische Erde. Der Grabstein ist leicht verblasst, doch die Inschrift ist noch immer lesbar.

»Marlene Muth, 05.03.1983 - 13.08.1999«

Der 13. August. Mein Geburtstag – und gleichzeitig der Todestag meiner Schwester.

KAPITEL 5
FREITAG, 13. AUGUST 1999

MARLENE

»Happy birthday to you, happy birthday to you!« Mama balanciert den Kuchen mit den 13 brennenden Kerzen ins Wohnzimmer, während wir alle singen.

Roberts Augen leuchten im Kerzenschein. »Schoko-Bananen-Kuchen!« Den hat er sich gewünscht. Und ich dachte, nach dem Auspacken der Inlineskates und des neuen Computerspiels sei seine Aufregung durch nichts mehr zu toppen.

»Jetzt bist du auch ein Teenager«, necke ich meinen kleinen Bruder.

Robert grinst mich an. »Papa sagt immer, Mädchen sind schwieriger in der Pubertät.« Er streckt mir die Zunge heraus. Ich weiß, dass es liebevoll gemeint ist. Tatsächlich sieht mein Bruder kein bisschen so aus, als sei er schon in der Pubertät. Seine Stimme ist noch hoch, und der Glückliche hat nicht einen Pickel im Gesicht.

»Hey, lasst mich da raus«, protestiert Papa lachend. »Puste lieber mal aus.«

»Und vergiss nicht, dir was zu wünschen«, sagt Mama.

Robert schafft es, alle Kerzen auf einmal auszupusten.

»Was hast du dir gewünscht?«, frage ich.

»Das verrate ich nicht, sonst wird es nicht wahr«, antwortet Robert. Diesmal kann ich mir ein Grinsen nicht verkneifen. Spätestens morgen wird er es mir verraten. Weil wir uns alles erzählen. Na ja, er mir mittlerweile mehr als ich ihm. Mit 13 ist man noch zu jung, um alles zu verstehen. Mama sagt immer, als Ältere soll ich ein Vorbild für meinen Bruder sein. Das versuche ich. Robert hängt sehr an mir. Ich auch an ihm. Erst vorgestern haben wir uns zusammen die Sonnenfinsternis angesehen. Nur wir zwei, obwohl Sandra mich gedrängt hat, die Sofi mit ihr und ein paar Klassenkameraden anzuschauen. Ich hatte es Robert aber schon Wochen zuvor versprochen, und meine Versprechen halte ich in der Regel ein. Heute Abend aber werde ich Robert enttäuschen müssen. Doch habe ich in den Ferien ja noch genug Zeit, etwas mit ihm zu unternehmen. Andere 16-Jährige verbringen schließlich nicht so viel Zeit mit ihren Geschwistern. Wahrscheinlich wird Robert es ohnehin bald leid sein, dass ich überall dabei bin. Spätestens wenn er sich das erste Mal verliebt.

Mama verteilt den Kuchen auf unsere Teller. Mein Stück ist viel zu groß, was ich auch sofort anmerke.

»Du hast nur Angst, zu dick zu werden«, meint Robert.

»Quatsch«, antworte ich leicht verärgert, da ich merke, wie mir die Hitze zu Kopf steigt. Tobi aus der Parallelklasse hat letztens im Schwimmbad zu mir gesagt, dass ich ganz hübsch wäre, wenn mein Hintern kleiner wäre. Dabei hat er so viel Akne, dass er eh kein Mädchen abkriegt. Bestimmt steht er auf Sandra. Ziemlich viele Jungs an der Schule fahren auf meine beste Freundin ab, weil sie einen großen Busen hat. Ich habe gerade so Körbchengröße B. Dafür habe ich eine sportliche Figur. Vom Handballtraining und Joggen in den Weinbergen.

»An dir ist nichts dran«, sagt Papa jetzt. Aber der ist ja auch parteiisch.

Ich esse trotzdem nur die Hälfte des Kuchens. »Ich muss noch Platz fürs Abendessen lassen.«

Es gibt Rinderrouladen, Roberts Leibspeise. Morgen kommen drei seiner Freunde zur Geburtstagsfeier. Besser gesagt zum Zocken. Mein Bruder ist ein richtiger Computerfreak. Ab und zu spiele ich auch mit ihm, aber begeistern kann ich mich dafür nicht.

»Heute Abend ist wieder Spieletreff«, sage ich wie beiläufig, obwohl mir bewusst ist, wie Robert darauf reagieren wird. »Darf ich nach dem Essen hingehen?«

»Aber wir wollten doch ins Kino«, kommt auch sofort der Protest. Die Enttäuschung, die ich in Roberts Gesicht lese, versetzt mir einen Stich in der Magengegend. Ich fühle mich mies, doch möchte ich den Spieleabend heute nicht verpassen.

»Wir gehen nächstes Wochenende, okay?«, schlage ich vor. »Der Spieletreff ist nur einmal im Monat. Der Film läuft doch noch länger.«

»Aber du hast es versprochen.« Robert lässt die Gabel auf den Teller fallen. Absichtlich laut. »Mein Geburtstag ist heute.«

»Da hat er recht«, mischt sich mein Vater ein. »Ich dachte auch, ihr geht heute zusammen ins *Odeon*. Ich fahre euch gern hin.«

»Ich hatte vergessen, dass der Spieletreff diesen Freitag ist.« Ich sehe Robert und meinen Vater bettelnd an. »Bitte. Es tut mir wirklich leid. Ich verspreche, wir gehen nächste Woche ins Kino. Mit Nachos und Coke. Versprochen.«

»Ach, lass sie doch zu ihrem Treffen gehen«, ergreift meine Mutter für mich Partei. »Ist ja sonst nicht viel los für die jungen Leute. Gerade in den Sommerferien. Außerdem kommt der Film heute recht spät. Mir wäre es lieber, ihr geht kommenden Freitag in die Nachmittagsvorstellung.«

Mein Vater legt einen Arm um Roberts Schulter. »Tja, tut mir leid, mein Junge. In diesem Haus haben die Frauen immer das letzte Wort. Daran musst du dich gewöhnen.«

»Das ist nicht fair.« In Roberts Augen blitzt Wut auf. Ich sehe, dass er nur mit Mühe die Tränen zurückhält, weil es ihm seit Kurzem peinlich ist, vor Mama und Papa zu heulen. »Immer seid ihr auf Marlenes Seite. Außerdem habt ihr gesagt, dass ich heute länger aufbleiben darf. Ich bin ja kein Kind mehr.«

Von wegen, denke ich und überlege, was ich sagen kann, damit Robert nicht mehr sauer auf mich ist. Wir streiten so gut wie nie. »Wir können auch zweimal ins Kino gehen. Oder jeden Tag zocken. Den Rest der Sommerferien mache ich nur das, was du möchtest, okay?«

»Aber mein Geburtstag ist heute.« Mein Verrat hat ihn härter getroffen als vermutet. Zwar war klar, dass er verärgert sein wird, aber mit Nachos und Coke ist er doch sonst immer zu überzeugen. Er ist so bockig, dass man durchaus meinen könnte, er sei doch schon in der Pubertät. Hilfe suchend sehe ich zu Papa.

»Ach, weißt du was, Robert«, sagt er. »Wir machen einfach hier einen Kinoabend. Nur wir Männer. Wir können uns eine DVD ausleihen. Action oder so. Und natürlich darfst du lange aufbleiben. Morgen ist ja Wochenende.«

Mein Bruder grummelt unwillig, doch seine Gesichtszüge werden weicher. »Na gut.« Er greift nach der Gabel und schaufelt weiter Kuchen in sich hinein. »Aber ich möchte einen Horrorfilm anschauen.«

Ich lächle Papa dankbar zu.

»Horror?« Meine Mutter schüttelt den Kopf. »Und was heißt hier Männerabend? Ich möchte den Film mitschauen.«

»Das überlege ich mir noch«, antwortet Robert mit so ernster Miene, dass wir alle lachen müssen. »Was findest du überhaupt an dem Spieletreff, Marlene? Du hast erzählt, dass da manchmal voll komische Leute sind.«

Was mein Bruder sich alles merkt. »Nicht immer«, antworte ich. »Letztes Mal war es echt gut.« Weil *er* da war. Ich hoffe, heute Abend sehe ich ihn wieder. Mein Bauch kribbelt, wenn ich an ihn denke.

»Geht Sandra heute Abend auch hin?« Meine Mutter reißt mich aus den Gedanken.

»Nein. Ich habe sie vorhin angerufen. Sie ist immer noch krank.« Normalerweise fahren wir sonst zusammen nach Würzburg. Ich bin schon enttäuscht, dass meine beste Freundin nicht mitkommt. Sie schwärmt auch für jemanden vom Spieletreff, selbst wenn ich nicht verstehe, wieso sie ausgerechnet auf diesen Typen steht.

Mamas Stirn legt sich in Falten. »Dann nimm bitte später den Dorfbus zurück. Auch wenn es nur eine Station ist.«

»Ja«, pflichtet mein Vater ihr bei. »Bitte geh nicht die Abkürzung über den Weinbergsweg. Wenn du magst, hole ich dich auch direkt am Jugendzentrum ab. Dann ruf bitte an.«

»Musst du nicht.« Mir ist der Blick meines Bruders nicht entgangen. Ich werde seinen DVD-Abend nicht unterbrechen, nur damit Papa mich mit dem Auto abholt. Außerdem ist es mir unangenehm, wenn meine Eltern bei Treffen mit Freunden auftauchen. »Ich nehme spätestens um 22.16 Uhr den Bus nach Friedberg und steige dann um. Über den Weinbergsweg gehe ich im Dunkeln doch nie allein. Da habe ich viel zu viel Angst.«

KAPITEL 6
SONNTAG, 11. AUGUST 2019

VALENTINA

Ich nehme mir einen Nachschlag von den Makkaroni. Mein Vater hat sie mit extra viel Käse gemacht. Immerhin hat er noch einen Salat vorbereitet, sodass ich wenigstens ein bisschen was Gesundes esse.

»Ich habe Mist gebaut, mich wie eine Anfängerin verhalten.« Ich wundere mich, dass ich so viel essen kann. Der gestrige Auftrag hat mir anscheinend nicht auf den Magen geschlagen. Nur gut, dass ich den Stoffwechsel meines Vaters geerbt habe und nicht so schnell zunehme.

»Jeder macht mal Fehler«, widerspricht er mir. »Was meinst du, was mir bei der Arbeit damals alles passiert ist? Vor allem in den ersten Jahren.«

Ich schüttle unwillig den Kopf. »Der Auftrag war nullachtfünfzehn. Etwas, das ich schon oft im Team erledigt habe. Ausgerechnet bei der Bewährungsprobe fliege ich auf. Das geht einfach gar nicht. Werde morgen was zu hören kriegen.«

»Ach, Tinchen«, versucht er, mich aufzumuntern. »Du bist wahrscheinlich enttäuschter von dir als dein Chef oder deine Kollegen. Deine Ansprüche an dich selbst sind vielleicht ein wenig zu hoch. Niemand ist perfekt.«

»Das sollte ich aber sein.« Das klingt total kindisch, und natürlich hat mein Vater recht. Aber wie soll das mit einer eigenen Detektei bloß was werden, wenn ich Aufträge allein nicht hinbekomme? »Ich möchte nicht ewig abhängig von meinen Kollegen sein.« Von deren Erfahrung.

»Sagtest du nicht, ihr arbeitet immer mindestens zu zweit?«

Ich nicke. Meistens sogar zu viert. Detektivarbeit ist Teamarbeit. »Ich arbeite auch sehr gern mit den anderen zusammen. Was aber nicht heißt, dass man es allein vermasseln darf.«

»Du denkst definitiv zu viel an die Arbeit.« Mein Vater bietet mir einen weiteren Schluck Müller-Thurgau an, den ich ablehne.

»Ich muss noch fahren.« Mit Weißwein kann ich ohnehin nicht viel anfangen, auch wenn ich in Würzburg aufgewachsen bin. »Und ich denke nicht nur an die Arbeit, Papa.«

»Ach nein?« Er lächelt schief. »Du erzählst jedenfalls nur von der Arbeit. Was mich nicht stört«, fügt er schnell hinzu. »Ich frage mich nur manchmal, ob das alles ist, was dich glücklich macht.«

»Ich habe Doktor Watson. Und Bücher. Und Freunde.« Den letzten Satz habe ich zu zögerlich rübergebracht.

»Freunde?«, fragt er vorsichtig. »Oder Kollegen?«

»Das ist doch dasselbe«, antworte ich trotzig. Kris betrachte ich durchaus als Freund, auch wenn er mein Vater sein könnte. »Michaela ist eine sehr gute Freundin.« Vielleicht auch meine einzige. Sie ist keine Kollegin, sondern Buchhändlerin, die hervorragend an mir verdient. Schon in der Schule ist es mir schwergefallen, Freundschaften zu schließen. Zu neugierig. Zu besserwisserisch. Und die Nase immer in irgendeinem Buch. Da wird man schnell als eingebildete Streberin abgestempelt, auch wenn ich nicht die Beste in der Klasse war. Erst später ist mir klar geworden, dass ich mich vor allem deshalb um gute Noten bemüht habe, um Vater keinen Kummer zu bereiten. Er hatte schon genug Sorgen wegen meiner Mutter.

»Ach ja, Michaela. Triffst du sie oft?« Seine Frage erinnert mich daran, dass ich auch nicht sonderlich gut darin bin, die wenigen Freundschaften, die ich habe, zu pflegen.

»Gelegentlich.« Ich senke den Blick, da ich mich auf jeden Fall mal wieder bei ihr melden muss. Wie lange ist es her? Vier Wochen? Oder doch eher sechs?

»Und sonst?« Mein Vater sieht mich prüfend an. Ich muss lachen, da ich weiß, worauf er anspielt. Von ihm habe ich nicht nur die blonden Haare und die Schlaksigkeit geerbt, sondern auch die Neugier.

»Ich werde dir nicht von meinem Liebesleben berichten, Papa.« Dennoch denke ich an *nachtigall89*. Mit ihr hatte ich gestern Nacht eine Menge Spaß. Sie war die perfekte Ablenkung von einem missratenen Job. Die Brünette ist erst kurz bevor ich zu meinem Vater aufgebrochen bin gegangen. Gut möglich, dass ich sie sogar noch mal treffe. Aber nur für Tanzen und Sex.

Mein Vater seufzt. »Ich möchte nur nicht, dass du allein bist, das ist alles. Wenn ich mal nicht mehr da bin …«

»Ich bin nicht allein«, unterbreche ich ihn. »Jedenfalls nicht die ganze Zeit. Und tu nicht immer so, als würdest du morgen sterben.«

»Irgendwann werde ich aber nicht mehr da sein, und …«

»Außerdem bin ich sehr gern allein.« Weniger Probleme. Weniger Kompromisse. Weniger Leid.

»Du weißt, wie ich es meine. Hattest du eigentlich je eine Beziehung?«

Das Blut schießt mir in den Kopf. »Boah, Papa. Echt jetzt?!«

»Tut mir leid. Ich höre ja schon auf.« Er räumt den Tisch ab. »Wagst du eine Runde mit deinem alten Herrn?« Er deutet auf die Schachfiguren aus Holz. Er liebt das Spiel und hat es mir beigebracht, als ich sechs Jahre alt war. Trotzdem schlage ich ihn nur selten, und ich fürchte dann jedes Mal, er lässt mich gewinnen, damit ich überhaupt noch mit ihm spiele.

Ich setze mich ans Brett und eröffne die Partie. »Dann zeig mal, was du noch drauf hast.«

Es dauert keine 40 Minuten, dann hat er mich schachmatt gesetzt.

ROBERT

»Kannten Sie Marlene?« Der Mann steht auf einmal neben mir und betrachtet den Grabstein. »Sie ist viel zu jung gestorben.«

Ich mustere ihn. Ein bulliger Typ, vermutlich verbringt er viel Zeit im Fitnessstudio. Er ist ein wenig älter als ich, vielleicht so alt, wie Marlene heute wäre. Graue Strähnen ziehen sich durch das braune Haar. Er kommt mir nicht bekannt vor.

»Schlimm, was ihr passiert ist«, sagt er jetzt, obwohl ich nicht geantwortet habe, »vor allem, weil niemand dafür zur Rechenschaft gezogen wurde.«

»Woher kannten Sie meine Schwester?« Mir ist die Traurigkeit in seiner Stimme aufgefallen.

»Sie war … eine Freundin.« Er streckt mir die rechte Hand hin. »Holger Apel. Ich bin mit Marlene zur Schule gegangen. Selber Jahrgang.«

Ich wechsle die Brötchentüte in die linke Hand und erwidere den Gruß. »Robert Muth.«

»Der kleine Bruder. Ja, ich erinnere mich an Sie. Tut mir leid, dass ich Sie nicht erkannt habe. Aber ist ja auch eine Weile her.«

Ich nicke. Die Sonne brennt mittlerweile auf meinen Schädel, und ich wünschte, ich hätte an ein Käppi gedacht. Ungeduldig wippe ich mit den Füßen, da ich lieber allein wäre, doch Holger Apel macht keinerlei Anstalten zu gehen.

»Ich war lange nicht an ihrem Grab«, sage ich. Hoffentlich versteht er den Wink mit dem Zaunpfahl.

»Ich besuche es recht oft.« Er räuspert sich. »Meine Großeltern liegen auch hier, dann verbinde ich es immer.«

»Hmm«, erwidere ich nur. Mittlerweile finde ich ihn etwas aufdringlich. Marlene hat nie von einem Holger erzählt, also werden sie sich nicht so gut gekannt haben. Eine Weile stehen wir nebeneinander und starren auf das Grab.

»Ich muss dann mal weiter«, sagt er schließlich. Wahrscheinlich hat er endlich gemerkt, dass ich nicht auf eine Konversation über meine Schwester aus bin. »Tut mir sehr leid, was Marlene passiert ist.«

Ich presse die Lippen aufeinander und nicke nur. Erleichtert atme ich aus, nachdem der Mann sich verabschiedet hat.

Ich gehe in die Hocke und schaue zur Seite und über die Schulter. Ich möchte nicht, dass mich jemand für verrückt hält, weil ich mich mit einer Toten unterhalte. Wobei – kommen nicht die meisten hierher, um mit ihren Verstorbenen zu sprechen?

»Ich vermisse dich«, flüstere ich. Wie sie wohl heute aussähe? Ihr Lachen wäre sicher noch genauso ansteckend wie früher. Mit den dunklen Zöpfen und den roten Wangen habe ich sie als kleiner Junge für Schneewittchen gehalten. Marlene hat mir oft Märchen vorgelesen. »Am schlimmsten ist, dass sich die meisten in Friedberg heute nur noch an deinen Tod erinnern und nicht daran, wie du wirklich warst.« Die beste Schwester, die sich ein Kind wünschen kann. Ausgeglichen. Liebevoll. Loyal. Wie oft sie mich gegenüber anderen Kindern verteidigt hat. Auf dem Spielplatz und später auch in der Schule. Oder erinnere ich mich nach so langer Zeit nur an die positiven Dinge, weil sie tot ist?

»Ich habe eine Freundin, drüben in Kanada«, erzähle ich meiner Schwester weiter. »Du würdest sie mögen. So wie du schließt sie Menschen schnell in ihr Herz.« Im Unterschied zu mir. Als Kind war ich fröhlicher. Offenherziger. Bevor das mit Marlene passierte.

Ich verabschiede mich von ihr und verspreche, in zwei Tagen wiederzukommen.

»Du warst bei ihr? Allein?« Meine Mutter sieht mich mit einer Mischung aus Ungläubigkeit und Enttäuschung an. Verständlich, da ich nie gern mit ihr auf den Friedhof gegangen bin.

»Übermorgen besuchen wir sie gemeinsam. Das Grab ist gut gepflegt.«

Meine Mutter nickt. »Dafür zahle ich gern ein bisschen mehr. Habe ich dir eigentlich von der roten Rose erzählt?«

Nein. »Was meinst du?«

»Seit ein paar Jahren legt jemand immer zu Marlenes Todestag eine rote Rose aufs Grab. Sie ist nicht vom Grabpflegeservice. Einmal habe ich mich auf die Lauer gelegt, um die Person zu erwischen, doch es ist mir nicht gelungen. Ich vermute, er oder sie schleicht sich irgendwann in der Nacht vor dem Jahrestag ans Grab.«

»Und das erzählst du mir erst jetzt? Seit wann ist das so? Hast du die Polizei darüber informiert?«

Mama schnauft. »Die Polizei! Für die ist der Fall doch lange abgeschlossen. Mir ist es das erste Mal vor fünf oder sechs Jahren aufgefallen.«

Wut steigt in mir auf. »Vielleicht kommt die Rose von ihrem Mörder, hast du daran mal gedacht?«

Sie lächelt nachsichtig. »Robert, das glaubst du doch nicht im Ernst. Welcher Mörder schenkt seinem Opfer rote Rosen? Die Blumen werden von einem heimlichen Verehrer sein. Oder von einem Freund aus ihrer Schulzeit. Von Sandra ist sie allerdings nicht, die habe ich schon gefragt.«

Eine Erinnerung blitzt auf. »Hast du die Karten noch? Die wir damals erhalten haben?« Nach Marlenes Tod haben wir viele Beileidsbekundungen bekommen, auch schriftlicher Art. Leider waren darunter ein paar Schreiben ohne Absender, dafür voller Vorwürfe gegenüber meinen Eltern. Das weiß ich nur, weil ich eines davon damals selbst aus dem Briefkasten gefischt habe.

Meine Mutter erhebt sich vom Küchentisch. »Natürlich. Aber nicht die anonymen. Die hat die Kripo an sich genommen. Die möchte ich auch nie wieder lesen müssen.«

Zwei Minuten später ist sie zurück in der Küche. Mit einem dicken Stapel vergilbter Briefe und Postkarten.

Ich überfliege sie, halte vor allem Ausschau nach einer Karte mit einer roten Rose. Komme mir dabei zugegebenermaßen etwas lächerlich vor. Wieso sollte es da einen Zusammenhang geben?

»Erstaunlich, wie viele Menschen ihr Schicksal berührt hat, nicht wahr?« Meine Mutter reicht mir eine Karte aus Kassel, die fast ein Jahr nach Marlenes Tod abgeschickt wurde. »Selbst Fremde aus anderen Teilen des Landes haben uns ihr Beileid ausgesprochen.«

Kein Wunder. Der Tod meiner Schwester hat Tageszeitungen und Fernsehsendungen in ganz Deutschland gefüllt. Für mich die Hölle, da immer wieder Journalisten vor dem Grundstück oder in unserem Haus herumlungerten. Erstaunlich finde ich eher, dass nicht ein Hinweis aus der Bevölkerung zu ihrem Mörder geführt hat.

»Was ist das?« Ich habe einen Brief auseinandergefaltet, den ich bei näherem Hinsehen als Farbkopie identifiziere. Das Innere des Blattes füllt ein mit Bleistift gezeichneter Schmetterling. Sinnbild für das Gute und Schöne, für die menschliche Seele und die Auferstehung, aber auch für Flatterhaftigkeit und Leichtlebigkeit. Während eines Projektes im Studium habe ich mich mal mit der Symbolik von Bildern und Grafiken auseinandergesetzt.

Der Text darunter löst bei mir eine Gänsehaut aus:

Schönheit hat den Tod gewählt.

Die bunten Buchstaben sehen aus, als wären sie aufgeklebt gewesen. Herausgeschnitten aus Zeitschriften und Zeitungen. »Hast du das Original noch?«, frage ich meine Mutter.

Sie wirft einen Blick auf das Schreiben und zuckt zusammen. »Nein. Das haben wir der Soko überreicht. Dein Vater hat die Kopie gemacht, weil er den Brief als wichtig erachtet hat.« Ihre Stimme klingt belegt. Tränen schimmern in ihren Augen. »Wie kann jemand nur so etwas Gemeines schreiben? Als hätte Marlene sich gewünscht zu sterben. Und dann so!« Ihre Stimme bricht ab.

Ich nehme meine Mutter in den Arm. Sie hat mich damals nur die echten Beileidsbekundungen lesen lassen. Doch der Brief, den ich damals aus dem Briefkasten gefischt habe, war voller Vorwürfe. Auch wenn ich mich nicht mehr an den genauen Wortlaut erinnere, war die Sprache von schlechter Erziehung gewesen, die dazu geführt habe, dass meine Schwester vom Pfad abgekommen sei und sich auf den Falschen eingelassen habe.

»Wichtigtuer und Spinner!« Ich packe die Kopie unter die anderen Schreiben und forme wieder einen Stapel. »Bring sie weg. Oder besser, wirf sie endlich in den Müll.« Es war ein Fehler, sie zu lesen. »Das Wühlen in der Vergangenheit bringt nichts.« Außer Kummer.

Meine Mutter schnieft. »Und wenn du recht hast?«, fragt sie und schlingt beschützend die Arme um den Stapel, als habe sie Angst, dass ich ihn ihr wegnehme. »Was, wenn dieser Brief von Marlenes Mörder kam?«

»Dann hätte die Polizei ihn vor Jahren geschnappt.« Marlene taucht vor meinem inneren Auge auf. Sie steht mit Handtasche in der Küchentür und lächelt mir zum Abschied zu.

»Nächste Woche gehen wir ins Kino«, sagt sie. »Versprochen.«

Ich habe ihr damals nur mit einem finsteren Blick geantwortet, weil ich immer noch sauer war.

Hätte ich gewusst, dass ich sie zum letzten Mal sehe, hätte ich sie in den Arm genommen.

KAPITEL 7
MONTAG, 12. AUGUST 2019

VALENTINA

»Es war wohl zu früh, dich allein ins Feld zu schicken.«
Mein Chef Olli schaut mich mitleidig an, was schlimmer
ist als eine Standpauke. »Mein Fehler. Bei deinen nächsten
Aufträgen wirst du wieder mindestens einen Partner haben.
Kris und du, ihr seid ein gutes Team. Unser Kunde ist sehr
zufrieden mit den Bildern von der Baustelle.«

Ich beiße mir auf die Unterlippe. Nicht mal Kris habe ich
erzählt, dass ich auch da fast aufgeflogen wäre. »Wie geht es
jetzt weiter mit dem Fall vom Samstag?«

Olli zieht die schmalen Schultern hoch. Er ist Ende 50 und
war vor der Gründung der Detektei selbst jahrelang im
Außendienst. Seine unauffällige Statur hat ihm vermutlich
geholfen, unsichtbar zu bleiben. »Wir haben Glück. Der Auftraggeber hat recht entspannt reagiert, und die Zielperson hat
die Begegnung mit dir wohl nicht erwähnt. Heute fällt eine
Entscheidung, ob die Observation fortgesetzt oder eingestellt
wird. Dass du aus der Nummer raus bist, ist dir wohl klar.«

Ich nicke. Mein Respekt vor Olli ist hoch. Er ist ein stren-
ger Chef, aber fair. »Die Fotos, die ich aufgenommen habe,
zeigen ja immerhin eindeutig, dass der Mann ein Verhältnis hat.«

Olli nippt an seiner Tasse. Für ihn ist Kaffee das, was für mich die Energydrinks sind. »Händchenhalten und ein Kuss. Der Auftraggeber hat mehr erwartet. Wir werden sehen.« Erneut nimmt er einen Schluck Kaffee. »Valentina, ich will ehrlich zu dir sein. Du hast dich zwar schnell in den Job eingefunden, doch bin ich mir im Nachhinein nicht mehr sicher, ob die verkürzte Ausbildung eine gute Idee war. Natürlich helfen dir deine juristischen Fertigkeiten, das sieht man vor allem an den Berichten, die du schreibst. Doch was das Observieren angeht, kannst du noch einiges von den Kollegen lernen.«

»Aber ich bin zuvor nie aufgeflogen«, verteidige ich mich. »Und ich bin sicher, dass ich mich gut aus der Nummer rausgeredet habe. Sonst hätte die Zielperson doch etwas gegenüber dem Auftraggeber fallen gelassen, oder?«

»Das sagt gar nichts. Fakt ist, dass das Misstrauen des Mannes eine Observation nun erschwert. Aber lassen wir es für heute dabei bewenden. Kris wartet schon auf dich. Ihr habt einen neuen Auftrag. Wieder hier in Würzburg.«

Ich bedanke mich und verlasse das Chefbüro. Atme tief durch. Mir ist bewusst, dass ich nun unter besonderer Beobachtung stehen werde. Auch wenn Kris und ich uns super verstehen, muss ich damit rechnen, dass er Olli über weitere Fehler meinerseits informiert.

Ich finde Kris im Technikraum, wo wir die Kameras, Objektive, Wanzen, GPS-Sender und weitere Tools lagern.

»Was steht an?«, frage ich ihn so lässig wie möglich. Sicher ist er über meinen Aussetzer am Samstag bereits informiert. Auch wenn Melissa niemals tratscht, wird der Chef es ihm erzählt haben. Das vermute ich jedenfalls.

»Eine Unterhaltsangelegenheit«, antwortet Kris und zwinkert mir zu. »Fühlst du dich fit?«

»Klar.« Ich verschweige, dass ich ganz schön nervös bin. Heute darf nichts schiefgehen. Immerhin mag ich Unterhaltsfälle sehr gern. Ich finde Elternteile, die sich aus der Affäre ziehen und nicht für das eigene Kind zahlen, nämlich zum Kotzen.

»Mach dir nichts draus.« Kris legt mir eine Hand auf die Schulter, was mich beruhigt. »Heute wirst du wieder zeigen, was du kannst.«

»Der Chef hat's dir also erzählt.« Ich stöhne. »Es ist mir so peinlich.«

»Sei froh, dass du wieder im Team arbeitest. Soloaufträge werden überbewertet. In dem Job ist es wichtiger, dass du mit Kollegen zusammenarbeiten kannst.« Kris grinst. »Einzelgänger kann ich eh nicht leiden.«

»Ich wette trotzdem, dass dir so was noch nie passiert ist.«

»Nein.« Er fährt sich durch die grauen Locken und senkt die Stimme. »Dafür habe ich mal einen Kollegen in Gefahr gebracht, glaub mir, das ist viel schlimmer.«

Meine Augen durchbohren ihn so lange, bis er aufblickt. Er lacht auf. »Na komm, ich erzähle es dir unterwegs.«

Stunden später drehe ich erleichtert den Schlüssel im Schloss. Heute war ein erfolgreicher Tag. Zwar haben wir wieder ewig im Auto gesessen, und mein Hintern fühlt sich wund an, doch hat es sich gelohnt. Der Mistkerl wird vor Gericht nicht noch einmal damit davonkommen zu behaupten, er sei arbeitslos und könne den Unterhalt nicht zahlen. Zwar hat er vor wenigen Monaten seine Kündigung als Beweis vorgelegt, doch heute haben wir herausgefunden, dass er zurück im alten Job ist. Ich frage mich immer, wieso Arbeitgeber bei der Trickserei mitspielen.

»Ich bin wieder zu Hause.« Die Ankündigung kommt automatisch, wenn ich durch die Wohnungstür trete, obwohl höchstens Doktor Watson auf mich wartet. Also antworte ich mir wie immer selbst:

»Schön, dass du da bist.« Erst jetzt registriere ich das Vibrieren in meinem Rucksack. Mein Smartphone zeigt einen Anruf von Michaela an. Ich beiße mir auf die Unterlippe. Ich hätte mich längst mal wieder bei ihr melden sollen.

»Hi, nett, dass du anrufst«, begrüße ich meine Freundin. »Tut mir leid, dass du so lange nichts von mir gehört hast.«

Ich erhalte Michaelas raues Lachen als Antwort. »Kein Problem. Ich nehme an, die Arbeit war wie immer schuld.« Ich habe Glück, dass sie nicht nachtragend ist. »Oder hast du dir endlich mal jemanden angelacht?«

»Haha, fang du nicht auch noch an. Es reicht, wenn mein Vater mir in den Ohren liegt.«

Michaela lacht spöttisch. »Der will bestimmt Enkelkinder.«

Ich stelle den Rucksack ab und begebe mich in den Wohnbereich. Von Doktor Watson keine Spur. Der Streuner! »Bloß nicht. Wie geht es dir?«

»Gut, ich war am Wochenende bei meinen Eltern in Friedberg. War anstrengend, wie immer.«

»Und, was gibt es Neues in deiner beschaulichen Heimatgemeinde?« Ich lasse der Ironie freien Lauf. Michaela und ich sind Stadtmenschen und machen uns immer lustig über den Dorftratsch. Eigentlich ist es alles andere als witzig, denn auch Michaela war oft genug Gesprächsthema Nummer eins in Friedberg, und das nicht im positiven Sinne. Ich ziehe die Anonymität von Würzburg jeglichem Landleben, wo jeder jeden kennt, vor.

»Robert Muth ist zurück. Das ist diese Tage das Gossip-Highlight in Friedberg. Gott, wie sich die Leute das Maul zerreißen, ist einfach widerlich!« Michaelas Abscheu klingt deutlich durch.

»Wer ist Robert Muth?« Muss man den kennen?

»Der Bruder von Marlene Muth.«

»Der Name sagt mir nichts.«

»Kein Wunder. Du warst zu jung. Der Fall ist 20 Jahre her.«

Ich horche auf. »Fall?«

»Ja. Marlene Muth wurde damals ermordet.« Michaela räuspert sich. »Sie war erst 16. Hat damals irre Schlagzeilen gemacht, vor allem weil der Mörder nie gefunden wurde.«

»Und du? Kanntest du sie gut?« Meine Neugier ist geweckt. Michaela hat mir nie erzählt, dass es in Friedberg einen Mordfall gab. Sicher weiß mein Vater mehr darüber, obwohl wir vor 20 Jahren andere Sorgen hatten.

»Nein. Vom Sehen halt. Ich war damals 18. Ich rufe eigentlich an, um zu fragen, wann wir uns mal wieder treffen.« Michaela ist zehn Jahre älter als ich, und doch verstehen wir uns so gut, als wären wir Schwestern. Vielleicht, weil wir beide keine Geschwister haben.

»Ich wollte die Tage ohnehin bei dir in der Buchhandlung vorbeikommen, weil ich neuen Lese- beziehungsweise Hörbuchstoff brauche.« Hörbücher sind beim Observieren eine prima Möglichkeit, um wach zu bleiben. Michaela besitzt eine kleine, aber sehr beliebte Buchhandlung in Würzburg.

»Das ist schön«, antwortet sie. »Aber ich dachte eher an einen Drink oder einen Brunch, um mal wieder zu quatschen.«

»Klar.« Ich zögere. Momentan ist es so stressig auf der Arbeit, dass ich schlecht planen kann. »Geht es bei dir auch kurzfristig?«

»Sicher. Meld dich einfach.« Das liebe ich an ihr. Sie ist so wunderbar unkompliziert. Das habe ich schon bei unserem ersten Treffen vor fünf Jahren in einem Klub gemerkt. Sie hat mich angesprochen, und wir haben stundenlang über Gott und die Welt gequatscht. Auch wenn Michaela damals ziemlich sicher mehr als nur reden wollte, ist nie was zwischen uns gelaufen. Sie ist nicht mein Typ, aber die beste Freundin, die man sich wünschen kann.

»Bestimmt schaffe ich es schon morgen, bei dir im Laden vorbeizuschauen«, sage ich schnell, damit sie nicht denkt, dass ich mich aus einem Treffen herausrede.

Ich vernehme ihr leises Schnaufen, doch klingt ihre Stimme sanft. »Versprich lieber nichts, was du nicht halten kannst.«

ROBERT

Am liebsten hätte ich das Schreiben mit dem Schmetterling verbrannt. Es geht mir nicht aus dem Kopf, so sehr ich mich auch bemühe, mich mit Arbeit abzulenken. Rory braucht meine Hilfe, also habe ich einen Homeoffice-Tag eingelegt. Kam mir ganz recht, da meine Mutter mir ständig in den Ohren liegt, dass ich Marlenes Tod aufklären soll.

»Wie denn?«, habe ich sie mehrfach gefragt und abgewiegelt. »Ich bin kein Polizist. Wenn die damals keine Spur hatten, werde ich 20 Jahre später auch nichts herausfinden.« Außerdem nervt es mich, dass es wieder einmal nur um Marlene geht. Ich habe sie sehr geliebt, doch nach ihrem Tod war ich für meine Eltern fast wie Luft, und jetzt habe ich ein neues Leben. In Kanada. Mit Ava. Wobei ich nicht mal sicher bin, ob die Beziehung mit meiner Freundin überhaupt noch existiert. Seit unserem letzten Gespräch ist Funkstille. Es wäre an mir, mich zu melden, doch habe ich Sorge, dass sie wieder das Thema anschneidet, vor dem ich mich fürchte. Ich bin ein erbärmlicher Feigling. Dass auch Ava keinen Versuch gestartet hat, mich zu kontaktieren, ist kein gutes Zeichen. Sie ist immer diejenige, die als Erste nachgibt.

»Die Kripo hat damals jemanden festgenommen«, fängt meine Mutter auch jetzt beim Abendessen wieder an. »Diesen Holger Apel aus Uettingen, unserem Nachbarort. Marlene und er waren in einer Klasse.« Nachdenklich legt sie die Stirn in Falten. »Oder Parallelklasse?«

Der Name lässt mich zusammenzucken. »Holger Apel?« Der Bodybuilder-Typ, der mich gestern am Grab angesprochen hat.

»Ja. Er galt damals als verdächtig und wurde vorläufig festgenommen. Sie haben ihn aber nach einem Tag oder so wieder laufen lassen. Vielleicht hat er trotzdem was mit Marlenes Tod zu tun.«

Wieso erinnere ich mich nicht daran? Ich schneide eine Scheibe Salami ab und lege sie auf mein Brot. Ob Holger Apel die Briefe an meine Eltern geschrieben hat? Wenn er so oft Marlenes Grab besucht, ist er vielleicht derjenige, der jedes Jahr eine Rose dort hinterlässt. »Weißt du noch, warum er in Verdacht geraten ist? Irgendetwas muss die Polizei gegen ihn in der Hand gehabt haben.«

Sie schüttelt bedauernd den Kopf. Bisher hat sie kaum etwas gegessen. »Dein Vater und ich haben damals so oft gebeten, uns Einblick in die Ermittlungsakte zu geben, doch die Staatsanwaltschaft hat es nicht zugelassen.« Meine Mutter schnauft. »Wahrscheinlich, weil auch die nahen Angehörigen als verdächtig gelten, was Unsinn ist. Schließlich waren wir an dem Abend mit dir zu Hause.«

Mir wird etwas schwindlig. Ich möchte mich nicht an den Abend erinnern. »Aber Marlene hatte mit diesem Holger doch nichts zu schaffen, oder?«

Mutter zuckt mit den knochigen Schultern. »Die Medien haben damals geschrieben, dass deine Schwester und er zusammen waren. Ich glaube es kaum, da Marlene nie von ihm gesprochen hat.«

Eben. Sie hätte es mir doch erzählt. Oder nicht?

»Kannst du nicht mit der Polizei sprechen?«, bittet meine Mutter. »Ich bin sicher, nach 20 Jahren werden sie uns Einblick in die Akte geben. Die Ermittlungen sind ja eingestellt.«

»Aber nicht abgeschlossen«, gebe ich zu bedenken. Die Kripo kann den Fall jederzeit wieder aufrollen. Aber ohne neue Erkenntnisse würde sie das nicht tun.

»Du warst damals erst 13. Sie werden dich auch heute nicht verdächtigen.« Sie atmet schneller. »Ich muss mich hinlegen, mir geht es nicht gut. Ich möchte morgen für den Besuch auf dem Friedhof fit sein.«

Ich bringe meine Mutter ins Schlafzimmer und setze mich dann wieder an den Rechner. Starre auf den Bildschirm und denke doch nicht an die Arbeit. Vielleicht sollte ich herausfinden, ob Holger Apel was mit meiner Schwester hatte. Ich gebe seinen Namen in die Suchmaske von *Google* ein.

Er arbeitet als Personal Trainer und Ernährungsberater sowohl in einem Würzburger Fitnessstudio als auch in den eigenen vier Wänden. Na, bei der Statur passt das ja wie die Faust aufs Auge. Auf seinem *Facebook* Account entdecke ich Fotos von ihm mit einer Frau und zwei Kindern. Er sieht glücklich aus auf den Bildern. Nicht wie jemand, der noch an meiner Schwester hängt und ihr rote Rosen aufs Grab legt. Es sei denn, er hat ein schlechtes Gewissen, weil er Marlene getötet hat. Ich sehe auf die Armbanduhr. 20.30 Uhr. Bald geht die Sonne unter. Ich bin sicher, dass, wer immer der Rosenkavalier meiner Schwester ist, sich erst in der Dunkelheit ans Grab traut. Wenn er sich unbeobachtet wähnt. Doch heute Nacht werde ich ihn beobachten.

Ich komme mir vor wie ein Möchtegern-Detektiv. Das Käppi habe ich tief in die Stirn gezogen, ich trage bequeme Sneakers, um für eine Verfolgungsjagd gerüstet zu sein, und verstecke mich hinter einer dicken Eiche auf dem Friedhof. Marlenes Grab habe ich gut im Blick, und sollte der Rosenkavalier auftauchen, ist es nur ein kurzer Sprint, um ihn zur Rede zu stellen. Es ist 21.30 Uhr und noch sehr mild, obwohl ein leichter Regen eingesetzt hat.

Zwischendurch muss ich immer wieder in die Hocke gehen und mich strecken, weil ich das lange Stehen nicht gewohnt bin. Schon tagsüber mag ich Friedhöfe nicht, doch in der Dunkelheit sind sie noch unheimlicher. Ich dachte immer, es sei totenstill hier, dabei vernehme ich das Zirpen der Grillen, den Schrei eines Uhus und das Zetern einer Katze.

Meiner Mutter habe ich nichts von diesem »Ausflug« erzählt, sie soll sich nicht unnötig aufregen. Ihr Gesundheitszustand bereitet mir Sorgen. Sie liegt fast nur noch im Bett. Fast so wie nach dem Tod meiner Schwester, als sie mit Depressionen zu kämpfen hatte. Zudem möchte ich nicht, dass sie glaubt, ich würde versuchen, Marlenes Tod aufzuklären. Ich bin nur neugierig, was die rote Rose angeht. Und auf diesen Apel. Gleich werde ich wissen, ob er Marlenes geheimnisvoller Verehrer ist. Selbst wenn er es ist, heißt es nicht, dass er meine Schwester getötet hat. Wie sollte ihm das auch jemand nachweisen?

Es ist nach 23 Uhr, als ich den Schatten ausmache. Ich halte die Luft an. Tatsächlich nähert sich eine Person Marlenes Grab. Langsam. Immer wieder schaut sie über die Schulter, als ahnte sie, dass ich auf der Lauer liege. Die Gestalt bleibt vor dem Grab meiner Schwester stehen. Ich kann nicht ausmachen, ob es eine Frau oder ein Mann ist. Die Person trägt ein weites Regencape, das den Körper samt Kopf verhüllt.

Ich setze den linken vor den rechten Fuß, bereit loszusprinten. Oder sollte ich mich der Person lieber noch ein paar Schritte von hinten nähern, bevor ich sie jage? Dann habe ich bessere Chancen, sie einzuholen, wenn sie flieht.

Jetzt holt die Gestalt etwas unter dem Cape hervor. Auch wenn das Licht der schmalen Mondsichel schwach ist, erkenne ich an der Silhouette, dass es sich um eine Rose handelt.

Hab ich dich! So leise wie möglich schleiche ich mich von hinten heran. Die Person scheint mich nicht zu bemerken. Sie hockt sich vor Marlenes Grab. Legt die Rose ab.

Flüstert sie? Was erzählt sie meiner Schwester? Liebeserklärungen oder Entschuldigungen für eine Bluttat?

Etwas knackt unter meinen Schuhen. Verdammt! Automatisch bleibe ich stehen. Doch es ist zu spät. Die Gestalt dreht sich zu mir um. Leider erkenne ich das Gesicht immer noch nicht. Wie vom Blitz getroffen richtet sie sich auf und rennt los.

Ich fluche erneut, dann nehme ich die Verfolgung auf. Der Schotter knirscht unter meinen Sohlen. Nach wenigen Schritten bricht mir der Schweiß aus. Ich bewege mich zu selten, schießt es mir durch den Kopf. Ava ist die Sportskanone von uns beiden.

»Bleiben Sie stehen!«, rufe ich. Der Verfolgte dreht sich nicht zu mir um. Hechtet weiter den Weg zurück. Zum Eingang des Friedhofs. Nimmt Abkürzungen über ein paar der niedrigen Grabsteine hinweg, als wären wir Teilnehmer eines Hürdenlaufs. Fluchend springe auch ich über ein paar der Gräber und schäme mich, die Totenruhe zu stören. An einem der Steine bleibe ich hängen und falle fast hin. Ich taumle, rette mich im letzten Moment vor dem Sturz, doch hat sich der Vorsprung des anderen nun vergrößert.

»Bleiben Sie gefälligst stehen!« Noch beim Ausruf ärgere ich mich. Ich sollte meinen Atem besser schonen.

Die Gestalt ist am Eingang des Friedhofs angelangt. Sie flitzt durch das offene Tor und biegt auf die Hauptstraße ein. Ich jage hinterher. Schnell merke ich, dass der Abstand zwischen uns zu groß ist.

Ich sehe noch, wie die Person um die nächste Ecke verschwindet, dann gebe ich auf. Ich stütze die Hände auf die Knie und schnappe nach Luft. Ächze wegen des Seitenstechens.

»You fucking loser«, schreie ich mich selbst an. Dann schießt mir ein wahnwitziger Gedanke durch den Kopf: Es ist meine Schuld, dass sie tot ist.

KAPITEL 8
FREITAG, 13. AUGUST 1999

MARLENE

Roberts Miene, als ich mich von ihm und meinen Eltern verabschiede, bringt mich fast um. Da habe ich einiges wiedergutzumachen.

Ich werde mich anstrengen, nehme ich mir vor. Mein Bruder ist echt der Letzte, mit dem ich Stress haben will.

Ich nehme die Abkürzung über den Weinbergsweg. Solange es hell ist, ist das kein Problem. Um die Uhrzeit trifft man stets noch Spaziergänger und Hundebesitzer, die ihre Vierbeiner ausführen. Dass man hier nachts nicht allein herumläuft, ist ja wohl klar. Schon gar nicht als Frau. Vor Jahren ist hier mal eine fast vergewaltigt worden. Hat mir Sandra erzählt. Es gibt nur wenige Anwohner am Weinberg, unter anderem meine Familie. Der Bungalow grenzt an den Weg. Ich jogge hier gern oder nasche heimlich von den süßen Trauben. Auch heute sehen die dicken Beeren verführerisch aus, aber ich habe es eilig.

Der Spieletreff ist viel zu selten. Klar sind oft Spinner dabei, aber letztes Mal haben sowohl Sandra als auch ich Glück gehabt. Wir haben uns beide verguckt. Beim *Monopoly*-Spielen. Dabei dachte ich erst, die zwei Jungs seien viel zu cool für Brettspiele, doch hatten sie eindeutig Spaß. Na ja, sie haben uns Mädels auch abgezockt.

Sein Lächeln ist voll süß. Seitdem kribbelt es, wenn ich ihn auf dem Pausenhof sehe. Ich habe es Holger natürlich nicht erzählt, aber wegen meiner Gefühle für den anderen habe ich mit ihm Schluss gemacht. Wir passen ohnehin nicht zusammen, das wird Holger schon noch einsehen. Außerdem ging das mit uns ja nur ein paar Wochen. Ich habe ihn nicht mal meinen Eltern vorgestellt und auch Robert nichts davon erzählt, wahrscheinlich weil ich von Anfang an gespürt habe, dass es nicht hält. Geschlafen habe ich mit Holger auch nicht, obwohl ich noch Jungfrau bin und schon gern wissen möchte, wie das so ist. Sandra hatte ihr erstes Mal vor einem halben Jahr und fragt sich bis heute, was alle daran finden. Ich denke, der Typ, mit dem sie es gemacht hat, war einfach nicht der Richtige. Wenn man total verliebt ist, wird auch das erste Mal schön. Und wenn nicht, dann bestimmt das zweite oder dritte Mal.

Der Bus hält nach acht Zwischenstopps nahe der Carl-Diem-Halle in Würzburg. Die paar wenigen Parkplätze vor der Konzerthalle sind belegt, was mich nicht wundert. Die *Toten Hosen* spielen in einer knappen Stunde. Sandra und ich haben alles versucht, um Tickets für die *Unsterblichkeits-Tour* zu kriegen, doch waren die innerhalb weniger Stunden ausverkauft. Sehnsüchtig huschen meine Augen über die Parkflächen und den Halleneingang. Wäre ja cool, wenn ich Campino oder eines der anderen Bandmitglieder sehe. Wie sie in einer Limo oder so anbrausen.

So ein Quatsch, schüttle ich den Kopf. Die sind natürlich schon längst da drinnen, um sich vorzubereiten. Also schlendere ich weiter die Straße hinab und biege nach ein paar 100 Metern links ab. Nach wenigen Schritten erreiche ich das Jugendzentrum. Auf dem dazugehörigen Hof werfen zwei Jungs Körbe. Sie sind so in ihrem Basketballspiel gefangen, dass sie mich gar nicht bemerken. Den einen erkenne ich. Es ist Stefan Groß, Sandras Schwarm. Mein Herz dreht sofort auf. Wenn er da ist, dann wahrscheinlich auch sein Kumpel, an den ich nicht aufhören kann zu denken.

Die kleine Küche des Zentrums ist leer, aber Stimmen und Gelächter verraten mir, dass im großen Innenraum bereits was los ist. Freudig beschleunige ich den Schritt. Im Flur kommt mir Thorsten aus der Parallelklasse entgegen. Er ist so gut wie immer für die Spieletreffs hier.

»Hi, Marlene«, begrüßt er mich. »Bereit für die Schlacht?« Seine gute Laune ist ansteckend.

»Schlacht?«

»Heute spielen wir *Risiko*. Biste dabei?«

»Klar. Warum nicht?«, antworte ich, obwohl ich das Brettspiel nicht sonderlich mag. Aber wenn *er* da ist, ist mir eh gleich, was wir spielen. Hauptsache, ich kann wieder mit ihm quatschen. Ich muss nur aufpassen, dass ich ihn nicht zu sehr anhimmle und gleich alle merken, dass ich verknallt bin. »Wer ist denn alles da?«

»Angelika, Michael und Holger.«

Mein Lächeln verschwindet. *Er* ist demnach nicht da. Oder zumindest noch nicht. Was mich echt nervt, ist, dass mein Ex hier ist. Holger war noch nie auf dem Spieletreff, und er ist sicher nur wegen mir da. Ich habe große Lust, nach Hause zu gehen.

»Kommen bestimmt noch ein paar Leute«, meint Thorsten, als hätte er meine Gedanken gelesen.

Na hoffentlich.

Holger und Michael stehen am *Kicker* und johlen. Das Rutschen der Metallstangen und das Knallen des Balls betäuben für einen Moment meine Ohren.

Ich setze mich zu Angelika an den Tisch, auf dem der Spielplan von *Risiko* ausgebreitet ist. Sie mischt gerade die Missionskarten.

Ich begrüße sie mit einer kurzen Umarmung. »Ich spiele mit.«

Angelika geht in meine Klasse. Wir sind befreundet, aber nicht so eng wie Sandra und ich. Aus den Augenwinkeln nehme ich wahr, dass die Jungs vom *Kicker* abgelassen haben und auf uns zukommen.

»Hey, Marlene.« Holger drückt mir ein Küsschen auf die Wange, was mir unangenehm ist. »Was geht?«

Ich bemerke, wie Angelika auf seine muskulösen Oberarme starrt. Er ist durchaus attraktiv, aber ich stehe halt nicht mehr auf ihn. Das soll er mal kapieren. Meinetwegen kann er gern mit Angelika anbandeln.

»Du spielst mit, oder?«, fragt diese ihn nun auch.

»Klar. Michael auch.« Holger setzt sich neben mich. Hoffnungsvoll schaue ich zur Tür, doch es ist nur Thorsten, der zurück in den Raum kommt. Ihn begleitet ein Mädel, das ich nicht kenne. Sie stellt sich als Liv vor und betont, dass sie lieber erst mal zuschauen mag, da sie *Risiko* noch nie gespielt hat.

»Echt jetzt?« Thorsten wirft ihr einen prüfenden Blick zu. »Das Spiel ist doch nicht schwer, und zu sechst ist es am besten.«

»Lass sie doch«, meint Michael. Er ist zwei Jahre älter als ich. Ich hab zwar nichts gegen ihn, aber ich finde ihn ein bisschen unheimlich. Warum, weiß ich nicht. Vielleicht, weil er wenig von sich erzählt. Er geht auch nicht mehr auf meine Schule, sondern macht eine Ausbildung.

»Ja, sie muss doch nicht«, verteidige ich seine Meinung. Im Stillen hoffe ich, dass eine ganz bestimmte Person noch auftaucht und die Rolle des sechsten Spielers einnimmt.

»Ich frage mal eben Stefan und seinen Kumpel.« Thorsten stapft Richtung Ausgang, was mich innerlich aufseufzen lässt. »Vielleicht hat ja einer von denen Bock.«

Drei Minuten später ist er wieder da. Mit Stefan im Schlepptau, dessen schwarze *Martens* Boots auf dem Linoleumboden quietschen. Er zieht an einer Zigarette, obwohl jeder weiß, dass Rauchen hier drinnen verboten ist. Stefan macht immer einen auf cool, mit den schwarzen Klamotten, dem dunklen toupierten Haar, seinem Nasenring und den Tattoos auf dem Oberarm. Ein Totenkopf und eine Rose.

Ich kann mit der Gothic-Symbolik ja nicht so viel anfangen. Meine Eltern würden mir auch nie erlauben, mich piercen oder tätowieren zu lassen. Aber Stefan ist auch schon 19.

Sandra fährt voll drauf ab, also auf Stefan und Tattoos. Sie redet ständig davon, sich ein Arschgeweih stechen zu lassen. Ich finde so etwas grässlich.

»Ich mache auf keinen Fall mit«, sagt er mit Blick auf das Spielbrett und lehnt sich lässig gegen eine Wand. »Schon *Monopoly* war nicht so geil.«

»Wieso?«, wirft Thorsten ein, »du hast doch gewonnen.«

»Weil ihr alle so mies spielt«, antwortet Stefan lapidar und zieht erneut an der Kippe. »Bei 'ner Runde *Billard* wäre ich dabei.«

Die anderen lehnen ab, und das Spiel geht los. Immer wieder schaue ich zur Tür, doch eine Stunde später gebe ich auf. *Er* wird heute nicht kommen. Am liebsten würde ich Stefan nach ihm fragen, aber das wäre zu offensichtlich. Der bleibt an die Wand gelehnt stehen und raucht eine Zigarette nach der anderen. Um 21.30 Uhr verabschiedet er sich. Liv geht kurz nach ihm. Ich habe nicht den Eindruck, dass ihr das Treffen oder die Leute zusagen. Sie hat die ganze Zeit über kaum was gesagt. Und ich dachte, ich sei schüchtern.

Um 22 Uhr ist das Spiel noch in vollem Gange. Fast so schlimm wie *Monopoly*, denke ich. Man kann tagelang an einer Partie sitzen.

»Ich muss leider los«, sage ich. »Mein Bus fährt gleich.«

»Ich komme mit.« Holger steht auf, was beim Rest der Spielgruppe für lange Gesichter sorgt.

»Ach, kommt schon. Nachher fährt auch noch ein Bus«, mault Thorsten und verdreht die Augen hinter den dicken Brillengläsern. »Lasst uns zu Ende spielen.«

»Damit werden wir in 100 Jahren nicht fertig«, erwidert Holger grinsend. »Sorry, Kumpel.«

Ich stimme grummelnd zu, noch immer enttäuscht darüber, dass mein Schwarm nicht aufgetaucht ist.

»Dann rufe ich auch meine Eltern an, damit sie mich abholen«, zerstört Angelika Thorstens Hoffnung auf eine Fortsetzung des Spiels. »Aber war fetzig, können wir gern noch mal spielen.«

»Bleibst du wenigstens noch?«, fragt Thorsten, an Michael gewandt. »Könnten noch 'ne Runde kickern oder so.«

»Okay.«

Ich verabschiede mich von allen. »Du musst mich nicht zum Bus bringen«, teile ich Holger mit und klinge dabei schroffer als beabsichtigt. Ich habe keine Lust auf seine Begleitung. Er wird ja doch nur betteln, es noch mal miteinander zu versuchen.

»Liegt doch eh auf meinem Weg.« Sein Tonfall macht klar, dass er sich nicht abwimmeln lässt. »Mein Bus fährt auch bei der Carl-Diem-Halle ab. Außerdem ist es sicherer, wenn ich dich begleite.«

»Es sind doch nur ein paar Schritte.«

»Trotzdem«, antwortet er bestimmt und folgt mir aus dem Zentrum. »Außerdem wollte ich noch mal mit dir reden.«

KAPITEL 9
DIENSTAG, 13. AUGUST 2019

ROBERT

Mit trägen Schritten nähern wir uns Marlenes Grab. Meine Mutter hat sich bei mir untergehakt und sich ganz in Schwarz gekleidet. Ich trage eine dunkle Hose und ein weißes Hemd.

20 Jahre. Auf den Tag genau. Ich bin froh, dass Mutter keine Jubiläumstrauerfeier oder Ähnliches organisiert hat. Die Presse hätte sich bestimmt sofort darauf gestürzt. Ungeklärten Mordfällen hängt immer ein Mysterium an. Ich entdecke einen Mann mit Kamera, wenige Schritte vom Grab entfernt, und spüre, wie Galle in mir hochkommt. Einen Moment lang überlege ich, ihn aufzufordern, den Friedhof zu verlassen, entscheide mich aber dann doch, ihm diesen Gefallen nicht zu tun. Der wartet sicherlich nur darauf, dass ich ihm eine Skandalgeschichte liefere.

Meine Mutter hat mir heute früh angeboten, einen Kuchen zu backen. Zum 33. Geburtstag. Mit einem schwachen Lächeln habe ich abgelehnt. Schließlich hatte ich seit Marlenes Tod keine richtige Feier mehr. Wie soll ich auch einen Tag feiern, der meine Mutter jedes Jahr erneut in den Abgrund stürzt? Jegliche Geburtstagsfreude käme mir vor, als würde ich auf Marlenes Grab tanzen.

Zu meiner Überraschung haben sich einige Friedberger hier versammelt. Mein Vater ist nicht darunter. Natürlich nicht. Er wohnt schon lange nicht mehr im Ort, und wahrscheinlich hat er sich in den letzten Jahren nicht ein einziges Mal hier blicken lassen. Ist mir recht. Auf eine Begegnung mit ihm kann ich verzichten.

Holger Apel ist auch nicht aufgetaucht, stelle ich fest. Weil er letzte Nacht bereits seine Anteilnahme kundgetan hat? Dass ich den unbekannten Rosenkavalier nicht erwischt habe, fuchst mich noch immer.

Sandra kommt zu uns und nimmt meine Mutter in den Arm. »Es tut immer noch weh«, flüstert sie, bevor sie mir zunickt. Dann schlendert sie zurück zu einem kahlköpfigen Kerl mit Bart, der mich nun auch mit einem kurzen, aber freundlichen Nicken grüßt. Sie verlassen den Friedhof Hand in Hand. Das also ist ihr Mann, Stefan Groß. Ich hätte ihn nicht erkannt, erinnere mich nur an einen Gothic-Typen, mit dem Sandra mal gegangen ist. Muss nach Marlenes Tod gewesen sein. War er nicht tätowiert? Da er ein langärmliges Hemd trägt, kann ich es nicht mehr mit Bestimmtheit sagen.

»Mein Beileid.« Vor uns steht eine dunkelblonde Frau. Ihr Gesicht mit dem Muttermal über der Lippe ist mir vage bekannt. »Es ist furchtbar, dass Sie keinen Abschluss finden können.« Sie reicht uns beiden die Hand.

»Danke, Angelika«, antwortet meine Mutter.

»Ich war eine Freundin von Marlene«, erklärt mir die Frau. Vermutlich hat sie bemerkt, dass ich sie länger gemustert habe. »Wir sind in dieselbe Klasse gegangen.«

Ich nicke. »Richtig.« Eine Erinnerung blitzt auf. Marlene, wie sie mir gesteht, dass sie bei Angelika vorsichtig ist. »Glaub, die ist oberflächlich. Ich weiß nie, was sie wirklich von mir denkt und ob sie nicht hinter meinem Rücken über mich redet.« Komisch, dass ich mich sogar an den genauen Wortlaut erinnere und auch daran, dass ich über die Aussage verwundert war, denn meines Erachtens trifft Oberflächlichkeit eher auf Sandra zu.

»Angelika arbeitet in der Apotheke von Friedberg.« Ein nostalgisches Lächeln stiehlt sich in das Gesicht meiner Mutter. »Ihre Chefin hat unser Geschäft übernommen.«

»Dein Geschäft, Mama«, korrigiere ich sie. Nach dem Weggang meines Vaters hat sie die Apotheke ganz allein gehalten. Dabei hätte es auch ihr gutgetan, irgendwo neu anzufangen.

»Hat mich gefreut«, verabschiedet Angelika sich, und ich werfe einen Blick auf die einzige mit uns verbleibende Person am Grab. Der Mann mit der Hornbrille macht keinerlei Anstalten, sich vorzustellen oder uns zu begrüßen. Mit leerem Blick starrt er aufs Grab.

»Wer ist das?«, flüstere ich meiner Mutter zu.

Sie kneift die Augen zusammen. Grübelt. »Thorsten Schneider, glaube ich. Du kennst ihn vielleicht nicht. Er war in Marlenes Parallelklasse und jedes Mal bei den Spieletreffs.«

Demnach ist er einer der letzten Personen, der meine Schwester lebend gesehen hat. Ich überlege, ihn anzusprechen, doch das Knirschen des Schotters hinter uns verrät mir, dass noch jemand heute zu Marlene möchte. In Erwartung, Holger Apel zu begegnen, drehe ich mich um.

Wir beide schrecken vor Überraschung zusammen. Dann lächelt der Mann breit. Genauso schlitzohrig wie als Teenager. Er hat immer noch die Zahnlücke zwischen den Schneidezähnen. »Robert? Hatten meine Eltern also doch recht, dass du in Friedberg bist.« Er drückt mich fest und lange an sich, schlägt mir auf die Schulter. Dann tritt er ein paar Schritte zurück, betrachtet mich und schüttelt sachte den Kopf. »Du hast dich kaum verändert. Noch immer dieselbe Frisur und die dunkle Brille.«

Ich schmunzle. Natürlich habe auch ich meinen ehemals besten Freund wiedererkannt. »Na, du Zocker? Wie geht's?« Malte und ich haben uns damals die Hände an unseren PCs wund gespielt. Nach Marlenes Tod war er eine der wenigen Personen, die mir Halt und Konstanz im Leben gegeben haben. Daher ist es auch unverzeihlich, dass ich den Kontakt zu ihm kurz nach meinem Studium in Vancouver abgebrochen habe.

»Kann nicht klagen. Warum hast du dich nicht mehr gemeldet? Ich hab dir so viele E-Mails geschickt, aber anscheinend hast du eine neue Adresse.«

Verlegen sehe ich zu Boden. Habe ich nicht. Ich habe Maltes Nachrichten einfach gelöscht. Ihn als Teil des alten Lebens abgehakt. Selbst bei meinem letzten Besuch in Friedberg vor acht Jahren habe ich ihn bewusst nicht kontaktiert.

»Alles gut, Kumpel.« Wieder klopft er mir auf die Schulter. Erst dann scheint er meine Mutter zu registrieren. »Frau Muth.« Er gibt ihr die Hand. »Ich soll Sie von meinem Vater grüßen. Er schafft es heute leider nicht zu kommen, aber seine Gedanken sind bei Ihnen und Marlene.«

Mama nickt dankbar. Dann verzieht sie das Gesicht vor Schmerz. »Robert. Wir müssen nach Hause.«

»In Ordnung. Malte, tut mir leid.«

»Kein Ding. Alles Gute zum Geburtstag noch.« Er fährt sich durchs rotblonde Haar. »Ähm, würde mich freuen, wenn wir uns mal treffen und einen trinken gehen. Um der alten Zeiten willen.« Er holt ein Visitenkärtchen aus der Brusttasche seines Hemdes. »Ruf mich an, okay?«

»Klar.« Ein kurzer Blick auf die Karte verrät mir, dass auch Malte seiner Leidenschaft für Computer treu geblieben ist. Er arbeitet bei einem IT-Dienstleister für Cloudlösungen in Würzburg.

Wir verabschieden uns von ihm. Malte bleibt am Grab. Zusammen mit diesem Thorsten, der noch immer an derselben Stelle steht. Mit demselben leeren Ausdruck. Erneut wächst in mir der Drang, ihn anzusprechen, aber meine Mutter krümmt sich vor Schmerz zusammen und zieht in Richtung Ausgang.

Marlenes Tod beschäftigt bis heute die Menschen in Friedberg. Ob ihre Anteilnahme immer echt ist? Vielleicht lohnt es sich doch, einen Blick in die Ermittlungsakte von damals zu werfen. Wenn auch nur, um zu prüfen, was die Polizei zu den heutigen Besuchern an Marlenes Grab erfasst hat.

Dazu muss ich zur Kripo nach Würzburg. Aber ich habe heute Nachmittag ja nichts vor.

VALENTINA

Den Nachmittag habe ich frei, zumindest für ein paar Stunden, bevor ich am Abend noch mal mit meiner Kollegin Linda zu einer Observation muss. Von wegen, ich darf mit Kris zusammenarbeiten. Anscheinend wechseln die Partner jetzt täglich, um zu prüfen, ob ich wenigstens im Team stetige Leistungen abrufe. Linda ist so alt wie ich und ebenso ehrgeizig, aber wir schwimmen nicht auf derselben Wellenlänge, haben keine Gesprächsthemen, mit denen wir uns lange Wartezeiten vertreiben können. Ich bin sicher, der Chef weiß das genau. Es ist egal. Das Radio wird mich unterhalten und wachhalten. Oder ein neues Hörbuch. Ein Grund mehr, Michaelas Buchhandlung aufzusuchen. Sie ist zentral gelegen, in der Nähe des Würzburger Doms.

Zuerst entdecke ich meine Freundin nicht. An der Kasse bedient eine ihrer Angestellten. Bestimmt ist Michaela hinten im Büro oder im kleinen Lager. Ich steuere die Ecke mit dem Hörbuch-Sortiment an, während die meisten Leseratten die Auslage mit den Taschenbüchern belagern. Früher habe ich mit Hörbüchern auch nichts anfangen können, aber seit ich observiere und die Augen offenhalten muss, kaufe ich fast ausschließlich Krimis und Thriller für die Ohren. Alles, was spannend genug ist, um mich im Zweifel eine ganze Nacht lang zu unterhalten.

»Hey, du hättest mir schreiben können, dass du heute vorbeikommst.« Das Timbre ihrer Stimme ist einnehmend und unverkennbar.

Ich war so vertieft in die Suche nach dem richtigen Reißer, dass ich Michaela gar nicht bemerkt habe. »Ich habe dir angedroht, dass ich die Tage vorbeischaue.« Schmunzelnd nehme ich sie in den Arm. Mit den langen schwarzen Haaren, dem gelben karierten Kleid und den Schnürstiefeln hätte man sie auch für die Sängerin einer Punk-Band halten können. Piercings zieren nicht nur die Ohrmuschel, sondern auch ihre Augenbraue und Unterlippe.

»Ich hoffe, du kommst nicht nur deswegen.« Michaela deutet auf den Stapel Hörbücher in meiner Hand. »Auch wenn ich es sehr schätze, wie viel Kohle du immer hierlässt.«

»Natürlich nicht«, beruhige ich sie. »Ich wollte dich mal wieder sehen.«

»Lass uns einen Kaffee trinken, ja?« Ohne meine Antwort abzuwarten, dreht sie sich um und läuft in ihr Büro.

Wir setzen uns an ihren kleinen Schreibtisch, wo sie Laptop und Papiere so zusammenschiebt, dass der Platz für zwei Tassen, ein Fläschchen Milch und eine Packung Würfelzucker reicht. Die Kaffeemaschine gurgelt vor sich hin und verbreitet ein köstliches Aroma. Wobei mir ein *Red Bull* wie immer lieber gewesen wäre.

»Jetzt erzähl mal.«

Ich schaue sie überrascht an. »Was denn?«

Michaela legt den Kopf schief. »Warum du so beschäftigt bist, dass du dich kaum noch meldest.« Bevor ich widerspreche, hebt sie beschwichtigend die Hand. »Ich bin dir nicht böse deswegen. Nur neugierig. So schwierige Fälle gerade, oder wie?«

»Nein«, erwidere ich. »Nur sehr viele. Ich arbeite häufig abends oder auch mal nachts. Da bleibt leider keine Zeit fürs Ausgehen.«

»Hmm«, meint meine Freundin. »Läuft es denn wenigstens gut?« Michaela weiß, dass mein Ziel eine eigene Detektei ist.

»Nicht wirklich.« Ich erzähle ihr von dem verpatzten Soloeinsatz.

»Ach Schätzchen, mach kein Drama draus. Du hast schon so oft bei deinem Chef gepunktet.«

Ich verdrehe die Augen. Hätte ich mir denken können, dass sie so reagiert. Sie sagt es nicht, um es kleinzureden, sondern um mich zu beruhigen. Könnte ich es doch nur so locker sehen wie sie. »Jetzt erzähl du aber mal«, fordere ich sie auf.

»Laden läuft«, kommt die lässige Antwort. Michaela steht auf, um den Kaffee einzuschenken.

»Das meine ich nicht.« Dankbar nehme ich die volle Tasse entgegen und notiere mir im Kopf, dass ich vor dem Einsatz heute Abend noch ein paar Dosen *Red Bull* und Gummibärchen besorgen muss. Mein Vorrat ist aufgebraucht. »Hast du mit diesem Robert Muth gesprochen? Heute jährt sich der Mord seiner Schwester zum 20. Mal.« Ich habe gestern noch ein wenig im Internet recherchiert. »Der Fall war ja sogar bei *Aktenzeichen XY ungelöst*.« Auf *YouTube* habe ich den Sendeausschnitt gefunden und auch einige Zeitungsartikel aus der Zeit. Bei der Lektüre habe ich richtig Gänsehaut bekommen.

Michaela verzieht das Gesicht, als wäre der Kaffee trotz ihrer zwei Stück Zucker zu bitter. »Nein. Ich habe nicht mit ihm gesprochen. Wieso interessiert dich das so?«

»*Du* hast damit angefangen. Ich finde es spannend, dass du den Mord quasi hautnah miterlebt hast. Wie war diese Marlene so?«

Meine Freundin sieht mich mit einer Mischung aus Unverständnis und Abscheu an. »Du bist genauso schlimm wie die Leute auf'm Dorf. Sensationsgeile Arschlöcher.« Sie klingt auf einmal feindselig. Ich setze zum Protest an, aber eine der Angestellten unterbricht uns.

»Frau Stöcker? Da möchte Sie jemand sprechen.«

Michaela seufzt und erhebt sich. »Bin gleich wieder da.« Sie folgt ihrer Angestellten in den Verkaufsraum. Ich nippe am Kaffee, enttäuscht über die Reaktion meiner Freundin. Ich bin nicht sensationsgeil, höchstens neugierig, das gehört schließlich zu meinem Job. Und dass ich auf Kriminalfälle stehe, kommt ihr ja nur zugute. Unter die Hörbücher meiner Wahl fällt oft genug auch *True Crime*.

Ich leere die Tasse und beschließe, die Zeit für die finale Auswahl der heutigen Hörbücher zu nutzen. Wenn Kunden meine Freundin in Beschlag nehmen, dauert es meistens eine Weile.

Kaum betrete ich den angrenzenden Raum, vernehme ich einen Namen, der mich innehalten lässt.

»… Robert Muth. Sandra Schwab-Groß hat mir empfohlen, mit Ihnen zu sprechen.« Ein dunkelhaariger Mann mit Brille und im Business-Look steht bei Michaela. Ist er das wirklich? Marlenes Bruder? Er muss damals noch ein Kind gewesen sein, kaum älter als ich. In den Berichten habe ich kein einziges Foto von ihm gesehen. Damals gab es wohl noch so etwas wie ein moralisches Gewissen der Medien, das zumindest minderjährige Angehörige aus dem Spiel lässt.

Ich kann nicht anders und nähere mich den beiden.

»Hi«, sage ich und stelle mich direkt neben meine Freundin, die mir auch sofort einen irritierten Seitenblick zuwirft. Robert Muth ist ebenso verwundert über meine Begrüßung.

»Hi«, stammelt er, bevor seine Augen kurz über meinen Oberkörper und die langen Beine schweifen. Diese Millisekunde verrät mir schon mal, dass er hetero ist. Sein Gestammel und das Rücken der Brille zurück auf die Nasenwurzel sagen mir außerdem, dass er keiner ist, der viel unter Leuten ist. Oder zumindest eher im Business als im Small Talk bewandert ist. Ich tippe auf einen Computerfreak. Personen verraten unheimlich viel über sich, wenn man darauf geschult ist, Gestik und Mimik zu interpretieren. Menschenkenntnis ist eine Kernvoraussetzung in meinem Job, und die habe ich ziemlich drauf.

»Valentina Wallrapp«, stelle ich mich mit einem Lächeln vor. »Ich bin eine gute Freundin von Michaela.«

»Ich dachte, deine beste«, merkt sie spöttisch an. »Ich unterhalte mich gerade mit diesem Kunden.« Ich merke, wie sie mich mit ihren dunklen Augen fast ersticht, und grinse in mich hinein. Michaela hat mich auch schon einige Male in unangenehme Situationen gebracht, um mich zu foppen. Sie wird's vertragen.

»Ja, also um ehrlich zu sein«, sagt der Nerd. Sein Blick irrt zwischen meiner Freundin und mir umher. »Ich bin nicht hier, um ein Buch zu kaufen, sondern um über etwas anderes mit Ihnen zu sprechen.« Er räuspert sich. »Unter vier Augen.«

Ich gebe zu, dass ich es genieße, den Kerl zu verunsichern. Erneut rückt er seine Brille zurecht.

»Selbstverständlich.« Michaela deutet in Richtung ihres Büros. »Da hinten sind wir ungestört.« Sie betont das letzte Wort und sieht mich eindringlich an. Du bleibst hier, soll das wohl heißen. Spielverderberin! Wie gern möchte ich wissen, was Robert Muth von Michaela will, aber der wendet sich von mir ab und läuft meiner Freundin hinterher.

»Sandra Schwab, sagten Sie?« Ich habe den Namen in einem der Artikel gelesen. »Sie war Marlenes beste Freundin, oder?«

Robert Muth zuckt zusammen. »Woher wissen Sie das? Kennen Sie Sandra?« Ich habe wieder seine volle Aufmerksamkeit, auch wenn er jetzt ein wenig grantig dreinschaut.

Ich schüttle den Kopf. »Nein, aber der Fall Ihrer Schwester ist ja in der Region mehr als bekannt, und den Namen habe ich irgendwo gelesen. Und sie ist wohl eine Bekannte von Michaela, wenn sie sie Ihnen empfohlen hat.«

Meine Freundin packt mich am Arm und zieht mich harsch beiseite. »Was soll das?«, raunzt sie mich an, während sie diesem Muth einen entschuldigenden Blick zuwirft. »Hör auf, die Detektivin zu spielen, und spar dir das für deinen Job auf. Das ist mein Laden und mein Kunde, klar?«

Ich presse die Lippen aufeinander. Schluss mit lustig. Michaela ist zu Recht sauer. Ein paar Leute in der Buchhandlung stieren schon zu uns rüber. »Tut mir leid.« Allerdings bin ich über die Anspielung auf meinen Beruf ebenso sauer. Schließlich weiß sie, dass unsere Branche von Diskretion lebt.

»Sie sind Detektivin?«

Überrascht starren wir beide Robert Muth an. Ich vernehme ein kurzes Schnaufen von Michaela, als ich nicke.

»Kommen Sie an eine Polizeiakte ran?«

ROBERT

Sie sieht nicht aus wie eine Detektivin. Zumindest habe ich immer angenommen, dass Privatermittler eher unscheinbar sind, und diese Valentina Wallrapp ist alles andere als unscheinbar. Mit ihrer Größe von gut ein Meter 80 und der fast mageren Erscheinung mutet sie eher wie ein Model an. Und dann diese Augen. Eines ist grün, das andere türkisblau. Ich habe mich noch nicht entschieden, ob ich die Heterochromie attraktiv oder verwirrend finde. Vielleicht auch beides.

»Ich weiß genau, was Sie jetzt denken.« Sie grinst mich an. »Aber mal ehrlich: Wären Sie je auf die Idee gekommen, dass ich beruflich ausgerechnet das mache?«

Ich muss schmunzeln. »Nein.«

»Eben. Die meisten denken wie Sie. Vor allem die Männer.«

Ich folge den beiden Frauen einen Raum weiter in ein kleines Büro. Michaela Stöcker schließt die Tür hinter uns und bietet mir einen Kaffee an, den ich dankend annehme.

Es gibt nur zwei Stühle im Raum, also deute ich an, stehen zu bleiben, doch die Detektivin will davon nichts wissen.

»Ich bin es gewohnt zu stehen.«

»Also dann«, meint die Buchhändlerin. Ich habe sie sofort als diejenige wiedererkannt, die mir vor ein paar Tagen in der Tür von Sandras Bäckerei entgegengekommen ist. Trotzdem kann ich ihr Gesicht und ihren Namen immer noch nicht der Vergangenheit zuordnen. »Wieso hat Sandra Ihnen empfohlen, mit mir zu sprechen?«

Ich nehme einen Schluck Kaffee, um mich zu sammeln. Auch bin ich nicht 100-prozentig sicher, ob es eine gute Idee war, dass diese Wallrapp am Gespräch teilnimmt. Nun ja, wir werden sehen, ob sie helfen kann. »Es geht um meine Schwester Marlene. Sandra hat mir erzählt, dass Sie aus Friedberg sind, daher nehme ich an, Sie wissen, was mit ihr passiert ist.«

Frau Stöcker nickt nur, sieht mich nicht direkt an, was nicht ungewöhnlich ist. Betretenes Schweigen ist oft eine Standardantwort auf Trauer und Verlust anderer Menschen.

Die Detektivin hingegen sieht mich offen und unverwandt, ja fast schon übermäßig interessiert an. Ich hoffe, ihre Neugier ist dem Beruf geschuldet und nicht der Sensationslust.

»Ich war vorhin bei der Kripo Würzburg, die damals in dem Fall ermittelt hat, und habe um Akteneinsicht gebeten.«

»Die Ermittlungen sind eingestellt, oder?«, meint Wallrapp. »Dann müssen Sie sich an die zuständige Staatsanwaltschaft wenden.«

»Richtig, das hat man mir auch gesagt. Und dass ich mir einen Anwalt nehmen soll, da ich selbst als Angehöriger nicht unbedingt einfach so an die Akte rankomme.« Ich merke, wie ich beim Gedanken an das Gespräch mit der Polizeibeamtin erneut wütend werde.

»Wieso nicht? Das ist doch grotesk«, wundert sich die Buchhändlerin. »Wer, wenn nicht die Familienmitglieder, hat ein Recht zu wissen, was die Polizei damals herausgefunden hat?«

»Schon«, erklärt die Detektivin. »Aber abgesehen davon, dass bei Mord oft die nächsten Verwandten selbst verwickelt sind ...« Ich will etwas einwenden, doch sie lässt sich nicht unterbrechen. »... spricht die Familie oft mit der Presse, was natürlich verständlich ist. Nur geraten dann unter Umständen auch Details der Ermittlungen an die Öffentlichkeit, die dem Täter helfen.«

Ich verstehe, was sie meint, aber dennoch: Die Tat ist 20 Jahre her, und die Polizei sucht gar nicht mehr nach Marlenes Mörder. Warum also hat sie Interesse daran, uns die Akte vorzuenthalten? »Wie auch immer. Da ich in Deutschland keinen Anwalt kenne, habe ich nach dem Besuch bei der Kripo in Sandras Bäckerei angerufen. Meine Mutter wollte ich lieber nicht fragen, da ich ihr nicht unnötig Hoffnung machen möchte«, setze ich zur Erklärung nach. »Sandra hat mich an Sie verwiesen. Sie meinte, dass Sie vor Jahren wohl einen sehr guten Anwalt hatten.«

»Tss«, winkt die Buchhändlerin ab. »Damals ging es um etwas ganz anderes. Und ich lebte in Berlin, ebenso wie der Anwalt.« Sie klingt ausweichend. »Da hat Sandra wohl was missverstanden.«

Ich grüble darüber nach, woher ich Frau Stöckers Gesicht kenne.

»Hoffen Sie denn, etwas zu finden, was die Kripo übersehen hat?«, reißt mich Wallrapp aus meinen Überlegungen. »Oder dass die Ermittlungen wieder aufgenommen werden?«

Ich schlucke und senke den Blick. Bis vor wenigen Stunden wollte ich weder das eine noch das andere, sondern nur, dass ich schnellstmöglich wieder nach Hause fliegen kann. »Ehrlich gesagt haben meine Mutter und ich nur noch wenig Vertrauen in die Polizei.« Ich räuspere mich. »Aber es gibt auf jeden Fall etwas, was die Kripo noch nicht untersucht hat, weil meine Mutter es nicht erzählt hat. Sie hat es als unwichtig erachtet, aber ich denke, es könnte zu Marlenes Mörder führen.«

»Was meinen Sie?« Wallrapps Augen leuchten. Ihre Freundin hingegen legt die Stirn in Falten.

»Seit etwa sechs Jahren legt jemand in der Nacht vor Marlenes Todestag eine rote Rose auf ihr Grab.«

»Na ja.« Stöcker pustet Luft aus. »Das könnte jeder aus Friedberg sein. Der Fall hat die gesamte Gemeinde mitgenommen und auch irgendwie geprägt.«

»Wahrscheinlich«, stimmt ihre Freundin nachdenklich zu. »Und warum sollte der Täter erst in den letzten Jahren damit angefangen haben, seinem Opfer Blumen zu bringen?«

»Na, was weiß ich!« Die Skepsis der beiden ärgert mich. »Vielleicht ist er damals geflohen, ist für Jahre untergetaucht und ist erst jetzt wieder in der Gegend.«

»Hmm. Möglich wäre es schon.« Die Detektivin setzt sich auf die Schreibtischkante. »Marlenes Todestag ist doch …«

»Heute«, vollenden die Buchhändlerin und ich gleichzeitig den Satz. Ich lächle sie traurig an. »Als Freundin von Sandra kannten Sie Marlene wahrscheinlich sehr gut, oder? Entschuldigen Sie bitte, aber ich versuche Sie die ganze Zeit einzuordnen, doch ich komme nicht drauf.«

Mir entgeht nicht der Blick, den Michaela Stöcker mit der Detektivin wechselt. »Ich bin erst seit etwa zwei Jahren mit Sandra befreundet«, räumt sie ein. »Tatsächlich kannte ich sie und Ihre Schwester eher vom Sehen, da wir in derselben Schule waren. Ich bin allerdings früher abgegangen, um eine Ausbildung zu machen. Da ich aber in Friedberg aufgewachsen bin, wundert es mich nicht, dass ich Ihnen bekannt vorkomme.« Sie legt den Kopf schief, als wägte sie ab, ob sie mehr verraten soll. Oder als ließe sie mir noch ein wenig Zeit zum Rätselraten. »Was soll's. Ich wundere mich ohnehin, dass es Ihnen in Friedberg noch niemand erzählt hat. Ich bin die Tochter von Pfarrer Stöcker.«

»Ich kannte nur seinen Sohn«, entgegne ich. »Michael Stöcker.«

»Ja, damals wurde ich noch so bezeichnet.«

»Ach so.« Jetzt erst schalte ich und frage mich, wie das in Friedberg wohl angekommen ist. Viele fränkische Gemeinden sind auch heute noch sehr konservativ.

»Dumme Sprüche können Sie sich sparen«, sagt Michaela, als sie meine Reaktion bemerkt. Seufzend ergänzt sie: »Mein Vater kommt leider immer noch nicht damit klar.

Den Anwalt habe ich mir damals zugelegt, damit er mir mit der Klage gegen die Krankenkasse hilft. Die wollte nämlich die GA-OP damals nicht zahlen.«

»Die was?« Ich habe die Abkürzung noch nie gehört. Ich war wohl zu lange nicht mehr in Deutschland.

»Geschlechtsangleichende Operation«, klärt sie mich auf.

»Bei der ganzen Diskriminierung, die queere Personen immer noch zu oft erfahren, kann man einen Anwalt immer gut gebrauchen«, meint die Detektivin. »Da könnte man so einige verklagen.«

Ich nicke verständnisvoll. Wenn ich ehrlich bin, ist die Buchhändlerin die erste Person, die ich kennenlerne, die offen transsexuell ist. Bisher habe ich mir wenig Gedanken über deren Probleme und Benachteiligungen gemacht. Ich hoffe, ich mustere sie nicht allzu auffällig. Bis auf die für eine Frau etwas dunklere Stimme erinnert an Michaela nichts an einen Mann.

»Um auf Ihr Problem mit der Akteneinsicht zurückzukommen.« Ich bin froh, dass die Detektivin wieder auf mein ursprüngliches Anliegen zu sprechen kommt. »Meine Detektei arbeitet oft mit der Staatsanwaltschaft zusammen. Manchmal sogar mit der Kripo. Ich denke, ich kann Ihnen helfen.«

VALENTINA

In Wirklichkeit habe ich keinen blassen Schimmer, wie ich an die Akte rankomme. Es stimmt, dass meine Detektei schon in ein paar Fällen mit der Kripo zusammengearbeitet und daher Akteneinsicht erhalten hat. Aber da ging es meist um Wirtschaftskriminalität. Ich erinnere mich an einen Fall von Produktpiraterie, in dem mein Chef und Kris gebeten wurden, im Ausland zu ermitteln, weil es für die Beamten aufgrund des Zuständigkeitsgerangels ein zu hoher bürokratischer Aufwand gewesen wäre. Ich selbst habe keinerlei Kontakte zu Staatsanwaltschaft oder Polizei.

»Und Sie sind ja sicher auch günstiger als ein Rechtsanwalt, nicht wahr?« In Muths Frage steckt eine gehörige Portion Ironie.

»Da finden wir schon zueinander«, antworte ich achselzuckend. »Ich übernehme gern auch weitere Ermittlungen im Zusammenhang mit dem Mord an Ihrer Schwester.« Ich ignoriere Michaelas verblüfften Ausdruck.

Robert Muth lupft eine Augenbraue. »Wieso sollte Ihre Detektei das tun?«

Na, die nicht. »Sie verstehen das falsch. Sie würden allein mich beauftragen.« Meinem Chef werde ich sicher nicht mit so einem alten Fall kommen. Allerdings sollte der auch nicht unbedingt davon erfahren, dass ich neben dem Job noch eigene Ermittlungen durchführe. Doch wird es Zeit, für meine zukünftige Detektei ein paar Referenzen zu sammeln, und was wäre da geeigneter als die Lösung eines *Cold Case*? »Pro bono. Sie zahlen nur Spesen und Reisekosten.«

Robert Muth starrt mich an, als wäre ich geisteskrank.

Michaelas Kopfschütteln zeigt mir, dass auch sie mich für verrückt hält.

»Warum?« Muth fängt meinen Blick ein und hält ihn fest. Seine Zweifel sind natürlich berechtigt. Wieso sollte ich mehr herausfinden als die Ermittler vor 20 Jahren? Der Fall ist so kalt wie Eis am Stiel. Ein klatschnasser Fisch. Trotzdem zieht er mich magisch an.

Ich entscheide mich, etwas Persönliches von mir preiszugeben, mich verletzlich zu machen, da Menschen einem dann in der Regel mehr Vertrauen schenken. »In dem Sommer, als Marlene starb, habe ich selbst jemanden verloren, der mir nahestand. Ich weiß, dass solche Wunden niemals heilen, in Ihrem Fall erst recht nicht, da Sie nicht wissen, warum Ihre Schwester sterben musste.«

Muth verzieht keine Miene, schaut mich nur weiter prüfend an. Bis auf das Gemurmel aus dem Verkaufsraum nebenan ist nichts zu vernehmen. Michaelas Augen sehen abwechselnd Muth und mich an.

»Okay«, sagt er nach einer kleinen Ewigkeit. »Dann sollten wir das Vertragliche schnellstmöglich regeln.«

Mir entweicht die Luft, die ich unwillkürlich angehalten habe. »Prima.« Ich lächle ihn an.

»Ich muss wieder nach nebenan«, verkündet Michaela und steht hinter dem Schreibtisch auf. »Ihr könnt das Büro noch weiter nutzen.«

»Gern.« Ich nehme den frei gewordenen Stuhl ein und warte, bis Michaela aus dem Raum ist. »Ich habe nämlich noch ein paar Fragen an Sie.«

»Okay.« Muth schlingt die Arme um den Oberkörper, als wappne er sich für einen Angriff. »Ein wenig Zeit habe ich noch, dann muss ich zurück nach Friedberg zu meiner Mutter.«

»Natürlich. Wenn jemand jedes Jahr eine Rose auf Marlenes Grab legt, warum haben Sie letzte Nacht nicht versucht herauszufinden, wer es ist?«

»Das habe ich«, merkt Muth an. Seine Mundwinkel fallen nach unten. »Ich habe das Grab beobachtet, und die Person ist auch aufgetaucht. Aber sie ist mir entwischt.« Mein neuer Klient windet sich im Stuhl. Es ist ihm offensichtlich peinlich, daran erinnert zu werden. »Ich kann nicht mal sagen, ob es ein Mann oder eine Frau war.«

Ich muss mich zusammenreißen, um nicht zu lachen. Sein Gram wirkt irgendwie putzig. Auch stelle ich mir vor, wie er auf dem Friedhof Detektiv spielt.

»Sie finden das lustig, ja?« Er schaut mich vorwurfsvoll an, aber sein Schmunzeln verrät mir, dass er es nicht ganz so ernst meint. Auch öffnet er seine Körperhaltung ein bisschen, ist weniger verkrampft. »Ich habe mich wirklich nicht besonders geschickt angestellt.« Er lächelt und zwinkert mir zu. Jetzt scheint es fast so, als flirte er mit mir. Er hat schöne Augen, fällt mir auf, und die Brille steht ihm. Aber ansonsten ist er gar nicht mein Typ. Zu schüchtern. Zu nerdig.

»Was machen Sie eigentlich beruflich?«, frage ich ihn.

»Ich bin Grafikprogrammierer. Habe zusammen mit einem Freund eine kleine Firma in Vancouver.«

Nerd. Wusste ich's doch. »Kanada, wow. Sie haben wirklich Abstand gebraucht, wie?« Ich beiße mir auf die Zunge. »Tut mir leid, das war unangebracht.«

»Ja«, stimmt er mir trocken zu. »Und ja.«

Ich lache auf. Er wird mir immer sympathischer. »Okay. Möchten Sie noch einen Kaffee?«

Er schüttelt den Kopf. Aber ich brauche einen. Ich schnappe meine Tasse und laufe zur Kaffeemaschine. »Es tut mir leid, aber da Sie mich beauftragen, werde ich Ihnen noch weitere unangenehme Fragen stellen müssen. Ich habe zwar schon ein wenig zu dem Fall gelesen, aber Sie haben das Ganze miterlebt. Wenn ich helfen soll, brauche ich daher so viele Informationen von Ihnen wie möglich.« Aus dem Augenwinkel erkenne ich, dass er sich wieder verkrampft. »Dabei kommen sicherlich auch einige Sachen hoch, die Sie lieber nicht noch mal durchkauen möchten.«

»Schon klar.« Muth räuspert sich.

»Auch mit Ihren Eltern möchte ich gern sprechen.« Ich nehme wieder ihm gegenüber Platz.

»Zu meinem Vater habe ich keinen Kontakt mehr.« Es klingt defensiv. »Was meine Mutter angeht: Sie ist selbst daran interessiert, dass der Mord an Marlene aufgeklärt wird. Sie wird sicher mit Ihnen sprechen.«

»Prima!« Ich denke an das Video, das ich im Internet gefunden habe. »Was mich gewundert hat: Ihre Mutter war damals nicht bei *Aktenzeichen XY ungelöst*. Ihr Vater schon.« Er hatte etwa ein Jahr nach dem Mord in der Fernsehsendung an das Gewissen des Täters und möglicher Mitwisser appelliert, doch noch auszupacken, damit die Familie Frieden findet. Auch hatte er Besucher des *Tote-Hosen*-Konzerts dazu aufgerufen, bei der Suche nach dem Täter zu helfen.

Mein Klient sinkt etwas tiefer in den Stuhl. »Meine Mutter ist damals über viele Monate nicht mehr aus dem Haus gegangen. Sie war schwer depressiv. Marlenes Tod hat sie – uns alle – völlig aus der Bahn geworfen. Im Gegensatz zu meiner Mutter ist mein Vater allerdings in Aktionismus verfallen. Er war wie besessen darauf herauszufinden, wer seiner Tochter das angetan hat. Irgendwann hat er aufgegeben und sich aus dem Staub gemacht.« Die letzten Worte spuckt er regelrecht aus.

»Verstehe. Können Sie mir aus Ihrer Sicht erzählen, was an dem Tag, an dem Marlene ermordet wurde, passiert ist? Woran erinnern Sie sich?«

Muth seufzt laut, nickt aber zu meiner Erleichterung. »Es war mein 13. Geburtstag. Ein Freitag.«

Ich schlucke. Sein Geburtstag? Du meine Güte! So was wünscht man niemandem.

»Außerdem waren Sommerferien. Marlene hat mich an dem Morgen geweckt. Das war so ein Ding zwischen uns, also dass der jeweils andere einen am Geburtstag weckt und was Süßes aus der Bäckerei ans Bett bringt. Marlene hat mir einen Schoko-Bananen-Muffin mitgebracht. Meine Lieblingssorte.«

»Das ist wirklich süß.« Da ich keine Geschwister habe, kann ich zwar nicht mitreden, aber solche Aufmerksamkeiten sind bestimmt nicht die Regel unter Geschwistern.

»Mein Vater hat sich sogar Urlaub genommen. Das hat er oft an unseren Geburtstagen getan. Also haben wir alle zusammen gefrühstückt. Danach haben Marlene und ich ein wenig am Computer gezockt.« Er grinst bei der Erinnerung wie ein kleiner Junge. »Sie hat gar nicht gern gespielt, aber für mich hat sie ab und zu eine Ausnahme gemacht. An Geburtstagen sowieso.«

»Hat sie sich an dem Tag irgendwie anders verhalten als sonst?«

Muth schüttelt den Kopf. Zögert dann. »Na ja, also bis auf eine Sache.« Ich lehne mich mit meiner Kaffeetasse etwas über den Schreibtisch. »Nachmittags beim Kuchenessen hat sie erzählt, dass sie abends zum Spieletreff möchte. Dabei hatte sie mir versprochen, dass wir gemeinsam ins

Kino gehen. Filme liebten wir beide.« Seine Augen nehmen einen traurigen Glanz an. »Marlene hat nie zuvor ein Versprechen gebrochen. Jedenfalls nicht mir gegenüber.«

»Was genau ist dieser Spieletreff?«

»Ein paar Jugendliche aus Würzburg und Region haben sich einmal monatlich in einem Jugendzentrum getroffen, um Brettspiele zu spielen.«

»Hmm. Und das war ihr wichtiger, als mit ihrem Bruder ins Kino zu gehen?« Bis auf Schach finde ich Gesellschaftsspiele eher unspektakulär. »Sicher, dass sie nicht eher in einem Klub war oder auf einer Party? Vielleicht auch noch nach dem Spielen?«

»Niemals,« protestiert Muth. »Nicht meine Schwester. So war sie nicht.«

»Sie waren sehr eng mit ihr«, stelle ich fest. »Aber sie war drei Jahre älter und eine junge Frau. Sie hat Ihnen bestimmt nicht alles erzählt.«

»Die Kripo hat bestätigt, dass sie im Jugendzentrum war. Es gibt genug Zeugen. Das steht mit Sicherheit auch alles in der Akte.«

Ich nicke. An die muss ich wirklich schnell herankommen. Vielleicht hilft Kris mir. »Wie haben Sie reagiert, als Ihre Schwester Sie versetzt hat?«

Robert Muth schnappt nach Luft. »Ich war stinksauer. Einfach enttäuscht. Ich meine, sie hat mir versprochen, es wieder gutzumachen, dass wir sogar zweimal ins Kino gehen und sie sich den restlichen Sommer über nach mir richten wird, aber ich konnte ihr das einfach nicht verzeihen an dem Tag.« Er sieht zur Seite, weicht meinem Blick aus. Ist da noch was anderes? Etwas, das er mir nicht erzählt?

»Wann ist Marlene an dem Abend aufgebrochen?«

»So um kurz nach 18 Uhr. Der Spieletreff ging um 19 Uhr los. Sie hat den Bus genommen.«

»Warum haben Ihre Eltern sie nicht gefahren und abgeholt?«

»Weil sie den Abend mit mir verbringen wollten, schätze ich. Ich war so schlecht gelaunt wegen meiner Schwester, dass sie mich nicht auch noch enttäuschen wollten.« Er weicht meinem Blick immer noch aus. »Außerdem ist Marlene meistens mit dem Bus hingefahren. Zusammen mit ihrer Freundin Sandra Schwab.«

»War die an dem Abend auch dabei?«

»Nein. Sie war krank. Aber auch so war es damals schon kein Problem, mit den Öffentlichen nach Würzburg und zurück zu kommen. Sie ist auch nie lange geblieben. Um 22 Uhr ist sie in der Regel wieder nach Hause aufgebrochen. Gegenüber der Bushaltestelle in Friedberg fährt ein weiterer Bus, der sie quasi bis vor unsere Haustür brachte.«

Trotzdem war etwas schiefgelaufen. »Vielleicht ist sie gelaufen, statt den Bus zu nehmen?« Wobei – wenn ich die Fernsehsendung richtig im Kopf habe, ist gar nicht sicher, ob Marlene überhaupt in den Bus nahe der Carl-Diem-Halle gestiegen ist. Eines von vielen Rätseln in dem Fall, über den ich noch viel mehr recherchieren muss.

»Nein«, ist Muth überzeugt. »Nicht so spät am Abend. Tagsüber hat sie auch gern die Abkürzung über den Weinberg genommen, aber nicht nach Einbruch der Dunkelheit.«

»Die Polizei hat Marlene erst Tage später gefunden, nicht wahr?«

»Das ist richtig.« Robert Muth erhebt sich abrupt. »Ich muss wirklich los.« Er reicht mir eine Visitenkarte, auf der er mit Handschrift eine deutsche Festnetznummer ergänzt hat. Vermutlich die seiner Mutter. »Bitte melden Sie sich wegen eines Termins, sobald Sie den Vertrag fertig haben.«

Etwas perplex wegen des plötzlichen Aufbruchs stecke ich das Kärtchen ein. »Ich werde mich schon vorher um die Akte kümmern.«

»Danke.« Er läuft zur Tür.

Eines interessiert mich noch. »Wie haben Sie sich an dem Abend von Marlene verabschiedet?«, halte ich ihn zurück.

Robert Muth dreht sich zu mir um. »Gar nicht«, antwortet er leise. »Das ist ja das Problem.«

KAPITEL 10
FREITAG, 13. AUGUST 1999

MARLENE

Ich laufe absichtlich schneller als sonst, obwohl ausreichend Zeit ist, den Bus zu erwischen. Aber Holgers ständige Seitenblicke auf meine Beine und Brüste nerven. Das neue kurze Sommerkleid, das sich perfekt an meinen Körper schmiegt und viel Bein zeigt, habe ich nicht für ihn angezogen.

Die Straßen und Gehwege strahlen noch die über den Tag gespeicherte Wärme aus, sodass ich wie vermutet keine Jacke benötige und von zu Hause nur eine kleine Handtasche mitgenommen habe. Für Hausschlüssel, Geldbeutel, Wimperntusche und Kajal.

»Was machst du noch so in den restlichen Sommerferien?« Holgers Hände stecken lässig in den Hosentaschen seiner Jeans, den Hoodie hat er sich locker um die Hüfte gebunden. Das eng anliegende Poloshirt hat er bestimmt nur angezogen, weil er weiß, dass es seine Bizepse betont. Er geht mindestens zweimal die Woche ins Fitnessstudio, um Hanteln zu stemmen. Ich erinnere mich genau, wie fest sich seine Oberarme anfühlen. Die meisten Mädchen in meiner Klasse finden Muskeln sexy. Ich schon auch, weil sein Körper sehr männlich aussieht. Aber in seinem Inneren ist Holger eben noch ein Kind.

Ich zucke mit den Schultern. »Nichts Bestimmtes.« Meine Gedanken schweifen zu Robert. Zeit mit ihm zu verbringen, steht auf jeden Fall ganz oben auf meiner Liste.

»Wir könnten uns doch mal treffen.« Er zögert. »Als Freunde, meine ich.«

Ich stoppe und drehe mich um 90 Grad, um ihn anzusehen. »Das bringt doch nichts.« Solange Holger noch auf mich steht, wird er weiterhin alles versuchen, um mich zurückzugewinnen. »Sorry, aber es ist, glaube ich, besser, wenn wir uns eine Weile nicht sehen.« Ich wende mich wieder zum Gehen, doch er hält mich zurück, indem er nach meinem Oberarm greift. Sachte, aber dennoch stört mich die Berührung.

»Warum? Was habe ich falsch gemacht?« Holgers Stimme und die braunen Augen drücken aus, wie verletzt er immer noch ist. In mir regt sich das schlechte Gewissen, aber warum kann er nicht akzeptieren, dass es aus ist?

»Nichts.« Ich seufze und laufe weiter. »Es liegt nicht an dir, sondern an mir. Ich habe einfach das Gefühl, dass wir nicht zusammenpassen.«

Ich vernehme Holgers Schnauben. »Blödsinn! Es lief doch alles gut.« Er überholt mich und stellt sich mir in den Weg. »Du bist die Erste, mit der ich … na, du weißt schon.« Verlegen fährt er sich durchs dunkle Haar. Dabei war außer Knutschen und Petting nichts zwischen uns. Vor Holger habe ich allerdings noch nie einen Jungen geküsst und schon gar nicht mit einem rumgemacht. Beim Gedanken an seine Berührungen auf meiner nackten Haut steigt mir die Hitze in den Kopf. Wir haben uns jedes Mal bei Holger getroffen, wenn seine Eltern nicht zu Hause waren. Einmal hätte seine Mutter uns fast erwischt. So peinlich.

»Das war ja auch schön, aber es ist aus.« Ich dränge mich an ihm vorbei. »Ich muss zur Haltestelle.«

Natürlich folgt er mir. »Bitte, ich möchte doch nur wissen, woran es liegt. Es ging dir zu schnell alles, oder?«

Ja! Schon nach vier Wochen wollte er mit mir schlafen. Es ist auch meine Schuld. Dafür, dass wir beide keine Erfahrung in der Hinsicht hatten, sind wir uns verdammt schnell nähergekommen.

»Wenn es das ist, dann können wir gern noch warten.« Wieder hält er mich fest und zwingt mich so, erneut stehen zu bleiben. Reumütig sieht er mich an. »Bitte. Gib mir noch eine Chance. Ich warte auch solange, wie du willst.« Er bettelt regelrecht. Wieder packt mich das schlechte Gewissen. Holger kann ja wirklich nichts dafür, dass ich mich in einen anderen verguckt habe. Doch das will ich ihm auf keinen Fall erzählen. Sonst fühlt er sich sicher verarscht.

»Du wolltest, dass ich die Pille nehme«, flüstere ich und schaue mich um. Doch hinter uns geht nur eine Frau mit ihrem Hund spazieren. Sie steht zu weit entfernt, um irgendetwas von dieser Unterhaltung mitzubekommen. »Von wegen, du kannst warten.«

»Wie gesagt, das hat Zeit, bis du auch bereit dazu bist.«

Das ist es ja. Ich bin auf jeden Fall so weit. Aber die Tatsache, dass ich mein erstes Mal nicht mit Holger erleben möchte, sagt mir, dass er nicht der Richtige ist. Und das mit der Pille hat mich durchaus abgetörnt. Holger hat nämlich keinen Bock, ein Kondom zu benutzen. Das hat er gleich klargestellt. Er ist so unreif und verantwortungslos!

»Ich bin nicht mehr verliebt in dich«, sage ich nun lauter. Wenn ich ehrlich bin, war ich das wohl nie. Ich fühlte mich zu Holger hingezogen, ja, aber mehr auch nicht. Ich habe es leider erst gemerkt, nachdem es mich so richtig erwischt hat.

Meine Worte wirken wie eine Ohrfeige. Holger weicht zurück und starrt mich entgeistert an. Seine Bestürzung nutze ich, um mich wieder loszumachen. Im Eilschritt marschiere ich die letzten Meter bis zur Haltestelle. Ich werfe einen Blick auf die Anzeigetafel. Mein Bus kommt erst in vier Minuten. Eine Menge Leute stehen auf dem Bordstein am Wartehäuschen. Ihrer Kleidung und ausgelassenen Laune nach zu urteilen, kommen sie aus dem Konzert der *Toten Hosen*. Lange haben sie dann ja nicht gespielt. Neidisch bin ich trotzdem, denn die Gesprächsfetzen, die ich aufschnappe, verraten mir, dass es ein cooles Konzert war.

Ich schrecke auf, als Holger plötzlich wieder vor mir steht. Irgendwie habe ich gehofft, dass er nach meinen letzten Worten direkt zu seiner Bushaltestelle geht.

»Hast du einen anderen, oder warum bist du nicht mehr verliebt in mich?« Er verschränkt die Arme vor der Brust, wirkt bockig wie ein Kind, das seinen Willen nicht bekommt.

Die Frage erwischt mich eiskalt. »Nein«, antworte ich, um ihm nicht noch mehr wehzutun, und bete, dass mein Bus endlich kommt, um mich von diesem Gespräch wegzubringen.

Holgers Adamsapfel hüpft auf und ab. Im Licht des Fahrgastunterstandes erkenne ich deutlich die Tränen, die in seinen Augen schimmern. Er glaubt mir nicht, schießt es mir durch den Kopf, und ich senke den Blick. Als ich ihn Sekunden später wieder hebe, ist Holger weg.

KAPITEL 11
MITTWOCH, 14. AUGUST 2019

ROBERT

Es wundert mich, dass sie sich schon heute gemeldet hat. Valentina Wallrapp hat mich am späten Nachmittag in ein Würzburger Café bestellt, dessen Name mir nichts sagt. Aber natürlich gibt es zahlreiche neue Gaststätten und Geschäfte in der Stadt. Mir ist gestern schon aufgefallen, wie sehr sich die Innenstadt verändert hat.

»Du fährst schon wieder nach Würzburg?«, hat mich Mutter vor meinem Aufbruch gefragt. Aus ihrer Verwunderung hat sie keinen Hehl gemacht.

»Ja, ich habe gestern was vergessen zu besorgen«, habe ich mit einem Anflug von Gewissensbissen geantwortet. Doch bevor ich den Vertrag mit der Detektivin nicht abgeschlossen habe, werde ich nichts von unseren Privatermittlungen und der Polizeiakte erwähnen. Sie soll sich nicht unnötig Hoffnungen machen, wo vielleicht keine sind. Noch immer stimmt mich das Interesse dieser Wallrapp skeptisch, und wer weiß, ob sie wirklich an Marlenes Fallakte herankommt. »Geht es dir gut genug, dass ich dich für ein paar Stunden allein lassen kann?«

Sie nickt nur. »Mach nur. Ich koche uns dann etwas.«

Eigentlich hätte ich mich ums Abendessen kümmern

sollen, denke ich jetzt und stoße die Tür ins Innere des Cafés auf. Das Rotbraun der Einrichtung und der Teppiche sowie die vielen Schwarz-Weiß-Fotos an den Wänden erinnern mich an ein französisches Bistro, obwohl ich nie im Nachbarland war. Ich entdecke die Detektivin an einem Zweiertisch in hinteren Teil des Cafés, der abgetrennt vom Hauptraum ein wenig wie eine Nische wirkt. Unwillkürlich muss ich grinsen, da es so sehr dem Klischee eines Geheimtreffens entspricht.

Valentina Wallrapp erwidert das Lächeln, steht auf und reicht mir die Hand. Nanu, so förmlich, denke ich. So kam sie mir gestern nicht vor. Sie will diesen Vertrag wohl unbedingt.

»Ich denke, hier sind wir ungestört, um alles zu besprechen.« Sie hat bereits eine Cola vor sich stehen. Demnach wartet sie schon eine Weile, obwohl ich wie immer pünktlich bin.

Ich hänge mein Jackett über die Stuhllehne und werfe einen flüchtigen Blick auf die Karte, bevor ich ebenfalls eine Coke bestelle. Es ist wieder sehr warm, und ich habe Durst.

»Sie haben die Akte schon?«, frage ich. Aus ihrem Rucksack hat sie bisher nur den Vertrag hervorgeholt und auf die Tischmitte gelegt.

»Ähm, nein, noch nicht. Ich habe angefragt, aber das geht nicht von heute auf morgen.« Ihr Lächeln ist verschwunden. Aha, so leicht kommt sie da also doch nicht ran. »Aber ich dachte, den Vertrag können wir trotzdem schon fertigmachen.« Sie schiebt ihn zu mir herüber. Ich senke den Blick, damit sie nicht merkt, wie sehr mich die Sache mit der Akte wurmt. Was ist, wenn sie mir was vormacht? Sollte ich mich doch besser an einen Rechtsanwalt wenden?

»Ich habe gestern noch ein wenig recherchiert«, sagt sie schnell, weil ihr das Hinauszögern, was mein Lesen des Vertrags angeht, wohl aufgefallen ist. Sie zieht ein paar computergeschriebene Seiten aus dem Rucksack. »Das ist eine zeitliche Abfolge der Ereignisse vom 13. August 1999, jedenfalls soweit sie den Medien damals mitgeteilt wurden.«

»Vieles wird die Kripo der Öffentlichkeit nicht anvertraut haben. Daher benötigen wir …«

»Die Akte. Natürlich«, stimmt Wallrapp mir zu. »Die werde ich uns auch besorgen, aber warum Zeit verlieren?« Gut verkaufen kann sie sich ja. Dass sie nur Spesen und Reisekosten verlangt, ist ebenfalls fair. Wenn sie nichts taugt, kündige ich eben den Vertrag. Ich lese die einzelnen Klauseln. In der Zwischenzeit bringt mir der Kellner die Coke. Wallrapp hat alles auf vier Seiten zusammengefasst, und mir fällt nichts auf, was mich argwöhnisch werden lässt. Außer, dass sie so günstig ist. »Ich kann Ihnen jederzeit kündigen, steht hier.«

Die Detektivin nickt. »Wenn Sie kein Vertrauen mehr in mich haben, bin ich sofort raus.«

Ich lese die letzten Sätze, dann will ich es wissen. »Warum? Was haben Sie davon?«

»Ich sagte schon, ich weiß, wie es sich anfühlt, jemanden zu verlieren.«

»Wen?« Auch wenn das persönlich ist – sie wird so tief in mein Leben eintauchen, da finde ich es nur gerecht, im Gegenzug etwas mehr über sie zu erfahren.

Sie schluckt, atmet tief durch. »Meine Mutter. Sie ist am 2. August 1999 gestorben. An Krebs.«

Das letzte Wort trifft mich wie ein Dolch in die Brust, weil ich an meine Mutter denken muss. Und daran, dass sie sterben könnte, ohne zu wissen, wer Marlene getötet hat. »Das tut mir leid.« Ich räuspere mich. »Dennoch glaube ich nicht, dass das alles ist.« Ich sehe ihr fest in die zweifarbigen Augen. »Warum machen Sie das Ganze auf eigene Faust, statt die Detektei einzuweihen?«

»Die hätte kein Interesse an dem Fall. Zwar kümmern wir uns schon auch mal um ungelöste Fälle, wenn uns Familienangehörige bitten, aber die liegen nicht 20 Jahre zurück.«

Ich nicke, habe aber trotzdem das Gefühl, dass mehr dahintersteckt. »Hmm«, murmle ich und lehne mich bewusst im Stuhl zurück. Nippe an meiner Coke, als hätte ich den Vertrag vor mir vergessen. Was Business und Vertragsverhandlungen angeht, kann mir niemand was vormachen.

Wallrapp tippt mit den Nägeln auf dem Holztisch herum. Ich werde nicht unterzeichnen, bis ich die ganze Wahrheit herausgefunden habe. Schließlich muss ich wissen, mit wem ich es zu tun habe.

Sie rutscht unruhig auf dem Stuhl hin und her, bis sie endlich seufzend einknickt. »Also gut. Mein Plan ist, in ein paar Jahren meine eigene Detektei zu eröffnen. Da die Konkurrenz recht groß ist, brauche ich Referenzen.« Sie sieht mich an, zögert. »Nicht irgendwelche, sondern einen Fall, der Aufmerksamkeit erregt.«

Das ist es also. Es geht ihr darum, Marlenes Mordfall als Aushängeschild für ihre Karriere zu nutzen. Merkwürdigerweise stört es mich weniger als gedacht. Dass sie mir die Wahrheit gesagt hat, zählt mehr.

»Hören Sie, ich weiß, wie egoistisch das klingt. Aber Marlenes Tod berührt mich wirklich, und es macht mich wütend, dass keiner dafür gebüßt hat.« Sie lehnt sich über den Tisch. »Lassen Sie mich helfen, den Täter zu finden.« Sie klingt aufrichtig.

»Die Kripo hat uns damals gesagt, dass sie keine Möglichkeit mehr sieht, den Täter zu kriegen«, wende ich ein. »An dem Abend gab es ein *Hosen*-Konzert in Würzburg.« Ich erinnere mich daran, dass meine Schwester als riesiger Fan sehr enttäuscht darüber war, keine Tickets mehr bekommen zu haben.

Wallrapp nickt. »Ja. Die Polizei vermutete zuletzt, dass ein oder mehrere Konzertbesucher Marlene auf dem Gewissen haben.« Sie hat sich also schon tiefergehend mit der Tatnacht auseinandergesetzt. »Das Problem ist, dass mehrere tausend Personen die *Hosen* live gesehen haben und die Karten nicht personalisiert waren. Deswegen hat die Kripo bis heute keinen vollständigen Überblick darüber, wer alles infrage kommt.«

Das stimmt leider. »Ende der 90er hat man Konzertkarten nur selten über das Internet gekauft, sodass auch die Zahlungen nicht zurückverfolgt werden konnten«, ergänze ich. »Die Kripo hat die Konzertbesucher gebeten, sich zu melden. Viele haben das auch, aber bei Weitem nicht alle.«

»Darf es noch etwas sein?« Der Kellner wirft einen Blick auf mein leeres Glas. Auch das meiner Begleitung ist halb leer. Wallrapp sieht mich fragend an. Ihr Blick fällt auf den noch immer nicht unterzeichneten Vertrag.

»Trinken Sie ein Bier mit mir?«, frage ich.

Wallrapp lächelt erleichtert. »Gern. Aber bitte als Radler.«

VALENTINA

Ich habe schon befürchtet, dass er nicht unterzeichnet. Die Sache mit der Akte hat ihn verärgert. Natürlich war mir bewusst, dass es so schwieriger würde, ihn zu überzeugen, doch bin ich in der Hinsicht noch nicht weitergekommen. Ich möchte mit Kris über die Akte sprechen, habe ihn heute aber nicht gesehen. Mein Geständnis, Marlenes Fall als Referenz nutzen zu wollen, scheint ihren Bruder immerhin so weit besänftigt zu haben, dass er sich wieder dem Vertrag zuwendet. Er wartet, bis die Bedienung unsere Getränke abgestellt und uns wieder allein gelassen hat, dann durchsucht er sein Jackett. Zwei Sekunden später ein Stoßseufzer.

»Haben Sie zufällig einen Kugelschreiber für mich?«

Und wie ich den habe! Ich reiche ihm einen mit Logo der Detektei. »Den können Sie behalten. Ist Werbematerial.«

Dankend nimmt er ihn an, blättert zum Ende des Schriftstücks und setzt Datum und Unterschrift an die richtige Stelle. Nie hat mich das Kratzen eines Kulis so begeistert. Ich selbst habe natürlich schon unterschrieben.

»Vielen Dank. Ich werde Sie nicht enttäuschen.«

»Prima.« Robert Muth steckt den Kugelschreiber in die Innentasche seines Jacketts.

Eine Frage liegt mir schon seit Minuten auf der Zunge. »Glauben Sie der Theorie der Kripo, dass ein Konzertteilnehmer Marlene das angetan hat?«

»Nein«, kommt es wie aus der Pistole geschossen. »Meine Schwester wäre nicht zu Fremden ins Auto gestiegen.«

»Vielleicht hat man sie gezwungen. Quasi entführt.« Wobei das bei so vielen Menschen in der Stadt eigentlich unmöglich gewesen sein dürfte.

Er schüttelt den Kopf. »Marlene hat den Bus genommen. Schließlich wurde sie an der Haltestelle bei der Carl-Diem-Halle zuletzt gesehen.«

»Aber niemand kann bezeugen, dass sie eingestiegen ist.« Genau das ist der Knackpunkt an der Geschichte. Hat Marlene den Bus um 22.16 Uhr genommen oder war sie aufgehalten worden und in den letzten Bus eine Stunde später gestiegen? Möglicherweise aber hatte sie doch jemand im Auto mitgenommen. »Es hat sich auch kein Zeuge gemeldet, der sie im Bus gesehen hat.«

»Der war auch komplett überfüllt aufgrund der vielen Konzertbesucher«, merkt Robert Muth an. »Die Mehrheit von denen war auch sicher nicht mehr ganz nüchtern.«

»Stimmt. Und bei der Menge an Leuten achtet man nicht so auf den Einzelnen. Aber wenn sie den letzten Bus genommen hätte, wäre sie sicher jemandem aufgefallen.«

Muth zuckt mit den Schultern. »Im späteren Bus waren sicher nicht mehr so viele unterwegs. Da kommt es schon mal vor, dass man fast allein drin sitzt.«

»Ich habe gelesen, die Polizei hatte einen Verdächtigen vorübergehend festgenommen. Der Artikel nannte keine Details. Wissen Sie, um wen es sich dabei handelt?«

»Ja, um Holger Apel aus dem Nachbarort. Er ist mit Marlene zur Schule gegangen. Ich habe ihn vor ein paar Tagen getroffen. An Marlenes Grab.«

Die Nackenhaare stellen sich mir auf. Vor Aufregung. »Dann ist er vielleicht der unbekannte Rosenkavalier.«

Robert Muth nickt. »Habe ich mir auch gedacht.« Er

presst die Lippen aufeinander, vermutlich weil er sich an die verpatzte Verfolgung auf dem Friedhof erinnert. »Gut möglich, dass er was mit Marlenes Tod zu tun hat. Und da ist noch etwas, das Sie wissen sollten. Meine Eltern haben damals viele Briefe erhalten. Beileidsbekundungen natürlich, aber auch ein paar anonyme Schreiben, darunter einen mit einer Zeichnung.«

»Einer Zeichnung?« Ich hatte recht. Der Fall ist es absolut wert, gelöst zu werden. Auch wenn du deine Karriere damit aufs Spiel setzt?, fragt mich eine boshafte innere Stimme. Dass ich jobtechnisch zweigleisig fahre, ohne es mit meinem Arbeitgeber abzusprechen, ist auf jeden Fall ein Kündigungsgrund. Ich schiebe den Gedanken beiseite.

»Ein Schmetterling.«

»Hmm. Marlene war in der Pubertät. Meinen Sie, der Urheber hat es symbolisch gemeint?«

Robert Muth sieht auf seine Armbanduhr. »Interessant, dass wir dasselbe denken. Der Schmetterling steht für vieles. Bedenklicher finde ich aber den Text, der unter der Zeichnung stand.« Er zieht sich das Jackett über. »Sorry, ich muss los«, sagt er, als er meinen enttäuschten Blick bemerkt.

»Der Text?« Er macht es aber auch spannend.

»›Schönheit hat den Tod gewählt.‹«

Ich stutze. Wie makaber! Mit Sicherheit hat sich Marlene Muth ihren Tod nicht selbst ausgesucht. »Was will er uns damit sagen?«

»Keine Ahnung, aber ich werde die Kopie des Briefs bei unserem nächsten Treffen mitbringen. Dann können Sie sich selbst einen Eindruck verschaffen.« Er erhebt sich und legt einen Zwanzigeuroschein auf den Tisch. »Für die

Spesenrechnung«, sagt er mit einem Grinsen und will sich verabschieden.

»Wann, denken Sie, kann ich mit Ihrer Mutter sprechen?«, halte ich ihn zurück.

»Nachdem wir die Akte gesichtet haben.«

KAPITEL 12
FREITAG, 13. AUGUST 1999

ROBERT

Ich greife nach den letzten Chips in der Plastikschüssel. Der Showdown von *Das fünfte Element* flimmert über unseren Fernsehbildschirm und lässt meinen Puls höher schlagen. Mama zuliebe habe ich auf einen Horrorstreifen verzichtet, und auch beim Science Fiction hat sie nur zugestimmt, weil sie Bruce Willis so gern mag. Ich sitze im Schlafanzug auf dem Wohnzimmerteppich, damit ich näher am Geschehen bin. Meine Eltern haben es sich auf dem Sofa gemütlich gemacht.

»Es ist fast 23 Uhr«, unterbricht Mama die Spannung. »Sie müsste schon hier sein.«

»Es ist doch schon einmal vorgekommen, dass Marlene beim Spielen die Zeit vergessen und den Bus eine Stunde später genommen hat«, meint Papa. »Es sind Ferien. Lass ihr doch den Spaß.«

Genau, denke ich. Kein Grund, Bruce Willis bei der Rettung der Welt zu stören.

»Ich weiß nicht.« Ich vernehme das Quietschen der Couch hinter mir, als Mama sich erhebt. »Vielleicht sollte ich lieber im Jugendzentrum anrufen.«

»Pscht«, zische ich, obwohl ich selbst kaum noch auf

den Film achte. Eine innere Stimme schimpft gerade sehr heftig mit mir.

»Liebling.« Mein Vater seufzt. »Warte noch einen Augenblick. Der Film ist ja gleich vorbei.« Es wundert mich, dass er so ruhig bleibt. Als Marlene letztes Mal zu spät nach Hause kam, hat er ganz schön herumgebrüllt.

Ein weiteres Quietschen der Couch, weil Mama sich wieder hinsetzt. Ein Schulterblick verrät mir, dass sie keineswegs beruhigt ist. Ob ich was sagen soll? Ein Ziehen in der Magengrube sorgt dafür, dass ich den Mund halte. Ich würde einen Riesenärger bekommen. Marlene verpetzt mich bestimmt nicht. Nicht an meinem Geburtstag und nachdem sie mich heute so enttäuscht hat.

Kaum läuft der Abspann, springt meine Mutter vom Sofa. »Ich habe ein komisches Gefühl. Marlene hätte diesmal doch sicher angerufen, wenn sie sich verspätet. Sie hat uns geschworen, dass ihr das nicht noch mal passiert. Ich rufe im Zentrum an.«

Papa schaltet den Fernseher aus und holt die DVD aus dem Player. »So, Champion, spät genug, ab ins Bett mit dir.« Zärtlich streicht er mir durchs Haar, was meine Brust zwar angenehm mit Wärme erfüllt, mir jedoch gleichzeitig etwas unangenehm ist, da er mir damit zeigt, dass ich noch immer sein kleiner Junge bin.

»Darf ich noch aufbleiben, bis Marlene da ist?« Ich möchte ihr wie immer gute Nacht sagen. Und mich entschuldigen.

»Tut mir leid, Kleiner, aber deine Schwester nimmt sicher den späteren Bus und ist dann erst gegen Mitternacht hier. Und du möchtest doch morgen fit sein für deine Party, oder?«

Enttäuscht nicke ich und schlurfe lustlos ins Bad zum Zähneputzen. Ich bin kein bisschen müde, und mein

Herz klopft weiterhin heftig gegen meine Rippen. Marlene kommt gleich, versuche ich mich zu beruhigen. Dann lachen wir darüber.

»Es geht niemand ran.« Die Stimme meiner Mutter klingt alarmiert, das höre ich trotz der Entfernung zum Wohnungsflur, wo unser Telefon steht.

»Dann wird sie das Zentrum schon verlassen haben, um zum Bus zu laufen.«

Ich schlucke, da auch Papas Stimme nicht mehr so fest klingt wie sonst. Es ist 23.15 Uhr. Ich bete, dass Marlene in diesem Moment in den Bus steigt. Es tut mir leid, murmle ich. Ich wollte doch nicht, dass sie sich Sorgen machen.

»Ich fahre nach Würzburg«, sagt meine Mutter. »Sie hat bestimmt den Bus verpasst und ist losgelaufen.«

»Quatsch!«, empört sich Papa. »Dann hätte Marlene von einer Telefonzelle aus angerufen, damit wir sie abholen. Es bringt nichts, jetzt loszufahren, da sie wahrscheinlich schon im Bus sitzt.«

»Scheiße, ja«, flucht Mama laut. »Du hast recht.« Sie reagiert sonst immer allergisch, wenn Marlene oder ich solche Wörter in den Mund nehmen.

»Wir warten bis Mitternacht«, entscheidet mein Vater. »Wenn sie dann nicht da ist, fahre ich selbst los, um sie zu suchen.«

Mir ist übel und ich schwitze, obwohl mein Schlafanzug nur kurze Ärmel und Hosenbeine hat. »Ich gehe ins Bett«, kündige ich an, da es scheint, dass sie mich vergessen haben. »Gute Nacht.«

»Gute Nacht.« Papa lächelt, doch wirkt es angestrengt. Mama kommt zu mir und nimmt mich in den Arm. »Schlaf gut, Geburtstagskind.« Sie drückt mir einen feuchten Kuss auf die Wange.

Wie soll ich da schlafen? Ich schließe meine Zimmertür bis auf einen winzigen Spalt, da ich unbedingt mitkriegen möchte, wenn Marlene nach Hause kommt. Im Bett lösche ich zwar das Licht, krame aber meine Taschenlampe aus dem Nachttisch. Ich nutze sie regelmäßig, um abends noch heimlich durch ein Comicheft zu blättern. Zwar erlauben uns Mama und Papa, vor dem Schlafen zu lesen, aber nur, wenn es nicht zu spät ist. Heute allerdings kann ich mich kaum auf die Bilder und Texte konzentrieren. Mein Hals ist trocken. Ich hätte noch was trinken sollen. 20 Minuten lang überlege ich hin und her, ob ich noch mal aufstehe, dann halte ich es nicht mehr aus und steige aus dem Bett. Meine Eltern sitzen wieder im Wohnzimmer vor dem Fernseher. Es läuft irgendein Spielfilm, aber leiser als vorhin. Ich schleiche in die Küche, damit sie nicht merken, dass ich auf bin.

»Was, wenn ihr was passiert ist?«, höre ich meine Mutter fragen.

»Sie wird schon gleich kommen.« Die Diskussion sagt mir, dass meine Eltern den Film nicht wirklich verfolgen.

»Ich hätte ihr doch nicht erlauben sollen, dort hinzugehen.« Jetzt macht meine Mutter sich auch noch Vorwürfe. Das Kratzen im Hals wird schlimmer. Mucksmäuschenstill öffne ich den Küchenschrank, um an ein Glas zu kommen, dann drehe ich den Wasserhahn ein wenig auf und halte es darunter. Beim Trinken lausche ich weiter dem Gespräch im Wohnzimmer.

»Ich verstehe ohnehin nicht, warum sie unbedingt hinwollte, wenn Sandra nicht mitgeht«, erwähnt mein Vater. »Die beiden sind doch sonst unzertrennlich.«

»Sie trifft dort ja noch andere Freundinnen. Angelika zum Beispiel.« Plötzlich verstummen die Stimmen. Ich halte die Luft an. Da ich keine Socken trage, werden meine Füße auf den Fliesen langsam kalt.

»Du bist wach?«

Ich fahre zusammen, als meine Mutter auf einmal vor mir steht. »Warum schläfst du nicht?«

»Kann nicht«, murmle ich. »Wegen Marlene.« Ich horche auf, als ich Schritte und Schlüsselklappern im Flur vernehme. Einen kurzen Moment lang denke ich, dass meine Schwester zurück ist, doch es ist nur Papa.

»Ich fahre los Richtung Würzburg.« In Straßenschuhen betritt er die Küche. Die Zeiger der großen Wanduhr stehen auf sieben Minuten vor Mitternacht. »Vielleicht begegne ich ihr unterwegs.«

Mama nickt. »Ich begleite dich.«

»Es wäre besser, wenn du runter ins Dorf zur Bushaltestelle läufst. Nicht, dass Marlene zu Fuß nach Hause geht.«

Die Augen meiner Mutter weiten sich vor Schreck. »Was, wenn sie doch den Weg über die Weinberge gelaufen ist?«

»Das müssen wir auch überprüfen, obwohl ich es mir beim besten Willen nicht vorstellen kann. Geh aber bitte nicht allein im Dunkeln durch die Weinberge, sondern warte, bis ich wieder zurück bin.« Mit diesen Worten verlässt er das Haus.

Mama ist blass geworden, wirkt gedankenverloren. »Du frierst ja«, bemerkt sie trotzdem und schaut auf meine nackten Füße. »Zieh dir Socken an.«

Es stimmt. Ich zittere, und eine Gänsehaut zieht sich über beide Arme und Beine. Doch das liegt nicht nur an den Steinfliesen. Die Kälte kommt aus meinem Inneren. »Ich möchte helfen, Marlene zu finden.« Wo ist sie? Warum ist sie nicht in den letzten Bus gestiegen? Das war doch der Plan.

»Nein! Du bleibst hier. Falls Marlene anruft.« Mama schlüpft in eine dünne Jacke und in Turnschuhe, dann ist auch sie aus der Tür.

Ich bin allein. Allein mit der Stimme, die mich immerzu beschimpft: »Du bist schuld, wenn ihr was passiert ist!«

KAPITEL 13
MITTWOCH, 14. AUGUST 2019

ROBERT

Beim Betreten des Hausflurs beschleicht mich ein ungutes Gefühl. Es ist viel zu ruhig. Außerdem riecht es nicht wie sonst nach frisch Gekochtem. Wollte Mutter nicht das Abendessen machen? Sie liegt doch sicher nicht wieder im Bett, oder?

Ich schlüpfe aus den Schuhen und betrete die Küche. Sie ist leer.

»Mama?« Mein Rufen bleibt unerwidert. Ich begebe mich ins Wohnzimmer – und erstarre. Sie liegt auf dem Teppich, bäuchlings, alle Gliedmaßen von sich gestreckt.

Bitte nicht. Nur eine Sekunde später knie ich neben ihr. »Mama?« Ich berühre sie an der Schulter und streiche ihr das Haar aus dem Gesicht, um zu sehen, ob sie bei Bewusstsein ist. Ein Stöhnen verrät mir, dass sie lebt. Erleichtert stoße ich die Luft aus. »Was ist passiert? Bist du verletzt?«

»Nein. Nur zu schwach«, flüstert sie und versucht, auf die Beine zu kommen. »Mein Kreislauf.«

Ich stütze sie, obwohl mir die Knie zittern. Sie ist furchtbar fahl, ihre Stirn feucht. »Es ist heiß heute.« Sicher hat sie nicht genug getrunken.

»Das ist es nicht«, erwidert sie mit dünner Stimme. »Der Krebs raubt mir alle Energie.«

Ich führe sie zum Sofa, wo sie sich sofort wieder lang macht. »Ich hole dir etwas Wasser«, sage ich, nachdem ich sie mit einer Baumwolldecke zugedeckt habe, obwohl sie sicher nicht friert.

Ich hätte sie nicht allein lassen sollen, schießt es mir durch den Kopf, während ich kaltes Wasser in ein Glas laufen lasse. Ich muss mich um sie kümmern, statt ehrgeizige Detektivinnen auf eine Mission zu schicken, die vermutlich zum Scheitern verurteilt ist. Was habe ich mir nur dabei gedacht?

»Hier. Trink bitte etwas.« Sanft halte ich ihren Kopf mit dem schweißnassen Haar, um ihr die Flüssigkeitsaufnahme zu erleichtern. Nach wenigen Schlucken schüttelt sie den Kopf und lässt ihn wieder aufs Kissen sinken. »Ich muss mich nur ausruhen. Es geht gleich besser.«

Von wegen! Wer weiß, wie lange sie auf dem Boden lag. Der Gedanke daran schnürt mir den Hals ab. »Entschuldige, dass ich nicht früher zu Hause war.«

»Ich möchte nicht mehr, Robert.« Eine Träne löst sich aus ihrem linken Auge und kullert aufs Kissen.

In einem Versuch, sie zu trösten, streiche ich ihr über Wange und Haar. »Ich rufe den Arzt. Bist du noch bei Doktor Kleist?« Der muss zwar selbst weit über 60 sein, weil er schon mich als kleinen Jungen behandelt hat, doch ich meine, den Namen auf einem der Rezepte von Mutter gelesen zu haben.

Sie nickt. »Der allerbeste Doktor.« Sie lacht. »So hast du unseren Hausarzt früher immer genannt, erinnerst du dich?«

Ich zucke mit den Mundwinkeln, leicht verbittert. »Das war Marlene. Sie hat Doktor Kleist so gern gemocht.«

»Wirklich?« Mama schaut mich mit einem Ausdruck von Skepsis an. Ich antworte nicht, sondern suche stattdessen im Handybrowser nach der Nummer des Hausarztes. Seine Sprechstundenhilfe ist nach zweimal Klingeln dran.

»Doktor Kleist hat gerade noch einen Termin«, teilt sie mir mit, nachdem ich ihr mein Anliegen kundgetan habe. »Aber ich gebe ihm Bescheid, dass er Sie zurückruft.«

»In Ordnung«, antworte ich ohne viel Hoffnung und lege auf. Es ist fast 19 Uhr. Ich bezweifle, dass Doktor Kleist so spät noch Anrufe tätigt. Oder Hausbesuche macht. »Er meldet sich gleich«, teile ich meiner Mutter trotzdem mit.

Sie ächzt. »Bring mir einfach meine Medikamente, ja, sei so gut. Dann wird es schon gehen. Sie liegen auf dem Nachttisch im Schlafzimmer.«

Kaum habe ich ihr die Tabletten verabreicht, nickt sie ein. Ein paar Minuten bleibe ich neben ihr sitzen, voller Sorge, dass sie jeden Moment sterben könnte, ohne dass ich mich von ihr verabschiedet habe. Diese Angst überrascht mich, da ich mich schon lange nicht mehr mit ihr so verbunden gefühlt habe, wie es für Mutter und Sohn normal sein sollte.

Schließlich stehe ich doch auf. Ich muss noch arbeiten, da ich Rory versprochen habe, ihm bis morgen Feedback zu einer Präsentation zu geben. Ich habe ohnehin schon ein schlechtes Gewissen, dass er sich nun allein darum bemühen muss, die neue *Soccer*-Spielefirma als Kunden zu gewinnen.

Das Handy nehme ich mit, falls Doktor Kleist wider Erwarten anrufen sollte. Es klingelt, noch bevor ich den Laptop in meinem Zimmer hochgefahren habe. Doktor Kleist verspricht, in einer Stunde vorbeizuschauen. Die Zeit sollte ich nutzen.

Doch kaum habe ich Rorys Präsentation geöffnet, blinkt ein *Skype*-Anruf auf. Ava. Sie hat also gesehen, dass ich online bin. Ich beiße mir auf die Unterlippe. Nachdem sie mich in unserem letzten Gespräch als Arschloch bezeichnet hat, verspüre ich keine Lust ranzugehen. Andererseits mache ich es schlimmer, wenn ich sie ignoriere. Irgendwann hat auch die geduldigste Frau die Nase voll davon, ständig hingehalten zu werden.

»Hi«, begrüße ich sie und streiche mir automatisch eine Haarsträhne aus der Stirn. Nicht, dass ich sonderlich eitel bin, doch nach dem Ausflug in die Stadt und der Aktion mit meiner Mutter bin ich schrecklich verschwitzt. In ihrem dunkelblauen Blazer sieht Ava wie immer bezaubernd aus. »So schick. Wichtiges Meeting heute?« Auch wenn ihr Verlag groß ist, braucht man dort nicht täglich im Business-Look zu erscheinen.

»Ich bin heute und morgen auf einer Messe. Daher wollte ich mich vorher noch mal melden.«

Ich nicke verständnisvoll. »Nett von dir.«

»Wie geht es dir?«, fragt Ava. Hätte ich sie ja auch mal fragen können. Ich Idiot.

»Okay«, antworte ich ehrlich. »Meiner Mutter geht es schlecht. Sie ist vorhin zusammengeklappt.«

Avas himmelblaue Augen weiten sich vor Schreck. »Jesus! Das tut mir leid. Ich hoffe, sie hat sich nicht verletzt?«

»Nein. Aber ich mache mir Sorgen. Sie ist sehr erschöpft. Nachher kommt ein Arzt vorbei.«

»Okay, das ist gut.« Ava senkt den Blick und fummelt am Kragen ihres Blazers herum. Ich weiß, dass sie nach einer Möglichkeit sucht, das Thema anzusprechen, über das sie bereits letztes Mal und am Abend vor meinem Abflug reden wollte. Ich sollte es ihr leicht machen und ihr entgegenkommen, doch ich schaffe es nicht.

»Eine Kollegin hat heute erzählt, dass sie schwanger ist.« Ava bemüht sich, mich anzusehen. Die Tränen, die in ihren Augen schimmern, bringen mich fast um, gerade weil meine Freundin keine Frau ist, die schnell in Tränen ausbricht. »Es ist mir wichtig, dass wir darüber reden.«

»Ava, ich weiß nicht, wann …«

»Schon klar«, unterbricht sie mich mit erstickter Stimme. »Aber ich möchte, dass du bis zu deiner Rückkehr eine Entscheidung triffst.«

»Ava, lass uns das bitte in Ruhe besprechen, wenn ich zurück bin. Es ist gerade sehr schwer für mich.« Meine Ausrede ist nicht fair. Auch für Ava ist es nicht leicht, doch momentan kann ich nur an meine Mutter denken. Und an Marlene. Besser, ich erzähle Ava nicht, dass sich mein Aufenthalt in Deutschland unter Umständen so lange hinzieht, bis ich den Mörder meiner Schwester gefunden habe. Ich habe Ava nie von ihr erzählt, wie kann ich ihr dann jetzt mit so einer Geschichte kommen?

»Ich möchte Kinder.« Avas Stimme klingt nun genauso gefestigt wie der Blick, den sie mir zuwirft. »Am liebsten mit dir. Aber wenn wir nicht dasselbe wollen, sollten wir es beenden.«

Ich nicke und senke den Blick. Warum überlege ich eigentlich noch? Die Vorstellung, Ava zu verlieren, bereitet mir eine Gänsehaut, die sich auch durch meine Eingeweide zu ziehen scheint. »Ich liebe dich«, flüstere ich, als wäre damit alles gesagt.

»Das reicht mir nicht, Robert.« Trauer zieht sich wie ein Schatten über ihre wunderschönen Augen. »Ich möchte eine Familie und einen Partner, auf den ich mich verlassen kann.«

Ich möchte keine Familie, denke ich. Ich komme schon mit der nicht klar, die ich bereits habe. »Ich muss arbeiten«, bemerke ich nach einem Räuspern und verspreche Ava, mich zu melden. Dann lege ich auf. Doch statt die Präsentation durchzugehen, starre ich minutenlang auf den Bildschirm und denke an Ava und ihren Kinderwunsch. Ich wäre kein guter Vater, das spüre ich. Wie auch? Ich habe gar keine Zeit für eine Familie. Meine Firma verlangt Einsatzbereitschaft rund um die Uhr. Die Karriere war mir schon immer wichtig. Das weiß Ava. Kinder waren zwischen uns bisher auch nie ein Thema. Nicht mal eine Heirat. Irgendwie habe ich gedacht, dass auch sie weiterhin mit ihrem bisherigen Leben zufrieden sein würde. Immerhin ist sie eine verdammt erfolgreiche Lektorin.

»Shit!«, fluche ich laut und knalle den Laptop zu. »Ich will kein Kind.« Ich will Ava aber auch auf keinen Fall verlieren. Sie ist der wichtigste Mensch in meinem Leben, einem Leben, das ich mir mühsam aufgebaut habe, nachdem ich alle Brücken nach Deutschland abgerissen habe.

Die Klingel reißt mich aus meinen finsteren Gedanken. Doktor Kleist! Sofort haste ich zur Tür.

»Hallo, Robert.« Der Arzt mustert mich lächelnd. Bis auf die grauen Haare und die Krähenfüße hat er sich kaum verändert. Selbst seine sportliche Statur hat er sich erhalten. »Lange nicht gesehen.«

Ich lasse ihn eintreten und nehme ihm die Jacke ab. »Sie müssen Ihre Schuhe nicht ausziehen.« Doch Doktor Kleist schleicht bereits auf Socken durch den Flur, als ginge er hier täglich ein und aus. Na ja, wahrscheinlich ist er mittlerweile wieder so oft hier wie in meiner Kleinkindphase, in der ich häufig krank war. »Sie liegt auf der Couch.« Ich folge dem Arzt ins Wohnzimmer. Meine Mutter ist sogar wach und sitzt aufrecht auf dem Möbelstück. »Himmel, Robert«, schimpft sie. »Du hättest mich wecken sollen. Ich habe mich nicht einmal waschen können.«

»Seit wann stört mich denn so was?«, sagt Doktor Kleist unbekümmert und bittet meine Mutter, das Oberteil etwas anzuheben, damit er ihren Bauch abtasten kann. Er duzt meine Eltern schon lange.

Der Anblick der nackten Rippen schockiert mich. Meine Mutter sieht regelrecht abgemagert aus. Ich wende den Blick ab. »Ich warte in der Küche.« Mit einer Flasche Bier aus dem Kühlschrank setze ich mich an den Küchentisch, doch kann ich das Bild nicht abschütteln. Ich stelle mir vor, wie der Krebs in ihrem Körper sie von innen heraus auffrisst, und zum ersten Mal bin ich unsicher, ob ich es überhaupt schaffe, meine Mutter in den Tod zu begleiten. Zuzusehen, wie sie täglich weniger wird und leidet. Ihr nicht helfen zu können. Ich spüre, wie mein Herz gegen die Rippen schlägt, immer heftiger. Keuchend stütze ich den Kopf in die Hände und zwinge meinen Atem, sich zu beruhigen. Doch das Blut wird weiterhin kräftig durch meine Adern gepumpt, als wäre ich auf einem Kurzstreckenlauf oder auf der Flucht.

»Hast du auch eines für mich?«

Ich fahre zusammen und sehe auf. Doktor Kleist steht in der Küchentür und deutet auf die Flasche.

»Ich wollte dich nicht erschrecken.« Doktor Kleist setzt sich auf den Stuhl mir gegenüber.

»Natürlich.« Ich springe auf, hole ihm ein Bier aus dem Kühlschrank und öffne es. »Ein Glas?«

Der Arzt lehnt ab und nimmt einen großen Schluck aus der Flasche. »Das tut gut, danke dir.« Er sieht mich so prüfend an, als versuche er, mit bloßem Auge ein Ultraschallbild von mir zu erstellen. »Es gibt in Würzburg einige Pflegeheime und auch Krankenhäuser mit einer ausgezeichneten Palliativabteilung.«

Ich sehe ihn entsetzt an. Gleichzeitig bin ich wütend auf mich, da meine Angst so leicht zu durchschauen gewesen ist. »Das kommt nicht infrage!«, protestiere ich. »Sie wird hier sterben. In ihrem Zuhause.«

Doktor Kleist nickt und fährt sich über die buschigen Augenbrauen, die nun in alle Himmelsrichtungen abstehen. »Das wünschen wir uns alle, doch ist es für die Angehörigen nicht immer leicht, das durchzustehen. Es kann auch niemand von dir verlangen, Robert.«

»Ich bin nicht aus Kanada hergekommen, um Goodbye zu sagen und sie ihrem Schicksal zu überlassen«, antworte ich mit einem besorgten Blick zur Küchentür. Hoffentlich hört meine Mutter uns nicht.

»Sie ist wieder eingeschlafen. Ich habe ihr ein starkes Schmerzmittel gegeben, mit dem sie für einige Stunden Ruhe finden sollte.«

»Sie schläft fast nur noch.« Ich merke, dass meine Stimme ungewöhnlich hoch ist. Mein Herz pumpt immer noch viel zu schnell, wenn auch langsamer als zuvor.

Wieder nickt der Arzt. »Die Krankheit schreitet zügiger voran, als ich angenommen habe. Die Metastasierung in der Leber ist wohl doch schon weiter als gedacht.«

»Und was heißt das jetzt?«

»Dass ihr nicht mehr viel Zeit bleibt. Wir sprechen von wenigen Wochen, vielleicht sogar von Tagen.«

Ich schlucke die aufkommende Übelkeit hinunter. Ich bin noch nicht bereit, sie gehen zu lassen. Vor allem brauche ich mehr Zeit, um Marlenes Tod zu klären. Mutter soll nicht sterben, ohne zu wissen, was damals geschehen ist.

Doktor Kleist nimmt noch einen Schluck, dann erhebt er sich. »Versuch, es positiv zu sehen, Robert. Deine Mutter hat es bald überstanden.«

KAPITEL 14
DONNERSTAG, 15. AUGUST 2019

VALENTINA

Mit einem Lächeln setze ich die Kaffeetasse vor Kris ab. Ich sehe ihm an, dass er letzte Nacht wenig geschlafen hat. »Hat mal wieder länger gedauert gestern, was?«, frage ich ihn.

Er zuckt gähnend mit den Schultern und nippt an der Tasse. Verzieht das Gesicht, weil der Inhalt wohl noch zu heiß ist. »Kurz nach Mitternacht war ich zu Hause. Konnte aber nicht schlafen.«

»Wie kommt's?« Er hat normalerweise keine Schlafprobleme, wie ich aus zahlreichen Gesprächen weiß.

Wieder ein Schulterzucken. »Schätze, es war einfach zu warm gestern Nacht. Wird Zeit, dass der Herbst kommt.«

»Hmm«, erwidere ich nur, da mir etwas anderes auf den Nägeln brennt. Mit einem Schulterblick vergewissere ich mich, dass wir allein im Großraumbüro sitzen. Ein paar Kollegen sind in einer Besprechung, der Rest im Einsatz.

»Was ist los?« Kris sieht mich mit hochgezogener Augenbraue an. So gut kennt er mich also.

»Ich bräuchte einen kleinen Gefallen von dir.« Bewusst betone ich das Adjektiv, obwohl ich genau weiß, dass meine Bitte an ihn alles andere als belanglos ist.

»Ah ja.« Sein Grinsen verrät mir, dass ich ihm nichts vormachen kann. »Sicher, dass es ein kleiner ist? Ich kann an einer Hand abzählen, wie oft du mir Kaffee an den Platz gebracht hast. Vor allem trinkst du selbst heute gar keinen.«

Ich muss grinsen. »Okay. Es ist vielleicht ein etwas größerer Gefallen.«

»Spuck's schon aus.«

»Über deine Kontakte bei Staatsanwaltschaft und Kripo kommst du doch sicher an eine Akte ran, oder?«

Kris stellt die Tasse ab und lehnt sich im Stuhl zurück. »Das kommt darauf an.«

»Worauf denn?«

»Um welche Akte es sich handelt und wozu du sie brauchst.«

War klar, dass ich hier Farbe bekennen muss. »Sagt dir der Fall Marlene Muth etwas?«

»Na klar. Ein ganz alter Hut. Was willst du denn damit?«

»Der Fall ist bis heute ungelöst.«

»Aus gutem Grund«, spöttelt Kris. »Nach 20 Jahren wird den auch keiner mehr lösen.«

»Marlenes Bruder Robert ist da anderer Meinung. Er hat mich engagiert.«

Kris schnellt nach vorn, wodurch er fast die Tasse umstößt. »Er hat *was*? Weiß der Chef davon?«

Automatisch werfe ich wieder einen Blick über die Schulter. »Nein«, fauche ich. »Und er muss es auch nicht erfahren.« Ich spüre, dass das hier doch schwieriger wird als gedacht.

Kris steht auf und setzt sich auf die Kante meines Schreibtisches. »Valentina, lass die Finger von dem Fall. Daran haben sich die besten Ermittler die Zähne ausgebissen.«

Genau das reizt mich ja. »Kannst du mir mit der Akte helfen oder nicht?«

Er schüttelt den Kopf. »Keine Chance. Mit welcher Begründung soll ich die anfordern? Dieser Robert Muth hat unsere Detektei nicht offiziell beauftragt, und selbst wenn, glaube ich kaum, dass der Chef den Auftrag annehmen würde. Olli hat es nicht nötig, sich den guten Ruf mit einem *Cold Case* zu ruinieren.«

»Deswegen frage ich ja auch nicht ihn, sondern dich. Du könntest gegenüber der Staatsanwaltschaft doch einfach behaupten, dass die Familie Muth uns engagiert hat.«

»Pf.« Kris schaut mich an, als hätte ich den Verstand verloren. »Mir liegt was an meinem Job. Und du solltest dich auch lieber auf deine Fälle bei uns konzentrieren. Oder muss ich dich daran erinnern, dass du unter besonderer Beobachtung des Chefs stehst?« Kris ist lauter geworden. »Willst du dir deine Karriere ruinieren? Wenn Olli erfährt, dass du hinter seinem Rücken Aufträge annimmst, wird er dich feuern.« Kopfschüttelnd läuft er zurück zu seinem Platz.

»Aber wenn ich den Fall löse, ist das doch gute PR für die Detektei.« Hoffentlich merkt Kris nicht, dass ich ihm fett ins Gesicht lüge. Wenn ich Marlenes Fall löse, ist das die beste Referenz für meine eigene Detektei. »Und falls ich es nicht schaffe, werde ich die Firma natürlich raushalten.«

»Ich mache da nicht mit, Valentina!« Kris schnauft. »Du kannst froh sein, wenn ich Olli nichts von diesem Gespräch erzähle.«

Ein Schlag in die Magengrube. Habe ich unsere Freundschaft falsch eingeschätzt? Nun, offensichtlich habe ich Kris' Loyalität dem Chef gegenüber unterschätzt. »Bitte sag ihm nichts, okay?«

Er schiebt die Tasse beiseite und stützt die Arme auf dem Schreibtisch ab. »Du verlangst da echt viel von mir, weißt du das?«

Ich nicke. »Ist mir bewusst. Tut mir leid.«

»Ich rate dir, lass die Finger von dem Fall. Du wirst nur alte Wunden bei der Familie aufreißen und sie enttäuschen. Das Mädchen wurde von jemandem ermordet, der außerhalb von Würzburg wohnt. Da sind sich die Ermittler bis heute einig. Marlene Muth war das Zufallsopfer irgendeines Irren.« Er wendet sich wieder Tastatur und Bildschirm zu. Vermutlich schreibt er an dem Einsatzbericht von gestern Abend.

Ich glaube nicht an eine Zufalls- oder Gelegenheitstat. Die meisten Mörder sind im Umfeld des Opfers zu finden. Wobei die Tatsache, dass in der Mordnacht so viele Konzertbesucher in Würzburg unterwegs waren, natürlich sehr für die Theorie des großen Unbekannten spricht. Doch was war dann das Motiv? »Die Medien haben nichts darüber geschrieben, wie Marlene ermordet wurde. Und ob sie vergewaltigt wurde. Weißt du da mehr?«

Kris unterbricht kurz das Tippen. »Ich weiß nicht mehr, als die Presse veröffentlicht hat. Auch wenn einer der damaligen Ermittler ein Bekannter ist, hat er nie mit mir über den Fall gesprochen. Durfte er schließlich nicht. Aber ich weiß noch gut, wie groß der Druck auf die Kripo war. Von der Hetze, weil der Mörder immer noch frei herumläuft, mal ganz zu schweigen.«

»Meinst du, ich könnte mal mit ihm sprechen?« Ganz dünnes Eis, denke ich, bin aber verzweifelt. Schließlich habe ich Robert Muth die Akte versprochen.

»Nein«, kommt es patzig zurück und ich höre wieder sein Tippen. Mist! Das Eis unter mir bricht. Was mache ich denn jetzt?

»Hast du nichts zu tun?«

Ich merke, dass ich Kris' Geduld überstrapaziere. Ich will keinen Ärger mit ihm. »Doch.« Ich hole den Rechner aus dem Ruhemodus und zwinge mich, mich auf meinen eigentlichen Job zu konzentrieren.

Es ist selten, dass ich schon um 18 Uhr das Büro verlasse. Eigentlich nur, wenn ich an dem Tag keine Observation habe. Dann nutze ich den Abend in der Regel, um meinen Vater zu besuchen oder zu lesen. Heute habe ich aber auf beides keine Lust. Rastlos streife ich durch die Innenstadt. Spätestens morgen würde Robert Muth wegen der Polizeiakte nachfragen. Es wundert mich, dass ich heute nichts von ihm gehört habe. Ich muss mir schnell etwas einfallen lassen, um an Marlenes Fallakte zu kommen. Sollte ich doch mit dem Chef sprechen und ihn bitten, die Akte für die Detektei anzufragen? Doch selbst wenn ich behaupte, noch keinen Vertrag mit Robert Muth unterzeichnet zu haben, hat Kris recht: Die Detektei wäre an dem Fall nicht interessiert. Also müssen wir doch den offiziellen Weg über einen Rechtsanwalt gehen, und mein Auftraggeber fragt sich dann sicher, wozu er mich engagiert hat.

Blödsinn, weise ich mich innerlich zurecht. Es geht ja nicht nur um die Akte. Ich bin Robert Muth auch so eine Hilfe bei den Ermittlungen. Der Fall ist komplex, viele Leute müssen erneut befragt werden. Trotzdem habe ich mich, was die Akte angeht, wohl zu weit aus dem Fenster gelehnt. Sehr unangenehm.

Mein Smartphone in der Jackentasche vibriert.

»Hi, Michaela. Was gibt's?«

»Glaub ja nicht, dass du mir mit dem bisschen Kaffeetrinken am Dienstag davonkommst.«

Ich muss lachen. »Ich habe nicht vergessen, dass wir was zusammen trinken gehen wollten. Wie sieht es heute bei dir aus?«

»Ich kann immer, sobald ich den Laden dicht gemacht habe.« Aus ihrem Tonfall höre ich, wie sehr sie sich über den Vorschlag freut. Ich nehme mir wirklich zu selten Zeit, meine Freundin zu sehen.

Ich werfe einen Blick auf die Armbanduhr. »21 Uhr im *Chase*?« Eine unserer Lieblingsbars in Würzburg.

»Einverstanden. Die erste *Margarita* geht auf mich.«

ROBERT

Den ganzen Tag über habe ich mich um meine Mutter gekümmert. Sie gewaschen, bekocht und mit Medikamenten versorgt. In den Zeiten, in denen sie schlief, habe ich mich an den Laptop gesetzt. Zwar hat Rory sich nicht direkt beschwert, aber ich kenne meinen Freund und Geschäftspartner gut genug, um die Enttäuschung darüber, dass ich ihm gestern kein Feedback mehr zur Präsentation gegeben habe, im Videochat herausgelesen zu haben. Seine Bewerbung um den Auftrag der Spielefirma war trotzdem erfolgreich. Allerdings sind deswegen andere

Aufgaben liegen geblieben, und ich versuche, ihm so viel Arbeit wie möglich abzunehmen.

Die Detektivin hat sich nicht gemeldet, was in mir leichten Unmut aufkommen lässt. Ein Update zur Akte habe ich schon erwartet. Dann pfeife ich mich gedanklich zurück. Sie macht den Fall pro bono, da kann ich nicht erwarten, dass sie mich stündlich über Fortschritte benachrichtigt. Trotzdem schreibe ich ihr eine kurze SMS und frage, ob sie mit der Fallakte vorangekommen ist.

Das Klingeln an der Haustür reißt mich aus meinen Gedanken. Automatisch verirrt sich mein Blick auf die Armbanduhr. 21.10 Uhr. Ob Doktor Kleist nach meiner Mutter sehen möchte? Ein unangemeldeter Arztbesuch war früher schon nichts Ungewöhnliches in Friedberg. So ist es eben, wenn jeder jeden kennt.

Dennoch überrascht es mich, Sandra zu sehen. Ein bunter Blumenstrauß verdeckt zum Teil ihren Kopf.

»Grüß dich, Robert.« Mit der freien Hand streicht sie sich eine Haarsträhne aus dem leicht verschwitzten Gesicht. Anscheinend ist sie aus dem Dorf zu uns hinaufgelaufen. »Entschuldige bitte die späte Störung, aber nach dem Aufräumen des Ladens und der Versorgung der Kinder habe ich es leider nicht früher geschafft.« Sie spitzt an mir vorbei in den Bungalow, wohl irritiert darüber, dass ich sie nicht hereingebeten habe.

»Sorry, komm doch rein.« Eigentlich passt es mir gar nicht, da ich noch einiges an Arbeit habe. Ich nehme ihr den Strauß ab.

»Die sind für deine Mutter. Ich habe gehört, dass es ihr sehr schlecht geht.«

»Danke«, antworte ich und gehe vor in die Küche. Auf der Fensterbank entdecke ich eine leere Vase, die ich mit Wasser fülle. Inzwischen setzt sich Sandra auf einen Küchenstuhl.

»Arbeit?«, fragt sie überflüssigerweise und deutet interessiert auf den Bildschirm meines Laptops. Schnell klappe ich ihn zu und schiebe ihn beiseite. Sandras Neugier ärgert mich. Auch wenn mein derzeitiges Projekt nicht top secret ist, geht es immerhin um sensible Firmendaten. »Meine Mutter schläft«, sage ich in der Hoffnung, dass Sandra wieder geht. Ich habe kein Interesse daran, ihr Futter für einen Dorftratsch über den Gesundheitszustand meiner Mutter zu geben.

»Doktor Kleists Frau hat mir von dem Darmkrebs erzählt. Furchtbar. Das tut mir so leid, Robert.«

Ich nicke nur. Mir ist bewusst, dass ich ihr etwas zu trinken anbieten sollte, doch möchte ich sie auf keinen Fall ermuntern, hier zu verweilen. Auch frage ich mich, ob sie wirklich nur wegen meiner Mutter hier ist, so schick wie sie aussieht. Sandra trägt ein rotes Leinenkleid, das ihre wohlgeformten Rundungen betont. Ihre Wimpern hat sie getuscht und die Lider mit Lidschatten versehen. Beides bringt das Silbergrau ihrer Iris noch mehr zur Geltung. Ich hingegen bin barfuß und habe nur eine kurze Jeanshose und ein T-Shirt an.

»Du hast nicht zufällig was zu trinken da?« Sandra fragt so unschuldig, dass ich beinahe schmunzeln muss. Innerlich seufzend öffne ich den Kühlschrank.

»Bier? Oder lieber einen Silvaner?« Ich beiße mir auf die Zunge. Das Bier wäre schneller getrunken.

»Gern den Wein.«

Ich öffne den Weißwein, schenke zwei Gläser ein, obwohl mir ein kühles Hefe lieber gewesen wäre, und setze mich zu ihr. »Mann und Kindern geht's gut?« Mache ich ihr Vorwürfe, dass sie hier mit mir trinkt, während ihre Familie zu Hause ist?

Sie zuckt mit den Schultern und nimmt einen so großen Schluck Wein, als wolle sie meinen Gedanken, das Bier hätte sie schneller getrunken, Lügen strafen. »Die Kinder sind im Bett, und Stefan ist momentan so mit sich selbst beschäftigt, dass er wahrscheinlich nicht einmal merkt, dass ich fort bin.«

Oha, denke ich. Das lässt ja tief blicken.

»Autsch«, sagt sie, als sie meine Reaktion bemerkt. »Tut mir leid. Das klang arg garstig. So schlimm ist es nicht.«

»Hm«, meine ich nur und nehme ebenfalls einen Schluck Wein. Sofort spüre ich die ungewohnte Säure im Magen. Möglicherweise kribbelt es aber auch so unangenehm, weil Sandra mich unverhohlen mustert und sich mit der Zungenspitze über die Lippen fährt. Macht sie sich an mich ran?

Ich sollte ihr sagen, dass ich arbeiten muss.

»Hat Michaela dir weiterhelfen können?«, kommt sie mir zuvor. »Ich meine, wegen des Anwalts?«

Darum geht es also. Hätte ich mir denken können. »Nicht direkt. Aber eine Freundin von Michaela kann vielleicht helfen.«

»Ach ja?« Ihre Augen weiten sich. »Inwiefern? Es geht um Marlene, richtig?«

Ich nicke ergeben. Wahrscheinlich wird Michaela es ihr früher oder später ohnehin erzählen. »Eine Privatermittlerin versucht, an die Fallakte ranzukommen.«

»Eine Detektivin.« Sandra pfeift leise durch die Zähne. »Dann stimmt es also, was die Leute in Friedberg behaupten.«

»Was meinst du?«, frage ich argwöhnisch und nehme einen weiteren Schluck Wein.

»Dass du in Friedberg bist, um den Tod deiner Schwester aufzuklären.«

»So ein Blödsinn.« Mir gefällt es gar nicht, dass die Leute über uns reden. »Ich bin in Deutschland, um mich um meine Mutter zu kümmern.«

»Mag sein, aber du besorgst dir die Akte ja sicher nicht zum Spaß.«

»Das geht niemanden etwas an«, antworte ich patzig. Wer weiß, ob wir die Akte kriegen und ob sie uns überhaupt weiterbringt, füge ich in Gedanken hinzu.

Sandra lächelt mitfühlend. »Du scheinst vergessen zu haben, dass die Gerüchteküche hier schneller brodelt als auf dem stillen Örtchen.«

»Ein Grund mehr, in einer Großstadt zu wohnen«, kontere ich. »Im Ernst: Wer verbreitet diese Gerüchte?«

»Spielt doch keine Rolle. Verbring mal einen Tag am Tresen meiner Bäckerei, und du weißt hinterher auch nicht mehr, wer welches Gerücht gestreut hat.«

»Dann weißt du auch, dass man auf die meisten Gerüchte nichts geben darf.«

»Ach«, gibt sie lapidar zurück. »Geschwätz hat auch eine wichtige soziale Funktion. Es schweißt zusammen. Erst recht hier auf'm Dorf.« Sandra legt eine Hand auf meine. Sofort ziehe ich sie zurück, als hätte ich mich verbrannt.

»Sorry«, sage ich, als ich ihren verletzten Gesichtsausdruck bemerke. Doch die Frau macht mich nervös. Sandra hat ihre Anziehung auf das männliche Geschlecht schon immer gekonnt eingesetzt, was mich als Teenager zugleich fasziniert und abgestoßen hat.

»Ich kann verstehen, dass du Marlenes Tod aufklären möchtest, gerade jetzt, wo deine Mutter so krank ist. Aber meinst du nicht, dass du damit zu viel aufwühlst?«

»Was denn?«, frage ich mit der Absicht, sie zu provozieren, weil ihre manipulative Art mich anwidert. »Hast du Angst, dass es eine böse Überraschung gibt, was den Täter angeht?« Ich merke, dass ich mich selbst am meisten davor fürchte.

Sandra nimmt einen weiteren Schluck Silvaner und lässt sich mit der Antwort Zeit. »Nein«, sagt sie dann nachdenklich. »Mir bereitet eher Sorgen, dass all der Schmerz wieder hochkommt und Presseleute erneut unser Dorf belagern, um Menschen zu befragen, die die Geschichte endlich hinter sich gelassen haben.« Sie seufzt. »Ganz Friedberg war damals traumatisiert wegen Marlenes Tod, bis wir akzeptiert haben, dass ein Fremder sie auf dem Gewissen hat.«

Klar, das war ja auch leichter, als sich vorzustellen, dass der Mörder noch immer in der Nähe lebt, vielleicht sogar unter ihnen.

Sandra leert ihr Glas. »Sei doch ehrlich zu dir, Robert. Wie hoch stehen die Chancen, Marlenes Tod nach so vielen Jahren noch aufzuklären?«

»Ich muss jetzt wieder an die Arbeit.« Ich schnappe mir die Gläser und schütte meinen Rest Weißwein in den Ausguss.

»Na schön.« Sandra versteht den Wink und steht auf. »Nur dass du es weißt: Mir fehlt sie auch.«

»Du findest ja raus.« Woher kommt die Kälte in meiner Stimme? Sandra hat höchstwahrscheinlich recht. Wir werden Marlenes Mörder nicht finden. Aber das möchte ich nicht hören. Nicht an einem Abend, an dem es Mutter so mies geht. Ich vergewissere mich, dass Sandra unser Haus verlässt, dann schleiche ich leise ins Schlafzimmer meiner Mutter.

»Robert?« Weil die Nachttischlampe brennt, erkenne ich, dass sie aufrecht im Bett sitzt. »Mit wem hast du gesprochen? Ihr wart so laut.«

Ich setze mich zu ihr ans Bett. »Sandra hat dir Blumen gebracht. Ich soll dich schön grüßen.« Von wegen Genesungswünsche, denke ich, denn es war offensichtlich, dass Marlenes Freundin hier war, um mich auszuhorchen. »Wie geht es dir?« Sie sieht kein bisschen erholt aus. Eher so, als verführe sie der Schlaf jedes Mal ein wenig mehr dazu, sich dem Reich der Toten zu nähern.

»Ich habe von Marlene geträumt«, flüstert sie. »Von ihrem Tod.« Eine Träne löst sich und wandert die hohle Wange hinab. »Wie kann ich gehen, ohne zu wissen, wieso sie sterben musste? Wer es getan hat.«

»Ich habe jemanden beauftragt, Marlenes Fallakte zu besorgen.« Hoffentlich erzählt die Wallrapp keinen Bullshit. Ich bemühe ein zuversichtliches Lächeln und drücke sanft Mutters Hand. »Ich verspreche dir, dass wir herausfinden, was mit Marlene passiert ist.«

Mamas Augen leuchten in einem Glanz, den ich zuletzt als Kind bei ihr gesehen habe. Ich bete, dass sie mein Versprechen nicht als Lüge mit ins Grab nimmt.

VALENTINA

Ich verziehe den Mund, als ich die SMS lese. Aber was habe ich auch erwartet? Ist doch klar, dass Robert Muth auf eine Nachricht von mir hofft. Nur, dass ich ihm nichts Positives mitteilen kann. Ich lasse das Handy wieder in meiner Handtasche verschwinden. Schließlich habe ich Marlenes Bruder nicht versprochen, rund um die Uhr für ihn erreichbar zu sein.

Endlich erspähe ich Michaela am Eingang der Bar und winke sie an die Theke. Leider sind die wenigen Stehtische wie so oft belegt. Was wohl auch daran liegt, dass soeben die *Happy Hour* eingeläutet wurde. Das *Chase* versprüht den Charme einer Mischung aus gemütlichem Pub und elegantem Klub. Die Wände der *American* Bar bilden alte Backsteine, die Barhocker sind mit Samt überzogen. Die Beleuchtung wird in einem schummrigen Rotton gehalten. Zentrum des Geschehens ist der Tresen, hinter dem drei Burschen in den 20ern Cocktails mixen. Das Tempo und Geschick, mit denen sie den Alkohol in die Gläser füllen und die Shaker schwingen, sind für sich genommen schon ein sehenswertes Spektakel. Michaela und ich rätseln bei jedem Besuch darüber, ob die drei Männer Brüder sind oder ob sie Frisuren und Bärte der Show halber aufeinander abgestimmt haben. Jedenfalls sehen sie sich verblüffend ähnlich.

»Sorry«, begrüßt mich Michaela außer Atem. »Gerade als ich loswollte, ruft meine Mutter an. Auf dem Festnetz natürlich, und ich konnte sie nicht dazu überreden, mich einfach noch mal auf dem Handy anzurufen.«

»Kein Problem«, antworte ich. »Fangen wir mit einer *Classic Margarita* an?«

Michaela nickt und bestellt direkt, noch bevor sie sich den Barhocker krallt, den ich ihr freigehalten habe. Kein leichtes Unterfangen. Ich habe mir mehrfach finstere Blicke dafür eingefangen.

»Schön, dass du dich gemeldet hast.« Meine Freundin strahlt übers ganze Gesicht. Sie sieht toll aus. Ich bewundere sie immer für ihre Schminkkünste, die ihr mit Sicherheit auch eine Karriere als Maskenbildnerin oder Kosmetikerin ermöglicht hätten. Ich hingegen bin froh, wenn ich einen ordentlichen Lidstrich hinkriege und der Lippenstift nicht so aussieht, als würde ich mich als Clown für den Zirkus bewerben.

»Schaust hübsch aus.« Michaela zwinkert mir zu. »Ist was Interessantes da heute?« Sie lässt den Blick durch den Raum schweifen, um abzuchecken, wie hoch die Chancen auf eine heiße Nacht sind.

»Ich muss arbeiten morgen«, antworte ich grinsend. »Da sollte ich ausgeruht sein.«

»Spielverderberin«, scherzt Michaela. »Aber so, wie es ausschaut, ist eh nichts dabei. Jedenfalls nicht für mich.« Sie bezahlt die *Margaritas*, die einer der Barkeeper vor uns abgestellt hat, und wir stoßen an.

Ich lecke mir das Salz von den Lippen. »Göttlich. Immer noch die beste *Margarita* der Stadt.«

Michaela pflichtet mir mit einem genussvollen Brummen bei. »Das hat mir gefehlt.« Sie schaut mich an. »*Du* hast mir gefehlt.« Sie sagt es ohne Vorwurf, trotzdem regt sich in mir das schlechte Gewissen.

»Tut mir leid. Ehrlich. Ich gelobe Besserung. Wie geht es dir?«

»Wie immer fantastisch. Laden brummt, meine Klitoris summt, und jetzt sitze ich hier mit dir und schlürfe Cocktails. Kann also nicht klagen. Und wie ist es bei dir?«

»Läuft«, lüge ich, weil ich an Robert Muth denke.

»Hm. Und warum glaube ich dir das nicht?«

Unwillkürlich muss ich lachen. »Ich hab dich auch vermisst.« Erneut stoßen wir an. Die Gläser sind schon beinahe leer. Das wird ein teurer Abend werden.

»Jetzt ernsthaft, was ist es?« Michaela ist näher an mich herangerückt, nicht nur, um die Musik zu übertönen, die ein DJ jetzt auflegt. »Ich sehe dir an, dass dich etwas beschäftigt.«

»Ich komme nicht an Marlene Muths Akte ran.« Frustriert leere ich mein Glas. »Ich habe es ihrem Bruder aber zugesichert. Er hat gerade geschrieben. Wie stehe ich denn jetzt da?«

Michaela hat die Brauen hochgezogen. »Du hast dich echt darauf eingelassen?« Ich sehe ihr an, dass sie es für eine Schnapsidee hält.

»Na klar. So eine Chance lasse ich mir doch nicht entgehen.«

Michaela stößt die Luft aus. »Ich glaube, wir brauchen noch einen Drink.« Sie zieht eine Cocktailkarte zu uns heran. »Sollen wir gleich zum *Würzburg Sour* übergehen? Oder lieber einen *Zombie*?«

»Erst mal *Caipi*«, bestimme ich, wobei es mir fast gleich ist, was wir bestellen. Solange es Alkohol ist. Allerdings darf ich nicht übertreiben, da ich in der Detektei unter besonderer Beobachtung stehe. Ich denke an das Gespräch mit Kris, was meinen Frust noch steigert. »Ich habe echt gehofft, dass mein Kollege mir hilft. Er käme auch an die Akte ran, hat mich aber abblitzen lassen.«

»Männer!«, blafft Michaela, aber mit einer ordentlichen Portion Humor in der Stimme. »Keine Ahnung, wozu man die braucht.«

Fast hätte ich vergessen, dass sie Marlene ja kannte. »Sorry, stört es dich eigentlich, wenn wir darüber reden?«

Michaela zahlt auch diese Drinks, obwohl ich protestiere. »Nö. Mach mir nur Sorgen, dass du dich da verrennst.« Sie prostet mir zu.

»Wie war sie denn so?« Ich habe versäumt, Robert Muth zu bitten, mir etwas über seine Schwester zu erzählen.

»Marlene?« Michaela nippt an ihrem *Caipi*. Rührt dann gedankenverloren mit dem Glastrinkhalm im Alkohol. Auf einmal scheint meine beste Freundin meilenweit weg zu sein. »Wie gesagt, kannte ich sie kaum. Aber mein Eindruck war, dass sie ein liebes Mädchen war. Still, aber immer fröhlich. Konnte keiner Fliege was zuleide tun.«

Vielleicht war sie deshalb ein leichtes Opfer, denke ich.

Nach einem weiteren Cocktail entscheide ich, dass es für heute reicht. Michaela begleitet mich noch zur Straßenbahnhaltestelle. »Pass auf dich auf, ja?«, verabschiedet sie sich. Das mutet leicht ironisch an angesichts der Tatsache, dass sie sich zu Fuß auf den Heimweg macht.

»Schreib mir, wenn du zu Hause bist, okay?«, bitte ich sie noch, bevor ich in die Straba steige.

Der letzte Drink war definitiv zu viel, schimpfe ich mit mir. Mir ist etwas schlecht und auch schwindlig. Um mich abzulenken, sehe ich nach, ob Robert Muth erneut geschrieben hat, und bin erleichtert, dass er nach dem ersten Mal aufgegeben hat. Dafür hat mein Vater angerufen. Bevor ich darüber nachdenken kann, ob es zu spät ist zurückzurufen, habe ich bereits die Nummer gewählt.

»Tinchen! Schön, dass du dich doch noch meldest.«

»Du schläfst noch nicht?«

»Ach, du weißt doch, je älter man wird, desto weniger Schlaf braucht man. Ich wollte nur mal hören, wie es dir geht.«

»Gut.« Ich versuche, die aufkommende Übelkeit zu ignorieren. Hauptsache, ich übergebe mich nicht in der Bahn. »Ich war gerade was mit Michaela trinken«, erzähle ich so stolz, als hätte ich soeben den *Hund von Baskerville* erlegt.

»Das ist aber schön, dass ihr mal wieder was zusammen macht. Und wie läuft es auf der Arbeit?«

»Na ja, könnte besser gehen«, gebe ich zu und verpasse beinahe meine Haltestelle. Schwankend steige ich aus der Bahn.

»Warum? Ist wieder eine Observation schiefgelaufen?«, fragt mein Vater besorgt.

»Nein.« Ich zögere einen Moment, dann erzähle ich ihm von dem Vertrag mit Robert Muth und bemühe mich, nicht allzu sehr zu lallen. Doch mein Vater scheint nichts von meiner Trunkenheit zu bemerken.

»Ein so alter Fall?«, wundert er sich. »Wieso lässt du dich auf so etwas ein?«

»Papa, du weißt, warum. Für eine eigene Detektei benötige ich Referenzen.«

»Ach Tinchen, ich hoffe, du weißt, was du da tust. An dem Fall ist die gesamte Kripo Würzburg damals verzweifelt.«

»Ich brauche Marlenes Akte, aber die Detektei möchte mir nicht helfen.« Ich verschweige ihm, dass mein Chef nichts von meiner Nebentätigkeit weiß.

»Warum sagst du das nicht gleich? Da kann ich doch helfen.«

»Du? Aber du bist doch seit Jahren raus. Hast du überhaupt noch Kontakt zur Kripo? Oder zur Staatsanwaltschaft?« Mein Vater hat seit seiner Pensionierung nichts mehr von der Arbeit wissen wollen, nicht einmal von ehemaligen Kollegen. Als meine Mutter damals von ihrer Krankheit erfuhr, hat er sich große Vorwürfe gemacht, wegen des Jobs und der langen Schichten nie genug Zeit für uns gehabt zu haben. Dafür hat er sich nach ihrem Tod umso intensiver um mich gekümmert.

»Das lass mal meine Sorge sein«, meint er jetzt, und ich spüre sein Grinsen durchs Handy hindurch. »Ich kümmere mich gleich morgen früh darum.«

KAPITEL 15
FREITAG, 16. AUGUST 2019

ROBERT

Die Detektivin hat nicht geantwortet. Ich versuche es mit einem Anruf, doch sie geht nicht ran. Frustriert gebe ich auf. Die hält mich hin. Hat sie nur geblufft? Sollte ich doch besser einen Anwalt engagieren?

Zugegebenermaßen stößt mich der Gedanke ab. Meine Erfahrung mit Juristen beschränkt sich auf einen Markenstreit unserer Firma mit der Konkurrenz, und auch wenn wir damals den Fall für uns entschieden haben, verbinde ich keine wiederholungswürdigen Erinnerungen an die Zeit. Andererseits geht es hier nur um eine Akte, ich sollte mich nicht so anstellen. Warum setze ich meine Hoffnungen in eine junge Frau, die offensichtlich nicht die richtigen Kontakte hat und Anrufe ihres Kunden ignoriert? Pro bono hin oder her. Ich habe keine Zeit zu verlieren. Meine Mutter hat keine Zeit zu verlieren.

Ich greife wieder nach dem Handy, bereit, das Internet nach einem Anwalt aus Würzburg zu durchforsten, da blinkt eine Nachricht von Valentina Wallrapp auf:

»Ich bekomme die Akte. Ganz sicher. Ich melde mich zeitnah.«

Erneut wähle ich ihre Nummer, doch sie geht immer

noch nicht ran. Kopfschüttelnd registriere ich ihre nächste Nachricht:

»Sorry, Außendiensttermin. Kann gerade nicht.«

Verdutzt betrachte ich das Smartphone. Soll ich ihr das glauben, oder verarscht sie mich nur?

Ein lautes Ächzen aus dem Schlafzimmer meiner Mutter reißt mich aus der Regungslosigkeit. Es gibt Dinge, die ich allein erledigen kann. Zwar würde mir die Akte sicher mehr Informationen darüber geben, warum Holger Apel damals verhaftet wurde, doch werde ich ihn einfach heute schon dazu befragen. Allemal besser, als hier herumzusitzen und darauf zu warten, dass Mutter stirbt. Ich darf sie nicht enttäuschen, sondern muss alles in meiner Macht Stehende tun, um herauszufinden, was mit Marlene passiert ist. Wenn ich auf die Detektivin warte, verschwende ich nur wertvolle Zeit.

Du schuldest es deiner Schwester auch, höre ich eine innere Stimme, die ich lange verdrängt habe.

Ich entscheide mich, das Auto meiner Mutter zu nehmen, obwohl ich nicht sicher bin, ob mein kanadischer Führerschein hier überhaupt gültig ist. Ach, scheiß drauf! Mit dem Wagen bin ich auf jeden Fall schneller in Uettingen als mit irgendeinem Bus.

Tatsächlich dauert die Fahrt keine zehn Minuten. Die Adresse habe ich im Online-Telefonbuch gefunden, ich hoffe nur, die ist auch aktuell und der Personal Trainer genießt heute die Vorzüge seines Homeoffice-Jobs.

Kaum habe ich die Klingel des Einfamilienhauses in Uettingen gedrückt, schießt mir die Frage durch den Kopf, warum Apel mit mir reden sollte. Auch wenn er bei unserer Begegnung an Marlenes Grab so redselig schien, wird er sicher nicht scharf darauf sein, mir von seiner Verhaftung und dem Verdacht gegen sich zu erzählen.

Doch die Tür öffnet sich, und vor mir steht ein kleiner Junge von vielleicht vier Jahren, der mich mit großen Augen wortlos anschaut. Ich erkenne ihn von Apels *Facebook*-Foto wieder.

»Äh, hi. Ist dein Papa da?«

Bevor der Junge antworten kann, taucht eine dunkelhaarige Frau mit Lachfalten um die Augen im Türspalt auf. Auf dem Arm trägt sie ein Baby. »Levin, du sollst doch nicht einfach die Tür aufmachen, ohne uns zu fragen.« Ihr Lächeln straft ihren tadelnden Unterton Lügen. »Hallo«, sagt sie zu mir und sieht mich fragend an. »Wollen Sie zu uns?«

»Hi. Ja. Ist Holger da?«

Ihr Lächeln wird noch breiter, und mir fällt ihre niedliche Stupsnase auf. Geschmack hat Apel ja, denke ich und erwidere die freundliche Geste. »Ah, dann sind Sie ein neuer Kunde meines Mannes. Kommen Sie doch rein. Holger ist in seinem Fitnessraum im Keller.«

Aha. Sogar ein eigenes Studio im Haus. Ein Glück, dass er da ist. Mich wundert es allerdings, dass seine Frau mich für einen Kunden hält, da ich weder Trainingssachen trage noch welche dabei habe. Dann fällt mir ein, dass Apel ja auch Ernährungsberater ist. Da könnte er mir sicher einiges Nützliches erzählen, da ich meist zu viel arbeite, um mich auch noch um gesundes Essen zu kümmern. Wobei mit Ava die Rolle meiner Ernährungsberaterin ideal besetzt ist. Der Gedanke an sie sorgt für ein unangenehmes Ziehen in der Magengegend. Ich muss sie anrufen.

Frau Apel führt mich ins Haus, deutet auf eine Treppe und widmet sich dann wieder ihren Kindern. Aus den Kellerräumen dringt leise Musik, die eher zur Meditation als zur Sportstunde einlädt.

»Herr Apel?«, kündige ich meinen unangemeldeten Besuch an und steige die Stufen hinab. Ich fürchte einen Moment lang, eine Yogarunde mit Apel als Guru zu unterbrechen.

Die Musik stoppt, und der Mann, dessen muskulöser Oberkörper mich bereits auf dem Friedhof beeindruckt hat, taucht vor der untersten Stufe auf. Ich registriere seinen verdutzten Gesichtsausdruck, als er mich erkennt. »Nanu, das ist ja mal eine Überraschung.« Er verschränkt die massiven Oberarme vor der Brust. »Sie kommen wahrscheinlich nicht zum Trainieren, nehme ich an?«

»Nein. Entschuldigen Sie, dass ich hier einfach so hereinplatze. Ich würde Ihnen gern ein paar Fragen zu meiner Schwester stellen.«

Der Flur des Kellers ist hell beleuchtet, daher entgeht mir nicht, dass sein Ausdruck sich ändert. Zu der Überraschung gesellen sich Unsicherheit und etwas, das ich nicht ganz deuten kann. Trauer vielleicht? Oder ist es Furcht?

Er deutet mit dem Kopf auf einen der drei Räume, die vom Flur abgehen und die, wie mir ein kurzer Blick jeweils verrät, alle mit Fitnessgeräten ausgestattet sind. Apel führt mich in den größten Bereich seines Heimstudios. Auf der linken Seite des Raumes befindet sich eine kleine Sitzecke, vermutlich für die Beratungsgespräche. Den meisten Platz aber nehmen Hanteln in verschiedenen Größen, Aerobic-Matten sowie die Stereoanlage, ein PC und ein Smartphone-Stativ auf der rechten Seite des Studios ein. Die Wände zieren ein paar Poster mit Fitnessübungen, Rezepten und Ernährungsplänen.

»Ich war gerade mit einer Online-Session beschäftigt.«

»Oh, sorry.« Ich rücke meine Brille zurecht. »Ich wollte Ihr Training nicht unterbrechen.«

»Schon gut. Ist kein Livevideo, sondern on demand.«

»Verstehe.« Mein erleichtertes Lächeln wird nicht erwidert.

Apel sieht auf die Uhr. »In einer knappen halben Stunde habe ich allerdings eine Kundin hier.« Er nimmt in einem Sessel der Sitzecke Platz und lädt mich mit einer Geste ein, mich ebenfalls zu setzen.

»Danke.« Das Sofa ist klein, aber bequem. Ein wenig neidvoll frage ich mich, womit Apels Frau ihr Geld verdient oder ob Apel das Haus allein mit dem Trainer- und Beraterjob finanziert hat.

»Was möchten Sie mich fragen?« Apel faltet die Hände und beugt seinen Oberkörper nach vorn. Er wirkt angespannt, ja fast defensiv.

»Sie sagten vor ein paar Tagen, dass Sie Marlene kannten.« Ich versuche, die Worte so ungezwungen wie möglich rüberzubringen, da ich das Gefühl habe, dass mein Gegenüber sich sonst noch mehr in eine Abwehrhaltung begibt. »Dass Sie mit ihr befreundet waren. Sind Sie in dieselbe Klasse gegangen?«

»Parallelklasse.« Apel zögert einen Augenblick lang. »Wir waren eine Weile zusammen.«

Ich kann meine Skepsis nur schwer verbergen. »Marlene hat mir nie von einem festen Freund erzählt.«

Apel stößt einen traurigen Seufzer aus. »Das mit uns ging nicht lange. Leider.«

»Wie lange denn?«

Apel lehnt sich zurück und zuckt mit den Schultern. »Keine Ahnung. Vielleicht ein, zwei Monate lang.«

»Und dann?« Ich beobachte ihn genau. Ist er die Person, der ich vor ein paar Tagen auf dem Friedhof hinterhergejagt bin? So fit, wie er aussieht, wundert es mich nicht, dass er mich abgehängt hat. Wobei mein Mangel an Sportlichkeit es auch jedem anderen leicht gemacht hätte.

»Marlene hat Schluss gemacht.«

»Einfach so?« Ich merke, dass ich die Augen zusammenkneife. Hat der Typ meiner Schwester irgendetwas angetan und sie deswegen damals die Beziehung – wenn man überhaupt schon von einer sprechen konnte – beendet? Oder war es einfach nur nichts Ernstes gewesen? In dem Alter probieren Teenager ja gern mal aus. Wobei ich da nicht mitreden kann, weil ich das Klischee des nerdigen Heranwachsenden so ziemlich erfüllte. Und auch meiner Schwester traue ich nicht zu, mit 16 schon viel Erfahrungen gesammelt zu haben. Dass sie mir nie etwas von einem festen Freund erzählt hat, enttäuscht mich mehr, als ich zugeben würde. Wir haben uns doch immer alles anvertraut.

Apel verschränkt die Arme hinter dem Kopf, wodurch seine Brustmuskulatur noch besser zur Geltung kommt. Ob er früher schon so muskulös war? Fand Marlene das anziehend? Keine Ahnung, auf welchen Typ Mann meine Schwester stand. Ich weiß nur, wenn ich mir den Kraftprotz heute so ansehe, hätte er bestimmt keine Mühe damit, jemanden eigenhändig zu töten. Ein kalter Schauder läuft mir über den Rücken.

Ich frage mich schon, warum Apel so lange für die Antwort braucht, da sagt er: »Ich denke, Marlene hatte sich in einen anderen verliebt. Leider weiß ich bis heute nicht, wer das gewesen sein könnte.«

Diese Flatterhaftigkeit passt nicht zu meiner Schwester, schießt es mir durch den Kopf. Dann fällt mir der gezeichnete Schmetterling ein. Der Absender des Briefes war womöglich durchaus der Meinung, dass diese Charaktereigenschaft auf Marlene zutraf. Ob Apel den Brief geschrieben hat? Aus Wut und Eifersucht? Zusammen mit der Rose auf dem Grab – dem Symbol der Liebe – ergibt es Sinn, und Eifersucht ist ein klassisches Mordmotiv.

»Sie sagten, Sie besuchen ab und zu Marlenes Grab«, taste ich mich vorsichtig heran. »Bringen Sie ihr auch mal Blumen mit?«

Zum ersten Mal seit meinem unangekündigten Besuch zupft ein Lächeln an Apels Lippen. »Nein. Auch wenn wir nur kurze Zeit zusammen waren, erinnere ich mich, dass Marlene nicht besonders viel auf Blumen gab.«

Überrascht starre ich ihn an. Das stimmt. Meine Schwester hatte mir an ihrem 15. Geburtstag anvertraut, wie langweilig sie es fand, dass ihr Handballverein den Mitgliedern am Ehrentag ein Blumensträußchen schenkte. Auch ist meine Mutter bis heute enttäuscht darüber, dass sie ihren grünen Daumen nicht an ihre Kinder weitergegeben hat.

Aber wenn Apel in Marlene verliebt war, legt er ihr vielleicht trotzdem einmal im Jahr die Rose aufs Grab. Es sei denn, es gibt wirklich noch einen anderen Mann, der in sie verliebt war und bis heute ist. Nur – warum dann diese Heimlichtuerei? Nur Marlenes Mörder hätte einen Grund, sich an ihrem Todestag nachts auf den Friedhof zu schleichen.

»Was Ihre Schwester am meisten interessierte, war der Sport, besonders Handball und Fitness«, ergänzt Apel immer noch schmunzelnd. »Deswegen haben wir uns ja so gut verstanden.«

Trotzdem hat sie Schluss gemacht. »Hat Sie Ihnen denn gestanden, dass sie in einen anderen verliebt war?«

Apel schüttelt den Kopf. »Ich habe sie gefragt. An dem Abend ihres Todes. Sie hat es natürlich geleugnet. Doch ich hatte das Gefühl, sie lügt.«

Erneut sehe ich Apel prüfend an. Versuche, in seinen Augen zu lesen, ob er meine Schwester getötet hat. *Schönheit hat den Tod gewählt.* Hatte Marlene sich aus Apels Sicht für den Tod entschieden, als sie ihn verließ?

Sein Lächeln verschwindet. »Sie glauben, ich habe Ihre Schwester getötet, stimmt's?« Apel schnauft leise und schüttelt den Kopf. »Was hätte ich davon gehabt? Ich wollte sie zurückgewinnen, nicht für immer verlieren.« Er schluckt. »Ich wünschte, man hätte den Täter gefunden. Dass er bis heute frei herumläuft, ist eine Schande!«

Ich sehe, wie er die Hände zu Fäusten ballt. Falls er mir seine Wut und Trauer nur vorspielt, macht er das ziemlich überzeugend. Trotzdem wage ich noch einen letzten Versuch, etwas aus dem Mann herauszukitzeln.

»Marlene liebte Schmetterlinge, wussten Sie das?« Keine besonders smarte Frage, ich gebe es zu, noch dazu ist die Aussage erlogen. Doch auf die Schnelle ist mir nichts Besseres eingefallen, und ich spüre, dass mich Apel gleich rausschmeißen wird.

Der Personal Trainer sieht mich irritiert an. »Ach ja? Keine Ahnung.«

»Ja. Weil es ein sehr symbolträchtiges Tier ist.«

Apel zieht die Schultern hoch. »Damit kenne ich mich nicht aus. Ist das wichtig?« Er erhebt sich und sieht demonstrativ auf die Uhr.

Ich stehe ebenfalls auf. »Warum hat die Polizei Sie damals festgenommen? Irgendwas muss gegen Sie vorgelegen haben.«

Holger Apel stützt die Hände in die Hüfte und reckt mir das Kinn entgegen. Herausfordernd, fast bedrohlich. Automatisch weiche ich einen Schritt zurück und kippe beinahe wieder aufs Sofa.

»Die Polizei hatte nichts gegen mich in der Hand. Deswegen hat sie mich am nächsten Tag auch gleich wieder gehen lassen. Die haben mich nur verdächtigt, weil ich Marlene zur Bushaltestelle gebracht habe und somit der Letzte aus der Spielegruppe war, der sie an dem Abend gesehen hat.« Apel sieht mir fest in die Augen. »Ich habe Ihre Schwester nicht getötet. Wer weiß, wen Marlene nach mir noch alles getroffen hat.«

VALENTINA

Um kurz nach 18 Uhr am Abend überreicht mir mein Vater die Akte. Endlich! Ich glaube nicht, dass ich Robert Muth noch sehr viel länger hinhalten kann. So oft, wie er heute versucht hat, mich zu erreichen, rechne ich fest damit, dass er mir mit seinem nächsten Anruf den Vertrag kündigt.

»Du bist der Beste!« Ich schließe meinen Vater in die Arme und küsse ihn auf die Wange. »Du hast mir mal wieder den Ar…, ich meine natürlich Hintern gerettet.«

»Immer wieder gern.« Er lacht, bevor er mich darauf hinweist, dass er die Akte nach dem Wochenende zurückbringen muss. »Du hast keine Zeit, mit deinem alten Herrn noch in den Biergarten zu gehen, oder? Bei der Hitze könnte ich nämlich ein kühles Hefe vertragen.«

»Tut mir leid, aber ich sollte die hier«, ich wedle mit Marlenes Fallakte, »schnellstmöglich meinem Kunden bringen. Der dreht nämlich schon durch. Außerdem soll es eh später noch gewittern. Aber wir holen den Biergarten nach, okay?« Sehr unhöflich, wie ich meinen Vater wieder aus der Wohnung hinauskatapultiere, aber ich habe es eilig.

Schwierig war es nicht, die Adresse von Muths Mutter herauszufinden. Dazu brauchte es nicht einmal detektivischen Spürsinn, denn auch wenn sie nicht im Telefonbuch steht, war die Familie mit ihrem Bungalow am Weinbergsweg so oft in den Medien, dass ich mich wundere, dass sie nicht schon längst weggezogen ist.

Schnell gebe ich noch Futter in Doktor Watsons Fressnapf und streichle ihm über das Köpfchen. »Bis später, mein Kleiner. Wünsch mir Glück, dass uns die Akte weiterbringt.« Von meinem unangekündigten Besuch wird mein Kunde vermutlich nicht begeistert sein, aber mit Sicherheit möchte er umgehend einen Blick in die Unterlagen werfen. So wie ich. Ich muss mich zurückhalten, um nicht sofort mit dem Lesen anzufangen.

Weil mein Magen knurrt, schnappe ich mir noch eine Tüte Colafläschchen. Als Mitbringsel rede ich mir selbst ein, obwohl ich jetzt schon weiß, dass das süße Gummizeugs die Autofahrt nicht überleben wird.

Nach einem Parkplatz muss ich nicht lange suchen – einer der wenigen Vorteile auf dem Land.

Schwungvoll werfe ich die Wagentür zu und merke, wie aufgedreht ich bin. Ich wage zu bezweifeln, dass allein der Zucker daran Schuld hat. Marlenes Akte ist recht schwer, und die Neugier, was den Inhalt betrifft, treibt meinen Puls in die Höhe.

Der Bungalow sieht gepflegt aus, was man vom Vorgarten allerdings nicht behaupten kann. Der Rasen gehört mal wieder gemäht, die Blumen gegossen und die Hecke geschnitten. »Familie Muth« steht auf einem Schild aus Schiefer über der Klingel, auf das jemand Vater, Mutter und zwei lächelnde Kinder gezeichnet hat. Vermutlich haben Robert oder seine Schwester es als Kind gestaltet. Ich schlucke. Schon traurig, wie wenig von dieser glücklichen Familie übrig ist.

Marlenes Mutter öffnet mir. Die Ähnlichkeit mit ihren Kindern ist frappierend. Fragend sieht sie mich an.

Ich lächle entschuldigend, da ich erwartet habe, dass Robert Muth mir öffnet. »Ist Ihr Sohn da?«

Sie nickt und zieht die Tür ein wenig weiter auf. Sie ist furchtbar dünn, und ich frage mich, ob sie krank ist oder einfach nur einen schnellen Stoffwechsel hat. »Er ist in seinem Zimmer und arbeitet.« Sie bittet mich hinein und ruft dann: »Robert, du hast Besuch!« Ihre Stimme ist mehr ein Krächzen. »Sie sind die Detektivin?«

Überrascht schaue ich sie an und ziehe die Schuhe aus. »Ja. Valentina Wallrapp. Schön, Sie kennenzulernen. Woher wissen Sie, dass …«

»Gisela Muth. Freut mich ebenfalls. Robert hat mir von Ihnen erzählt. Wer sonst sollte ihn besuchen? Er lebt ja nicht mehr hier.« Der letzte Satz klingt vorwurfsvoll.

»Momentan schon, Mama.« Robert Muth taucht im Flur auf. Barfuß, in Shorts und einem Shirt, was ungewohnt an ihm wirkt. »Oh, Sie sind es.« Er rückt die Brille zurück, dann schaut er über die Schulter, vermutlich in Richtung seines Arbeitszimmers. Anscheinend habe ich ihm bei etwas Wichtigem unterbrochen.

»Entschuldigen Sie, dass ich so einfach hier auftauche,

aber ich habe Marlenes Akte.« Demonstrativ strecke ich sie ihm entgegen. »Ich dachte, wir schauen sie uns gemeinsam an.«

Bevor ihr Sohn nach der Akte greifen kann, packt Gisela Muth die Unterlagen, wobei ihre Hände zittern. »Wissen Sie, wie lange ich versucht habe, die zu bekommen?« Eine Träne löst sich aus ihren dunklen Augen.

»Mama, lass mich bitte erst einen Blick hineinwerfen, ja?« Behutsam nimmt er ihr die Akte ab. Ich nicke ihm zu. Wer weiß, auf welche Informationen wir stoßen. Ich gehe davon aus, dass auch der Obduktionsbericht enthalten ist und entsprechende Fotos. Gleichzeitig rüge ich mich selbst, denn auch ein Bruder sollte diese Bilder nicht unbedingt sehen müssen.

»Ähm. Ja, es ist, denke ich, besser, wenn Ihr Sohn und ich das Material zuerst in Ruhe sichten.« Ich schiele an den beiden vorbei in die Küche am Ende des Flurs. »Vielleicht setzen wir uns?« Der Kühlschrank, den ich erspähe, lässt mich auf ein kaltes Getränk hoffen. Es ist zwar nicht ganz so schwül wie in der Stadt, aber die Colafläschchen machen durstig.

»Ich beende eben noch einen Anruf.« Robert Muth drückt mir die Akte wieder in die Hand. »Setzen Sie sich ruhig schon mal in die Küche.« Er deutet mit dem Daumen hinter sich in die entsprechende Richtung.

Gisela Muth begleitet mich und lässt dabei die Akte nicht aus den Augen. Schon klar, dass sie sich nicht so einfach abschütteln lässt, wo sie 20 Jahre lang auf die Informationen gewartet hat. »Was möchten Sie trinken?«

»Gern ein Bier oder Radler, wenn Sie eines dahaben.« Ich nehme auf einem der Stühle Platz. Die Küche ist weiß möbliert, auf der Fensterbank steht eine Vase mit Schnittblumen, die fast so traurig aussehen wie ihre Genossen im Garten. Roberts Mutter stellt mir ein kaltes Radler auf den Tisch. Ein Glas bietet sie mir nicht an, was mir recht ist. Erleichtert nehme ich einen tiefen Schluck und beobachte, wie Frau Muth sich selbst ein Wasser einschenkt und mehrere Tabletten aus einem Döschen in die offene Handfläche kullern lässt. Sie dreht mir den Rücken zu, um sie zu nehmen. Erneut kommt mir der Gedanke, dass sie krank ist. Oder sind die Pillen nur gegen harmlose Altersbeschwerden?

»Wir können loslegen.« Robert Muth reißt mich aus den Gedanken. Er holt sich auch ein Radler aus dem Kühlschrank und setzt sich mir gegenüber.

»Glaubt ja nicht, dass ihr das ohne mich macht!« Seine Mutter zieht sich ebenfalls einen Stuhl heran.

»Mama.« Ein schwerer Seufzer. »Bitte. Ich erzähle dir gleich danach alles Relevante. Versprochen.«

»Sie war meine Tochter, Robert!« Ihre dunklen Augen drücken Entschlossenheit aus. »Ich muss endlich wissen, wie genau sie gestorben ist und was die Polizei damals herausgefunden hat.«

Mein Klient sieht mich gequält an. Bittet mich schweigend um Unterstützung.

»Frau Muth, die Akte wird auch Bilder enthalten, die ich Ihnen gern ersparen möchte.«

Weitere Tränen bahnen sich ihren Weg über die eingefallenen und faltigen Wangen. Trotzdem wirkt ihre Stimme gefestigt, als sie mir antwortet. »20 Jahre lang habe ich mit der Ungewissheit gelebt. Jeden einzelnen Tag davon habe ich mir vorgestellt, was Marlene alles erleiden musste, bevor jemand ihre Leiche in einem Müllcontainer entsorgt hat. Wie Abfall!« Sie spuckt die Worte aus. »Die Realität kann nicht so grausam sein wie all die dunklen Vorstellungen und Gedanken, die ich mir seitdem mache.«

Oh doch, das kann sie, denke ich, gebe aber auf. »In Ordnung.« Ich ignoriere Robert Muths Aufstöhnen und öffne die Akte.

ROBERT

Eigentlich sollte ich erleichtert sein. Endlich haben wir Marlenes Akte. Doch seit ein paar Minuten ist mir leicht übel, und das liegt nicht an der Schwüle, die durch das gekippte Fenster in die Küche dringt. Auch dass diese Wallrapp einfach so hier aufgetaucht ist und ich deswegen den Videocall mit Ava abbrechen musste, bereitet mir Unbehagen. Meine Freundin – wenn sie das überhaupt noch ist – was not amused.

Das Erste, das ich nach Wallrapps Öffnen der Akte sehe, ist ein Porträtbild meiner Schwester. Nicht eines dieser Passfotos, auf denen jeder Mensch aussieht wie ein Schwerverbrecher, sondern das Bild, das mein Vater damals auch für den Beitrag bei *Aktenzeichen XY ungelöst* ausgewählt hat. Marlene strahlt in die Kamera. Ich bin sicher, mein Vater ist derjenige, der das Foto damals aufgenommen hat. Nur wenige Wochen vor ihrem Tod.

Ich drehe den Kopf leicht zu meiner Mutter. Ihr Ausdruck ist starr. Obwohl sie weint, wirkt sie stärker als all die letzten Tage zusammen.

Die Augen der Detektivin sind geweitet. Sie blättert weiter. »Die Vermisstenmeldung. Hier steht, dass Sie die Polizei um 1.30 Uhr in der Nacht verständigt haben.« Wallrapp wirft meiner Mutter einen vorsichtigen Blick zu. »Warum so spät?«

Mein Hals wird eng, und ich spüre Druck in der Brust. Der Abend, an dem Marlene verschwunden ist, taucht vor meinem inneren Auge auf. Mein Geburtstag, der Bruce-Willis-Film, die Panik meiner Eltern.

»Mein Ex-Mann und ich haben zunächst selbst nach ihr gesucht«, antwortet meine Mutter. »Ich hier im Ort, mein Mann ist in die Stadt gefahren. Und natürlich haben wir auch die Eltern von ihren Freundinnen kontaktiert. Es hätte ja sein können, dass Marlene bei einer von ihnen ist.«

Die Detektivin nickt verständnisvoll. »Die Kripo hat damals auch sofort mit einem Suchtrupp reagiert. Sie haben vor allem in Würzburg gesucht.« Ihre Augen fliegen über das Papier. Aus irgendeinem Grund bin ich froh, dass ich die Zeilen nicht selbst lesen muss. Auch Mama ist jetzt seltsam zurückhaltend. »In der Dunkelheit war es schwierig, aber am nächsten Tag haben sie weitergesucht, auch mit Spürhunden.«

»Was aber nicht geholfen hat«, werfe ich mutlos ein. Meine Stimme ist rau. Der Druck in der Brust wird stärker. Erinnere dich, du Feigling!, ruft mir jemand in meinem Kopf zu. »Sie haben Marlene erst vier Tage später in einem Restmüllcontainer entdeckt.«

Wieder ein Nicken von der Detektivin, die weiter in der Akte liest. »In Niedergelln. Sagt Ihnen der Ort was?«

»Ja«, antwortet Mutter. »Das ist südlich von hier, etwa 70 Kilometer.« Ihr Kehlkopf hüpft. »Ich wusste nicht, wo genau man sie gefunden hat.«

»Was hat man Ihnen über die Todesursache erzählt?«

Allein daran, dass Wallrapp ihren rechten Arm als Sichtschutz vor die Blätter gelegt hat, erkenne ich, dass sie beim Obduktionsbericht angekommen ist. Mir wird erst jetzt bewusst, dass ich die Bilder nicht sehen will.

»Nicht viel.« Mama macht eine abfällige Handbewegung. »Nur, dass sie ermordet wurde und man leider nicht ausschließen könne, dass sie jemand ...« Weiter kommt sie nicht.

Abrupt stehe ich auf und reiße das Küchenfenster auf, obwohl Wind aufgekommen ist. Ich habe das Gefühl, mir fehlt Sauerstoff zum Atmen. Dunkle Wolken bedecken den Himmel.

Ich strecke den Kopf hinaus und schließe die Augen.

»Geht es Ihnen gut?« Unser Gast klingt besorgt. »Wir können das jederzeit abbrechen. Vielleicht war es ein Fehler ...«

»Nein!«, beschließt meine Mutter, während alles in mir schreit: Ja, ja, ja! Bitte lassen wir das.

Dann besinne ich mich. Wir müssen Marlenes Tod aufklären. Für Mamas Seelenfrieden.

»Machen Sie weiter«, sage ich.

Wallrapp holt tief Luft. »Die Leiche war nach so langer Zeit in Feuchtigkeit und Hitze in einem Zustand, der keine gesicherte Aussage über die Todesursache mehr zuließ«, flüstert sie. »Alles, was jetzt kommt, sind also nur Annahmen. Der rechtsmedizinische Bericht spricht von Gewalteinwirkungen auf den Hals, doch glauben die Ärzte nicht, dass das die Todesursache war. Einblutungen und Einrisse an der Lippe sowie Bisse in der Zunge sprechen dafür, dass sie nicht durch Erwürgen erstickt ist.« Die Detektivin hält inne. »Der Täter könnte ihr Mund und Nase verschlossen haben. Mit einer Tüte oder eigenhändig.«

Meiner Mutter entweicht ein unmenschliches Fiepen. Sie führt eine Hand zum Mund. Sofort bin ich bei ihr, um sie in den Arm zu nehmen, doch grob wehrt sie mich ab.

Verletzt und auch ein wenig peinlich berührt, setze ich mich wieder auf meinen Stuhl. Die Detektivin tut so, als habe sie es nicht gesehen, hält jedoch mit dem Lesen inne.

»Was steht noch da?«, fragt Mutter ungehalten, nachdem sie sich gefangen hat.

»Verletzungen in der Vagina, die auf eine Vergewaltigung hindeuten können, aber nicht müssen. Jedenfalls war sie keine Jungfrau mehr.« Wallrapp räuspert sich. »Schürfwunden an der Unterseite von Armen und Beinen. Hämatome auf den Oberarmen. Sie hat sich heftig gewehrt. Der genaue Tatort, also der Ort, wo Marlene ermordet wurde, ist unbekannt.«

Ich schlucke den Kloß im Hals hinunter, meinen Atem kriege ich immer noch nicht unter Kontrolle. Er kommt stoßweise. Wütend. Ich sehe Marlene. Ein Kerl über ihr, der sie zu Boden presst. Sie würgt. In sie eindringt.

»Was ist mit Spuren? DNS?«, quetsche ich aus der Lunge hervor. »Die müssen doch irgendwas gefunden haben.«

Wallrapp räuspert sich, liest weiter. Ihre Haut ist fahler als noch vor ein paar Minuten. »Hier steht, dass die Feuchtigkeit und Hitze der Umgebung zu einer raschen Zersetzung des Körpers und möglicher Fremd-DNS geführt haben.«

»Auch an der Kleidung?«, wende ich protestierend ein. »Ich habe mal gelesen, dass selbst kleinste Spermaspuren noch Tage später an Kleidungsstücken gesichert werden können.« Ich merke, dass meine Mutter beim Wort »Spermaspuren« zusammenzuckt. Sie wirkt in sich gekehrt. Gefangen in einem weiteren Albtraum. Sie sollte das alles nicht mit anhören müssen.

»Marlene war nackt, als man sie fand.« Die Detektivin senkt beschämt den Blick. »Eine Sandale und ihre Handtasche lagen ebenfalls im Container. Ihr Kleid hat man nie gefunden. Die Kripo hat daraus geschlossen, dass der Täter das Kleid entweder vernichtet hat, weil sich Spuren von ihm darauf fanden, oder dass er es als eine Art Trophäe behalten hat.«

»Deswegen also die Theorie, dass es ein Unbekannter war. Ein Serienmörder.« Fassungslos schüttle ich den Kopf. Ich erinnere mich genau an Marlenes Sommerkleid. Weißrot geblümt und hauteng. »Es war bestimmt kein Fremder. Eher dieser Holger Apel. Die Kripo hatte ihn in Verdacht.«

»Hmm.« Wallrapp blättert weiter. »Hier sind die Zeugenaussagen protokolliert. Auch die von ein paar Konzertbesuchern, die sich gemeldet haben. Ah, hier, Holger Apel. Er hat zugegeben, Marlene zum Bus gebracht zu haben.«

»Ich habe heute Nachmittag mit ihm gesprochen.« Ich ignoriere Mutters erstaunten Blick. »Er und Marlene waren eine Weile zusammen. Sie hat Schluss gemacht. Der Typ ist ein Kraftprotz. Kann mir durchaus vorstellen, dass er sich mit Gewalt geholt hat, was er nicht mehr gekriegt hat.«

»Robert!« Mutter schaut mich vorwurfsvoll an.

»Entschuldige bitte.« Ich stehe auf, um das Fenster zu schließen, da der Wind heftiger geworden ist und ein erster Blitz den Himmel erhellt, gefolgt von Donnergrollen.

»Eine Angelika Fuhrmann – nach eigener Aussage eine Freundin von Marlene – hat ausgesagt, dass Holger noch immer in Marlene verliebt war und versucht hat, sie zurückzugewinnen. Diese Angelika war wohl auch bei dem Spieletreff.«

Mutter brummelt zustimmend. »Eine nette Frau. Apothekerin. Sie wohnt heute noch im Ort.«

»Die Kripo hat Holger Apel damals festgenommen, weil er an dem Abend einen dunklen Hoodie trug«, fährt Valentina Wallrapp fort. »Zwei Zeugen, die den Bus um 22.16 Uhr genommen haben, sagten unabhängig voneinander aus, Marlene sei von einer unbekannten Person in einem schwarzen Kapuzenpulli angesprochen worden. Gerade in dem Moment, als sie einsteigen wollte. Der Verdacht gegen Apel hat sich aber nicht erhärtet.«

»Dann ist Marlene also nicht in den Bus gestiegen?«, wundere ich mich. »Die Kripo meinte damals, sie sei nicht sicher, ob Marlene den Bus genommen hat und falls ja, welchen.«

»Hmm … Moment.« Wallrapp blättert. »Ah, hier haben wir es. Die Zeugen konnten nicht mit Sicherheit sagen, ob Marlene dann noch eingestiegen ist. Nur, dass sie zögerte, eben weil sie angesprochen wurde. Es gilt allerdings als gesichert, dass Marlene nicht den Dorfbus in Friedberg genommen hat.«

»Gibt es denn eine Beschreibung der Person im Kapuzenpulli?«, fragt meine Mutter, die die gesamte Zeit schweigend zugehört hat.

»Nein. Die Zeugen haben nur das Profil der Person gesehen, und die Kapuze hat das Gesicht verdeckt. Sie glauben, dass es ein Mann war, aber nicht einmal da sind sie sich sicher.«

»Na toll!«, stoße ich enttäuscht aus. »Marlene könnte also diesen oder den letzten Bus genommen haben. Oder sie ist gelaufen.« Die lästige innere Stimme sagt mir, dass meine Schwester nicht in den Bus eingestiegen ist. Zumindest nicht in den ersten.

»Oder jemand hat sie im Auto mitgenommen«, vermutet die Detektivin.

»Nein«, sagt meine Mutter entschieden. »Marlene hätte uns angerufen. Nie wäre sie mit einem Fremden mitgefahren.«

»Es muss kein Fremder gewesen sein.«

»Genau«, sage ich und übertöne die innere Stimme. »Es könnte dieser Apel gewesen sein. Nur weil die Polizei nicht genug Beweise hatte, heißt das nicht, dass er unschuldig ist.«

»Er war zur Tatzeit 16, hatte also gar keinen Führerschein«, gibt Wallrapp zu bedenken.

Richtig. Trotzdem könnte er ihr angeboten haben, sie nach Hause zu begleiten. Zu Fuß. Und das sage ich auch.

»Ich muss …« Meine Mutter stützt sich auf dem Tisch ab und versucht aufzustehen. »Mir ist nicht so gut gerade.«

Schnell halte ich sie fest, da es so aussieht, als würde sie jeden Moment stürzen. Das hier ist zu viel für sie, denke ich besorgt.

»Es geht schon«, meint sie halbherzig. »Aber ich werde mich besser zurückziehen.« Sie wendet sich an unseren Gast. »Frau Wallrapp, ich danke Ihnen für Ihren Einsatz. Dass Sie uns die Akte gebracht haben, bedeutet mir sehr viel.«

»Gern. Ich kann verstehen, dass Sie das Ganze aufwühlt.«

»Das ist es nicht«, wehrt sie ab. »Meine Gesundheit zwingt mich leider dazu, Sie beide jetzt allein zu lassen.«

Und deine Furcht vor dem Gewitter, ergänze ich in Gedanken. Bei Blitz und Donner versteckt sie sich immer schon im Bett. Der Rest der Familie hat diese übertriebene Angst nie nachvollziehen können. »Ich begleite dich eben, Mama.« Mein scharfer Blick gibt ihr hoffentlich zu verstehen, dass ich keine Widerrede dulde. So blass, wie sie ist, kippt sie mir auf dem Weg ins Schlafzimmer um. Ich sehe noch, wie sich die Detektivin wieder in den Bericht vertieft, und als ich drei Minuten später zurück in die Küche trete, murmelt sie: »Das hier ist interessant.«

»Was denn?«

»Eine Zeugin aus Friedberg, die an dem Abend zu Hause war. Sie hat sich am Tag nach Marlenes Verschwinden bei der Polizei gemeldet.«

»Hier aus dem Ort?« Mein Herz schlägt schneller. Warum hat die Polizei uns davon nichts erzählt? Und wieso hat die Zeugin nicht mit uns gesprochen? Im Dorf kennt man sich. Marlenes Verschwinden und später ihr Tod waren in aller Munde. Wenn eine Frau aus Friedberg etwas über den Fall sagen konnte, hätte sie doch zumindest mit meinen Eltern Kontakt aufgenommen, oder?

»Eine Marion M. Haben Sie eine Idee, wer das ist?«

Ich schüttle den Kopf. Ich habe das Meiste von damals vergessen oder verdrängt. »Was hat sie denn nun ausgesagt?«

Wallrapp sieht mich an. Sie wirkt aufgekratzt. Ich erkenne ein Funkeln in den verschiedenfarbigen Augen. »Sie hat in der Nacht von Marlenes Verschwinden einen Schrei gehört. Aus dem Weinberg.«

Mein Hals schnürt sich zu. Beide zucken wir zusammen, als draußen ein lauter Donnerschlag ertönt. »Wann genau?«

»Um 23.28 Uhr. Sie hat auf die Uhr gesehen. Ihr Haus grenzt an den Weinberg und sie hat wohl ihr Baby gestillt. Das Kinderzimmerfenster geht zum Weinberg hinaus. In der Dunkelheit konnte sie nichts erkennen, aber bei dem Schrei ist sie sich sicher.«

»Und da ruft sie erst am nächsten Tag bei der Kripo an?!«, frage ich fassungslos. Hat Marlene geschrien? Um Hilfe gerufen? Hätte die Zeugin sie retten können?

Valentina Wallrapp sieht mich mit einer Mischung aus Bedauern und Unverständnis an. »Finde ich auch merkwürdig. Wir sollten uns mit ihr unterhalten. Ihre Mutter weiß doch sicher, um wen es sich handelt. So viele Häuser grenzen ja nicht an den Weinberg.«

Ich nicke. »Ich frage sie gleich morgen früh.«

»Der Weinberg wurde dann auch am Nachmittag nach Marlenes Verschwinden auf Spuren untersucht, aber man hat nichts Relevantes entdeckt. Allerdings hatte es am Vormittag auch geregnet.«

»Shit!«, entfährt es mir. »Dann wurde sie hier in Friedberg ermordet?« Kälte zieht über meinen Nacken und durch meine Eingeweide. Hat man Marlene so wenige Meter vom eigenen Zuhause entfernt getötet?

»Sie wissen nicht, ob der Schrei überhaupt etwas mit Marlenes Tod zu tun hat. Es könnte Zufall sein.« Ein weiterer Blick in Wallrapps Augen verrät mir, dass sie dasselbe denkt wie ich: dass es sehr wohl Marlene war, die um ihr Leben geschrien hat. »Die Rechtsmedizin konnte den Todeszeitpunkt so genau nicht mehr festlegen und auch nicht, wo sie gestorben ist.«

Ich trinke den letzten Schluck Bier, doch der schale Geschmack in meinem Mund bleibt. »Vielleicht sollten wir morgen weitermachen.« Es ist erst 21.30 Uhr, aber mein Gefühl sagt mir, dass ich für heute genug gehört habe. »Natürlich möchte ich Sie bei dem Unwetter nicht aus dem Haus werfen. Sie können gern im Gästezimmer übernachten.« Irritiert bemerke ich, dass sie mir gar nicht zuhört. Sie ist wieder in die Akte vertieft. Ihre Stirn legt sich in Falten. Irgendetwas erfordert ihre gesamte Aufmerksamkeit.

Langsam schüttelt sie den Kopf. »Das gibt es doch nicht.« Ihr Mund bleibt offen stehen.

»Was ist los?« Will ich es wirklich wissen? Ein Teil von mir möchte einfach nur ins Bett. Nicht mehr sehen, wie meine Schwester im Weinberg geschändet wird. Nicht mehr hören, wie sie vor Angst und Schmerzen schreit.

Wallrapps Kopfschütteln wird heftiger, und sie hebt den Blick. Diesmal ist es Verärgerung, die im Grün und Türkisblau ihrer Augen aufflackert. »Also, das muss sie mir jetzt aber schon erklären!«

KAPITEL 16
FREITAG, 13. AUGUST 1999

MARLENE

Der Bus fährt ein. Erleichtert stoße ich den Atem aus. Na endlich! Nix wie weg hier. Ich habe schon befürchtet, dass Holger jeden Moment zurückkommt und mich weiter ausquetscht. Der Typ lässt einfach nicht locker.

Der Einstieg in das Fahrzeug dauert, da die Schlange der Wartenden so lang ist. Hauptsache, ich komme da überhaupt noch rein. Gerade will ich mich hineinquetschen, da zupft es an meinem Ärmel und ich muss zurück auf den Bürgersteig treten, um nicht zu stolpern.

»Hast du eine Kippe für mich?«

Verärgert drehe ich mich um 90 Grad. So ein Typ mit Kapuzenpulli steht vor mir. Sein Gesicht ist schmutzig, und er riecht streng. Nach Alkohol, Schweiß und Tabak. Wahrscheinlich ein Penner.

»Nee, ich rauche nicht«, erwidere ich und bemühe mich, mir meinen Ekel nicht anmerken zu lassen. Wenn er auf der Straße lebt, kann er sicher nichts dafür.

»Und 'n bissl Kohle?«, bettelt der Typ weiter.

Ich schüttle den Kopf und will mich wieder dem Bus zuwenden, da erspähe ich aus dem Augenwinkel eine bekannte Gestalt. Sie steht nur wenige Meter von mir entfernt auf dem Bordsteig und scheint unschlüssig, ob sie einsteigen soll.

Das glaube ich jetzt nicht! Ich laufe in ihre Richtung, um sicherzugehen, dass mir die Augen bei der Dunkelheit keinen Streich spielen. Gleichzeitig fluche ich, weil der Bus anfährt. Der nächste kommt erst in einer Stunde. Zu lange, um darauf zu warten. Dass ich wegen ihr jetzt zu Hause anrufen und Roberts Filmabend ruinieren muss, facht meine Wut zusätzlich an.

Doch, denke ich, als ich nur noch wenige Meter entfernt bin. Kein Scherz, sie ist es tatsächlich.

»Was machst du hier?«, schleudere ich ihr entgegen, als ich vor ihr stehe. »Ich dachte, du seist krank?«

Erschrocken starrt Sandra mich an. Sie sieht aufgemotzt aus. Ist noch krasser geschminkt als sonst, trägt Creolen und einen Leder-Mini, den ich bislang nie an ihr gesehen habe. Zusammen mit den Plateauschuhen sieht sie aus, als käme sie von einer Party oder … »Warst du etwa beim Konzert?« Eine Welle aus Zorn und Enttäuschung überwältigt mich, und ich merke, wie mir die Tränen kommen. »Du hast doch gesagt, du hättest keine Karten mehr gekriegt.«

Meine beste Freundin schaut betreten zur Seite. Ihre Blässe verrät mir, wie geschockt sie darüber ist, mich hier zu treffen. »Hey, Marl, schönes Kleid. Bist du etwa allein zum Spieleabend gegangen?« Ihre Stimme flattert. Sie ist die Einzige, die mich so nennen darf, aber dass sie den Spitznamen ausgerechnet jetzt nutzt, macht mich sauer.

»Ja, stell dir vor, ich kann auch ohne dich Spaß haben«, antworte ich spitzzüngig, fühle mich dabei aber beschissen. Anscheinend ist es Sandra, die kein Problem damit hat, mich außen vor zu lassen. Und mich anzulügen. »Dein

Stefan war übrigens auch da.« Ich verschränke die Arme vor der Brust.

Sandra sieht mich zum ersten Mal an. Knabbert an der Unterlippe. »Hmm. Ja, ich hätte dich begleiten sollen. Sorry.«

»Warum erzählst du mir, du bist krank? Hast du etwa die ganze Woche nur blaugemacht?« Wäre nicht das erste Mal. Sie hat schon ein paar Mal versucht, mich zu überreden, zusammen zu schwänzen, aber ich mache so was nicht. Hab null Bock auf einen Verweis.

»Nee. Am Montag ging es mir echt nicht so dolle. Aber dann …« Sie seufzt. »Jemand hatte 'ne Karte übrig und hat sie mir angeboten, okay? Ich habe hin und her überlegt, ob ich sie annehmen soll, weil ich dir nicht wehtun wollte.« Sandra dreht eine Haarsträhne zwischen Zeige- und Mittelfinger, als wolle sie mich um den Finger wickeln. »Tut mir echt leid, Marl. Bitte sei mir nicht mehr böse, ja?« Sie legt den Kopf schief. »Bitte, bitte. Ich werde dich nie wieder anlügen.« Das Wort »nie« zieht sie künstlich in die Länge.

»Warum hast du es mir nicht einfach gesagt?« Ihre Lüge schmerzt immer noch. Ich dachte, als beste Freundinnen sind wir stets ehrlich zueinander.

»Meine Eltern hätten mich nicht zu den *Hosen* gehen lassen. Also habe ich mir überlegt, dass es einfacher ist, die Krankheitsnummer durchzuziehen. So denken sie, ich liege gerade krank im Bett und schlafe.«

Unwillkürlich muss ich auflachen. Sandra ist echt eine Nummer. Ich gebe zu, dass ich sie um ihre kecke Art oft beneide. Ich hätte auf jeden Fall ein schlechtes Gewissen, meine Eltern anzulügen. Und meine beste Freundin. »Wie hast du dich rausgeschlichen? Und vom wem hast du die Konzertkarte?«

»Bin durchs Fenster.« Sandra kichert. »Hat auch Vorteile, ein Zimmer im Erdgeschoss zu haben. Und jetzt erzähl vom Spieletreff. Wer war noch alles da?«

Wieder bin ich enttäuscht. Sie lenkt ab. »Mit wem warst du auf dem Konzert?« So leicht lasse ich mich nicht abspeisen.

»Ist das wichtig?« Sandra reagiert genervt. »Kennst du eh nicht.«

Sie lügt, schießt es mir sofort durch den Kopf. Warum? Hat sie eine neue beste Freundin? Oder einen Freund? »Dann kannst du mir ja erst recht den Namen sagen.«

»Warum bist du so bockig?« Sandra versteift sich. Ihre Haltung macht deutlich, dass ich besser nicht weiterbohre. Doch ich kann nicht anders. Ihr Verhalten irritiert mich.

»Warum machst du so ein Geheimnis draus?«

»Ich bin dir keine Rechenschaft schuldig, Marl«, zischt sie. »Du bist schlimmer als meine Mutter.« Sie wirft die blonde Mähne zurück. Dann marschiert sie an mir vorbei zu einer der Sitzbänke an der Haltestelle und lässt sich darauf nieder. Dieses Verhalten wiederum ist mir geläufig. Zwar habe ich es nicht oft erlebt, aber das ist Sandras Art, unangenehme Diskussionen zu beenden. Einfach die beleidigte Leberwurst spielen und darauf warten, dass sich der andere entschuldigt. In der Regel ist es auch so, dass ich nachgebe. Die Klügere, denke ich mit Genugtuung, doch heute Abend habe ich keine Lust, klein beizugeben. Dafür ist sie diesmal zu weit gegangen. Und das weiß sie auch. Also lasse ich sie dort sitzen. Soll sie doch auf den nächsten Bus warten. Ich rufe jetzt meine Eltern an, damit sie mich abholen. Wenn Sandra nett bittet, nehmen wir sie vielleicht mit. Aber nur vielleicht.

Die Telefonzelle steht nur eine Straßenecke weiter. Ich

krame ein paar Münzen aus meinem Geldbeutel, werfe sie in den Schlitz und wähle die Nummer.

Zu meiner Überraschung klingelt es nur ein einziges Mal.

»Muth?«, meldet sich die Stimme meines kleinen Bruders.

»Hey, ich bin's, Marlene. Wie ist der Film?«

»Gut«, antwortet er kurz angebunden. Er ist also noch immer sauer auf mich. Das macht den Anruf nicht leichter.

»Du, ich habe den Bus verpasst. Meinst du, Papa kann mich an der Carl-Diem-Halle in Würzburg abholen?«

»Okay«, kommt gedehnt als Antwort. »Sag ich ihm.«

»Danke. Freu mich, dich gleich zu sehen.«

»Tschüs.« Er legt auf. Ich sehe auf die Uhr. Kurz vor 22.30 Uhr. Mit dem Auto wird mein Vater 15 bis 20 Minuten brauchen.

Ich zögere. Laufe ein paar Schritte Richtung Bushaltestelle zurück. Soll ich Sandra anbieten mitzufahren? Alles in mir sträubt sich dagegen, sie heute noch mal zu sehen. Andererseits war eben kaum eine Menschenseele mehr am Bushäuschen. Na ja, bis auf diesen unheimlichen Penner. Sie allein dort sitzen zu lassen, ist also auch nicht cool.

Seufzend treffe ich eine Entscheidung und beschleunige, doch als ich an der Haltestelle ankomme, sitzt Sandra nicht mehr auf der Bank. Ich sehe sie auch sonst nirgends. Merkwürdig. Sie wird wohl kaum ihre Eltern angerufen haben, damit sie sie abholen. Hoffentlich trampt sie nicht wieder.

»Na du? Bus verpasst?«

Ich fahre zusammen. Er steht hinter mir. Die Kapuze hat er abgesetzt, wodurch ich sein Gesicht nun besser erkennen kann. Er ist jünger, als ich dachte. Nur ein paar Jahre älter als ich, schätze ich.

»Ja. Leider.« Ich ziehe an ihm vorbei. Mein Bedarf an Typen, die mir hinterherlaufen, ist für heute gedeckt. Ich muss rüber zur Carl-Diem-Halle, wo mein Vater mich gleich abholen wird.

»Hey, warte doch mal.« Der Typ hält mich am Ärmel fest. Furcht springt mich an. Er ist so nah, dass ich seinen Alkohol-Atem riechen kann.

»Lass mich in Ruhe!« Ich reiße mich von ihm los, was ihm komischerweise ein Grinsen entlockt. Unheimlich.

»Ich tu dir nichts, Baby. Will nur ein bissl quatschen.« Ich renne los. In Panik.

»Ist so einsam hier«, ruft er mir hinterher.

Ich sehe mich nicht um. Renne weiter, keuche, ohne zu wissen, ob der Typ mich verfolgt. Ich bleibe erst stehen, als ich den Parkplatz vor der Carl-Diem-Halle erreiche.

KAPITEL 17
SAMSTAG, 17. AUGUST 2019

ROBERT

»Hat das Telefon gerade geklingelt?«, fragt Mama, als ich von der Toilette zurück ins Wohnzimmer komme. Den Willis-Film haben sie meinetwegen kurz pausiert.

»Ja. War nur Malte«, lüge ich. Das Telefon steht im Flur, nur wenige Meter von der Tür entfernt, hinter der ich soeben mein Geschäft verrichtet habe. Unser Badezimmer ist vom Wohnzimmer aus nicht so schnell zu erreichen, daher bin ich eben aufs Gäste-WC.

»Was wollte er denn so spät noch?«

»Er bringt morgen für die Party ein neues Game mit.« Erstaunlich, wie leicht mir die Lügen über die Lippen kommen. Ich lüge nicht oft. Wirklich nicht. Muss die Wut auf meine Schwester sein, die trotz Action und Popcorn noch immer nicht verraucht ist.

Soll Marlene doch den nächsten Bus nehmen. Oder halt noch mal anrufen. Die kleine Racheaktion gönne ich mir, nachdem sie meinen Geburtstagswunsch, mit ihr ins Kino zu gehen, so einfach in den Wind geschossen hat. Ein wenig darf sie ruhig mal zappeln.

Plötzlich stehe ich im Weinberg hinter unserem Haus. Es ist dunkel, doch unschwer erkenne ich die Umrisse von zwei Personen. Einem Mann und einer Frau. Nein, halt, einem Mädchen. Es liegt auf dem harten Boden. Der Mann schlägt auf es ein. Der darauffolgende Schrei zerfetzt die Stille.

Keuchend erwache ich, Brust und Haare feucht von Schweiß. Mein Herz hämmert wild gegen die Rippen. Marlene!

Nur langsam registriere ich, dass ich im Bett liege. Trotzdem kann ich das Bild von meiner Schwester und dem Mann im Weinberg nicht abschütteln. Es flimmert immer noch über meine Netzhaut.

Für einen Moment fürchte ich, mich übergeben zu müssen, und renne ins Bad. Erschöpft knie ich vor der Kloschüssel und würge. Doch es kommt nichts hoch, also spucke ich ein-, zweimal ins Spülwasser und setze mich dann auf den Rand der Badewanne. Meine Beine schlottern. Sie sind ebenfalls von Schweiß benetzt.

Marlene. Es ist meine Schuld. Auch wenn es ein Traum war, so weiß ich auf einmal, dass es genauso gewesen ist. Meine Schwester hat an dem Abend angerufen. Und ich habe ihre Bitte, sie abzuholen, ignoriert. Weil ich bockig war. Ein egoistischer, pubertärer Drecksack.

Ich schreie auf und schlage mit der Faust auf meinen Oberschenkel, bis er rot ist und wehtut. Doch der Schmerz scheint mir unzureichend für das, was ich vor 20 Jahren getan habe. Ich habe meine Schwester verraten. Wegen mir ist sie nicht nach Hause gekommen.

Ich beiße in meine Faust. Tränen steigen in mir hoch, und ich lasse sie laufen. Das also hat mir die innere Stimme die ganze Zeit sagen wollen. Wie konnte ich das nur vergessen? Habe ich es verdrängt? All die Jahre?

Ich stehe auf, stütze mich am Waschbecken ab und starre in den Spiegel. »You fucking moron!«, beschimpfe ich mich. »Du hast sie auf dem Gewissen.« Denn auch wenn ich meine Schwester nicht getötet habe, so wäre sie heute am Leben, wenn mein Vater sie abgeholt hätte.

»Robert? Was ist denn los? Ich habe einen Schrei gehört.«

Ich fahre zusammen. Mama steht in der Badezimmertür. Im Nachthemd und mit strubbeligem Haar. Ihr Anblick ist zu viel für mich. Ich stürze aus dem Bad in mein Zimmer und schließe die Tür hinter mir. Leider steckt kein Schlüssel im Schloss, aber ich weiß, sie wird mir nicht folgen. Sie hat schon als wir Jugendliche waren unsere Privatsphäre respektiert.

»Geht es dir nicht gut?«, ruft sie trotzdem hinter mir her.

»Nur etwas Kopfweh und Schwindel.« Shit, ich lüge so grandios wie als 13-Jähriger. »Ich lege mich wieder hin.« Wie soll ich ihr unter die Augen treten, wo ich doch weiß, dass ich eine Mitschuld daran trage, dass sie ihre einzige Tochter verloren hat?

»In Ordnung. Ist bestimmt nur der Wetterumschwung«, sagt meine Mutter. »Schreckliches Gewitter letzte Nacht, aber es hat wenigstens abgekühlt. Ich bereite schon mal das Frühstück vor.«

Beim Gedanken an Kaffee und Brötchen wird mir sofort wieder übel. Ich atme tief ein und aus und begebe mich zurück ins Bett. Schlafen werde ich nicht. Möchte ich auch gar nicht. Wer weiß, welcher Albtraum mich dann erwartet. Oder welche verborgenen Erinnerungen noch an die Oberfläche schwappen. Was habe ich alles aus meinem Bewusstsein verbannt?

Das Treffen mit der Detektivin und die Fallakte haben

offensichtlich etwas in mir ausgelöst. Bin ich damals wirklich so weit gegangen? Wie konnte ich das meiner Schwester antun? Im Rückblick scheint mir mein Verhalten vollkommen unverständlich, ja unverantwortlich. Am liebsten würde ich mein 13-jähriges Ich ohrfeigen für diese dumme Aktion.

Ein Summen reißt mich aus der Schockstarre. Mein Smartphone vibriert auf dem Nachttisch. Anscheinend habe ich es gestern Abend nicht ausgeschaltet. Ich lese Wallrapps Namen auf dem Display und stöhne auf. Ich kann mich nicht aufraffen ranzugehen. Denn dann müsste ich ihr erzählen, dass ich mehr weiß, als ich damals irgendjemandem erzählt habe. Immerhin hätte die Kripo durch meine Aussage ausschließen können, dass Marlene in den ersten Bus gestiegen ist. Vermutlich hat sie auch nicht den folgenden eine Stunde später genommen. Hat meine Schwester ihren Mörder vor der Carl-Diem-Halle getroffen, wo sie auf unseren Vater gewartet hat?

Das Summen stoppt. Wallrapp hat aufgegeben, zumindest für den Moment.

»God«, stoße ich seufzend aus. Wie soll ich das meiner Mutter erklären? Ich habe sie belogen. Falsche Angaben zu einem Anruf gemacht, über dessen Inhalt ich 20 Jahre lang geschwiegen habe. Aus Angst und Schuldgefühlen.

»Du warst nur ein Kind«, erwidert eine innere Stimme unerwartet einfühlsam. »Heute kannst du es wiedergutmachen. Indem du ihren Mörder findest.«

Ich nicke mir selbst zu. Das schulde ich Marlene. Aber auch sonst werde ich für meine Tat in der Hölle schmoren. Ganz sicher.

Wütend reiße ich die Zimmertür auf und laufe in die Küche. Meine Mutter sitzt am Tisch. Wie ein Häuflein

Elend starrt sie auf Marlenes Akte. Das Frühstück hat sie vollkommen vergessen.

Fluchend greife ich nach der Akte, die ich gestern nach Wallrapps Abschied vergessen habe fortzuräumen. »Entschuldige bitte, Mama.« Ich gebe ihr einen Kuss auf die Wange.

»Ich will, dass derjenige, der Marlene das angetan hat, leidet.« Ihre dunklen Augen funkeln vernichtend. »Wer immer sie getötet hat, ist für mich kein Mensch, sondern ein Tier.«

Ich schlucke. Unmöglich kann ich ihr von Marlenes Anruf erzählen. Von meinem Verrat. Nicht jetzt. Doch etwas anderes kann ich tun.

»Mama, erinnerst du dich an eine Marion, die vor 20 Jahren hier am Weinberg gewohnt hat und ein Baby hatte?«

Verwirrt schaut sie mich an. »Ja, natürlich. Marion Mäuser. Wieso fragst du?«

»Lebt sie noch immer hier in Friedberg?«

»Nein, meines Wissens hat sie das Haus vor ein paar Jahren verkauft und ist nach Würzburg gezogen.« Ihr Blick ist ein einziges Fragezeichen. »Was hat sie mit Marlenes Tod zu tun?«

»Erkläre ich dir später«, antworte ich und hole mein Handy aus dem Schlafzimmer. Hoffentlich steht die Dame im Telefonbuch.

VALENTINA

Robert Muth geht nicht ans Handy. Schläft er etwa noch? Ich wollte mich nur nach seiner Mutter erkundigen. Und nach ihm. Beide schienen sie mir gestern sehr verstört. Doch kann man es ihnen verdenken? Nach allem, was sie erfahren haben? Hätte ich eine Schwester und jemand hätte sie ermordet, vielleicht sogar vergewaltigt, ich wäre genauso entsetzt. Ich bereue ein wenig, die beiden mit der Akte konfrontiert zu haben. Doch Robert hat mich nun mal damit beauftragt, den Fall zu lösen, und ich habe ihn vor den Konsequenzen gewarnt.

Hoffentlich erinnert sich seine Mutter an die Frau mit Säugling, die vor 20 Jahren in der Nachbarschaft wohnte. Anscheinend hat die Kripo ihrer Aussage keinen hohen Stellenwert beigemessen. Was aber, wenn Marlene nur wenige Schritte von ihrem sicheren Zuhause entfernt ums Leben gekommen ist?

Ich fröstle beim Gedanken daran, dass die Zeugin das Mädchen vielleicht hätte retten können, wenn sie schon am selben Abend den Notruf gewählt hätte. Auch hatte ich gestern zwischenzeitlich wieder das Gefühl, dass mein Klient mir nicht alles erzählt. Was keinen Sinn ergibt.

Halte dich an die Fakten, Valentina. Bis jetzt hast du null Anhaltspunkte dafür, dass Muth dir was verschweigt.

Seufzend hole ich mir ein Glas Wasser und setze mich zu Doktor Watson auf die Couch. Kraule sein weiches Fell. Das gleichmäßige Schnurren beruhigt mich, und ein Schmunzeln gleitet mir über die Lippen, als mir Robert Muths Angebot, bei ihnen zu übernachten, in den Sinn kommt. Das bisschen Gewitter. Ich habe schon ganz andere Nächte im Freien verbracht. Außerdem war ich schließlich mit dem Auto bei ihnen.

Meine Gedanken schweifen wieder zur Akte. Ein wenig ärgere ich mich, dass mein Kunde darauf bestanden hat, sie zu behalten. Wie gern würde ich noch mal darin blättern, nur um sicherzugehen, dass ich mich gestern nicht verlesen habe. Außerdem könnte ich sie dann besser mit den neuen Erkenntnissen konfrontieren.

Natürlich habe ich gleich gestern im Auto versucht, sie zu erreichen. Heute bin ich froh, dass sie nicht rangegangen ist. Besser, ich schaue ihr in die Augen, wenn sie mir das erklärt. Ich merke, wie die Wut erneut in mir aufsteigt. Gleichzeitig ist mir bewusst, dass ich das Gespräch scheue. Ich will keinen Zoff mit meiner besten Freundin.

»Ach, Doktor Watson.« Ich lege die Wange auf das Fell des Katers, »sieht so aus, als seist du der Einzige, dem ich vertrauen kann.«

Der Kater antwortet mit einem weiteren Schnurren und rollt sich ein, um ein Nickerchen zu machen.

»Na gut, dann bis später, Kleiner.« Ich sehe auf die Uhr. Michaela ist um diese Zeit in der Buchhandlung. »Besser, ich bringe das gleich hinter mich.«

Es ist nicht viel los im Laden, doch ich weiß, dass sich das spätestens heute Mittag ändern wird. Samstags haben die Würzburger Zeit zum Bummeln. Erst recht, wenn die Temperaturen wie heute angenehmer als in den letzten Tagen sind. Zudem kommen am Wochenende Einkaufshungrige aus dem gesamten Landkreis in die Stadt.

Ich laufe schnurstracks an einer der Angestellten vorbei in Michaelas Büro. Das Klopfen spare ich mir heute.

Soll sie ruhig merken, dass ich schlecht auf sie zu sprechen bin.

»Hey, Valentina, guten Morgen!« Meine beste Freundin schaut mich verblüfft an. Sie sitzt vor dem Rechner am Schreibtisch. »Alles in Ordnung?«

Sie hat wohl meinen Blick registriert. Ich schließe die Tür und postiere mich davor, als fürchtete ich, sie würde mir davonlaufen.

»Du kanntest sie besser, als du behauptet hast«, pfeffere ich los und verschränke die Arme vor der Brust.

Ihre dunklen Augenbrauen ziehen sich zusammen. »Wovon redest du?« Sie erhebt sich und kommt ein paar Schritte auf mich zu.

»Marlene Muth. Du hast sie an ihrem Todestag gesehen.«

Michaelas Brust hebt und senkt sich. Sie schluckt und weicht meinem stechenden Blick aus. »Na und? Das heißt nicht, dass ich sie gut kannte.«

»Warum hast du mir nicht erzählt, dass du auf diesem Spieletreff warst?« Auch ich trete nun näher und zwinge sie damit aufzusehen.

»Woher hast du das?«

»Was glaubst du wohl?« Ihre Gegenfragen nerven.

Nun heben sich ihre Brauen überrascht. »Du bist an die Akte rangekommen?« Sie lächelt. »Nicht schlecht.«

Es wurmt mich, dass meine Freundin mir das anscheinend nicht zugetraut hat. »Weich mir gefälligst nicht aus«, sage ich. Ein bisschen zu scharf, wie mir ihr erschrockener Ausdruck verrät.

Nachdem sie sich gefasst hat, seufzt sie schwer. »Valentina, beruhig dich mal. Du verstehst das völlig falsch.«

»Dann erklär's mir!«, fordere ich sie auf. »Was ist auf dem Treffen gelaufen, dass du es mir verheimlicht hast?«

»Ich habe dir nichts verheimlicht.« Michaela wird lauter. Zumindest habe ich sie aus der Reserve gelockt. »Es schien mir nur nicht wichtig.«

»Nicht wichtig?« Ich klinge verdammt schrill. Michaela wirft einen besorgten Blick zur Tür. Ist mir egal, ob uns jemand hört. »Wir saßen hier mit Marlenes Bruder. Unterhielten uns über ihren Tod, und du hieltest es nicht für wichtig zu erwähnen, dass du eine der letzten Personen warst, die sie lebend gesehen haben?«

»Wir haben kaum ein Wort miteinander gesprochen an dem Abend«, verteidigt sie sich, kehrt mir den Rücken zu und setzt sich wieder an den Schreibtisch. Ich nehme ihr gegenüber Platz. So schnell lasse ich mich nicht abspeisen.

»Ich möchte alles über den Abend wissen.« Ich beuge mich über den Schreibtisch. »Lass ja nichts aus.«

Kopfschüttelnd lehnt sich meine Freundin im Stuhl zurück. »Schön«, blafft sie mich an. »Was genau möchtest du wissen?«

»Fang von vorne an. Wann bist du eingetroffen? War Marlene schon dort?«

»Steht doch sicher in der Akte«, antwortet Michaela gereizt.

»Ich möchte es von dir hören.«

»Marlene kam, glaube ich, so gegen 19 Uhr dort an. Ich war vielleicht 20 oder 30 Minuten vor ihr da. Genauso wie Thorsten und Holger. Wir haben *Kicker* gespielt. Kurz vor Marlene kam noch Angelika. Kurz nach ihr irgendein Mädchen, das nie zuvor da gewesen war und dessen Namen ich vergessen habe.«

Liv, denke ich. Zumindest die Vornamen habe ich mir gemerkt. »Ihr habt ein Brettspiel gespielt?«

Sie nickt. »*Risiko*. Ich hatte aber nicht den Eindruck,

dass Angelika und Marlene Lust darauf hatten. Die Neue hat auch nur zugeguckt.«

»Warum war Marlene dann überhaupt da, wenn sie sich nicht für das Spiel interessiert hat?« War sie doch noch in Holger Apel verliebt gewesen? Oder hat ihr einer der anderen Jungs gefallen?

Michaela zuckt mit den Schultern. »Keine Ahnung. Hat mich auch gewundert, dass sie kommt, weil sie sonst immer nur mit ihrer Freundin Sandra unterwegs war. Die beiden waren eigentlich unzertrennlich.«

»Holger, Marlenes Ex«, fahre ich fort. »Wie war er drauf an dem Abend?«

Meine Freundin schnauft verächtlich. »Total fixiert auf Marlene. Hat ihr ständig nach dem Mund geredet. Es war lächerlich. Sie war komplett genervt deswegen. Vor allem, als er sie zum Bus bringen wollte.«

So weit passt das mit dem zusammen, was die Befragten der Kripo zur Beziehung zwischen Marlene und Holger geschildert haben. »Laut Akte war noch jemand an dem Abend da. Ein Stefan Groß.«

»Ja. Sandras heutiger Mann. Er hat aber nicht mitgespielt.«

Interessant. »Waren die beiden damals schon zusammen?«

»Du stellst Fragen.« Meine Freundin stößt die Luft aus. »Ist echt lange her, aber soviel ich weiß, nicht.«

»Aber du bist doch mit Sandra befreundet«, hake ich nach. »Schließlich hat sie Robert Muth empfohlen, dich zu kontaktieren.«

»Befreundet, na ja, das ist ein starkes Wort. Wir trinken ab und zu einen Kaffee zusammen, wenn ich in Friedberg bin.«

Ich bin leicht enttäuscht, da ich mich frage, ob Michaela unsere Freundschaft auch so beschreiben würde.

Sie lehnt sich über den Tisch und greift nach meiner Hand, als hätte sie meine Gedanken erraten. »*Wir* sind Freundinnen, Valentina. Sandra und ich sind Bekannte, weil wir aus demselben Ort kommen. Das ist alles.«

Ich gehe nicht darauf ein, obwohl es sich gut anfühlt, ihre Hand zu spüren. Trotzdem bin ich immer noch enttäuscht darüber, dass sie mir das mit dem Spieleabend verschwiegen hat.

Außer Marlene waren sechs andere Personen dort, denke ich. Liv, Angelika, Michael, Holger, Stefan und Thorsten. Hat jemand von ihnen etwas mit dem Mord zu tun?

»Wie gut kennst du Sandras Mann?«

Michaela zieht sich zurück. »Gar nicht. Was spielt es für eine Rolle? Valentina, du steigerst dich da in etwas rein. Ein Unbekannter hat Marlene getötet.«

Ich ignoriere ihren Einwand. »Könnte er oder eine andere Person Marlene und Holger zur Haltestelle gefolgt sein?«

Michaela stutzt. »Eine andere Person? Meinst du damit etwa auch mich?« Sie hört sich gekränkt an, doch ich halte ihrem Blick stand. »Liv ist schon früher weggegangen, und Angelika hat sich von ihren Eltern abholen lassen. Thorsten und ich sind noch geblieben, um zu kickern.« Sie zuckt mit den Achseln. »Was Stefan angeht, kann ich mich nicht mehr erinnern.«

»Gab es Streit an dem Abend? Noch andere Konflikte als den zwischen Marlene und Holger? Oder Eifersüchteleien?«, bohre ich nach. In der Akte stand hierzu nichts, soweit ich mich erinnere. Aber vielleicht haben die Jugendlichen damals nicht alles erzählt.

»Was weiß ich.« Michaela macht eine wegwerfende Handbewegung und bringt dadurch ihren Armreif zum Klimpern. »Herrgott noch mal, ich war 18 und hatte ganz andere Probleme, wie du dir vielleicht vorstellen kannst.«

Ich sehe Tränen in ihren Augen aufblitzen. Scheiße, ja, Pubertät muss die Hölle für sie gewesen sein. Mehr noch als für andere.

»Kann schon sein, dass Angelika auf Holger stand. Oder Stefan auf Angelika scharf war oder Thorsten verliebt in Marlene. Das hat mich alles nicht interessiert!«

Ich nicke. »Tut mir leid.« Frustriert stelle ich fest, dass ich genauso schlau bin wie gestern. Außer meine beste Freundin gegen mich aufzubringen, habe ich nichts erreicht. »Schade, dass du uns nicht weiterhelfen kannst«, flüstere ich bedauernd und stehe auf.

Michaela schnieft und wischt sich mit dem Zeigefinger eine Träne aus dem Augenwinkel. »Weißt du, wie das ist, so zu tun, als sei man jemand, der man nicht ist? Das Gefühl zu haben, nicht zu passen? Jeden Tag eine Rolle zu spielen, weil deine Umgebung es von dir verlangt? Zu hoffen, dass sie endlich sehen, wer du bist, und gleichzeitig eine Scheißangst davor zu haben?«

Ich schlucke. Michaela hat mit mir offen über die GA-OP und alles, was danach kam, gesprochen. Über das Gerede im Dorf, darüber, wie schwierig seitdem das Verhältnis zu ihren Eltern ist. Über ihre Kindheit und Jugend und über ihre Gefühlswelt damals hat sie hingegen kaum etwas erzählt.

»Ich wollte das alles vergessen, verstehst du?«, sagt sie. »Deswegen habe ich nichts gesagt. Mein richtiges Leben hat für mich mit meinem Coming-out in Berlin begonnen, und es hat Jahre gedauert, bis ich meinen Eltern mein wahres Ich zeigen konnte.«

Wieder nicke ich, bin aber unsicher, ob ich es wirklich verstehe. Du hättest es mir trotzdem sagen sollen, denke ich und sage stattdessen erneut, dass es mir leidtut. Dann wende ich mich zum Gehen.

»Valentina?«, hält sie mich zurück.

Ich drehe mich zu ihr um.

»Zwischen uns ändert sich doch nichts, oder?«

Ich lächle ihr zu, antworte jedoch nicht. Diesmal bin ich diejenige von uns beiden, die schweigt.

ROBERT

Zu meinem Glück ist der Nachname Mäuser selten. In Verbindung mit dem Vornamen Marion steht er genau einmal im Telefonbuch für Würzburg.

Ich betrachte das schmale Reihenhaus mit der taubenblauen Fassade. Ganz nett, aber kein Vergleich zu einem Einfamilienhaus am Weinberg. Warum hat die Familie ihr Eigenheim verkauft, um in die Stadt zu ziehen?

Ich gebe mir einen Ruck in Richtung des zaunlosen Vorgartens, da öffnet sich die Tür von innen. Eine junge Frau in kurzer Hose und mit Igelfrisur stürmt aus dem Haus. Ihr kanarienvogelfarbenes Top enthüllt großflächige Tattoos auf den Oberarmen. Sie scheint mich nicht zu bemerken, so sehr ist sie mit ihrem Handy beschäftigt. Auch ist sie viel zu jung, um die Marion Mäuser zu sein, die ich suche.

»Entschuldigen Sie bitte«, spreche ich sie trotzdem an.

»Huch!«, zuckt sie zusammen und tritt einen Schritt zurück. »Haben Sie mich erschreckt.«

»Sorry, das wollte ich nicht. Ich suche eine Marion Mäuser. Sie wohnt doch hier, oder?«

Ihre hellbraunen Augen mustern mich, als wäre ich ein Auftragskiller auf der Suche nach seinem nächsten Opfer. Möglicherweise wundert sie sich auch nur, warum ich bei dem Wetter im Jackett herumrenne. Mittlerweile ist es wieder recht warm geworden.

»Wer will das wissen?« Sie verschränkt die Arme vor der Brust.

Ihr Misstrauen bringt mich zum Grinsen. Es wirkt drollig. »Mein Name ist Robert Muth. Ich war mal ein Nachbar von Frau Mäuser. In Friedberg, einem kleinen Dorf in der Nähe.«

Jetzt lacht sie. »Das Kaff kennt doch jeder hier. Ich habe da auch mal gewohnt, ist aber schon ein paar Jährchen her.« Ihre argwöhnische Miene wechselt zu Neugier. »Ich bin die Tochter von Marion Mäuser. Nina. Meine Mutter ist im Haus, kannst ja klingeln. Ich muss leider weg.«

»Okay«, antworte ich. Dann ist Nina wohl die Tochter, die vor 20 Jahren noch ein Baby war. »Ich habe nur eine Frage an sie. Keine Sorge.«

Wieder lacht sie. »Wenn du aus Friedberg kommst, kannst du kein schlechter Kerl sein. Das sagt ja schon der Name des Kaffs.«

Da wäre ich nicht so sicher. Ich verbinde nichts Friedliches mehr mit meinem Heimatdorf. Ich denke an Marlene, die womöglich dort gestorben ist, sage aber nichts, sondern sehe Nina kurz hinterher, wie sie auf einem Mountainbike davonrast. Dann ziehe ich das Jackett aus, werfe es mir über die Schulter und drücke auf die Klingel.

Nur wenige Sekunden später wird die Tür aufgerissen. »Hast du schon wieder deinen Schlüssel …« Die Frau verstummt, als sie bemerkt, dass nicht Nina vor dem Haus steht.

Ich sehe in das reife Gesicht vor mir, das mir nicht bekannt vorkommt. Entweder habe ich mich als Teenager nicht sonderlich für die Nachbarn interessiert oder sie hat sich sehr verändert. Sie muss um die 50 Jahre alt sein.

»Hallo? Wer sind Sie denn?« Sie erkennt mich also auch nicht.

»Robert Muth«, stelle ich mich vor. »Sie kennen meine Mutter, Gisela.«

»Gisela Muth?« Sie bringt wieder etwas mehr Tür zwischen uns beide. Ich vermute, es ist eine unbewusste Reaktion, die mir trotzdem sofort auffällt. »Na klar. Wie geht es ihr?« Sie senkt den Blick. Aus ihrem Tonfall höre ich heraus, dass sie nur aus Höflichkeit fragt und das Gespräch am liebsten auf der Stelle beenden würde.

»Dürfte ich vielleicht hereinkommen?«, bitte ich. »Es dauert nicht lange. Versprochen.«

»Warum?« Jetzt klingt sie ängstlich. »Ich kenne Sie schließlich kaum. Das letzte Mal, als ich Sie gesehen habe, waren Sie noch sehr jung.«

»Ich möchte Sie etwas fragen.« Dann eben direkt. Nicht, dass sie mir noch die Tür vor der Nase zuschlägt. »In der Nacht, als meine Schwester verschwand, haben Sie einen Schrei gehört. Aus dem Weinberg. Das haben Sie der Polizei damals gemeldet. Warum haben Sie es nicht auch meinen Eltern erzählt?«

Sie seufzt schwer, öffnet die Tür nun aber vollständig. »Also gut, kommen Sie rein.«

Marion Mäuser führt mich ins Wohnzimmer. »Setzen Sie sich ruhig.« Sie selbst nimmt auf dem Sofa Platz. Ich entscheide mich für einen der beiden Sessel.

»Wie lange wohnen Sie schon hier?« Nun, da ich es ins Innere des Hauses geschafft habe, habe ich das Gefühl, mehr Zeit zu haben und mich eher langsam herantasten zu können.

»Seit Mitte 2005. Ende 2004 ist mein Mann verunglückt, und ich habe es einfach nicht mehr ertragen, in dem Haus zu leben, das wir zusammen gebaut hatten.«

Das kann ich nachvollziehen. Meine Eltern hätten nach Marlenes Tod auch wegziehen sollen. »Es muss schwer sein, ein Kind allein großzuziehen.« Ich unterdrücke den Gedanken an Ava. Ich fühle mich nicht einmal in der Lage, mit meiner Freundin zusammen ein Kind großzuziehen.

Überrascht sieht mich Frau Mäuser an. »Ja, das ist es, aber immerhin habe ich Nina noch. Ich mag mir nicht ausmalen, was Ihre Mutter durchgemacht hat.« Nach einer kurzen Pause fügt sie hinzu. »Für Sie war es sicher auch nicht leicht.«

Betreten schüttle ich den Kopf und senke den Blick, damit sie mir nicht ansieht, wie mies ich mich fühle. Was erlaube ich mir hier eigentlich, dieser Frau vorzuwerfen, meinen Eltern nichts von dem Schrei erzählt zu haben? Mein Geheimnis ist viel verwerflicher.

»Ehrlich gesagt habe ich Ihren Eltern damals nichts gesagt, weil ich mir auf einmal selbst nicht mehr sicher war, etwas gehört zu haben.«

»Wie meinen Sie das?« Ich sehe sie verwirrt an. »So haben Sie es doch ausgesagt.« Wenn Marion Mäuser sich wundert, woher ich die Information habe, lässt sie es sich jedenfalls nicht anmerken.

Sie nickt. »Ich habe Nina an dem Abend gestillt. In ihrem Zimmer. Oft bin ich dabei selbst eingenickt. Wir hatten einen kuscheligen Sessel in dem Kinderzimmer.« Sie lächelt kurz bei der Erinnerung, bevor sie wieder ernst wird. »Der Schrei war so laut, dass er mich aufgeschreckt hat.«

»Der Schrei eines Mädchens, richtig?«

»So hörte es sich für mich zunächst an, ja. Ich bin aufgestanden, um aus dem Fenster zu sehen, aber es war dunkel, und der Weinberg ist ja nicht beleuchtet.«

»Warum haben Sie die Kripo erst am nächsten Tag angerufen?« Ich kann nicht verhindern, dass meine Frage anklagend klingt.

Mein Gegenüber scheint sich nicht angegriffen zu fühlen. »Wenn ich ehrlich bin, hatte ich zu der Zeit einfach sehr wenig Schlaf, da Nina ein Schreikind war. Ich war auf einmal nicht mehr sicher, ob es ein menschlicher Schrei war oder vielleicht nur der einer Katze oder eines Marders.«

Es stimmt schon. Kämpfende Katzen geben manchmal seltsame Laute von sich, die wie ein menschlicher Schrei klingen. Aber wenn jemand aus Todesangst schreit, vielleicht sogar um Hilfe ruft, dann erkennt man das doch, oder?

»Erst als ich am nächsten Morgen gehört habe, dass Ihre Schwester vermisst wird, habe ich mich wieder an den Schrei erinnert und die Polizei angerufen. Die hat aber keine Spuren im Weinberg gefunden, und so habe ich mich damit abgefunden, dass es ein Tier war.« Sie ergänzt flüsternd: »Vermutlich wollte ich auch einfach, dass es kein Mensch war, den ich gehört habe.«

»Es hat geregnet am nächsten Tag«, werfe ich frustriert ein. »Nur deshalb haben sie keine Spuren gefunden.« Hätte die Polizei dort gleich in der Nacht gesucht, sähe es vielleicht anders aus. Warum hat sich die Kripo bei der Suche so sehr auf Würzburg fokussiert und erst am nächsten Tag Friedberg mit dem Weinberg ins Visier genommen? Wahrscheinlich nur einer von mehreren Fehlern der Ermittler, beschleicht mich der Verdacht.

»Aber meine Mutter hat noch in der Nacht in Friedberg nach Marlene gesucht«, wundere ich mich. »Sie ist unsere Straße bis hinunter zur Bushaltestelle gelaufen und hat auch bei den Nachbarn am Weinberg geklingelt.«

»Wirklich?« Mäuser runzelt die Stirn. »Ich habe nichts davon mitbekommen. Mein Mann war schon im Bett, und ich bin wahrscheinlich im Kinderzimmer eingenickt.«

Ich senke zustimmend den Kopf, obwohl ich es nicht nachvollziehen kann.

»Es tut mir sehr leid.« Sie sieht mich um Vergebung bittend an. »Wenn ich an dem Abend schon gewusst hätte, dass Marlene vermisst wird …«

Ich nicke, bemüht, mir die Enttäuschung nicht allzu sehr anmerken zu lassen.

»Die Kripo sagte mir später auch, dass sie davon ausgehen, dass Ihre Schwester nicht im Weinberg gestorben ist.« Frau Mäuser ist in eine Verteidigungshaltung übergegangen. »Dass jemand von außerhalb der Täter ist. Nur deswegen haben sie ihn auch noch nicht gekriegt. Das macht schon Sinn, oder?«

Ich stemme mich aus dem Sessel hoch und nicke. »Mag sein«, antworte ich leise, aber nicht überzeugt. »Danke für Ihre Zeit.«

»Was glauben Sie, was damals passiert ist?«, hält sie mich

zurück. Offensichtlich will sie mich noch nicht gehen lassen. »Bitte sagen Sie mir, dass Sie der Polizei recht geben. Dass Ihre Schwester in Würzburg verschwunden ist und einem Fremden in die Hände gefallen ist.«

Sie will die Absolution, denke ich, doch die kann ich ihr nicht geben, ohne sie anzulügen.

»Marlene wäre niemals mit einem Fremden mitgegangen.« Wenn sie an der Carl-Diem-Halle auf meinen Vater gewartet hat, der meinetwegen nicht gekommen ist, dann ist es zwar möglich, dass sie mit einer anderen Person mitgefahren ist, aber dann nur mit jemandem, den sie kennt. Oder sie ist nach Hause gelaufen. Zusammen mit ihrem Mörder.

Durch den Weinberg? Warum?

»Auf Wiedersehen, Frau Mäuser.«

»Warten Sie bitte.« Sie greift nach meinem Arm. Da ist Hilflosigkeit in ihren Augen, aber auch ein Funke Entschlossenheit. »Wissen Sie, was ich damals gedacht habe, als ich gelesen habe, wo man Marlene fand?«

Ich antworte nicht, doch dass ich mich nicht aus ihrem Griff löse, ist für sie Ermunterung genug weiterzusprechen. »Nur eine Person aus Friedberg wäre in der Lage, etwas so Schändliches zu tun und ein junges Mädchen in einem Müllcontainer abzuladen.«

»Wer?«

»Der alte Rüther«, spuckt sie aus. »Er hat Frauen schon immer gehasst.«

VALENTINA

Habe ich überreagiert? Michaela schien sehr verletzt darüber, dass ich sie befrage. Vor allem mit der Art, wie ich es getan habe. Es war fast wie ein Verhör. Aber damit hätte sie rechnen müssen, nachdem ich den Auftrag angenommen habe. Dass ich alte Wunden aufreiße, war mir klar, nur nicht, dass es mich selbst treffen könnte. Ich bin sicher, dass das Verhältnis zwischen Michaela und mir nach dem heutigen Gespräch ein paar Kratzer abbekommen hat, selbst wenn wir beide uns wünschen, dass es nicht so ist.

Soll ich zurückgehen und mich entschuldigen? Ein Teil von mir möchte das gern, der andere hingegen ist noch immer verletzt.

Niedergedrückt wähle ich Robert Muths Nummer und setze mich auf die Treppe zu Füßen des Würzburger Doms, der mir Schatten spendet. Nur gut, dass mir Melissa für heute keinen Auftrag eingestellt hat. So habe ich Zeit für Wichtigeres.

»Hallo, Frau Wallrapp.« Muth klingt kurz angebunden. Ist er sauer, dass ich gestern nicht in Friedberg geblieben bin, sondern aufgebrochen bin, ohne meinen Unmut zu erklären? Doch dann fügt er hinzu: »Entschuldigen Sie, dass ich heute früh nicht ans Telefon gegangen bin. Wir sollten uns treffen.«

»Ich kann gern vorbeikommen«, schlage ich vor. »Ich schulde Ihnen eine Erklärung, warum ich gestern Abend so verärgert war. Es ging um Michaela.«

»Nein, die Erklärung schulde ich Ihnen«, unterbricht er

mich überraschend. Seiner Stimmlage entnehme ich, dass ihn irgendetwas bedrückt. Ich warte darauf, dass er damit herausrückt, doch er schweigt.

»Haben Sie Ihre Mutter nach der ehemaligen Nachbarin gefragt?«

»Ja. Sie heißt Marion Mäuser. Ich war vorhin bei ihr.«

Enttäuscht schlucke ich einen Kommentar hinunter. Das also hat er in Würzburg gemacht. Bei dem Gespräch wäre ich gern dabei gewesen.

»Sie ist sich nicht mehr sicher, ob sie wirklich einen Schrei gehört hat. Also einen menschlichen. Es könnte auch eine Katze gewesen sein.«

»Eine Katze?« Ich denke an Doktor Watson. Kann man das echt verwechseln?

»Sie hat aber etwas anderes zur Sprache gebracht.«

»Ach ja?« Bestimmt vernimmt er meinen Frust. Warum hat er mich engagiert, wenn er solche Alleingänge macht? Hat er doch was zu verbergen? Oder traut er mir nicht? Ich dachte, Marlenes Akte hätte mir einen Vertrauensbonus verschafft.

»Sie erwähnte einen Roland Rüther aus Friedberg. Ich gebe zu, der Name sagt mir nichts oder nichts mehr, und ich bin auch nicht sicher, ob es eine Rolle spielt, aber ...«

»Rüther?«, unterbreche ich ihn. »Wie das Modekaufhaus in Würzburg?«

»Äh, ja, also Frau Mäuser sagte mir, er sei der Eigentümer, aber sein Sohn führe heute die Geschäfte.«

»Ja, das stimmt, aber was hat Rüther mit der Sache zu tun?« Irgendetwas klingelt da bei mir im Hinterkopf. Der Name Rüther ist vor ein paar Monaten mal in einem Gespräch gefallen. In der Detektei oder in einem anderen Zusammenhang?

Muth seufzt. »Ach, wahrscheinlich nichts. Marion Mäuser hat mal für ihn gearbeitet. Sie behauptet, er hätte die weiblichen Angestellten mies behandelt. Sie ebenso als Ware und sein Eigentum betrachtet wie die Kleidung im Kaufhaus. Mäuser selbst wurde angeblich regelmäßig begrapscht, hätte aber nichts gesagt, um den Job nicht zu verlieren.«

»Hmm. Es gibt 'ne Menge solcher Typen«, werfe ich ein. Leider auch genug Frauen, die auf den Schlag Mann hereinfallen. Zum ersten Mal überkommen mich Zweifel, was den Auftrag angeht. Wir haben so wenig Konkretes. Auch wenn wir die Akte haben, treten wir auf der Stelle.

»Rüther hat wohl auch mal Sprüche fallen lassen, wie: ›Eine Frau, die sich weigert, mit einem Mann zu schlafen, hat es verdient, entsorgt zu werden‹ oder ›Wenn eine vergewaltigt wird, ist sie selbst schuld‹. Die eigene Frau hat er angeblich regelmäßig verprügelt, was diese aber nie angezeigt hat.«

Puh, harter Tobak, denke ich und sage trotzdem: »Frauenhass ist in diesem Land leider Alltag. Alle drei Tage wird eine Frau vom eigenen Mann oder ihrem Ex-Partner getötet. Trotzdem sollten wir diesem Rüther natürlich auf den Zahn fühlen.« Vor allem, weil er aus Friedberg ist und Marlene ihn vielleicht kannte.

»Sind Sie zufällig auch in der Stadt?«, fragt Muth. »Dann könnten wir uns treffen.«

Ich erhebe mich von der Treppe. »Ja, mitten im Zentrum.«

»Im Café vom letzten Mal? Sagen wir, in einer Viertelstunde?«

»Kein Problem.« Dorthin benötige ich keine fünf Minuten. Auf dem Weg zum Treffpunkt zermartere ich mir das

Hirn, wo ich den Namen Rüther zuletzt gehört habe. Ich war ewig nicht in dem Kaufhaus, da ich Shoppen hasse, aber das Geschäft ist über die Stadt hinaus bekannt und hat sich über die letzten 20 Jahre stark vergrößert. Eine echte Würzburger Erfolgsgeschichte. Rüther ist außerdem als Wohltäter bekannt. Der Familienunternehmer unterstützt als Sponsor viele Veranstaltungen in der Region und hat sogar eine Stiftung gegründet, die die Aus- und Weiterbildung junger Menschen fördert. Seine Frauenfeindlichkeit hingegen ist wohl den wenigsten geläufig. Vielleicht ist es an der Zeit, an dem Saubermann-Image zu kratzen.

Ich setze mich an denselben Tisch, an dem Robert Muth den Vertrag mit mir unterzeichnet hat, und bestelle ein stilles Wasser. Aus irgendeinem Grund bin ich noch nervöser als vor unserem letzten Treffen in diesem Café. Liegt es daran, dass mein Kunde eine mögliche Spur zu Marlenes Mörder selbst entdeckt hat, während meine Befragung von Michaela nicht wirklich weitergeführt hat? Ein wenig unzulänglich komme ich mir schon vor.

Unsinn, weise ich mich zurecht. Ohne die Akte und Marion Mäuser wären wir nie auf Rüther gestoßen. Mir fällt ein, dass Muth gestern vergessen hat, mir den Brief mit der Schmetterlingszeichnung zu zeigen.

»Schönheit hat den Tod gewählt«, murmle ich vor mich hin. Ich fange mir einen schiefen Blick der Bedienung ein, die das Wasser vor mir abstellt.

»Ich denke nur laut über etwas nach«, sage ich und lächle. Ob der makabre Brief von Rüther kommt? Zu poetisch für einen Frauenhasser, oder?

»Hi.« Marlenes Bruder nimmt mir gegenüber Platz und wirft das Jackett über die Rückenlehne des Stuhls. Ist ihm bewusst, dass er in der Innentasche noch immer den Kuli der Detektei mit sich herumträgt?

Ich begrüße meinen Kunden und schiebe ihm die Getränkekarte zu, die er jedoch ignoriert.

»Ich muss Ihnen etwas sagen.« Seine dunklen Augen sehen mich an. Mir kommt der Gedanke, dass er mit einer weniger braven Frisur und ohne Brille recht scharf wäre. Mein letztes Mal mit einem Mann ist zwar eine Weile her, aber ich fühle mich durchaus auch zu diesem Geschlecht hingezogen.

Die Einzige, mit der ich offen über meine sexuelle Orientierung spreche, ist Michaela, und sie hat mich mehr als einmal gefragt, warum ich mich nie geoutet habe. Klar hätte ich es Kris oder meinem Vater längst erzählen können, nur habe ich gar nicht das Bedürfnis, darüber zu reden. Wozu auch? Was ich im Schlafzimmer treibe, ist allein meine Sache. Ich habe weder vor, mich fest zu binden, noch meinem Vater jemals eine Partnerin – oder einen Partner – zu präsentieren.

Ich warte darauf, dass Muth weiterspricht, doch er druckst nur herum. »Also, ich denke, dass ich, also, ähm«, er rückt seine Brille zurecht, fährt sich durchs Haar. »Ich muss es verdrängt haben«, flüstert er. Sein Adamsapfel hüpft. Kämpft er etwa darum, nicht zu weinen?

»Ja?«, frage ich vorsichtig. Es ist offensichtlich, dass er mit sich ringt. Irgendetwas stimmt ganz und gar nicht.

»Möchten Sie etwas trinken?«, platzt die Bedienung dazwischen.

»Ähm.« Robert Muth sieht überfordert aus, ja, fast hilflos. Eine Seite, die der Geschäftsmann sicher nicht oft zeigt. »Sorry.«

»Jetzt nicht!«, antworte ich an seiner Stelle und ernte

erneut einen schiefen Blick von der Bedienung. Egal. Hauptsache, sie lässt uns in Ruhe.

»Danke.« Muth lächelt verkrampft, als wir wieder allein sind. »Es ist nicht leicht, darüber zu sprechen. Aber damit Sie den Auftrag ausführen können, müssen Sie diese Information unbedingt haben.«

Aha. Jetzt kommt's. Was hast du mir nicht gesagt, Robert?

»Marlene – sie hat angerufen an dem Abend. Sie hatte den Bus verpasst und wollte, dass mein Vater sie in Würzburg abholt.« Er hält kurz inne, was folgt, ist ungeheuerlich. »Ich bin rangegangen, habe Marlenes Bitte aber nicht an meine Eltern weitergegeben.«

»Wie bitte?« Mir ist bewusst, dass ich ihn anstarre. »Sie scherzen, oder?« Nur langsam wird mir die Tragweite seines Geständnisses klar.

Muth schüttelt den Kopf. »Sie hat geglaubt, dass sie auf dem Parkplatz vor der Carl-Diem-Halle abgeholt wird.« Er legt seine Brille beiseite und reibt sich die Augen, die sich nun doch mit Tränen füllen. »Bitte entschuldigen Sie.« Er räuspert sich. »Ich war nur so unglaublich wütend auf Marlene, dass ich meine Eltern über den Anruf belogen habe.« Seine Stimme bricht. »Es ist meine Schuld, dass sie tot ist.«

»Ist es nicht«, protestiere ich, doch meine Stimme zittert. Vor Fassungslosigkeit, aber auch vor Mitleid. »Es ist gut, dass Sie sich erinnern. Immerhin wissen wir jetzt sicher, dass Marlene nicht in den ersten Bus gestiegen ist und ihren Mörder wahrscheinlich vor der Carl-Diem-Halle getroffen hat.«

Robert Muth nickt. »Das spricht dann doch für einen Konzertbesucher.« Er ist immer noch geknickt, aber seine Stimme klingt schon gefestigter.

»Erinnern Sie sich, ob Ihre Schwester am Telefon gesagt hat, dass sie in Begleitung ist? Vielleicht hat einer der Jungs vom Spieletreff mit ihr zusammen gewartet?«

»Nein. Es klang zumindest so, als sei sie allein.« Er setzt seine Brille wieder auf und schnieft.

Ich ziehe ein Taschentuch aus meiner Handtasche, das er dankend annimmt.

»Schönheit hat den Tod gewählt«, murmle ich erneut. Eine aufblühende junge Frau, die sich auf den Falschen eingelassen hat?

»Was?«

»Der Brief mit dem Spruch ist mir vorhin wieder eingefallen. Wer immer ihn schrieb, hat womöglich gesehen, dass Marlene bei jemandem ins Auto gestiegen ist. Deswegen hat sie den Tod aus Sicht dieser Person selbst gewählt.«

»Sie meinen, der Absender kennt den Täter? Ein weiterer Zeuge?« Ein wenig Hoffnung hat sich in Muths Stimme geschlichen.

»Ja. Oder ein Mittäter. In der Akte stand, dass die Kripo nicht ausschließt, dass mehr als eine Person beteiligt war.«

Robert Muth verzieht vor Entsetzen das Gesicht. Verständlich. Die Vorstellung, dass seine Schwester gleich von mehreren Männern vergewaltigt worden sein könnte, steigert die Grausamkeit des Verbrechens und zugleich sein Schuldbewusstsein.

Dennoch lasse ich meinen Gedanken freien Lauf. »Marlenes Leiche wurde in einem Container gefunden, wohin sie jemand gebracht haben muss. Entweder hat der Täter sie also im eigenen Wagen dorthin gefahren, oder nach dem Mord jemanden um Hilfe gebeten, der ein Fahrzeug hat. Jedenfalls ist der Transport einfacher, wenn man Hilfe hat.«

Muth reißt das Jackett vom Stuhl. »Wir sollten mit diesem Rüther sprechen«, presst er hervor.

Ich stimme ihm zu. »Aber erst muss ich Ihnen auch etwas beichten.« Jetzt, wo ich weiß, was er mir verschwiegen hat, kann ich von meiner eigenen Geheimaktion Abstand nehmen.

Entgeistert schaut er mich an. »Wegen Michaela? Ich habe heute früh in der Akte gelesen, dass sie beim Spieletreff war. Glauben Sie etwa, sie hat etwas mit dem Mord zu tun?«

»Das meine ich nicht. Ich wusste, dass Sie heute in Würzburg waren, noch bevor Sie mich angerufen haben.« Ich deute auf sein Jackett, das er sich zu meinem Befremden trotz Hitze überzieht. »Sie sollten mir den Kugelschreiber lieber zurückgeben.«

»Wieso? Ich dachte, er sei ein Werbegeschenk.«

Weil er es immer noch nicht rafft, muss ich grinsen. »Und ich dachte, Sie seien ein Nerd.«

Muth zieht den Kuli aus der Innentasche und inspiziert ihn kritisch. »Das ist kein gewöhnlicher Kugelschreiber, oder?«

»Sie haben es erfasst. Darf ich?« Ich stibitze ihm das Schreibgerät. »Spezialanfertigung aus unserer Technikabteilung. Kuli mit GPS-Tracker.«

ROBERT

»Sie haben mich überwacht?« Ich sehe sie vorwurfsvoll an und schüttle den Kopf. Nicht zu fassen! »Gehen Sie so mit all Ihren Kunden um? Sehr vertrauenswürdig«, füge ich mit einer gehörigen Portion Sarkasmus hinzu.

»Nur eine kleine Vorsichtsmaßnahme meinerseits«, verteidigt sich Wallrapp halbherzig. »Okay, zugegeben – die spontane Eingebung, Ihnen den Kuli zu schenken, war keine meiner Sternstunden, aber ich hatte das Gefühl, dass Sie mir etwas verschweigen. Was ja auch irgendwie stimmte.«

»Nicht absichtlich!« Ihr Vorwurf macht mich wütend. Denkt sie etwa, ich habe ihr das mit dem Anruf vorsätzlich nicht erzählt? »Dass ich meine Schwester auf dem Gewissen habe, ist mir erst wieder letzte Nacht bewusst geworden.«

»Ich glaube Ihnen«, antwortet sie schnell. »Aber das konnte ich ja nicht wissen. Zudem verwirren mich Ihre Alleingänge.« Ihre Augen funkeln kampflustig.

»Was meinen Sie?«

»Warum haben Sie mich nicht mit zu dieser Mäuser genommen? Wenn wir schon von Vertrauen sprechen …«

Sie lenkt ab, denke ich. Dreht den Spieß schlichtweg um, obwohl sie diejenige ist, die unsere Zusammenarbeit mit ihrer Überwachungsaktion geschädigt hat. Andererseits hat sie nicht ganz unrecht. »Ich war heute Morgen in schlechter Verfassung«, gebe ich zu. »Die Erkenntnis über meine Mitschuld hat mich aufgewühlt. Ich glaube, ich wollte das mit Marlene so unbedingt wieder gut machen, dass ich gar nicht darüber nachgedacht habe, Sie zu kontaktieren.« Die halbe Wahrheit, denn ich hatte den Anruf der Detektivin ja auf meinem Smartphone gesehen. In Wirklichkeit war ich noch nicht bereit, ihr mein damaliges Fehlverhalten zu gestehen. »Kommt nicht wieder vor.«

»In Ordnung.« Wallrapp winkt der Bedienung. »Ab jetzt keine Geheimnisse oder Alleingänge mehr.«

Ich brumme ein Zustimmen und zücke mein Portemonnaie, doch die Detektivin hält mich zurück.

»Das Wasser zahle ich heute selbst.« Sie drückt der Bedienung einen Fünf-Euro-Schein in die Hand. Die Kellnerin wirkt leicht beleidigt, weil ich nichts bestellt habe. Ich bemühe mich um ein entschuldigendes Lächeln, das sie aber nicht erwidert.

»Ich suche mal nach der Adresse von diesem Rüther.« Ich öffne den Browser meines Smartphones, während wir zum Ausgang laufen. »Wenn er so bekannt ist, steht er sicher im Telefonbuch.«

Ich vernehme ein Seufzen. »Halten Sie es für eine gute Idee, da einfach vorbeizumarschieren und den Typen zu fragen, ob er Marlene was angetan hat?«

Guter Einwand. Aber wie sollen wir sonst weiterkommen? »Eine Konfrontation ist nicht das Schlechteste«, sage ich. »So haben wir das Überraschungsmoment auf unserer Seite.«

Wir stehen auf dem Gehsteig vor dem Café. Die Mittagssonne brennt auf meiner Haut, sodass ich das Jackett wieder ausziehe. Wallrapp schüttelt fast unmerklich den Kopf. Ein dünner Schweißtropfen rinnt an ihrer linken Schläfe herab. »Ja, aber dann ist er auch vorgewarnt. Mir wäre es lieber, wir observieren ihn erst und befragen Leute aus Friedberg, die ihn kennen. Dann wissen wir, wie er tickt, bevor wir ihn aufsuchen, und haben vielleicht noch mehr gegen ihn in der Hand. Zudem hat der Mann Geld und somit sicherlich ein Grundstück, das nicht jeder einfach so betreten kann.«

Da muss ich ihr recht geben. »Wir verlieren nur Zeit«, gebe ich trotzdem zu bedenken. Zeit, die meine Mutter nicht mehr hat. »Shit, ich muss kurz nach Hause, um nach meiner Mutter zu sehen. Am besten kommen Sie mit.«

»Ist gut. Ich möchte ohnehin noch mal einen Blick in die Akte werfen. Außerdem wollten Sie mir noch das Schreiben mit dem Schmetterling zeigen. Ich wohne nicht weit von hier. Wir können meinen Wagen nehmen.«

Ich nicke dankbar und folge ihr. Trotz Hitze sind viele Menschen in der Stadt. Einmal werde ich von einem Teenie angerempelt, ein anderes Mal drängle ich mich an einer japanischen Reisegruppe mit Sonnenschirmen vorbei. Die wollen sicher zum Sankt-Kilians-Dom oder zur Alten Mainbrücke, beide Würzburger Sehenswürdigkeiten gehören zum Pflichtprogramm für Touristen.

Nach etwa 100 Metern kommen wir an der Buchhandlung vorbei, in der ich die Detektivin kennengelernt habe. »Was hat Ihnen Michaela über den Spieletreff erzählt?«, frage ich.

Wallrapp wirft nur einen kurzen Blick in Richtung der Bücherauslage. Ein trauriger Schatten huscht über ihr Gesicht. »Nichts, was wir nicht schon wussten.« Sie beschleunigt den Schritt, bis wir an der Buchhandlung vorbei sind, dann bleibt sie so abrupt stehen, dass ich sie beinahe über den Haufen renne. »Mich wundert allerdings, dass sie behauptet, nur eine Bekannte von Sandra zu sein und sie nicht so gut zu kennen. Genauso wenig wie ihren Ehemann Stefan, der ebenfalls Friedberger ist und auch beim Spieletreff war.«

»Sie glauben, Ihre Freundin lügt?«, frage ich und merke sofort, dass ich in ein Wespennest gestochen habe.

»Nein!«, erwidert Wallrapp heftig, bevor sie kleinlaut zugibt: »Das heißt, ich weiß es nicht.«

»Ich kann ja mal mit ihr sprechen«, biete ich an. »Wir sollten ohnehin mit allen reden, die beim Spieletreff waren, und auch mit Sandra.«

Wallrapp setzt sich wieder in Bewegung. »Ja«, murmelt sie. »Dafür, dass sie die beste Freundin Ihrer Schwester war, hatte sie erstaunlich wenig bei der Kripo zu sagen.«

»Wie meinen Sie das?« Ich bemühe mich, bei ihrem Tempo Schritt zu halten. Sie hat auf jeden Fall die bessere Kondition.

»Nun ja, ich hatte erwartet, dass sie etwas mehr über ihre Beziehung zu Marlene erzählt oder über Geheimnisse, die sie geteilt haben. Irgendwas, was die Ermittlungen weiterbringt. Aber laut Aussage in der Akte hat sie nur berichtet, dass sie an dem Abend krank war und deshalb nicht viel sagen könne. Auch hatte sie keine Idee, ob Marlene bei jemandem ins Auto gestiegen sein könnte oder warum sie allein zum Spieletreff gegangen ist.«

Ich denke einen Moment lang darüber nach. »Vielleicht hat die Polizei einfach die falschen Fragen gestellt.« Es scheint mir ohnehin, dass die Ermittlungen sich ein wenig zu schnell auf den unbekannten Konzertbesucher eingeschossen haben.

Wallrapp zieht die Schultern hoch. »Ich finde es halt komisch. Aber ich bin auch keine Expertin, was beste Freundinnen angeht«, meint sie, und ich vernehme den Frust in ihrer Stimme. »Aber Sie haben recht: Ab jetzt sollten wir alle Befragungen zusammen durchführen. Es ist immer gut, eine Zweitmeinung zu haben.« Sie biegt in den Parkplatz einer Mehrfamilienhausanlage ein. »Da vorne steht mein Auto.« Sie betätigt die Fernbedienung, und ich steige auf der Beifahrerseite ein.

»Ein Dienstwagen?«, frage ich. Der Mercedes passt irgendwie nicht zu ihr.

Sie nickt und startet den Motor. »Einer von vielen Vorzügen des Jobs.«

Im Fußraum meines Sitzes liegen ein paar leere zusammengeknüllte Dosen *Red Bull*, mehrere Plastiktüten und ein Kunststoffgefäß mit Handgriff, das ich nach mehrmaligem Hinsehen als Urinal identifiziere. Schmunzelnd versuche ich, nicht darauf zu treten. Zumindest gewinne ich eine immer bessere Vorstellung von ihrem Job.

»Entschuldigen Sie die Unordnung«, wirft sie ein. Sie ist wohl meinem Blick gefolgt. Besonders reumütig hört sich die Entschuldigung nicht an. »Weiß gar nicht, wann ich das letzte Mal jemanden im Wagen mitgenommen habe, der kein Kollege ist.«

Auf der Fahrt nach Friedberg schweigt Wallrapp. Auch ich hänge meinen Gedanken nach. Die Menge an Befragungen und Recherchen scheint mich plötzlich zu erdrücken. Wo sollen wir anfangen? Hilft es uns überhaupt, die Teilnehmer des Spieletreffs zu befragen? Warum sollten sie etwas anderes aussagen als gegenüber der Polizei? Womöglich würden sie sich nach dieser langen Zeit auch gar nicht mehr an alles erinnern. Oder uns belügen.

Verdammt, ich will mit diesem Rüther sprechen! Mutter liegt im Sterben, und ich habe ihr versprochen, dass sie erfährt, was mit Marlene geschehen ist. Nun ist es auch meine verdammte Pflicht gegenüber meiner Schwester. Die Zeit rennt mir davon. Wie kann ich je wiedergutmachen, was ich Marlene angetan habe? Was ist, wenn ich die Wahrheit nie herausfinde? Wie soll ich damit leben?

»Alles in Ordnung?« Wallrapp rüttelt mich aus dem Gedankenkarussell. »Sie keuchen. Soll ich anhalten?«

Sie hat recht. Mein Atem kommt stoßweise. »Nein, alles gut«, lüge ich und hole tief Luft.

»Wir schaffen das!«, sagt die Detektivin neben mir und lächelt. »Wir finden Marlenes Mörder.« Für mich hört es sich so an, als rede sie sich selbst Mut zu.

VALENTINA

Michaela hat mehrmals angerufen. Da mein Smartphone leise gestellt war, habe ich es auf der Autofahrt überhört. Soll ich sie zurückrufen? Ich verschiebe es auf später. Feige, ich weiß, aber immerhin bin ich bei einem Kunden. Das geht vor.

Gisela Muth geht es gut, zumindest freut sie sich, dass wir es zum Mittagessen geschafft haben, und deckt, ohne zu fragen, auch für mich einen Teller. Mit knurrendem Magen setze ich mich an den Küchentisch. Frikadellen mit Kartoffelbrei und Rosenkohl. Ich bin so dankbar über die warme Mahlzeit, dass ich die nächsten 20 Minuten beinahe vergesse, warum ich hier bin. Bis Frau Muth ihre Ungeduld nicht mehr zurückhalten kann.

»Warst du denn nun bei Marion Mäuser, Robert? Warum? Was hat sie dir erzählt?«

Verstohlen schiele ich zu meinem Kunden. Die Art, wie Frau Muth mit ihrem Sohn umgeht, verrät mir, dass er ihr die Lüge, was Marlenes Anruf angeht, noch nicht gebeichtet hat. Ich muss bloß aufpassen, mich nicht zu verplappern.

Robert Muth kaut zu Ende, bevor er antwortet. »Sie hat in der Nacht von Marlenes Tod einen Schrei im Weinberg gehört.«

Gisela Muth öffnet den Mund, doch Robert kommt ihr zuvor. »Es könnte aber auch eine Katze gewesen sein. Wir sollten nicht zu viel hineininterpretieren.«

»Kennen Sie einen Roland Rüther?«, frage ich sie.

Gisela Muth kräuselt die Stirn. Der Themenwechsel ging ihr wahrscheinlich zu schnell. »Klar, wer kennt den nicht?«

»Mama, hast du schon mal was davon gehört, dass er seine Frau schlägt oder andere Frauen misshandelt?«

Sie schaut uns an, als hätten wir ihr soeben erzählt, dass Rüther der erste Mann auf dem Mond war. »So ein Quatsch! Wer erzählt denn so was? Die Mäuser etwa?«

Ich nicke mit vollem Mund. »Sie hat mal für ihn gearbeitet.«

»Wenn er etwas mit Marlenes Tod zu tun gehabt haben soll, hätte ihn die Kripo doch unter die Lupe genommen, oder?« Frau Muth bleibt skeptisch. »Das stünde doch in der Akte.«

»Er war damals schon ein angesehener Unternehmer«, merke ich an, weil ich dazu in der Akte tatsächlich nichts gelesen habe. »Möglich, dass das die Haltung der Polizei beeinflusst hat.«

Aus dem Augenwinkel registriere ich, dass ich Roberts volle Aufmerksamkeit habe. »Kannte er Marlene oder hatte er Kontakt zu ihr?«, fragt er seine Mutter.

Nachdenklich wischt sie sich über die blasse Stirn. »Vom Sehen auf jeden Fall. Aber Kontakt?« Sie schüttelt den Kopf. »Er war damals schon über 40. Sein Sohn Thomas ging auf dieselbe Schule wie Marlene, aber er ist ein paar Jahre älter. Wir hatten nie viel mit der Familie zu tun.«

»Thomas Rüther führt das Unternehmen heute, oder?«

»Ja. Wohnen tut er hier in Friedberg. Seine Eltern auch immer noch. Sandras Mann Stefan kennt die Familie gut. Sie sind schon lange befreundet.«

Ich sehe Robert Muth an, und er nickt mir zu. Dann wissen wir, wen wir zuerst befragen, und zwar noch heute. Ich spieße meinen letzten Rosenkohl auf die Gabel. »Könnten Sie mir den Brief mit der Schmetterlingszeichnung zeigen?« Ich richte meine Bitte an beide Muths. Gleichzeitig überlege ich, ob wir den Brief mit zu Sandra und Stefan Groß nehmen sollten.

Robert reagiert als Erster. »Ich hole ihn.« Er verschwindet im Flur.

»Danke für das leckere Essen.« Mit einem zufriedenen Seufzen lehne ich mich im Stuhl zurück und halte mir den Bauch.

Roberts Mutter antwortet mit einem Lächeln, das aber nicht in ihren Augen ankommt. Offensichtlich knabbert sie noch an der Frage, ob Roland Rüther ihrer Tochter etwas angetan haben könnte.

»Es war Marlene, die geschrien hat, nicht wahr?« Ihre Äußerung überrascht mich. Der Schrei im Weinberg beschäftigt sie also.

»Robert und ich denken mittlerweile, dass Marlene bereits in Würzburg auf ihren Mörder gestoßen ist«, sage ich und beiße mir auf die Zunge. Hoffentlich fragt sie nicht, warum.

Gisela Muth stiert auf den Tisch. Sie scheint gedanklich weit weg. »Ich habe mich immer wieder gefragt, ob ich nicht doch den Weinberg als Erstes hätte absuchen sollen. Mein Ex-Mann wollte nicht, dass ich allein im Dunkeln den Weg ablaufe, aber was ist, wenn Marlene dort um ihr Leben gekämpft hat, während wir …«

Ich lege eine Hand auf ihre. »Frau Mäuser hat den Schrei um kurz vor 23.30 Uhr gehört. Wenn es Marlene war, dann …« Ich schaffe es nicht, den Satz zu Ende zu sprechen, doch es ist nicht nötig. Frau Muth versteht mich auch so.

»Dann war sie schon tot, als wir anfingen, sie zu suchen.« Frau Muth zieht ihre Hand unter meiner weg und bedeckt ihre Augen. Ein Weinkrampf schüttelt sie. »Wir haben viel zu lange gewartet. Warum haben wir nur so lange gewartet?«

Ich will etwas sagen, sie beruhigen, ihr die Last von den Schultern nehmen, doch dann entdecke ich ihren Sohn in der Küchentür. Erschüttert ob des Anblicks seiner Mutter ist er im Rahmen stehen geblieben, den Brief in der Hand. Ich sehe die Schuld in den dunklen Augen, und eine irre Wut packt mich. Marlenes Familie plagen Schuldgefühle, während ihr Mörder frei da draußen herumläuft!

»Ist er das?« Unnötigerweise deute ich auf den Brief, um Robert aus seiner Starre zu lösen. Es gelingt mir, und mit einem Räuspern übergibt er mir das Schreiben, das ich auseinanderfalte. Es ist eine Kopie in Farbe. Der Originaltext besteht aus bunten Buchstaben, die der Absender vermutlich aus Zeitschriften ausgeschnitten hat. Der Schmetterling ist mit einem dünnen Bleistift gezeichnet. Die vier runden Markierungen auf Vorder- und Hinterflügelspitzen sind unverkennbar.

»Ein Tagpfauenauge«, stelle ich fest. »Eine heimische Art. Sehr bekannt und daher nicht außergewöhnlich.«

Marlenes Bruder stimmt mir zu. »Vielleicht sollen uns die Augen aber auch mitteilen, dass der Absender das Verbrechen gesehen hat.«

»Möglich.« Ich falte das Blatt wieder zusammen. »Haben Sie den Brief außer der Polizei noch jemandem gezeigt?«

Gisela Muth schüttelt den Kopf.

»Das nicht«, entgegnet Robert. »Aber ich habe Holger Apel mit der Schmetterlingssymbolik konfrontiert. Leider ist er nicht darauf angesprungen.«

»Ich überlege, Sandra die Zeichnung zu zeigen. Vielleicht auch ihrem Mann. Was meinen Sie?«

»Hmm. Keine schlechte Idee.« Robert Muth verlässt kurz die Küche und kehrt mit Marlenes Akte zurück, die er bereits durchblättert. »Ich frage mich, ob die Kripo das damals getan hat.«

Gemeinsam gehen wir die Akte durch. Der Brief ist zwar als Beweismittel aufgeführt, jedoch findet er darüber hinaus keine Erwähnung.

Robert Muth schüttelt enttäuscht den Kopf. »Sie haben das gar nicht weiter untersucht.«

Ich verstehe seine Empörung, doch als Ermittlerin ist mir auch klar, dass die Polizei Schwerpunkte setzen musste. Die richtige Gewichtung von Hinweisen ist nicht immer leicht, und wer weiß, ob der Brief wirklich relevant ist. »Kommen Sie«, sage ich und stehe auf. »Fangen wir mit Sandra und Stefan Groß an. Mal sehen, was sie uns zur Zeichnung und vor allem zu Roland Rüther sagen können.«

ROBERT

Gemeinsam laufen wir zur Bäckerei. Wallrapp schaut immer wieder auf ihr Smartphone, das unentwegt vibriert, bis sie es schließlich mit einem Seufzen ausschaltet.

»Danke, dass Sie meiner Mutter nichts gesagt haben«, merke ich an. Da sie nur kurz mit den Mundwinkeln zuckt, fühle ich mich zu einer Erklärung gezwungen: »Ich werde es ihr erzählen … ich warte nur auf den richtigen Moment.« Es klingt nach einer lahmen Ausrede, weiß ich doch selbst, dass der richtige Augenblick nie kommen wird.

»Sie müssen sich vor mir nicht rechtfertigen.« Die Detektivin sieht mich verständnisvoll an, zieht jedoch anschließend die Augenbrauen zusammen. Irgendetwas beschäftigt sie. Wahrscheinlich hat es mit den Anrufen zu tun, die sie abblockt. Ich überlege, sie darauf anzusprechen, aber da es auch etwas Privates sein kann, entscheide ich mich für eine andere Frage.

»Was tun wir, wenn Thomas Rüther da ist?« Ist ja immerhin möglich, dass sich die Männer am Wochenende treffen, wenn nicht in der Bäckerei, dann vielleicht in der Wohnung von Sandra und diesem Stefan, die ein Stockwerk über den Geschäftsräumen liegt. »Oder sein Vater?«

Wallrapp ist kein bisschen überrascht. Sicher ist ihr der Gedanke auch schon gekommen. »Improvisieren«, antwortet sie mit einem Lächeln und Zwinkern.

Na, das kann ja heiter werden, denn das ist keine meiner Stärken. Ich bin eher der Planer, denke gern voraus, was mir in meinem Business zugutekommt.

»Keine Sorge«, meint sie, weil sie mich wohl durchschaut hat. »Im schlimmsten Fall überlassen Sie einfach mir das Reden.«

Als wir den Laden betreten, atme ich erleichtert auf. Bis auf eine ältere Dame, die aussieht wie mindestens 80 und am Kaffeetisch sitzt, ist niemand zu sehen. Wir nähern uns der Theke, hinter der auch keiner steht. Der magere Bestand in der Auslage verrät uns, dass am Samstagnachmittag der größte Ansturm auf Brötchen, Brot und Gebäck bereits vorüber ist.

»Hallo?«, fragt meine Begleiterin in Richtung Backraum, der von uns aus kaum einsehbar ist.

»Sandra ist bestimmt nur auf dem Klo«, teilt uns die Kaffeetrinkerin mit und schüttet Zucker in ihre Tasse. »Die Arme ist heute allein, hat sie erzählt, und Samstagmorgen geht's hier ganz schön zu.«

»Okay«, antwortet Wallrapp knapp. »Wir warten.«

»Ihr Nichtsnutz von einem Gatten könnte ihr ja auch mal helfen«, schimpft die Alte leise. »Oder die Kinder. Sind schließlich alt genug. Wären wir damals auch so verwöhnt gewesen, läge das Land heute noch in Schutt und Asche.«

»Vielleicht ruht Herr Groß sich am Wochenende einfach aus?«, äußert Wallrapp eine Vermutung. »Was macht er denn beruflich?«

»Na, nix mehr! Der ist doch arbeitslos. Schon seit einem Jahr.«

»Mein Mann ist nicht arbeitslos.« Alle fahren wir erschrocken zusammen. Sandra ist hinter dem Tresen aufgetaucht. Ihren roten Augen nach zu urteilen, war es tatsächlich ein anstrengender Vormittag.

Ich spüre, wie mir die Hitze in den Kopf schießt, obwohl ich nichts gesagt habe. Die Alte nuschelt etwas und wendet sich mit übertriebener Aufmerksamkeit wieder ihrem Kaffee zu.

»Hallo, Robert.« Sandra wirft mir einen undefinierbaren Blick zu. Ist sie amüsiert, weil sie uns beim Lästern erwischt hat, oder eher beleidigt? »Und Sie müssen die Detektivin sein.« Sie reicht Wallrapp über die Theke hinweg die Hand und nimmt ihr Gegenüber auf eine Art und Weise unter die Lupe, die Frauen manchmal zu eigen ist. Jedenfalls verstehe ich diese nonverbale Kommunikation zwischen Angehörigen des weiblichen Geschlechts meistens nicht. Ava hat mich vor ein paar Monaten nach einer Party mal damit aufgezogen, dass ich den Subtext einer Konversation zwischen zwei Frauen missverstanden habe. War ich der Meinung gewesen, einer ganz normalen Unterhaltung gelauscht zu haben, hat Ava darauf beharrt, dass die beiden sich nicht leiden konnten.

»Wallrapp. Freut mich, Frau Groß«, erwidert die Detektivin höflich. Falls hier auch etwas zwischen den Zeilen steht, kann ich es nicht lesen.

»Schwab-Groß, um genau zu sein.« Sandra tritt hinter der Theke hervor. »Lasst mich raten – euch führt nicht die Lust auf Kaffee und Kuchen zu mir.«

»Wir würden gern mit Ihnen und Ihrem Mann sprechen.«

Sandras Brauen schießen hoch. »Mit Stefan? Warum?«

»Er war einer der Letzten, die Marlene lebend gesehen haben«, komme ich Wallrapps Erklärung zuvor. »Ist er zu Hause?«

Sandra zögert kurz, dann nickt sie. »Ich mache eben klar Schiff hier, dann können wir gemeinsam hochgehen. Rosi, trink aus. Ich schließe heute früher.«

Oha, das ist wohl die Retourkutsche fürs Lästern. Rosi

starrt Sandra mürrisch an. »Ich bin Stammkundin«, höre ich sie nuscheln. »Frechheit!«

Ich fange Wallrapps Blick auf. Sie amüsiert sich genauso köstlich wie ich über das Dorfgezeter.

Wenige Minuten später führt uns Sandra in ihre Vierzimmerwohnung.

»Was macht Ihr Mann denn nun beruflich?«, will Wallrapp wissen, als wir die Treppenstufen hochsteigen.

»Er ist gelernter Mechaniker, aber sein Rücken macht nicht mehr mit. Daher schult er jetzt um zum ›Kaufmann im Gesundheitswesen‹.« Sie schließt die Tür auf. »Stefan? Ich bringe Besuch mit.« Der Flur ist ein enger Schlauch, der zu mehreren Zimmern führt.

»Was für Besuch?«, kommt unmittelbar zurück. Begeisterung klingt anders. »Ich erwarte niemanden.«

Groß sitzt auf der Couch im Wohnzimmer, einen Döner in den Händen. Der Zwiebelgeruch hat sich im warmen Raum ausgebreitet.

Mir stößt jedoch etwas anderes negativ auf, und ich bemerke an ihrem Blickkontakt zu mir, dass es der Detektivin genauso ergeht. Stefan Groß trägt Jeans und ein ärmelloses Hemd, sodass uns die Tätowierungen auf dem rechten Oberarm sofort auffallen. Ein Totenkopf und eine Rose. Unwillkürlich frage ich mich, ob er noch ein weiteres Tattoo hat. An einer Stelle, die gerade nicht sichtbar ist. Zum Beispiel in Form eines Schmetterlings.

»Gefallen sie Ihnen?« Groß legt den Döner auf dem Tisch ab, reibt sich die Hände mit einer Serviette sauber und erhebt sich. »Sind nicht die Einzigen, die ich habe.« Er grinst, was leicht überheblich wirkt. »Aber die anderen Tattoos kriegt nur meine Frau zu sehen, stimmt's, Süße?«

Sandra nickt und verdreht die Augen, doch wohl mehr zum Spaß. »Angeber.« Sie nimmt auf der L-förmigen Couch Platz und bietet uns an, uns auch zu setzen, doch wir lehnen beide ab.

Ihr Mann lacht nur. »Also, *Sie* kenne ich ja.« Er deutet auf mich, und ich erinnere mich wieder an den Mann, den Sandra mit zum Friedhof gebracht hat. Mit den breiten Schultern und der Glatze wäre er auch ein passabler Türsteher. »Aber wer sind Sie?«

»Valentina Wallrapp. Privatdetektivin. Ich helfe Herrn Muth, den Tod seiner Schwester aufzuklären.« Nach einer kurzen Pause fragt sie: »Seit wann haben Sie die Tätowierungen?«

»Seit ich 16 bin.« Wieder lacht Groß. Dreckig, wie ich finde. »Mein Alter ist ausgeflippt, aber das war es wert.«

»Und wie alt waren Sie, als Marlene starb?«

»19.« Er schnauft leise. »Oh Mann, das war vielleicht 'ne krasse Geschichte. Gerade eben spielt sie noch mit den anderen dieses blöde Brettspiel und am nächsten Tag ist sie verschwunden. Ehrlich gesagt habe ich gleich gedacht, dass sie tot ist.«

»Ach ja?«, stoße ich aus. »Warum?« Ich weiß nicht, ob es sein Mangel an Empathie ist oder die Rose auf seinem Oberarm, aber der Kerl macht mich aggressiv. Das kenne ich von mir gar nicht, da ich äußerst selten aus der Haut fahre. Jetzt aber frage ich mich, ob Stefan Groß der Kerl ist, den ich auf dem Friedhof verfolgt habe.

Groß zuckt mit den Schultern, bevor er wieder Platz nimmt und sich eine Zigarette anzündet. »War eine echt Hübsche. Denke, hinter der waren einige her.«

»Sie auch?« Wallrapp setzt sich nun doch neben Sandra auf die Couch.

»Nee«, erwidert er mit einem fetten Grinsen. »Ich war nur scharf auf Sandra.« Er zwinkert seiner Frau zu.

»Waren Sie damals schon ein Paar, oder seit wann sind Sie zusammen?«

»Nein. Wir sind ein paar Wochen später zusammengekommen«, antwortet Sandra an seiner Stelle.

»Aber verliebt warst du schon eine ganze Weile früher in mich«, behauptet Groß in selbstbewusstem Tonfall.

»Na ja«, wendet Sandra ein. »So lange vorher nun auch wieder nicht.«

»Wer war dann hinter meiner Schwester her?«, frage ich ungeduldig. »Haben Sie auch Namen für uns, oder ist das alles nur blödes Geschwätz?«

Wallrapp sieht mich warnend an. Ich bin ihr wohl zu offensiv. Aber dieses langsame Herantasten halte ich nur schwer aus.

»Hey, halt mal den Rand, ja«, fährt mich Groß unerwartet heftig an. Dass er mich einfach so duzt, fuchst mich. »Dass ich überhaupt auf eure Fragen antworte, verdankt ihr nur meiner Süßen. Wenn es nach mir geht, könnt ihr euch verpissen.«

»Stefan, bitte!«, pfeift Sandra ihn zurück. »Robert sucht doch nur Antworten.«

»Die wird er von mir nicht bekommen«, erwidert er. »Ich weiß nichts. Niemand weiß etwas. Scheiße, das ist 20 Jahre her!«

»Sie sind mit Thomas Rüther befreundet?«, kommt Wallrapp meiner Frage zuvor.

Groß schaut sie an wie ein Auto. »Jaaa. Und? Was hat der denn jetzt damit zu tun? Der war an dem Abend nicht mal da.«

»Wie gut kennen Sie seinen Vater, Roland Rüther?«

»Ihr beiden habt doch echt einen an der Waffel.«

»Haben Sie mit den beiden Rüthers gemeinsame Sache gemacht und meine Schwester getötet?«, rutscht es mir heraus. Sofort ärgere ich mich über mich selbst. Was ist nur in mich gefahren?

»Raus jetzt!« Groß erhebt sich von der Couch und deutet auf den Flur. Nicht nur sein Gesicht, auch der kahle Schädel hat sich dunkelrot verfärbt. »Ich habe euch nichts mehr zu sagen. Und meine Frau auch nicht.«

VALENTINA

Oh Mann, was war das denn bitte? Ich zwinge mich, meinen Klienten nicht zur Sau zu machen.

»Sorry«, meint er jetzt auch zerknirscht zu mir, während wir durch das winzige Zentrum von Friedberg laufen.

»Bitte überlassen Sie nächstes Mal einfach mir das Reden.« Das mit der Teamarbeit war wohl doch keine so schlaue Idee. Wenn er sich bei seinen Alleingängen auch so aufgeführt hat, ist es kein Wunder, dass wir stehen, wo wir stehen.

»Es ist nur so, dass mich das Tattoo und seine Art ziemlich aufgeregt haben. Weiß auch nicht, warum ich das so an mich habe rankommen lassen«, sagt er niedergeschlagen.

»Ich schätze, die Wut auf mich selbst macht mir schwer zu schaffen.«

Ich setze mich auf eine Holzbank neben einer Eisdiele, hauptsächlich, weil sie im Schatten einer Platane steht und ich nachdenken muss. »So kommen wir jedenfalls nicht weiter.« Auf den Brief mit der Zeichnung konnten wir die beiden auch nicht mehr ansprechen.

Muth setzt sich neben mich. »Na ja, aber die Theorie, dass er mit drinhängt, ist nicht so weit hergeholt, oder? Ich meine, welcher Kerl nennt seine Frau heute noch ›Süße‹? Der Typ ist ein Macho.«

Ich werfe ihm einen belustigten Blick zu. Er hat schon recht, aber seine Entrüstung ist putzig. »Wie nennen Sie denn Ihre Freundin?«

Seine Wangen verfärben sich. »Jedenfalls nicht Süße. Und wer weiß, ob Ava überhaupt noch meine Freundin ist.«

Oha. Ich hake nicht weiter nach. »Stefan Groß hatte allerdings wirklich nur Augen für seine Frau.« Weil Muth mich fragend anschaut, ergänze ich: »Das soll jetzt nicht arrogant klingen, aber ich bin es gewohnt, dass Männer bei mir Stielaugen kriegen, allein wegen meiner Größe. Stefan Groß hingegen hat mich nicht mal mit dem Hintern angeschaut.«

»Weil er ein selbstverliebter Narzisst ist«, sagt Muth. »So kam er mir jedenfalls vor.«

Eine Weile schweigen wir, mich beschäftigt etwas. Schließlich fragt Muth: »Und was machen wir jetzt?«

»Welchen Eindruck machte Sandra auf Sie? Also im Gespräch meine ich?«

»Pff, keine Ahnung. Sie hat ja kaum was gesagt.«

»Eben.« Marlenes beste Freundin wirkte unbeteiligt. Verbirgt sie etwas? »Ich bin zwar keine Expertin, aber wie eine glückliche Ehefrau wirkt sie nicht auf mich.«

»Mag sein«, räumt Muth ein. »Als sie mich vorgestern zu Hause aufgesucht hat, kam es mir so vor, als flirte sie mit mir.«

Das ist interessant. »Warum haben Sie mir das nicht erzählt?«

Er wird verlegen. »Ich hielt es für nicht wichtig. Vielleicht war sie ja wirklich nur da, um meiner Mutter Genesungswünsche zu überbringen, und ich habe mir was eingebildet.«

»Hmm«, antworte ich nur. »Ich hätte mich schon noch gern mit ihr über Marlene unterhalten.« Wenn nicht ein kleines Trampeltier das Gespräch zerstört hätte.

»Sorry«, entschuldigt er sich erneut. »Das habe ich versaut. Aber ich bin sicher, wenn ich sie um ein Gespräch unter sechs …«, er fängt meinen Blick auf, »oder vier Augen bitte, wird sie sich darauf einlassen.« Er seufzt schwer. »Und nun?«

»Wir legen uns auf die Lauer.«

»Und wo?«

»Na, bei der Familie Rüther. Ich bin mir zwar nicht sicher, ob das was bringt, aber viel mehr Möglichkeiten haben wir nicht.«

Muth nickt und steht auf. »Dann mal los.«

»Nicht so schnell«, halte ich ihn zurück. »Erst einmal kaufen Sie mir ein Eis. Ich bin völlig unterzuckert.«

Nachdem wir uns außerdem mit Getränken – Muth mit Wasser, ich mit Energydrinks – ausgerüstet haben, holen wir das Auto. Mein Klient sieht noch mal nach seiner Mutter und vergewissert sich, dass er die nächsten Stunden und unter Umständen auch die Nacht fortbleiben kann.

»Was habt ihr vor, Robert?« Gisela Muth betrachtet ihren Sohn mit einer Mischung aus Neugier und Besorgnis.

»Wir sehen uns nur ein wenig in Friedberg um«, sage ich, um sie zu beruhigen. »Machen Sie sich keine Gedanken. Ich bringe ihn wohlbehalten zurück.« Das Wort Observation nehme ich nicht in den Mund, denn es könnte Unbehagen auslösen, oder – schlimmer – Frau Muth auf die wahnwitzige Idee bringen, dass sie uns begleiten möchte.

Die Sonneneinstrahlung hat die dunklen Ledersitze und das Lenkrad aufgeheizt. »Warten Sie«, weise ich meinen neuen »Partner« an. »Ich räume eben den Müll weg.« Ich schnappe die Überreste vergangener Jobs und werfe sie in die schwarze Tonne auf dem Grundstück der Muths. Den neuen Vorrat und das Urinal stelle ich auf den Rücksitz, nicht ohne meinen Beifahrer zuvor darauf hinzuweisen, dass Letzteres ausschließlich von mir benutzt wird.

»Sie müssen sich anderweitig behelfen, aber als Mann ist das ja kein Problem.« Ich schenke ihm ein süffisantes Lächeln und nehme hinter dem Steuer Platz.

»Ich bin vielleicht nicht ganz auf dem aktuellen Stand, was die Gesetzeslage in Deutschland angeht«, antwortet Muth trocken, »aber Wildpinkeln ist schon noch strafbar, oder?« Muths Miene ist todernst, ganz so, als halte er es für einen unhaltbaren Frevel, in der Öffentlichkeit die Hosen herunterzulassen.

Ich unterdrücke ein Grinsen. Mein Begleiter wird die Observation ohnehin nicht lange durchhalten, selbst wenn er in seinem Beruf viel vor dem Rechner hockt. Die meisten machen sich keine Vorstellung darüber, was es bedeutet, stundenlang zwischen Lenkrad und Sitz auszuharren.

»Wie läuft das jetzt ab?«, fragt er mich, während ich mein Smartphone zücke und es einschalte, um *Google Earth* zu öffnen. Dass Michaela erneut angerufen und auch eine Nachricht hinterlassen hat, ignoriere ich. »Wäre es nicht besser, den Wagen stehen zu lassen und zu Fuß zu gehen? Ein unbekanntes Fahrzeug fällt im Dorf sicher auf.«

Ich gebe ihm recht. »Deswegen prüfe ich zunächst auch mögliche Routen zum Zielort und den bestmöglichen Standortbereich für eine Observation«, erläutere ich und gebe Rüthers Adresse in die Suchmaske ein. »Außerdem brauchen wir eine einfache und glaubwürdige Geschichte, warum wir in der Gegend sind, falls uns jemand anspricht. Irgendeine Idee?« Im Kopf gehe ich die Requisiten, die ich im Kofferraum bereithalte, durch und überlege, ob wir sie einsetzen. Perücke, Sonnenbrille, Käppi und Sonnenhut sind in unserer Detektei Standard. Einen Kindersitz habe ich heute leider nicht dabei. Die Familiennummer – mein Mann holt gerade unseren Sohn bei Freunden ab – kommt immer besonders vertrauenswürdig rüber.

»Hmm. Wir könnten behaupten, auf jemanden zu warten.«

Ich kann ein Lachen nicht mehr zurückhalten. »Dann können Sie sich auch gleich einen Zettel mit ›Vorsicht Detektiv‹ auf die Stirn kleben.«

Muth lächelt schief. »Haben Sie einen besseren Vorschlag?«

»Normalerweise habe ich mehr Zeit, mich auf eine Observation vorzubereiten«, gebe ich zu und schaue mir das Anwesen der Familie Rüther sowie die Umgebung im Handybrowser an. »Aber nun gut, zur Not spielen wir eben die Pärchen-im-Auto-Nummer.«

»Wie meinen Sie das?« Muth rückt sich die Brille zurecht. Jetzt wird er nervös. Ein bisschen Spaß macht es ja schon, ihn zu verunsichern, und das wird mein nächster Satz garantiert noch mehr.

»Na ja«, antworte ich grinsend, »jeder normale Mensch schaut weg, wenn er im Auto ein Pärchen sieht, das knutscht oder rummacht.«

ROBERT

Meint sie das jetzt ernst? »Auf gar keinen Fall!«, protestiere ich. Ich habe Ava noch nie betrogen und werde es auch in Zukunft nicht tun. Da kann diese Detektivin noch so hübsch sein. Außerdem mag Wallrapp es ja gewohnt sein, eine derartige Rolle zu spielen, aber mir wird sie keiner abnehmen. Den Gedanken, wie sich meine Lippen auf ihre pressen, kriege ich jetzt trotzdem nicht mehr so schnell aus dem Kopf.

Blöderweise merke ich, dass ich rot werde, und Wallrapp grinst noch breiter, bevor sie den Motor zündet.

»Die Familie Rüther hat ein recht großes Grundstück, das von einer hohen Mauer eingefriedet ist«, sagt sie. »Das spielt uns in die Hände, da wir nicht sofort ins Auge fallen. Immerhin scheint es nur einen Ausgang zu geben und zwar auf der Nordseite, die in einem Wendehammer liegt. Dort ist ein Zufahrtstor.«

»Dort werden wir uns dann besser nicht positionieren.«

»Richtig«, antwortet Wallrapp. »Wir müssen ohnehin davon ausgehen, dass es Überwachungskameras und eine Alarmanlage gibt. Möglicherweise haben sie auch Sicherheitspersonal auf oder in der Nähe des Anwesens.« Sie macht eine kurze Pause, bevor sie fortfährt. »Wir fahren das Grundstück von Süden aus über die Hauptstraße an und parken dann in einer Querstraße östlich vom Haus. Da die Hauptstraße die einzige Möglichkeit ist, sich dem Anwesen mit dem Auto zu nähern, kriegen wir alles mit, zum Beispiel falls Stefan Groß entscheidet, seinen Kumpel persönlich vor uns zu warnen.«

»Er könnte aber auch zu Fuß kommen«, gebe ich zu bedenken. »Dann verpassen wir ihn unter Umständen.«

»Das Risiko müssen wir eingehen.«

Schweigend stimme ich zu, doch auf der Fahrt kommen mir Bedenken. Ich kenne diese Familie gar nicht. Wer weiß, ob sie überhaupt etwas mit Marlenes Tod zu tun hat. Wahrscheinlich verschwenden wir unsere Zeit. Die beste Figur als Detektiv gebe ich sicher auch nicht ab.

Ein paar Minuten später stellt Wallrapp das Auto ab. Anscheinend sind wir schon am Zielort angelangt. »Sie müssen das nicht tun.« Sie sieht mich ernst an, als hätte sie meine Gedanken erraten. »Wenn Sie sich lieber um Ihre Mutter kümmern möchten, verstehe ich das.«

Leise stöhne ich auf. Sie kann ja nicht wissen, dass sie damit einen wunden Punkt trifft. Ich nehme mir viel zu wenig Zeit für meine kranke Mutter. Aber schließlich wünscht auch sie sich, dass wir Marlenes Mörder finden. Die Frage ist nur, ob wir das hier werden. »Ich bleibe«, entscheide ich.

»Gut.« Die Detektivin sieht zufrieden aus. Dabei habe ich einen Moment lang befürchtet, sie will mich loswerden. »Dann tun Sie aber auch alles, was ich Ihnen sage, in Ordnung?«

Ich brumme eine Zustimmung und bete, dass es nicht zur Pärchennummer kommt. Irritiert sehe ich, wie Wallrapp aus dem Auto steigt. »Hey, wo gehen Sie hin?«

Es dauert nur Sekunden, dann schwingt die Fahrertür wieder auf. Ein Käppi und eine Sonnenbrille landen auf meinem Schoß.

»Setzen Sie die auf«, weist sie mich an. »Immerhin weiß Groß, wie wir aussehen.« Sie selbst stülpt sich noch beim Hinsetzen eine schwarze Kurzhaarperücke über, mit der auch ich sie nicht wiedererkannt hätte. Wie sie es schafft, ihre blonde Mähne so darunter zu verstecken, dass kein Haar mehr herausschaut, ist mir schleierhaft.

»Nicht schlecht«, sage ich. »Echthaar?«

»Jep. Da lässt sich mein Chef nicht lumpen.« Sie beugt sich nach hinten, um an einen Energydrink heranzukommen. Mit einem leisen Zischen öffnet sie die Dose. »Möchten Sie auch einen?«

Ich lehne dankend ab und frage mich, wie man das Zeug bloß trinken kann. Ich nehme stattdessen eine Flasche stilles Wasser. »Ziehen Sie diese Pärchennummer öfter ab?«, frage ich sie.

Sie verschluckt sich vor Prusten fast an ihrem Getränk. »Das lässt Sie nicht mehr los, was?«

»Wie gesagt, ich habe eine Freundin.«

»Verstehe.« Sie lächelt. »Keine Sorge. Wir greifen nur im Notfall darauf zurück. Versprochen.« Nach einer kurzen Pause sagt sie. »Aber ja, ein paar Mal habe ich das schon gemacht.« Sie zuckt lässig mit den Schultern. »Nicht nur mit Männern.«

»Okay.« So genau wollte ich es gar nicht wissen. »Ihr Freund hat da nichts dagegen?«, hake ich dennoch vorsichtig nach, weil ich mir nicht vorstellen kann, dass sie Single ist. Der rennen doch bestimmt einige hinterher.

»Ich habe keinen«, antwortet sie so scharf, dass ich die Luft einziehe.

»Sorry. Geht mich auch nichts an.«

»Richtig. Konzentrieren wir uns lieber auf unsere Aufgabe.« Wallrapp richtet ihre Aufmerksamkeit auf die Straße.

Eine Weile schweigen wir. Es laufen nur ein Mann mit Hund und eine Frau mit Kinderwagen vorbei. Beide beachten uns nicht, obwohl ich das Gefühl habe, mit unserer Maskerade müssten wir erst recht die Aufmerksamkeit auf uns ziehen.

Keine Dreiviertelstunde später wundere ich mich, wie man sich für diesen Job begeistern kann. Das ewige Sitzen und Vor-sich-hin-Starren ist todlangweilig. Auch habe ich das Gefühl, ständig auf die Uhr zu sehen. »Was dagegen, wenn ich Musik anmache?«, frage ich, und meine Finger bewegen sich automatisch schon in Richtung Radio.

»Gern. Aber kein Klassik, dabei schlafe ich ein.« Sie gähnt, um ihre Aussage zu unterstreichen. Könnte aber auch unterbewusst sein.

»Wie kommen Sie darauf, dass ich klassische Musik mag?« Tatsächlich stehe ich eher auf Hardrock.

»Ich meine ja nur. Wir können uns sonst auch gern ein Hörbuch reinziehen. Hab ein paar Krimis zur Auswahl.«

Ungläubig schaue ich sie an. »Echt jetzt?«

Sie benötigt einen Moment. »Oh, tut mir leid.« Sie beißt sich auf die Unterlippe. »Ist wohl etwas unpassend.«

Ich suche einen Sender mit Rockmusik, mit dem auch Wallrapp einverstanden zu sein scheint. Jedenfalls erhebt sie keine Einwände.

Wir schweigen und lauschen. Starren aus der Windschutzscheibe. Über Stunden. Der Autositz ist unbequemer, als er aussieht. Ich probiere verschiedene Haltungen aus, aber das Ergebnis ist immer dasselbe – Rückenschmerzen. Wallrapp hingegen fläzt so lässig auf der Fahrerseite, als läge sie in einer Hängematte.

Irgendwann zücke ich genervt das Smartphone, um E-Mails zu checken. Rory wird sich wahrscheinlich schon fragen, ob mich unsere Firma überhaupt noch interessiert.

Sofort ernte ich einen missbilligenden Seitenblick.

»Schalten Sie es aus«, fordert Wallrapp mich auf. »Lenkt nur ab.«

»Ach, kommen Sie. Es passiert ohnehin nichts, und wir sind zu zweit.« Entmutigt lasse ich das Handy in den Schoß sinken. »Wenn Sie mit einem Partner unterwegs sind, lassen Sie sich denn da wirklich nie ablenken? Ich meine, Sie werden sich ja auch unterhalten, oder?«

»Wir sind immer wachsam. Vier Augen sehen mehr als zwei.«

Mit einem Seufzer lasse ich das Handy wieder im Jackett, das ich auf dem Rücksitz deponiert habe, verschwinden. »Können wir die Klimaanlage noch etwas höher drehen?« Obwohl es früher Abend ist, empfinde ich das Wageninnere als heiß und stickig.

Wallrapp geht nicht darauf ein, sondern deutet stattdessen durch die Windschutzscheibe. »Da. Schauen Sie!« Ich folge der Anweisung und staune. Sandra fährt mit dem Rad die Hauptstraße entlang, ohne uns zu registrieren. »Na, wo die wohl hinmöchte.« Die Detektivin lupft die schmalen Augenbrauen.

»Wir folgen ihr, oder?«

»Ich schon. Sie warten hier.« Wallrapp stürzt sich aus dem Mercedes.

»Von wegen!« Das kann sie vergessen. Doch kaum taste ich nach dem Türgriff, höre ich ein Klicken und bemerke den Widerstand. Hat sie jetzt etwa die Kindersicherung reingehauen? Zwei Sekunden später steht sie vor meinem Fenster und spielt mit den Autoschlüsseln.

»Keine Alleingänge mehr«, rufe ich empört. »Schon vergessen?«

»Ich hole Sie gleich nach. Versprochen.« Sie zwinkert mir zu. »Doch erst will ich in Ruhe die Lage prüfen.«

VALENTINA

Nach wenigen Worten in die Gegensprechanlage öffnet sich für Sandra das Zugangstor zum Haus der Familie Rüther. Sie dreht sich nicht einmal um, bevor sie das Grundstück betritt, sodass ich mich etwas näher herantraue.

Sie stolziert die Zufahrt entlang auf das Haus zu, doch noch bevor sie am Eingang ankommt, öffnet sich die Tür von innen, und ein hochgeschossener Mann mit kurzen blonden Haaren läuft ihr entgegen.

Schnell verstecke ich mich hinter der Mauer neben dem Metalltor und hoffe, er hat mich nicht entdeckt. Roland Rüther ist es jedenfalls nicht. Zu jung. Wahrscheinlich sein Sohn, Thomas. Wohnt also die gesamte Familie im Haus. Na ja, groß genug ist es ja.

»Hast du dich doch loseisen können«, vernehme ich Rüthers Stimme. Eine Antwort – falls es eine gibt – kann ich nicht hören. Ich warte ein paar Sekunden, dann spitze ich ums Eck durch die Gitterstäbe des Tors. Was ich sehe, überrascht mich, wenn auch nur für einen kurzen Moment. Bestätigt es doch nur meine Meinung über Ehe und Beziehungen.

Die beiden halten sich eng umschlungen, die Lippen aufeinandergepresst. Ich bin hin- und hergerissen zwischen Bleiben und Lauschen oder Zurückgehen, um den armen Robert aus dem Auto zu befreien. Ihn dürfte das hier stark interessieren.

»Lass uns reingehen«, sagt Sandra, die sich von Rüther löst. Im letzten Moment schaffe ich es, meinen Kopf wieder hinter die Mauer zu ziehen. »Ich muss dir was erzählen.«

Ja, das wette ich! Zu meinem Bedauern ziehen sich die beiden ins Haus zurück. Gerne hätte ich mehr von der Unterhaltung mitgehört, doch wenigstens nimmt mir ihr Verschwinden im Inneren des Anwesens die Entscheidung ab, und ich kehre zum Auto zurück.

Robert wartet mit vor der Brust verschränkten Armen auf mich. Als er mich sieht, schüttelt er verständnislos den Kopf.

»Tut mir leid«, sage ich und nehme neben ihm Platz. »Aber es ist sicherer, wenn ich Ihnen erst einmal die Situation schildere, bevor Sie wieder verbal auf jemanden losgehen.« Muth will Einwände erheben, aber ich lasse ihn nicht zu Wort kommen. »Sandra und der junge Rüther haben ein Verhältnis.«

»Echt jetzt?« Muth reißt die Augen auf. »Dann kann sie uns wahrscheinlich mehr über die Familie erzählen als ihr Mann.«

Ich stimme zu. »Sie wird ihm von unserem Verdacht gegenüber Roland Rüther erzählen.«

Muth nickt. »Und nun?« Er zieht die Sonnenbrille ab und reibt sich Augen und Nasenwurzel. »Klingeln wir und stellen sie zur Rede?«

»Das wäre eine Möglichkeit. Allerdings keine sehr schlaue.«

Muth seufzt. »Und die andere?« Er legt die Sonnenbrille beiseite und setzt sich die eigenen Gläser wieder auf. »Sorry, aber sonst wird es für meine Augen zu anstrengend.«

»Wir sorgen dafür, dass Stefan Groß Wind von der Affäre bekommt. Mal sehen, ob er danach immer noch so loyal gegenüber seinem Freund und dessen Vater eingestellt ist.«

Muth fängt an zu lachen und zieht sich das Käppi tiefer in die Stirn.

»Was ist so lustig?«

Diesmal deutet er durch die Windschutzscheibe. »Groß ist gerade in seinem Auto an uns vorbeigefahren.«

Verdammt! »Sagen Sie das doch gleich!«

»Wer ist hier die Detektivin?« Schadenfroh grinst er mich an. Ich gönne ihm seine kleine Rache.

»Aussteigen!«, rufe ich ihm zu und springe aus dem Wagen.

»Wie jetzt?« Mit leichten Spott in der Stimme befolgt er meine Anweisung. »Ich darf mit?«

»Ach, halten Sie schon den Mund. Und keine Dummheiten diesmal.«

Leichtfüßig eile ich zum Grundstück und bedeute Muth, dicht hinter mir zu bleiben. Unsere Körper kleben an der Mauer. Ich vernehme das Zuschlagen einer Autotür, dann Schritte auf dem Pflaster.

Ich lege den Zeigefinger auf die Lippen, woraufhin Muth mir zunickt. Er wirkt angespannt. Schließlich schleicht er nicht jeden Tag um fremde Anwesen herum.

Vorsichtig luge ich ums Eck. Stefan Groß steht am Metalltor. Anscheinend kommt er nicht so einfach aufs Grundstück wie seine Frau.

»Macht gefälligst das beschissene Tor auf«, schreit er in die Gegensprechanlage. Toller Umgang so unter Freunden. Unwillkürlich muss ich an Michaela denken. Ich sollte möglichst bald mit ihr reden. Auch wenn mir unser Streit noch immer Bauchschmerzen bereitet.

»Was wollen Sie hier?«, fragt eine männliche Stimme, die nicht von der Gegensprechanlage kommt und anders klingt als die von Thomas Rüther.

»Ich weiß, dass meine Frau hier ist. Das Luder soll rauskommen!« Oha, denke ich. Der Übergang von »Süße« zu

»Luder« ging aber schnell. Ich blicke über die Schulter und registriere, dass mein Begleiter so stramm an der Mauer steht, als würde er die Luft anhalten. Hat er etwa Angst vor dem Großmaul?

»Sie ist nicht hier, und Herr Rüther möchte nicht mit Ihnen sprechen. Also schleichen Sie sich!« Wohl einer vom Sicherheitspersonal. Uns hätte der Eigentümer sicher auch nicht so ohne Weiteres eingelassen.

»Sie ist meine Frau. Ich möchte nur mit ihr reden.« Groß hört sich schon weniger aggressiv an. Jetzt versucht er es also mit Diplomatie.

»Wie gesagt, sie ist nicht hier.« Fürs Lügen werden die demnach auch bezahlt.

»Dann möchte ich mit Thomas sprechen. Es wird ihn interessieren, was ich zu sagen habe.«

»Heute nicht. Ich rufe die Polizei, wenn Sie nicht gehen.«

Groß flucht. »Das soll er mir selbst sagen.« Ich schiele wieder ums Eck. Sandras Mann hält sich ein Smartphone ans Ohr. Den Sicherheitsmann kann ich von meiner Position aus nicht sehen, aber ich bin sicher, dass er immer noch am Tor steht.

»Was ist los mit dir?«, schreit Groß ins Handy. »Seit wann willst du deine Freunde nicht mehr sehen?«

Rüthers Antwort kriegen wir naturgemäß nicht mit, sie fällt jedoch kurz aus.

»Hab dir was Wichtiges zu sagen. Es geht um deinen Vater.«

Wieder Rüthers Antwort.

»Sandra ist bei dir, oder? Verarsch mich nicht, Thomas.« Nachdem er eine Antwort vernommen hat, fordert er seinen Gesprächspartner auf, herauszukommen. Dann legt er auf und dreht sich unerwarteterweise in meine Richtung.

Verdammt! Hat er mich gesehen? Ich war zwar schnell, aber auch schnell genug?

Plötzlich steht er vor uns. Vor Schreck stolpere ich rückwärts und trete Muth auf den Fuß.

»Au.« Dann merkt er, was los ist. »Oh, shit!«

»Wer sind Sie?« Dank meiner schwarzen Kurzhaarfrisur erkennt Groß mich zuerst nicht. Leider trifft das auf Muth nicht zu. »Sie? Was soll das? Spionieren Sie mir etwa hinterher?« Sandras Mann baut sich vor uns auf wie ein kampflustiger Stier. Seine Augen wandern zwischen Muth und mir hin und her.

Bevor ich reagieren kann, rupft mir Groß die Perücke so grob vom Schädel, dass es meine Kopfhaut zerreißt. »War ja klar, dass Sie auch dabei sind.«

»Aua!«, fahre ich ihn an. »Spinnen Sie? Geben Sie mir sofort die Perücke zurück.« Ich schnappe danach, doch Groß wirft sie im hohen Bogen von sich.

»Hol sie dir doch selbst. Und dann verpisst euch!«

»Was ist denn hier los?« Thomas Rüther und ein weiterer Mann in schwarzen Klamotten – vermutlich der Sicherheitsbeauftragte – haben sich zu uns gesellt. Der grobschlächtige Typ in Schwarz sieht mir gefährlich aus. Thomas Rüther hingegen wirkt wie der Traum jeder Schwiegermutter: maßgeschneiderte Anzughose, weißes Hemd, ein Gesicht, das vermutlich nur selten eine Rasur braucht, ein perfektes Gebiss und dunkelblaue Augen, die darin wie Murmeln glänzen. Er muss fast 40 sein, doch seine Ausstrahlung ist sehr jungenhaft.

»Die zwei Möchtegern-Detektive beobachten euer Haus, Thomas.« Groß stellt sich neben seinen Freund und schaut uns mit hoch erhobenem Kopf an. »Ich an deiner Stelle würde die Polizei rufen.«

»Wir observieren allein ihn.« Ich deute mit dem Kinn auf Groß. »Wir sind ihm bis hierher gefolgt.«

Rüther wirft seinem Freund einen belustigten Blick zu. »Was hast du angestellt, Stefan?«

»Nichts. Die erzählen Schwachsinn!« Groß gestikuliert wild mit den Armen. »Die zwei waren heute Mittag bei uns. Sie verdächtigen deinen Alten, einen Mord begangen zu haben.«

»Das ist so vielleicht nicht ganz richtig«, wendet Robert ein und hebt beschwichtigend die Hände.

Rüthers Miene ändert sich schlagartig. »Worum geht es hier?« Er tritt auf mich und Robert zu, wodurch wir automatisch gegen die Mauer zurückweichen. Sein Angestellter ist ihm gefolgt und postiert sich neben Rüther. »Wer sind Sie und was wollen Sie von uns?«

»Das ist ein Missverständnis«, sage ich schnell. Bleib cool, ermahne ich mich, obwohl mir der Schweiß am gesamten Körper ausbricht.

»Genau«, ergänzt Robert. »Wir wollen gar nichts von Ihnen. Ihr Freund hier schon eher. Er sucht nach seiner Frau, glaube ich.«

»Lenk nicht ab!« Groß macht einen Satz nach vorn. Er sieht so aus, als wolle er sich auf Robert stürzen, doch Rüther hält ihn mit einer Geste zurück.

»Stefan? Thomas?«

Alle Köpfe drehen sich in Richtung der Stimme. Sandra! Na, jetzt wird es so richtig interessant.

»Was zum Teufel macht ihr hier draußen?«

»Ich wusste es!«, ruft Groß.

Ich vernehme Roberts erleichterten Seufzer, als der bullige Typ uns links liegen lässt und stattdessen auf seine Ehefrau zu stapft. Mich beruhigt die Situation kein bisschen, denn ich ahne, dass es gleich richtig zur Sache gehen wird.

»Ich dachte, es ist aus zwischen euch!« Groß packt Sandra am Oberarm. »Hältst du mich für blöde, oder was?!«

Seine Frau reißt sich von ihm los. »Ich bin nur hier, um Thomas von den beiden da zu erzählen.« Sie deutet auf Robert und mich.

»Ach ja? Und warum hatte er dann keine Ahnung, bis ich es ihm gesagt habe?« Blöd ist er wirklich nicht. Mir fällt auf, dass niemand mehr auf uns achtet.

Ich gebe Robert ein Zeichen, die Gelegenheit zu nutzen, um uns aus dem Staub zu machen. Langsam schleichen wir rückwärts den Bürgersteig entlang.

»Ihr geht nirgendwo hin.« Der Sicherheitsmann stellt sich uns in den Weg. Zu früh gefreut.

»Sandra, vielleicht ist es an der Zeit, Stefan die Wahrheit zu sagen.« Thomas Rüther geht auf das Ehepaar zu.

»Er ist dein bester Freund«, faucht Sandra.

»Eben.« Rüther berührt Groß am Oberarm. Die Geste wirkt freundschaftlich, ja besänftigend. »Stefan, du hast recht. Sandra und ich – das ist nicht vorbei.«

»Halt die Klappe, Thomas!«, keift Sandra und stellt sich zwischen Mann und Affäre, um das Gespräch zu unterbinden. »Das ist eine Sache zwischen Stefan und mir.«

Rüther lacht auf. Ich sehe Robert von der Seite an. Auch er ist fasziniert von der Seifenoper, die sich vor unserer Nase abspielt. Nur der Mann in Schwarz interessiert sich leider immer noch nur für uns.

»Weißt du was, Sandra?«, sagt Rüther. »Ist es eben nicht! Ich liebe dich und du liebst mich. Und Stefan weiß das.«

»Das stimmt nicht.« Sandra klammert sich an ihren Ehemann. »Ich liebe dich, Stefan. Thomas war ein Ausrutscher, er bedeutet mir nichts.« Die sonst so selbstbewusst und keck scheinende Blondine klingt verängstigt.

»Du blöde Schlampe!« Rüther stürzt sich auf Sandra, doch Groß geht dazwischen. Eine Millisekunde später liegt der Unternehmersohn am Boden, sein Gegner auf ihm. Er drischt auf ihn ein.

Sandras Schreien piept in meinen Ohren. Ich bedecke mein Gehör und schließe die Augen.

»Aufhören! Sofort!«, vernehme ich trotzdem Roberts Forderung. Als ich die Augen wieder öffne, kann ich nicht glauben, was ich da sehe. Was macht der Idiot da?

Robert ringt mit den beiden Streithähnen. Bemüht sich, sie auseinanderzubringen.

»Tun Sie vielleicht auch mal was?«, fahre ich den Sicherheitsmann an. Er scheint sich erst jetzt aus seiner Schockstarre zu lösen, rennt dann aber endlich auf die Raufenden zu.

Als Erstes packt er Groß am Shirt und reißt ihn nach hinten. Das Gewicht hat er wohl unterschätzt, da er dabei selbst ins Straucheln gerät. Noch im Stolpern dreht sich Groß um 180 Grad und schmettert dem Schlichter die Faust auf die Nase. Dass sie bricht, ist nicht zu überhören. Das Opfer jault auf und greift sich an den Zinken, aus dem das Blut nur so hervorschießt. Mir wird kurz schwarz vor Augen.

»Schluss jetzt!« Sandra starrt fassungslos auf die vier Männer, Tränen in den Augen. »Habt ihr alle den Verstand verloren?«

Robert lässt von Rüther ab. Keuchend stützt er die Hände auf die Knie. Auch sein Gegner scheint genug zu haben.

»Sandra hat recht«, meint er nach Luft schnappend. »Es reicht.«

»Noch nicht ganz!«, ruft Groß und schwankt auf Rüther los. »Ich bin noch nicht fertig mit dir, du Arschloch!«

Robert stellt sich vor den Unternehmersohn, die Hände zur Abwehr gehoben. »Lassen Sie uns das wie zivilisierte ...« Weiter kommt er nicht. Der Hieb ins Gesicht ist so heftig, dass Robert nach hinten kippt und aufs Pflaster knallt. Jetzt bin ich es, die schreit.

ROBERT

Mit Schmerzen am gesamten Körper erwache ich. Irgendjemand hat einen Krankenwagen gerufen, in dem ich liege und von einer Sanitäterin, die wie ein Kind aussieht, zusammengeflickt werde. Ich habe ein paar Schürfwunden, etliche blaue Flecken und meine Nase ist gebrochen. Laut Wallrapp hatte ich Glück, dass ich mit dem Rücken und nicht mit dem Kopf auf die Straße gefallen bin. Rüther, Groß und der Kerl von der Security werden auf dem Gehweg versorgt. Die Nase von Letzterem sieht ebenso übel aus, wie sich meine anfühlt, doch da er nicht ohnmächtig geworden ist, bin ich derjenige, der in den Notfallwagen gehievt wurde.

»Ich bin froh, dass Sandra die Männer überzeugt hat, die Polizei aus dem Spiel zu lassen«, flüstert die Detektivin, die

mir gegenübersitzt und die medizinische Versorgung überwacht. »Das hätte ich jetzt gar nicht gebrauchen können.«

»Sorry«, sage ich nur. Mein Verhalten kommt mir unend-
lich naiv vor. Warum musste ich mich da auch unbedingt
einmischen?

»Na ja«, antwortet sie. »Es ehrt Sie ja, dass Sie den Streit
schlichten wollten. Es ist meine Schuld, dass wir überhaupt
in diese Situation geraten sind.«

Ich ringe mir ein Lächeln ab. »Wird Zeit, dass wir uns
duzen.«

Wallrapp lacht und schüttelt sanft den Kopf. »Einverstanden. Ich bin Valentina.« Feierlich reicht sie mir die
Hand.

»So, fertig«, meint die Sanitäterin zufrieden und schenkt
mir ein aufmunterndes Lächeln. »Meinen Sie, Sie können
aufstehen?«

»Klar«, bin ich überzeugt, doch als ich mich erheben
möchte, überfällt mich sofort Schwindel.

»Okay, ruhen Sie sich noch einen Moment aus«, befiehlt
mir die junge Frau und drückt mich sanft auf die Liege
zurück. »Aber bleiben Sie bitte wach und schauen kurz
her.« Sie leuchtet mir mit einer kleinen Lampe in die Pupillen. »In Ordnung.« Dann weist sie mich und Valentina darauf hin, dass wir unbedingt ins Krankenhaus fahren sollen, falls ich in den nächsten Tagen starke Kopfschmerzen
oder Schwindel bekomme. »Eine Gehirnerschütterung ist
kein Spaß.« Abschließend wendet sie sich an ihren Kollegen. »Wie sieht es bei dir da draußen aus?«, fragt sie aus
der Wagentür heraus.

Er streckt einen Daumen in die Höhe und steigt zu uns
in den Wagen. »Nichts, was man nicht mit einer Kühlung
und Schmerzmitteln in den Griff kriegt. Und hier?«

»Alles roger«, antworte ich anstelle der Sanitäterin und starte den zweiten Versuch aufzustehen. Ich möchte schnellstmöglich weg von hier und mich um meine Mutter kümmern. Die Überwachung war eine Schnapsidee. Immerhin gelingt es mir, einigermaßen gerade zu stehen – jedenfalls so aufrecht, wie es in dem Kastenwagen eben geht.

Valentina sieht mich zweifelnd an.

»Es geht mir gut. Wirklich«, betone ich, bevor sie etwas einwendet. »Verschwinden wir von hier.« Ich bedanke mich bei den Sanitätern und folge der Detektivin aus dem Wagen.

»Robert, hast du mal einen Moment?« Zu meiner Überraschung steht Sandra auf einmal vor uns. Sie wirft einen vorsichtigen Blick über die Schulter in Richtung Gehweg, wo die drei anderen Männer noch immer sitzen und sich stöhnend Kühlpads auf Auge, Stirn und Nase halten. Das Bild hat was Witziges, und ich muss mich zurückhalten, um nicht loszulachen. Ohne Zweifel sehe ich genauso bescheiden aus.

»Sicher«, antworte ich. »Worum geht es denn?«

»Ich muss euch etwas erzählen«, sagt Sandra und wendet sich dabei auch an Valentina. »Über den Abend, an dem Marlene gestorben ist.«

Ich werde hellhörig. »Du warst damals doch krank, oder?«

Sie räuspert sich. »Können wir uns irgendwo unter sechs Augen unterhalten?«

Ich nicke. »Wir gehen zu mir.«

Es sind acht Augen am Küchentisch. Natürlich lässt es sich meine Mutter nicht nehmen, an dem Gespräch teilzunehmen. Erst aber muss ich ihr berichten, warum ich aussehe wie ein Profiboxer nach dem K. o.

»Ihr wart wirklich bei diesem Rüther?«, fragt meine Mutter ungläubig. »Habt ihr mit ihm gesprochen?«

Ich verneine, und Sandra gibt zu bedenken, dass Roland Rüther gesundheitlich angeschlagen ist. »Er hatte zwei Herzinfarkte innerhalb von vier Jahren, und sein Gedächtnis ist auch nicht mehr das beste. Es ist also fraglich, ob er sich überhaupt an Marlene erinnert.«

Ich sinke auf dem Stuhl zusammen. Wieder eine Sackgasse.

»Was möchten Sie uns über die Tatnacht erzählen?« Valentina fährt sich durchs lange Haar, dann über die Lider. Sie sieht fertig aus, kein Wunder nach dem Tag. Immerhin trägt sie die Perücke nicht mehr. Das schwarze Haar fand ich irritierend, weil es nicht zu ihr passt.

Sandra wechselt einen Blick mit mir, dann mit Mutter. »Es tut mir leid, dass ich damals gelogen habe. Ich war nicht krank an dem Tag, an dem Marlene starb.«

»Was willst du damit sagen?« Meine Mutter blinzelt nervös.

»Ich habe auch der Kripo damals nicht die Wahrheit gesagt, weil ich Angst vor der Reaktion meiner Eltern hatte.« Wieder huschen ihre Augen abwechselnd zu mir und Mutter. Um Verständnis heischend.

Ich verziehe keine Miene, doch mein Mageninneres fühlt sich an wie Lava, die zu brodeln beginnt. Was kommt jetzt?

»Sie hatten mir verboten, auf das Konzert zu gehen. Eigentlich hatten Marlene und ich ja ohnehin keine Karten bekommen, aber dann bot mir jemand eine an, und ich konnte nicht Nein sagen.« Sandra seufzt laut. »Ich habe mich an dem Abend aus meinem Zimmer geschlichen. Ein paar Straßen weiter wurde ich mit dem Auto abgeholt, und wir sind nach Würzburg gefahren. Natürlich wusste Marlene nichts davon. Ich wollte ihr nicht wehtun.« Sie wartet auf eine Reaktion, und als keine folgt, fährt sie fort. »Aber nach dem Konzert habe ich Marlene zufällig getroffen.«

Ich halte die Luft an. Warum hat sie das niemandem erzählt? »Wo?«, hauche ich ungeduldig.

»An der Bushaltestelle.« Sandra senkt den Kopf. Sie streicht sich über den nackten Oberarm, als wäre ihr kalt. »Wegen mir ist sie nicht eingestiegen. Weil sie mich auf dem Bürgersteig entdeckt hat.«

»Und dann? Warum seid ihr nicht zusammen mit dem nächsten Bus gefahren?« Wieso musste Marlene zu Hause anrufen und mich an die Strippe kriegen? Ich bemerke den mitleidigen Seitenblick von Valentina, weil sie den wahren Hintergrund meiner Fragen kennt.

»Marlene hat mich zur Rede gestellt. Es war klar, dass ich vom Konzert kam. Wir haben gestritten, und sie hat die Haltestelle verlassen.« Sandras Augen schimmern. Mit erstickter Stimme fährt sie fort. »Ich dachte, sie ruft zu Hause an, um sich abholen zu lassen.« Sie sieht meine Mutter eindringlich an, bittet um Vergebung. Dabei trifft sie keine Schuld. Jedenfalls keine so große wie mich.

Ich presse die Lippen zusammen und starre auf die Tischplatte, unter der ich die Fäuste balle.

»Seit dem Abend mache ich mir schwere Vorwürfe. Ich hätte mit ihr zum Spieletreff gehen sollen statt zum Konzert. Oder wenigstens gemeinsam mit ihr auf den nächsten Bus warten sollen.« Ihre letzten Worte gehen in ein Schluchzen über. »Es tut mir so leid. Wäre ich nicht bei den *Hosen* gewesen und hätte Marlene mich nicht gesehen, würde sie heute noch leben.«

Wieder ernte ich einen Seitenblick von Valentina. Sie hat recht, ich sollte etwas sagen, eingestehen, dass ich den größeren Fehler begangen habe, doch mir kommt nichts über die Lippen. Mein Kopf dröhnt. Die Gedanken fahren Achterbahn. So viele Lügen. So viel Schweigen. So viel Schuld. Wir haben dich im Stich gelassen, Marlene. Die Menschen, denen du am meisten vertraut hast. Stumm bitte ich meine Schwester um Verzeihung.

»Warum sind Sie nicht mit dem Auto nach Hause gebracht worden?«, fragt die Detektivin. »Von Ihrer Konzertbegleitung?«

Gute Frage, denke ich und bin ihr dankbar, dass sie das Gespräch leitet. Mein Gehirn ist gerade wie leergefegt.

»Auch da gab es einen Streit. Deswegen wollte ich lieber mit dem Bus heim. Als Marlene und ich den dann verpasst haben, bin ich losgelaufen, weil ich keine Lust hatte, so lange auf den nächsten zu warten. Meine Eltern anrufen konnte ich ja nicht. Nach ein paar Minuten hat mich jemand mit dem Auto mitgenommen. Ein anderer Konzertbesucher, der so nett war, mich nach Hause zu fahren. Ich habe ihn gebeten, mich etwa 100 Meter früher aussteigen zu lassen, damit meine Eltern den Motor nicht hören. Ich hatte Glück. Sie glauben bis heute, dass ich damals krank im Bett lag.«

Meine Mutter neben mir schüttelt den Kopf. Ihre Stimme zittert vor Empörung. »Das hätte ich nie von dir gedacht, Sandra. Dass du mich auch so lange nach Marlenes Tod noch belügst.« Sie steht auf, immer noch kopfschüttelnd und geht ohne ein weiteres Wort aus der Küche.

Ich schlucke. Wenn sie von Sandras Verhalten schon so enttäuscht ist, wie kann ich ihr dann erzählen, was ich getan habe?

Marlenes ehemals beste Freundin hat immer noch feuchte Augen. Auch sie stiert nun auf die Tischplatte und scheint in den Erinnerungen an jene verhängnisvolle Nacht gefangen zu sein.

Wieder ist es Valentina, die sie aus den Gedanken reißt. »Wer hat Ihnen die Konzertkarte geschenkt? Mit wem waren Sie dort?«

Sandra holt tief Luft. »Mit Thomas Rüther. Wohl auch deshalb habe ich heute bei uns in der Wohnung nichts gesagt. Ich wollte vor meinem Mann nicht von ihm sprechen. Die Situation zwischen uns dreien ist ... kompliziert.«

Das ist untertrieben, wenn ich da an unser heutiges Aufeinandertreffen denke.

»Stefan weiß auch nicht, dass Thomas und ich auf dem Konzert waren«, fährt Sandra fort. »Schließlich wäre er auch gern zu den *Hosen*, und die beiden waren damals schon beste Freunde.«

»Warum hat er dann nicht ihn mitgenommen, sondern Sie gefragt?«, wundert sich Valentina.

»Thomas war damals schon hinter mir her.« Sandra zuckt mit den Schultern. »Ich aber war in Stefan verliebt. Ich liebe meinen Mann noch heute. Das mit Thomas ... es war schon immer ein Fehler, aber irgendwie kommen wir nicht voneinander los. Das geht jetzt seit ein paar Jahren so. Es ist ein ständiges Hin und Her, verstehen Sie?«

Nein, antworte ich im Stillen und denke an Ava. Ich kann mir keine andere Frau an meiner Seite vorstellen. Schon gar nicht nebeneinander. Mit Erstaunen registriere ich, dass die Detektivin nickt.

»Auch wenn ich nie verliebt war, kann ich mir schon vorstellen, dass man für mehrere Personen etwas empfindet«, sagt sie. »Wir sind auch nur Tiere, und von denen leben die wenigsten monogam.« Valentina wird rot. Hätte ich von ihr nicht erwartet. Ich vermute, sie ärgert sich, etwas so Persönliches von sich preisgegeben zu haben. Es tut mir leid für sie, dass sie nie verliebt war. Oder hat sie Glück, weil sie sich dadurch möglichen Liebeskummer erspart?

Sandra lächelt ihr dankbar zu und wischt sich eine Träne von der Wange. »Thomas hatte sich an dem Abend Hoffnungen gemacht. Er dachte, da ich mit ihm aufs Konzert gehe, liefe anschließend auch was zwischen uns. Als ich ihn abgewiesen habe, ist er sauer geworden. Er hatte auch einiges getrunken, wurde etwas aufdringlich. Daher sind wir in Streit geraten, und ich habe ihm klargemacht, dass ich auf keinen Fall mit ihm nach Hause fahre.«

»Dann hat er Ihnen damals also noch nicht gefallen?«

»Doch. Schon«, gibt Sandra zu. »Aber Marlene war in ihn verliebt, daher wollte ich auf keinen Fall was mit ihm anfangen. Und wie gesagt, hat mir Stefan schon immer besser gefallen.«

Mein Hirn ist auf einmal wieder voll da. »Marlene war in Thomas Rüther verliebt?« Diesen Schnösel? Nie im Leben! Oder doch? Valentina scheint jedenfalls nicht überrascht.

»Er ist durchaus attraktiv«, merkt sie an. »Hat Ausstrahlung.«

Und das reicht schon? Fallen junge Mädchen auf so etwas ernsthaft rein? »Woher kannte sie ihn denn?«, frage ich stattdessen.

»Wir hatten ihn und Stefan auf dem Spieletreff kennengelernt«, erklärt Sandra. »Einen Monat zuvor. Beide waren sehr charmant und haben mit uns geflirtet.« Sie streicht sich eine Strähne des kurzen Haars hinters Ohr. »Ich hatte allerdings da schon das Gefühl, dass beide eher auf mich standen. Marlene hatte wenig Erfahrung mit Jungs. Ich habe nichts gesagt, um sie nicht zu verletzen.« Sie schnieft. »Ich hätte ehrlicher zu ihr sein sollen. Dass ich mit Thomas aufs Konzert bin, war einfach das Letzte. Ich habe mich so mies gefühlt, als Marlene mich getroffen hat.«

Zu Recht. Sandra hat Thomas Rüther nur ausgenutzt, um ins Konzert zu kommen. Gleichzeitig hat sie ihre beste Freundin belogen. Sie ist die selbstsüchtige und oberflächliche Frau, für die ich sie schon immer gehalten habe.

»Könnte es sein, dass Marlene an dem Abend auch Thomas getroffen hat? Vor der Carl-Diem-Halle? Dass sie vielleicht mit ihm gefahren ist?«

Sandra und ich starren Valentina überrascht an. Auf den Gedanken bin ich noch gar nicht gekommen, aber er ergibt durchaus Sinn.

»In seinem Zustand ist Thomas sicher nicht mehr gefahren. Er war recht angetrunken.« Sandra ist trotzdem bleich geworden. »Komisch. Ich habe ihn nie gefragt, wie er damals nach Hause gekommen ist. Wir haben erst wieder gesprochen, nachdem ich ein paar Wochen später mit Stefan zusammengekommen bin. Und dann war unser Verhältnis natürlich erst recht angespannt.«

»Sein Vater könnte ihn abgeholt haben«, spinnt Valentina die Idee weiter, und ich spüre, wie die Lava in meinem Inneren wieder brodelt. Vater und Sohn. Kann es sein, dass sie meine Schwester auf dem Gewissen haben? Wäre Marlene bei den beiden eingestiegen? Sie waren keine Fremden, zudem war sie in den jungen Rüther verliebt. Mir wird übel.

»Die beiden kaufe ich mir«, keuche ich.

Sandra schüttelt vehement den Kopf. »Das ist doch Schwachsinn! Thomas ist eher der sanftmütige Typ.«

Ich lache spöttisch auf. »Wie ich vorhin am eigenen Leib erfahren durfte.« Automatisch greife ich mir an meine Nase.

»Stefan ist der Hitzkopf von den beiden«, protestiert Sandra. »War er schon immer. Wobei ich damit nicht sagen will, dass er etwas mit Marlenes Tod zu tun hat.«

Stimmt. Die gebrochene Nase verdanke ich Groß, nicht Rüther. Trotzdem hat der Unternehmer den Streit angefangen. Indem er Groß weismachen wollte, dass Sandra nur ihn liebt. Und so, wie es aussieht, ist Thomas Rüther auch schon ewig in sie verliebt. Aber warum sollte er sich dann an Marlene ranmachen?

»Wir müssen irgendwie an Roland und Thomas Rüther rankommen«, sagt Valentina entschieden und steht auf.

»Ich glaube nicht, dass das was bringt.« Sandra erhebt sich ebenfalls. »Ich sollte gehen. Hab schon genug Ärger mit meinem Mann.«

»Bitte überzeugen Sie Thomas Rüther, mit uns zu sprechen«, hält die Detektivin sie zurück.

Sandra schnauft unwillig. »Um den werde ich besser einen großen Bogen machen. Ich kann froh sein, wenn Stefan mir noch mal verzeiht und ich meine Familie nicht verliere.«

Valentina stellt sich ihr in den Weg. »Bitte«, fordert sie eindringlich. »Tun Sie es Marlene zuliebe.«

Das zieht. Sandra senkt beschämt den Kopf, dann nickt sie. »Ist gut. Ich rede mit ihm.« In der Küchentür dreht sie sich noch einmal zu uns um. »Was mir gerade einfällt.« Sie wendet sich an Valentina. »Warum fragen Sie eigentlich Ihre Freundin nicht nach der Familie Rüther?«

»Wen meinen Sie?« Valentina stützt sich an der Tischkante ab, wirkt seltsam unstabil.

»Na, die Michaela. Sie hat doch damals ihre Ausbildung im *Modehaus Rüther* gemacht. Sie müsste die Familie also gut kennen.«

KAPITEL 18
FREITAG, 13. AUGUST 1999

MARLENE

Wo bleibt Papa nur? Er müsste längst hier sein. Ich umschlinge den Oberkörper mit meinen Armen, da Wind aufgekommen ist und ich etwas friere. Hätte ich doch bloß eine Jacke mitgenommen.

Mittlerweile bedecken Wolken den Sternenhimmel. Bestimmt regnet es später noch. Der Parkplatz vor der Carl-Diem-Halle ist wie leergefegt. Nur zwei Autos stehen noch dort und warten auf ihre Besitzer.

Wieder sehe ich auf die Armbanduhr. 22.50 Uhr. Mein Anruf ist über 20 Minuten her. Meist braucht Papa kaum länger als eine Viertelstunde, um in die Stadt hineinzufahren. Na gut, er musste sich vielleicht erst noch was anderes anziehen.

»Hey, Marlene.«

Erschrocken drehe ich mich um. Was macht er denn noch hier? »Hi«, antworte ich nur, weil ich keine Lust habe, mich mit ihm zu unterhalten. Worüber auch?

»Hast du den Bus verpasst?«, fragt er. »Ich kann dich gern nach Hause fahren. Mein Auto steht gleich da drüben.« Er deutet auf eines der wenigen Fahrzeuge in unserer Nähe.

»Mein Vater holt mich ab.« Ich lasse den Blick über den Parkplatz schweifen, in der Hoffnung, dass das Auto meiner Eltern dort jeden Moment auftaucht.

»Hmm. Okay.« Er zieht eine Zigarettenschachtel aus der Hosentasche hervor und bietet mir eine an. Ich lehne ab. Würde ich was zu hören kriegen, wenn mein Vater mich mit einem Glimmstängel erwischt. Außerdem kann ich den Rauch nicht leiden, weil er so in den Augen beißt.

Er zündet sich eine Zigarette an, bläst den Qualm aber immerhin in die mir entgegengesetzte Richtung.

»Du musst nicht warten«, sage ich, weil mir unangenehm ist, wie er mich anschaut. Irgendwie lauernd. Oder bilde ich mir das nur ein? Wieso ziehe ich immer die falschen Typen an?

»Kein Problem. Ist sicherer, wenn ich warte, bis dein Vater hier ist.« Er lächelt mich an. »War voll lustig heute, oder?«

Ich nicke, obwohl ich es nicht so meine. Ich hatte komplett andere Erwartungen an den Spieletreff. »Ist ja eigentlich immer ganz witzig.«

»Fand es nur echt nicht cool, wie Holger dich bedrängt hat.« Michael kommt etwas näher, sodass ich unwillkürlich zurückweiche. Eine irrationale Reaktion, da er es bestimmt nett meint. Wobei ich seine Wortwahl »bedrängen« doch etwas zu hart finde.

Wieder sehe ich auf die Uhr. 22.55 Uhr. Das ist doch nicht normal. Ob Papa was passiert ist? Oder hat Robert vergessen, die Nachricht weiterzugeben?

Ich öffne meine Handtasche, um nachzusehen, ob im Geldbeutel noch Münzen sind. Rufe ich eben noch mal zu Hause an. »Mist. Du hast nicht zufällig noch Kleingeld?«

»Nein.« Michael schnippt die Kippe auf den Asphalt.

»Wozu brauchst du es denn? Zum Telefonieren? Ich habe echt kein Problem damit, dich mitzunehmen. Schließlich wohnen wir im selben Ort.«

»Na ja, ein Bus kommt ja noch.« Wobei der auch schon mal ausgefallen ist. Der Anschlussbus in Friedberg sogar öfter, und die Aussicht, heim zu laufen begeistert mich wenig. Der Frust über Roberts Vergesslichkeit hat meine Worte schroffer klingen lassen als beabsichtigt, und ich merke, wie Michael das Gesicht verzieht. Er wirkt verletzt. »Sorry«, sage ich schnell. »Dein Angebot ist super nett, aber …«

»Hast du Angst vor mir?«, unterbricht er mich und sieht mich mit großen Augen an. Zum ersten Mal fällt mir auf, wie dunkel sie sind.

»Nein«, stottere ich. Oder vielleicht doch? Warum stelle ich mich so an? Michael ist kein Fremder, der mich in sein Auto locken will, sondern der Sohn des evangelischen Pfarrers. Eine sicherere Mitfahrgelegenheit nach Friedberg werde ich heute nicht mehr bekommen. Mittlerweile schlottern mir außerdem die Knie vor Kälte und ich höre ein Donnergrollen. »Na gut, ich fahre mit dir mit. Danke.«

Michael strahlt mich an, als hätte ich ihm soeben ein Geschenk gemacht.

Ich folge ihm zu einer dunklen Stufenheck-Limousine, die wie ein Neuwagen aussieht. Er muss ja gut verdienen in seiner Ausbildung. Dann entdecke ich die Werbefolie auf der Beifahrertür.

»Du arbeitest bei *Mode Rüther*?« Beeindruckt steige ich ein und nehme auf dem Ledersitz Platz. Ich liebe es, dort einzukaufen. Auch Sandra steht total auf die Klamotten.

»Ja.« Michael grinst mich mit unverhohlenem Stolz an, als wir uns anschnallen. »Ausnahmsweise darf ich den

Dienstwagen dieses Wochenende auch privat nutzen, weil ich einem Kunden heute kurz vor Feierabend noch was vorbeigebracht habe.«

»*Mode Rüther* hat echt coole Sachen«, sage ich. »Dann kennst du auch Thomas?«

Ein Zucken umspielt seine Mundwinkel. »Na ja, was heißt kennen. Er ist halt der Sohn vom Chef und hilft ab und zu im Laden aus.«

»Ist dein Chef streng?«, frage ich. Ich habe Roland Rüther ein, zwei Mal im Laden gesehen und fand, er sah grimmig aus.

Michaels Mundwinkel fallen nach unten. »Wenn das mal sein einziges Problem wäre.«

»Und was genau machst du bei *Mode Rüther*?«

»Eine Ausbildung zum Verkäufer.« Michael lenkt das Auto vom Parkplatz herunter auf die Straße. »Hat mein alter Herr drauf bestanden. Ich hätte lieber was anderes gemacht.«

»Was denn?« Ich wundere mich selbst über mein Interesse, aber noch mehr darüber, dass ich Michael bisher als unheimlich und langweilig abgestempelt habe. Dabei habe ich mich ja nie richtig mit ihm unterhalten.

»Was Kreatives. Ich zeichne gern. Oder vielleicht was mit Büchern.«

»Okay«, sage ich nur, weil ich selbst eher unkreativ bin. »Ich würde gerne was mit Sport machen.«

»Verstehe ich. Du bist ja auch voll gut im Handball.«

Überrascht schaue ich ihn an. Woher weiß er das?

Die Beleuchtung im Wageninneren verrät mir, dass seine Wangen sich gerötet haben. »Also, habe ich jedenfalls gehört, und euer Verein stand ja auch letztens in der Zeitung.« Nach einer etwas peinlichen Pause meint er:

»Hätte ich es auf dem Gymnasium geschafft, wäre ich auf eine Kunsthochschule gegangen.«

»Vielleicht kannst du das Abi ja irgendwann nachholen«, rege ich an, weil er so traurig klingt. »Oder du designst irgendwann die Kleider für das Modehaus.«

Michael lacht befreit auf. »Ja, das wäre cool.« Er hat ein ansteckendes Lachen, das er selten zeigt. Stattdessen strahlt er meist eine Schwermut aus, die Menschen eher auf Abstand hält.

»Wenn du das nächste Mal bei uns shoppen gehst, sag Bescheid«, sagt er jetzt. »Vielleicht kann ich einen Rabatt für dich organisieren.«

»Echt? Okay, danke.« Er scheint doch sehr nett zu sein. Warum habe ich mir nie die Mühe gemacht, ihn näher kennenzulernen?

»Ich finde übrigens, dass du einen total guten Modegeschmack hast. Das Kleid, das du anhast, ist der Hammer!«

Jetzt ist es an mir, rot zu werden. Das Kompliment hätte ich heute Abend so gern von einem anderen Jungen gehört. »Danke«, flüstere ich trotzdem.

»Du siehst eh toll aus und kannst alles tragen mit deiner Figur«, säuselt Michael jetzt. »Darum beneide ich dich echt.« Er wirft mir einen Seitenblick zu, den ich nicht so recht deuten kann, der mir aber Gänsehaut beschert.

Ich starre aus dem Fenster in die Dunkelheit und versuche auszumachen, wie weit es noch nach Friedberg ist. Die Fahrt zieht sich doch länger als gedacht. Ob Sandra hier irgendwo am Straßenrand läuft? Oder ist sie per Anhalter gefahren? Auf einmal packt mich das schlechte Gewissen, dass ich sie allein an der Haltestelle habe sitzen lassen. Schon komisch, dass sie danach so schnell verschwunden ist. Hoffentlich hat sie wenigstens gemerkt, dass sie diesmal so richtig Mist gebaut hat. Mit wem zum Teufel war sie auf dem Konzert?

»Alles okay?«, reißt mich Michael aus den Gedanken. »Hab ich was Falsches gesagt?« Er hört sich besorgt an. »Dann tut es mir echt leid. Ich mag dich einfach, weißt du?«

»Alles gut«, antworte ich, obwohl mir etwas mulmig zumute ist. Steht Michael etwa auf mich? »Ich bin nur müde und möchte nach Hause.«

»Na klar.« Übertrieben konzentriert schaut er durch die Windschutzscheibe. Wir schweigen eine Weile. Bis ich plötzlich »Stopp« rufe und ihn dadurch zwinge abzubremsen.

»Was ist los?«, fragt er alarmiert, hält aber nicht an. »Ist dir schlecht?«

»Nein. Aber bitte fahr trotzdem rechts ran.«

KAPITEL 19
SAMSTAG, 17. AUGUST 2019

VALENTINA

Ich muss mich am Küchentisch abstützen. Kommt es mir nur so vor, oder lese ich bei Sandras Abschied Schadenfreude in ihrem Gesicht? Mit ihrer Aussage hat sie einen Treffer gelandet, dessen Wucht mich fast umhaut. Natürlich. Michaelas erste Ausbildung. Sie hat irgendwann einmal erwähnt, in dem Modehaus gelernt zu haben, bevor sie Friedberg verlassen hat, um in Berlin zu sich selbst zu finden. In der Hauptstadt hat sie dann auch die Ausbildung zur Buchhändlerin absolviert. Wieso hat mein Hirn die Verknüpfung nicht schon früher hergestellt?

»Alles in Ordnung?«, fragt Robert besorgt. Er schenkt ein Glas Mineralwasser ein, das er mir reicht. »Hast du davon gewusst?«

Ich nippe an dem Wasser und nicke. »Ich hatte die ganze Zeit das Gefühl, den Namen Rüther noch in einem anderen Zusammenhang gehört zu haben. Jetzt weiß ich, in welchem.« Ich räuspere mich, um den Frosch im Hals loszuwerden. »Tut mir leid, dass es mir nicht vorher eingefallen ist.«

Robert seufzt und lehnt sich neben mir gegen die Tischkante. »Kein Problem. Ich weiß ja selbst, wie gut unser Gehirn darin ist, Unangenehmes zu verdrängen.«

»Ist aber auch schon eine Weile her«, versuche ich, mich zu rechtfertigen, und stelle das Glas auf dem Tisch ab. »Und Michaela hat es nur in einem Nebensatz erwähnt. Sie spricht nicht gern über ihre Jugend.«

Ich fische das Smartphone aus der Handtasche und öffne die Nachricht meiner Freundin, die ich bis jetzt so erfolgreich ignoriert habe.

»Wir müssen reden. Dringend«, lese ich sie laut vor.

»Das müssen wir auf jeden Fall«, stimmt Robert zu.

Ich wähle ihre Nummer, erst die vom Handy, dann die der Buchhandlung, bevor ich genervt auflege. »Ich erreiche sie nicht.«

»Ist die Buchhandlung um die Zeit noch auf?«

Ich werfe einen Blick auf die Uhr. »Samstags nicht.«

»Dann fahren wir zu ihr nach Hause.«

Eine halbe Stunde später stehen wir vor der Wohnanlage in der Würzburger Altstadt, in der Michaela lebt. Nach fünfmaligem Klingeln geben wir auf.

»Ihr Auto steht auch nicht hier«, fällt mir auf und mir entfährt ein Fluch. Wollte meine Freundin mit mir über Rüther reden? Oder sich nur bei mir entschuldigen? Was hat sie mir noch verschwiegen, was uns helfen könnte, Marlenes Tod aufzuklären?

»Denkst du, sie steckt da mit drinnen?« Robert sieht mich mitleidig an. Es ist ihm anzumerken, dass er Michaelas Mittäterschaft nicht ausschließt. Das Schlimme ist, dass ich es mittlerweile auch nicht mehr tue. Meine Freundin war eine der letzten Personen, die Marlene gesehen und uns das verheimlicht hat. Trotzdem weigere ich mich zu glauben, dass sie mit der Familie Rüther unter einer Decke steckt.

»Wir wissen doch gar nicht, ob an unserer Theorie was dran ist«, entgegne ich. Allerdings ist meine Verzweiflung deutlich herauszuhören. Hat Michaela erfahren, dass wir die Unternehmerfamilie verdächtigen, und ist daher abgehauen? Innerlich schüttle ich den Kopf. Schwachsinn! Michaela ist vielleicht nur einkaufen gefahren. Das ist alles ein blöder Zufall.

»Wo könnte sie sein?« Robert drückt erneut auf den Klingelknopf und unterstreicht damit nur seine Ratlosigkeit.

»Zu ihren Eltern.« Verärgert greife ich mir an die Stirn. »Da hätten wir zuerst nachsehen sollen.« Ich laufe zum Auto zurück, das wir außerhalb der Wohnanlage geparkt haben. »Dann hätten wir uns den Weg in die Stadt gespart.«

»Lass uns vorsichtshalber vorher in der Buchhandlung vorbeischauen«, schlägt Robert vor. »Wo wir schon hier sind. Vielleicht arbeitet sie ja noch im Büro.«

Das bezweifle ich. Meine Freundin bleibt zwar unter der Woche mal länger, doch die Wochenenden sind ihr heilig. Außerdem hat die Buchhandlung keine Klingel, und Michaela wird es daher nicht mitkriegen, wenn wir vor dem Laden stehen. Wieder wähle ich ihre Handynummer, doch es springt nur die Mailbox an. Ich spüre ein unangenehmes Ziehen in der Magengegend. Es ist ungewöhnlich für meine beste Freundin, dass sie nicht ans Telefon geht. Schon gar nicht, wenn sie dringend mit mir sprechen möchte.

»Na gut, wir können es in der Buchhandlung versuchen.« Skeptisch bleibe ich trotzdem. Auf einmal bin ich stinkwütend auf mich, dass ich Michaelas Anrufe ignoriert habe. Ich bin eine miese Freundin und eine noch miserablere Detektivin.

Die Fußgängerzone zeigt sich am frühen Abend von

einer anderen Seite als noch heute Mittag. Da die meisten Geschäfte geschlossen haben, sitzen die Menschen auf den Terrassen der Cafés und Restaurants, statt zu bummeln.

Robert und ich pochen gegen die verglaste Tür der Buchhandlung, wofür wir uns mehr als einen verdutzten Blick einheimsen. Wir sind ziemlich laut.

»Die ist zu«, weist uns eine Dame mittleren Alters hin und murmelt dann kopfschüttelnd. »Also, manche Leute …«

»Das bringt nichts«, sage ich entmutigt. »Wahrscheinlich ist sie bei ihren Eltern.« Letztes Wochenende hat sie sie ja auch besucht.

Auch Robert gibt auf, und so fahren wir zurück nach Friedberg. Gut, dass er sich daran erinnert, wo Michaelas Eltern wohnen, da ich sie nicht kenne und nie bei ihnen zu Hause war.

»Jeder in Friedberg weiß, wo der Pfarrer wohnt.« Robert zwinkert mir zu. »Das Pfarrhaus ist außerdem nicht schwer zu finden.«

Ich zucke mit den Schultern. Hätte ich schon drauf kommen können, aber ich mache mir nichts aus Kirche und Religion.

Womöglich bin ich deshalb positiv überrascht, als ich vor dem Gebäude stehe. Das schnuckelige Fachwerkhaus mit den dunkelblauen Fensterläden und dem kleinen Vorgarten hätte auch mir gefallen.

Diesmal öffnet sich die Tür schon nach dem ersten Klingeln, und ein Mann mit weißem Haar blickt uns neugierig aus schwarzen Augen an. Zusammen mit der spitzen Nase und dem feinen Mund erinnern sie mich stark an Michaelas Züge. »Robert Muth?«, fragt er vorsichtig. »Ich habe schon gehört, dass Sie wieder in unserer Gemeinde sind.«

»Hallo, Herr Stöcker«, antwortet Marlenes Bruder und reicht ihm die Hand. Ich begnüge mich mit einem Kopfnicken als Begrüßung. Der Pfarrer mustert mich so eingehend, dass ich ein Grinsen unterdrücke. Mir leuchtet ein, wieso er sich zum evangelischen Glauben bekennt. Das Zölibat wäre ihm sicher schwergefallen.

»Das ist Valentina Wallrapp, eine Freundin von Michaela«, erklärt Robert. »Ist sie zufällig hier?«

»Nein. Nicht mehr. Sie war heute Mittag da, aber nur kurz.« Der Pfarrer mustert mich. »Ich glaube, sie hat mal von Ihnen erzählt. Ihr Name sagt mir jedenfalls etwas.«

»Hat Michaela Ihnen gesagt, dass sie übers Wochenende wegfährt?«, fragt Robert.

»Nein. Wieso?«

»Dürfen wir reinkommen?« Mein Gefühl sagt mir, dass wir uns mit Michaelas Eltern unterhalten sollten. Wenn wir Glück haben, finden wir vielleicht raus, wo sie ist.

Der Pfarrer kommt unserer Bitte nach. »Meine Frau ist im Wohnzimmer. Möchten Sie etwas trinken?«

»Ein Glas Wasser wäre nett«, meint Robert, während ich dankend ablehne. Herr Stöcker begibt sich in die Küche und wir laufen den Flur voraus in den Wohnbereich.

Der Fachwerkstil ist hier beibehalten worden. Holzbalken durchziehen die schneeweißen Wände, die zusammen mit dem hellen Parkettboden und der hohen Decke dem Raum mehr Größe verleihen, als es von außen den Anschein hat. Ein cremefarbenes Sofa und ein Massivholz-Esstisch fügen sich farblich perfekt in ihre Umgebung.

Wir stellen uns Frau Stöcker vor, die uns einlädt, zusammen mit ihr auf dem Sofa Platz zu nehmen. »Michaela hat mir erzählt, dass Sie eine ihrer besten Kundinnen sind.«

Sie lächelt mir zu, was ihr faltiges Gesicht noch knittriger macht, bevor sie ihre Aufmerksamkeit Robert zuwendet. »Wir haben schon gehört, dass Sie zu Besuch bei Ihrer Mutter sind. Wie geht es ihr denn?«

»Nicht gut.« Robert tippt sich an die Brille und bedankt sich für das Glas Wasser, das der Pfarrer ihm reicht. »Wir müssten dringend mit Michaela sprechen. Haben Sie eine Idee, wo sie ist?« Er nippt an dem Wasser, das er in Ermangelung eines Couchtisches in der Hand behält.

»Nein«, antwortet Frau Stöcker. In ihr erkenne ich nur wenig von Michaela, bis auf dasselbe dicke Haar, das sie zu einem Zopf geflochten hat und von grauen Strähnen durchzogen ist. »Ist sie denn nicht zu Hause?«

Ich verneine und sehe aus dem Augenwinkel, dass der Pfarrer sein Smartphone zum Ohr führt. Vermutlich versucht er, seine Tochter zu erreichen.

»Die Buchhandlung hat bereits zu, und ihr Auto ist auch nicht da«, ergänze ich.

»Ich erreiche sie nicht«, sagt Herr Stöcker und steckt das Handy in die weite Jeanshose.

»Hat sie einen Freund?« Roberts Frage richtet sich an uns alle. Ich verkneife mir einen Kommentar. Zwar bekennt sich meine beste Freundin ganz offen als lesbisch, aber ich weiß, dass ihr Vater sowohl mit der Geschlechtsangleichung als auch der sexuellen Orientierung seiner Tochter große Schwierigkeiten hat.

»Michaela mag keine Männer«, klärt Frau Stöcker Robert auf. Sie klingt dabei völlig neutral, doch entgeht mir der vorsichtige Blick zu ihrem Gatten nicht. »Also zumindest nicht so, wie Sie es meinen.«

»Ach so.« Robert räuspert sich. »Dann vielleicht eine Freundin?«

Erstaunt bemerke ich, wie Frau Stöcker mich taxiert, sodass ich mich gezwungen sehe, etwas klarzustellen. »Wir sind wirklich nur befreundet. Rein platonisch.«

Herr Stöcker lehnt sich gegen eine der tiefen Fensterbänke und verschränkt die Arme vor der Brust. »Verraten Sie mir, worüber Sie so dringend mit Michi sprechen möchten?«

Gern hätte ich Michaelas Reaktion auf diesen Spitznamen gesehen. In meiner Gegenwart hat sie ihn nie fallen lassen, und ich bin sicher, es ist ihr wichtig, mit ihrem vollständigen Vornamen angesprochen zu werden.

»Wir haben ein paar Fragen zur Familie Rüther«, kommt Robert meiner Antwort zuvor. »Sie hat dort ihre Ausbildung absolviert, richtig?«

Michaelas Vater nickt. »Mit Bestnoten wohlgemerkt. Ich habe meinen Sohn damals zu diesem Schritt bewegt, nachdem es auf dem Gymnasium nicht mehr geklappt hat.«

»Sie meinen, Ihre Tochter«, korrigiere ich ihn.

»Michi hätte es bei *Mode Rüther* weit bringen können«, fährt der Pfarrer unbeirrt fort. Der bittere Unterton entgeht mir ebenso wenig wie Robert. »Na ja, das Gelernte hilft ihm jetzt immerhin, ein eigenes kleines Geschäft zu führen.«

Es brodelt leicht in mir, weil Herr Stöcker immer noch nicht akzeptiert hat, dass er eine Tochter hat. Erst jetzt fällt mir auf, dass das einzige Foto an der Wand im Wohnzimmer ein Kinderfoto von Michaela ist. Kurze Haare, Jungenkleidung und eine hellblaue Schultüte in der Hand.

»Wie gut kennen Sie die Familie Rüther?«, fragt Robert.

»Wir sind befreundet«, antwortet der Pfarrer. »Roland ist ein gläubiger Mensch und sehr großzügig, was die Unterstützung unserer Kirche angeht.«

Natürlich, denke ich in einem Anflug von Sarkasmus, denn falls er wirklich ein Frauenschläger ist, muss er sich Gottes Gnade teuer erkaufen.

»Nachdem Michi sich … so verändert hat, war es für uns nicht leicht in Friedberg. Es gab viel Gerede. Einige haben behauptet, wir hätten unseren Sohn falsch erzogen, verweichlicht. Die Eltern haben ja immer Schuld.«

Ich kann ein Schnaufen ob der Ignoranz der Leute nicht unterdrücken.

»Sie brauchen gar nicht so zu schnaufen«, fährt mich der Pfarrer an. Seine schwarzen Augen funkeln bedrohlich. »Sie können sich ja nicht vorstellen, wie es ist, wenn Ihr Sohn mit Anfang 20 auf einmal beschließt, den Job hinzuschmeißen und in die Hauptstadt zu ziehen. Ohne irgendeine Begründung. Michi hat über Jahre komplett den Kontakt zu uns abgebrochen. Dann taucht er eines Tages wieder hier auf. Zu Besuch. In Frauenkleidern und der Mitteilung, er heiße von nun an Michaela und arbeite in Berlin als Buchhändlerin. Dann kamen die körperlichen Veränderungen, die Hormone, die Operationen.« Seine Stimme bricht ab. Ich sehe, wie sehr er leidet. Trotzdem verhält er sich nicht fair. Es geht nun einmal nicht um ihn, nicht um sein Leben.

»Sie ist immer noch unser Kind«, flüstert seine Frau, Tränen in den Augen. »Auch wenn mein Mann das nicht sehen kann. Michaela war damals sehr unglücklich. Ich bin froh, dass sie den Schritt gegangen ist. Sonst hätten wir sie vielleicht für immer verloren.«

»Seit wann lebt Michaela denn wieder in Unterfranken?« Die Frage kommt von Robert, der nachdenklich wirkt. Er hält immer noch das mittlerweile leere Glas in den Händen.

Frau Stöcker muss kurz überlegen. »Das müssen jetzt sechs Jahre sein. Ich habe sie gebeten, wieder nach Hause zu kommen, und in Würzburg dann schließlich die freien Ladenräume entdeckt. Ihr Traum war es schon länger, eine eigene Buchhandlung zu eröffnen.«

Robert sieht mich eindringlich an. »Sechs Jahre«, murmelt er und stellt das Glas Wasser auf dem Boden ab. Endlich schalte auch ich. Solange schon liegt jedes Jahr zum Todestag von Marlene eine Rose auf ihrem Grab. Ich habe Michaela nie gefragt, seit wann sie die Buchhandlung hat. Ich muss mich wirklich mehr für meine Freunde interessieren.

»Was ist los?«, fragt Michaelas Mutter beunruhigt. »Warum ist es so wichtig, seit wann unsere Tochter in Würzburg ist?«

»Müssen wir uns Sorgen machen?« Auch ihr Vater klingt alarmiert und pflückt das Handy aus der Jeans. »Ich rufe Michi noch mal an.«

»Mag Michaela eigentlich Rosen?«, frage ich und schäme mich erneut, dass ich keine Ahnung habe, wie meine beste Freundin zu Blumen steht. Nach fünf Jahren Freundschaft sollte ich das wissen, oder?

»Sie liebt rote Rosen.« Frau Stöcker lächelt versonnen, während ihr Mann das Smartphone sinken lässt. Auch ich mache mir nun Sorgen. Ist Michaela was zugestoßen? Oder ist sie abgehauen, weil sie etwas mit Marlenes Tod zu tun hat? »Wir haben einen kleinen Rosengarten hinter dem Haus. Schon als Kind hat sie es geliebt, dort zu sitzen und die Schmetterlinge zu beobachten. Sie hat sich selbst viel um den Garten gekümmert. Heute nach dem Mittagessen war sie auch eine Weile draußen.«

Ich fühle mich, als hätte jemand einen Kübel Eiswasser über mir ausgeschüttet. Ich beginne zu zittern. Robert neben mir entfährt ein Fluch. Auf Englisch, wie ich unnötigerweise registriere.

Er springt vom Sofa auf und verschränkt die Hände im Nacken. »Sie war es also, die ich auf dem Friedhof verfolgt habe.«

»Und sie hat wahrscheinlich auch den Brief mit dem Schmetterling geschrieben«, ergänze ich flüsternd.

ROBERT

»Können Sie uns bitte mal erklären, wovon Sie eigentlich reden?«, fordert Michaelas Vater uns auf.

»Ist meine Tochter in Schwierigkeiten?« Frau Stöckers Blässe macht den Wänden Konkurrenz.

»Das wissen wir nicht«, sage ich ehrlicherweise. »Aber wir müssen sie auf jeden Fall finden. Sie kennt Marlenes Mörder.« Schönheit hat den Tod gewählt. Oder hat Michaela meine Schwester auf dem Gewissen? Sie war auf dem Spieletreff und sie kennt sowohl Roland als auch Thomas Rüther.

Valentina ist ungewöhnlich still. Sie sitzt noch immer auf dem Sofa, die Arme um den Oberkörper geschlungen, als wäre ihr kalt. Steht sie unter Schock?

»Was heißt das, sie kennt Marlenes Mörder?«, braust der Pfarrer auf. »Was unterstellen Sie Michi da?«

»Vielleicht ist sie nur eine Zeugin«, beschwichtige ich ihn. »Aber wir glauben, dass sie meinen Eltern einen Brief geschickt hat, um ihnen einen Hinweis zum Täter zu geben. Einen Brief mit einem Schmetterling.«

»Ein Tagpfauenauge?« Frau Stöcker starrt uns an. Als ich nicke, steht sie auf und bittet uns, einen Moment zu warten. Dann kommt sie mit ein paar Blättern Papier zurück. »Michaela hat diese hier früher gezeichnet. Sie hatte ein Talent, wenn es darum ging, Tiere abzubilden.« Sie reicht mir und Valentina jeweils eine Zeichnung. Wir tauschen Blicke, und die Detektivin nickt.

»Sie sehen genauso aus. Auch Perspektive und Winkel stimmen.«

»Ich weiß auch nicht, warum sie sie immer so ähnlich gezeichnet hat«, erklärt Frau Stöcker.

»Zeichnungen eines Teenagers«, wendet der Pfarrer schroff ein. »Was soll das schon beweisen?« Er reißt mir das Blatt Papier aus der Hand und zerreißt es vor meinen Augen. »Ich glaube, es ist besser, Sie gehen jetzt.«

»Was ist, wenn sie sich was angetan hat?«, wirft seine Frau ihm vor. Die Angst um ihre Tochter steht ihr deutlich ins Gesicht geschrieben. »Was ist, wenn sie wirklich weiß, wer Marlene getötet hat?«

»Ich weiß nur, dass Michi damit nichts zu tun hat«, sagt Herr Stöcker mit Nachdruck und wendet sich in Richtung Flur, vermutlich, um uns dazu zu bewegen, das Pfarrhaus zu verlassen. »Jedenfalls werde ich nicht zulassen, dass meiner Frau und mir das auch noch angekreidet wird. Gehen Sie jetzt bitte.«

»In Ordnung«, sage ich. »Aber wenn Sie etwas von

Michaela hören oder Ihnen einfällt, wo sie sein könnte, melden Sie sich. Bitte.« Bewusst wende ich mich an Frau Stöcker, da ich sicher bin, dass ihr Mann das nicht tun wird. Zögerlich nimmt sie meine Visitenkarte entgegen.

Auch Valentina ist aufgestanden und gibt dem Pfarrer die Zeichnung zurück. »Ich glaube, Ihre Tochter«, sie betont das letzte Wort, »hat Marlene geliebt. Daher denke ich auch nicht, dass sie sie getötet hat.«

Ich gehe nicht darauf ein, sondern verabschiede mich von Michaelas Eltern. Du möchtest, dass sie unschuldig ist, denke ich. Weil sie deine beste Freundin ist. Aber wieso hat sie uns dann nicht geholfen? Warum hat sie zu Marlenes Mörder geschwiegen? Was ist das für eine Liebe, die 20 Jahre lang einen Mord deckt? Ich glaube eher, Michaela hat Schuld auf sich geladen. Deshalb hat sie geschwiegen und ist in die Hauptstadt geflohen. Um vor ihrer Tat davonzulaufen. So wie ich.

VALENTINA

Roberts mitleidiger Blick geht mir gehörig auf den Zeiger. Es ist offensichtlich, dass er Michaela für eine Mörderin hält. Aber dass sie den Brief geschrieben und Rosen auf Marlenes Grab gelegt hat, heißt noch lange nicht, dass sie seine Schwester auch umgebracht hat. Michaela hat den Täter gesehen und aus Angst geschwiegen. So muss es sein.

»Ich denke, wir sollten die Polizei einschalten«, schlägt Robert vor, als wir bei meinem Auto ankommen. »Michaela als vermisst melden.«

»Die machen nichts, solange es keine Anhaltspunkte dafür gibt, dass sie in Gefahr schwebt.«

»Sie ist in einen Mordfall verwickelt«, widerspricht er mir. »Die Kripo muss Interesse daran haben, sie zu finden.«

Er ist so naiv. »Der Fall ist 20 Jahre alt, und wir haben keinen einzigen Beweis für ihre Mittäterschaft. Ihr Vater wird alle Zeichnungen vernichten, bevor die Polizei auch nur einen Schritt durch die Tür gesetzt hat.«

Robert schnauft ungehalten, die Augen klein vor Wut. »Was dann? Wo sollen wir sie noch suchen?«

»Wir fahren zu ihrer Wohnung und warten, dass sie wieder auftaucht.« Mehr können wir nicht tun. Michaela wird sich nicht ewig verstecken, oder?

Dann fällt mir Berlin ein. Sie hat sicher noch Kontakte dort, die ihr Unterschlupf gewähren würden. Mir entfährt ein Fluch. Verdammt, Michaela, wo bist du da hineingeraten?! Eine Welle der Enttäuschung überrollt mich. Ich kenne meine beste Freundin gar nicht, habe nicht in Ansätzen verstanden, wie viel Marlene ihr bedeutet hat. Automatisch schaue ich aufs Handy. Keine neue Nachricht von ihr. Warum bin ich nicht rangegangen, als sie mit mir sprechen wollte? Hätte sie mir gestanden, dass sie damals den anonymen Brief geschrieben hat?

»Bitte sag mir, dass du sie nicht umgebracht hast«, flüstere ich mir selbst zu und steige in den Dienstwagen. Kaum haben wir uns angeschnallt, klingelt Roberts Handy.

Etwas unbeholfen ob des Sitzgurtes kramt er es aus der Jeanshose und nimmt das Gespräch an.

»Was?« Alle Farbe weicht ihm aus dem Gesicht. Sieht nach schlechten Nachrichten aus. »Okay, ich komme dahin.«

Ich warte, bis er auflegt. »Was ist passiert?«

»Meine Mutter«, antwortet er, immer noch leichenblass. »Sie ist im Krankenhaus. Das war ihr Arzt. Es sieht wohl sehr schlecht aus.«

»Oje«, entfährt es mir. »Ich fahre dich. Wo liegt sie?«

»In der Würzburger Uniklinik.«

Ich warte vor dem Krankenzimmer, da immer nur eine Person zu Roberts Mutter darf. Gisela Muths Arzt, ein Doktor Kleist, sitzt neben mir auf einem Besucherstuhl und nippt an einem Kaffee aus dem Automaten. Ich habe mich ihm namentlich vorgestellt, ohne zu erwähnen, in welcher Beziehung ich zu den Muths stehe.

»Gut, dass sie es noch geschafft hat, mich anzurufen.« Doktor Kleist streicht sich mit der freien Hand übers Gesicht, das nur von wenigen Falten gezeichnet ist. »Ihren Sohn hat sie wohl nicht erreicht.« Seine Stimme ist frei von jedem Vorwurf. »Sie hat immerzu von Marlene gesprochen. Dass sie noch nicht bereit ist zu sterben, bevor sie alles weiß.« Er sieht mich unverwandt an. »Sie hat eine Privatdetektivin erwähnt. Das sind nicht zufällig Sie?«

Ich neige den Kopf. »Schuldig im Sinne der Anklage.« Ich weiß nicht, woher ich den Humor nehme. Ich fühle mich hundeelend. Wie eine Versagerin. »Ich schätze, Robert hat ein wenig zu viel Hoffnung in mich gesetzt.«

»Hmm«, meint der Arzt nur. »Es ist trotzdem wichtig, dass Sie hier sind. Ich muss leider jetzt gehen, und Robert sollte das nicht allein durchstehen.«

Ich schlucke. »Glauben Sie, sie wird noch mal nach Hause kommen, bevor sie …«

Er schüttelt den Kopf. »Dazu reichen ihre Kräfte nicht.« Ein Seufzen begleitet seine Worte. »Bitte bleiben Sie hier, in Ordnung? Er hat niemand anderen.« Er verabschiedet sich.

Ich fühle mich gezwungen zuzustimmen, obwohl ich am liebsten davonlaufen möchte. Ich hasse Krankenhäuser. Alles hier erinnert mich an die Nacht vor 20 Jahren, als meine Mutter in einem dieser Zimmer starb. Noch schlimmer als der Abschied von ihr, als die letzte Umarmung war der Anblick meines Vaters, den ich nicht vergessen werde. Nie habe ich ihn so gebrochen gesehen. Obwohl wir so viel Zeit hatten, uns vorzubereiten, war diese Nacht das Schmerzlichste, das wir je erlebt haben. Immerhin hat es meinen Vater und mich noch enger zusammengeschweißt. Ich will mir nicht ausmalen, wie es sein wird, ihn auch irgendwann zu verlieren.

Tränen drücken auf meine Lider, und ich vergrabe den Kopf in den Händen. Alles in mir schreit, aufzustehen und zu gehen. Schließlich sind Robert und ich rein beruflich miteinander verbunden. Unser Vertrag beinhaltet nicht, das hier durchzumachen. Nicht noch einmal.

»Valentina?«

Ich schrecke auf. Robert steht vor mir. Mit geröteten Augen. »Du musst ohne mich zu Michaelas Wohnung fahren. Ich möchte hier sein, wenn meine Mutter …« Sein Kehlkopf hüpft.

»Ist okay, ich bleibe.«

»Das musst du nicht. Es ist wichtiger, dass wir Michaela finden.« Sein Tonfall straft ihn Lügen. Doktor Kleist hat recht. Er braucht mich.

»Das werden wir.« Ich zwinge mich zu einem zuversichtlichen Lächeln, das mir hoffentlich gelingt. »Aber jetzt sind wir erst einmal hier.«

Robert atmet aus. Die Erleichterung über meine Entscheidung ist ihm deutlich anzusehen. »Wir könnten etwas essen gehen«, schlägt er vor und sieht auf die Uhr. »Wobei ich bezweifle, dass die Kantine nach 20 Uhr noch aufhat.«

»Ich habe gar keinen Hunger.«

Er lächelt. »Ich auch nicht.« Er setzt sich neben mich. Eine Weile schweigen wir, dann sagt er: »Ich habe ihr versprochen, dass wir Marlenes Mörder finden.«

Ich bringe keine Antwort hervor. Ich habe ihn enttäuscht. Kris und mein Vater hatten recht. Was habe ich mir eigentlich eingebildet? Dass ich mit den paar Jahren Berufserfahrung einen Fall löse, an dem selbst die besten Ermittler gescheitert sind? Hochmut kommt eben immer vor dem Fall.

Wieder klingelt Roberts Handy.

»Sorry, das ist vielleicht Ava.« Der hoffnungsvolle Tonfall geht in ein Stirnrunzeln über. »Unbekannte Nummer.« Trotzdem geht er ran und nennt seinen Namen. »Ach, Frau Stöcker.« Er wirft mir einen überraschten Seitenblick zu. »Ja, hier ist Robert Muth, Sie haben die richtige Nummer gewählt.«

Unbewusst richte ich mich auf. »Lautsprecher«, raune ich ihm zu. Robert folgt meiner Anweisung und hält das Smartphone zwischen uns.

»Die Reaktion meines Mannes tut mir leid«, vernehme ich die Stimme der Pfarrersgattin. »Er hat bis heute nicht überwunden, dass er keinen Sohn hat. Aber er liebt Michaela, das müssen Sie mir glauben.«

»Haben Sie noch weitere Zeichnungen mit dem Schmetterling?«, will Robert wissen. Es lässt unerwähnt, dass er sie der Kripo zeigen möchte.

»Da müsste ich nachschauen.« Sie stockt einen Moment. »Werden Sie die Polizei verständigen?«

»Ich glaube an Michaelas Unschuld«, sage ich schnell und sehe Robert dabei eindringlich an. »Ich will ihr nur helfen. Aber dazu müssen wir sie finden.«

»Ich weiß. Ich fürchte nur, sie hat sich vielleicht etwas angetan«, sagt Frau Stöcker mit belegter Stimme. »Sie hat es schon mal versucht. Vor langer Zeit.«

»Was meinen Sie damit?« Ein eiskalter Schauder läuft mir über den Nacken. Auch das hat mir Michaela nie erzählt. »Wann war das?«

»Etwa acht Wochen nach Marlenes Tod. Keiner in Friedberg weiß es. Die Polizei hat es damals als Unfall deklariert, und so haben wir es seitdem ebenfalls kommuniziert. Mein Mann wollte es so. Aber ich bin sicher, es war Absicht.«

»Was genau ist passiert?«

»Michaela ist mit dem Auto gegen einen Baum gefahren. Sie war schwer verletzt, lag monatelang im Krankenhaus.«

Robert wirft mir einen unmissverständlichen Blick zu. Ein Suizidversuch so kurz nach Marlenes Tod spricht noch mehr für Michaelas Schuld.

»Hat sie Ihnen erzählt, dass es Absicht war?«, frage ich dennoch.

»Nein. Jedenfalls nicht direkt. Aber sie …« Ihre Stimme bricht ab. »Entschuldigen Sie, es fällt mir schwer, darüber zu sprechen.«

Robert und ich schweigen einvernehmlich, um ihr die Zeit zu geben, obwohl ich sicher bin, dass er es noch weniger als ich erwarten kann, dass sie ihren Bericht fortsetzt.

Wir hören, dass sie tief Luft holt. »Sie hatte Verletzungen, die sie sich nur selbst zugefügt haben kann. Auch im Intimbereich.«

Wieder warten wir, dass sie weiterspricht. Jede Faser meiner Muskeln ist angespannt.

»Außerdem hat sie bei einem meiner Besuche im Krankenhaus etwas gesagt, das ich mein Lebtag nicht vergessen werde.«

»Was denn?« Roberts Ungeduld hat seine Grenze erreicht.

»Sie hat mir erzählt, wie unglücklich sie mit ihrem Körper ist. Ich hatte es zwar schon geahnt, aber an dem Tag hat sie es mir zum ersten Mal in dieser Deutlichkeit anvertraut.«

»Okay«, sage ich, »das heißt aber nicht, dass sie versucht hat, sich umzubringen.«

»Das nicht. Aber sie sagte dann, sie habe etwas so Schreckliches getan, dass Gott ihr nicht verzeihen wird. Ich dachte natürlich immer, sie meint die Selbstverletzungen und den Selbstmordversuch. Was aber, wenn sie ... wenn sie doch etwas mit Marlenes Tod zu tun hat?«

Robert pustet die Luft aus. Seine Gesichtszüge drücken Verbitterung und Frust aus. Womöglich denkt er dasselbe wie ich, nämlich dass Michaelas Selbstverletzung eine eigens auferlegte Strafe für ein Verbrechen war, das täglich Dutzenden Frauen in Deutschland angetan wird.

»Danke, dass Sie uns das erzählt haben«, presse ich mit Mühe heraus. Dann verabschiede ich mich mit dem Versprechen, Michaela zu finden, und drücke die Off-Taste. »Wir wissen nicht, ob Marlene vergewaltigt wurde«, platze ich heraus.

Robert steht auf und steckt das Handy ein. »Bitte fahr zu ihrer Wohnung.« Er sieht mich nicht an. »Ich weiß, dass du immer noch denkst, sie ist unschuldig, doch das ist sie sicher nicht.«

Ich stelle mich neben ihn und lege eine Hand auf seine Schulter. Auch wenn er recht hat, fühle ich mich nicht wohl bei dem Gedanken, ihn allein zu lassen. »Kommst du zurecht?«, frage ich.

Er nickt, die Lippen aufeinandergepresst. Endlich sieht er mich an. »Sie darf damit nicht davonkommen.« Der Satz klingt nach einer Drohung. Dann lässt er mich stehen und betritt das Krankenzimmer seiner Mutter.

Ich weiß nicht, ob es die richtige Entscheidung ist. Ich kann nur hoffen, dass Roberts Mutter noch eine Weile durchhält. Wenigstens so lange, bis wir die Hintergründe von Marlenes Tod aufgeklärt haben.

Ich fahre direkt zu Michaelas Wohnung und sehe gleich, dass ihr Auto immer noch nicht auf dem Parkplatz steht. Ohne große Erwartungen klingle ich bei ihr. Nichts. Verdammt, Michaela, wo bist du?

Ich wähle ihre Handynummer und aus Verzweiflung auch die Festnetznummer. Das Freizeichen klingt wie eine Beleidigung in meinen Ohren. Frustriert wende ich mich vom Hauseingang ab, als sich die Tür ruckartig von innen öffnet und eine Frau heraustritt. Sie sieht mich, weicht zurück und hält sich eine Hand an die Brust.

»Haben Sie mich erschreckt.« Doch sie lächelt. »Wollen Sie zu jemandem?«

»Ja. Zu einer Freundin.« Ich ergreife die Chance und drängle mich mit einem »Danke« an ihr vorbei in den Flur. Michaela wohnt ganz oben im fünften Stock. Im Dachgeschoss. Sie beschwert sich immer über die Hitze im Sommer und darüber, dass es keinen Aufzug gibt. Zwei Stufen auf einmal nehmend erklimme ich im Rekordtempo die Etagen.

Die Wohnungstür ist nur angelehnt. Mich beschleicht ein mulmiges Gefühl. Sie würde doch nicht wegfahren, ohne abzuschließen. Ein Blick auf den Schließzylinder lässt mich laut fluchen. Er ist in der Mitte auseinandergebrochen und enthält an beiden Seiten auffällige Druckspuren. Hier hat sich jemand gewaltsam Zugang verschafft.

»Michaela?« Meine Stimme zittert, als ich den Wohnungsflur betrete. »Ist jemand hier?« Na klar, schlage ich mir gedanklich gegen den Kopf. Der Einbrecher wird bestimmt darauf antworten.

Ich biege rechts in die Küche ab und erstarre. Schränke sind aufgerissen, Schubladen liegen umgedreht am Boden, Besteck und zerbrochene Teller sind kreuz und quer über die hellen Fliesen verteilt.

Das Herz schlägt mir bis zum Hals, als ich den nächsten Raum inspiziere. Im schräg gegenüberliegenden Wohnzimmer sieht es ähnlich verwüstet aus. Michaelas Bücherregale sind leergefegt. Romane, Papiere und Unterlagen bedecken den Parkettboden. Die Couch und der Ledersessel wurden verrückt und auseinandergezogen. Von Michaela fehlt jegliche Spur.

Ich sollte die Polizei rufen, schießt es mir durch den Kopf. Dann vernehme ich ein Rascheln hinter mir, das mich in Panik versetzt. Noch bevor ich mich umdrehen kann, wird mir klar, dass ich einen Fehler begangen habe. Schmerz durchzieht meinen Hinterkopf. Ich sehe Sterne, Schwärze, danach nichts mehr.

Als ich wieder zu mir komme, ist es düster im Zimmer. Mein Schädel dröhnt, und mein Mund fühlt sich an, als hätte ich Staub geschluckt. Ich liege bäuchlings auf dem Parkett, von dem ich mich nun mühselig aufstemme, um den Lichtschalter zu suchen. Ich brauche einen Moment, dann blendet mich die Helligkeit der Deckenstrahler. Die Dunkelheit vor dem Fenster verrät mir, dass die Sonne mittlerweile vollständig untergegangen ist. Dann war ich eine Stunde oder länger ohnmächtig.

Ein Gedanke blitzt in mir auf: Michaela! Im Schlaf- und Badezimmer habe ich noch nicht nachgesehen. Was, wenn der Einbrecher auch sie ausgeschaltet hat? Was hat er oder sie überhaupt gesucht? Es kann jedenfalls kein Zufall sein, dass das jetzt geschieht, da wir Michaela verdächtigen und so nahe vor der Aufklärung von Marlenes Mord stehen.

Außer weiterem Chaos finde ich nichts in der Wohnung. Eine tiefe Beklommenheit umhüllt mich. Michaela ist etwas passiert, oder zumindest ist sie in Gefahr.

Der Klingelton meines eigenen Handys schreckt mich auf. Ich folge ihm zurück ins Wohnzimmer und zu meiner Handtasche, die auf dem Boden liegt, der Inhalt um sie herum verstreut, entweder durch mein Fallen oder – wahrscheinlicher – weil jemand sie durchsucht hat. Das würde auch erklären, warum mein Ausweis neben dem Geldbeutel liegt. Immerhin sind alle Scheine noch im Portemonnaie. »Wie ich es mir dachte«, murmle ich. »Ums Geld ging's denen nicht.«

Das Handy klingelt immer noch. Es ist Robert.

»Hallo«, melde ich mich und unterdrücke ein Stöhnen, weil mein Schädel immer noch brummt. Automatisch streiche ich mir über den Hinterkopf. Zwar blute ich nicht, aber ich habe eine ganz schöne Beule. »Ich bin in Michaelas Wohnung, aber sie ist nicht hier. Jemand ist eingebrochen und hat etwas gesucht.«

»Geht es dir gut?« Er klingt besorgt.

»Jein. Der Einbrecher hat mir eins übergezogen.«

»Shit. Ich hätte dich nicht allein gehen lassen sollen.« Ich sehe ihn vor mir, wie er an seiner Brille herumspielt oder sich nervös durch die Haare fährt. »Moment mal«, sagt er dann. »Wenn jemand die Wohnung durchsucht hat, dann doch sicher auch die Geschäftsräume der Buchhandlung, oder?«

»Stimmt.« Darauf hätte ich selbst kommen können. Anscheinend hat der Schlag auf den Hinterkopf meine Synapsen beschädigt. »Ich fahre sofort hin. Wie geht es deiner Mutter?«

»Unverändert. Aber immerhin nicht schlechter. Meinst du nicht, du solltest dich untersuchen lassen?«, fragt er.

Will er jetzt allen Ernstes, dass ich zurück ins Krankenhaus komme? »Es geht schon«, winke ich ab, schließlich muss ich nun dringender als je zuvor Michaela finden. Trotzdem setze ich mich auf einen Teil der auseinandergenommenen Couch, weil mir leicht schwindelig ist. »Gleich.« Ich betrachte das Durcheinander im Zimmer. »Ich frage mich, was der Einbrecher gesucht hat. Wenn Michaela in dem Mord an deiner Schwester mit drinnen hängt, wird sie wohl kaum etwas Belastendes in ihrer Wohnung aufbewahren.«

»Du denkst immer noch, sie ist nur eine Zeugin, oder?« Robert schnauft. »Warum sollte der Täter dann erst jetzt bei deiner Freundin vorbeischauen? Nach so vielen Jahren.«

»Vielleicht ist ihm erst durch unsere Ermittlungen klar geworden, dass es eine Zeugin gibt«, mutmaße ich. »Oder Michaela erpresst ihn. Auf jeden Fall fahre ich jetzt zur Buchhandlung, dann melde ich mich wieder bei dir.«

Ich klaube meine Habseligkeiten zusammen und verschwinde aus der Wohnung, in der ich – wie mir jetzt aufgeht – überall meine Fingerabdrücke verteilt habe. Besser, ich rufe die Polizei später an. Ich habe keine Zeit für langwierige Erklärungen. Fehlt nur noch, dass ich in Verdacht gerate. Wobei es nicht ungewöhnlich sein dürfte, dass Spuren von mir als Michaelas Freundin in diesen vier Wänden sind.

Als ich auf den Parkplatz hinter dem Sankt-Kilians-Dom einfahre, entdecke ich Michaelas Wagen unter den wenigen verbliebenen Fahrzeugen. Weder Robert noch ich haben vor ein paar Stunden daran gedacht, nach dem Auto zu suchen.

Wenn es hier steht, wird meine Freundin wohl doch noch in der Buchhandlung sein. Ich nähere mich dem Golf. Die Scheibe auf der Beifahrerseite ist eingeschlagen, offensichtlich nicht, um den Wagen zu stehlen, sondern um ihn zu durchsuchen. Darauf deutet das geöffnete Handschuhfach hin. Was zum Henker geht hier ab?

Ich renne zur Buchhandlung. Da in der Fußgängerzone nichts mehr los ist, stört sich diesmal wenigstens niemand an meinem Pochen gegen die Glastür.

»Michaela? Bist du hier?«, rufe ich. »Bitte mach auf!« Mein Gefühl sagt mir auf einmal, dass meine beste Freundin da drinnen ist. Warum hatte ich diese Eingebung nicht schon früher? Hoffentlich geht es ihr gut. Verzweifelt überlege ich, wie ich in den Laden komme.

Hat Michaela nicht mal was von einem Lieferanteneingang erzählt? Falls ja, so habe ich keine Ahnung, wo der sein soll.

»Bist du eine Detektivin, oder nicht?«, vernehme ich den Spott einer inneren Stimme. So schwierig kann das ja wohl nicht sein.

Ich laufe um das Gebäude herum. Da, tatsächlich! Auf der Hinterseite bemerke ich eine schmale abschüssige Rampe, die zu einer Tür mit Glaseinsatz führt.

»Mist, verdammter!« Das Glas ist zersplittert. Da war wohl jemand vor mir hier. Vorsichtig, um mich nicht zu schneiden, greife ich durch das Scherbenloch und drücke die Klinke von innen herunter. Der Weg ins Gebäude ist frei.

Ich taste die Wände nach einem Lichtschalter ab, kann aber keinen finden. Im Dunkeln tappe ich durch den Gang, ohne zu wissen, wohin er mich führt. Bald gelange ich zu ein paar Stufen, nach deren Erklimmung zu einer Tür. Sie ist nicht abgeschlossen. Ich ziehe sie auf und schaue immer noch in Schwärze. Doch diesmal findet meine Hand den Schalter gleich links neben der Tür. Mit einem Brummen geht die Deckenbeleuchtung an. Einen Moment lang bin ich geblendet, bevor sich meine Pupillen an die Helligkeit gewöhnen.

Ich stehe im Lager der Buchhandlung, das nur aus wenigen Regalreihen besteht. Auf den Holzbrettern stapeln sich Versandkartons, Dekoartikel und Werbeschilder. Gegenüber ist eine weitere Tür. Sie ist ebenfalls unverschlossen, und zu meiner Überraschung führt sie in Michaelas Büro. Was mich auch erstaunt, ist, dass das Licht brennt. Sie muss also hier sein. Nur sehe ich sie nicht. Stattdessen versetzt mich die Verwüstung, die wie ein Spiegelbild zu der in ihrer Wohnung wirkt, in eine Art Panik.

»Michaela?«, rufe ich in den Raum hinein. Was ich ernte, ist ein entsetzliches Ächzen, das mir durch Mark und Bein fährt.

»Michaela?« Ich renne durch den Raum bis zum Schreibtisch, in Richtung des Geräuschs. Dann sehe ich das Blut, noch bevor ich meine Freundin entdecke. Sie liegt hinter dem Möbelstück in einer Lache aus Rot.

»Scheiße!« Ich knie mich neben sie. Versuche herauszufinden, woher das Blut kommt. Viel zu viel Blut, denke ich. Die eigentliche Farbe ihres Oberteils ist kaum noch zu erkennen.

»Valen...«, stößt sie aus. Ihr Lächeln ist verzerrt.

»Pscht«, keuche ich. »Nicht anstrengen.« Ich lupfe vorsichtig ihr Oberteil, um die Wunde zu finden. Ignoriere das Schmetterlingstattoo, das die Haut über ihrem linken Hüftknochen ziert.

»Ich bin hier. Alles wird gut«, japse ich. Dann sehe ich mindestens drei Stichwunden, aus denen der Lebenssaft sickert.

Ich drücke auf die, die mir am größten scheint, doch merke ich sofort, dass das nicht reichen wird. Die Wunden sind furchtbar tief.

»Halte durch.« Mit zittrigen Händen durchwühle ich meine Handtasche nach dem Smartphone. Ich drücke die Ziffern 112, die ich verschwommen durch einen Schleier aus Tränen lese.

Bitte stirb nicht, denke ich. Du darfst nicht sterben. Es kommt mir vor wie eine Ewigkeit, bis jemand den Anruf entgegennimmt. Aus weiter Ferne vernehme ich meine eigene Stimme, die einer Frau Name und Adresse der Buchhandlung durchgibt. Sie bittet mich, vor Ort zu bleiben, bis die Rettungskräfte eintreffen. Als würde ich irgendwohin gehen und Michaela allein lassen.

Ich lege auf und drücke erneut meine Hände auf ihren Bauch und die Brust. Vor lauter Blut und den eigenen Tränen kann ich die einzelnen Quellen von Michaelas Qual nicht mehr ausmachen. »Bitte halte durch«, flüstere ich mit erstickter Stimme. Meine Freundin stöhnt und schließt die Augen, scheint wegzudösen.

»Bleib bei mir, Michaela, hörst du?!«, quietsche ich panisch. »Nicht einschlafen. Hilfe ist unterwegs. Es dauert nicht mehr lange.«

Sie öffnet die Augen, nur ein wenig, aber immerhin. Ihr langes dunkles Haar, fächerartig um ihren Kopf verteilt, ist rot verklebt.

»Ro...«, röchelt sie, und Blut schwappt aus ihrem Mund.

»Alles gut.« Ich beuge mich zu ihr hinunter. »Du musst nichts sagen. Alles wird gut.« Meine Hände baden in ihrem warmen Blut, und doch ist mir eiskalt.

»Ro...«, spuckt sie. Das Sprechen ist sichtlich eine Tortur für sie. Trotzdem schafft sie es, leicht den Kopf zu heben, während ich mich ihr so weit nähere, dass ihre Lippen mein Ohrläppchen berühren. »Ro-sen«, keucht sie, dann sinkt sie zurück. Ihre Augen fallen zu.

»Nein!«, schreie ich und rüttle sie. »Nein, tu mir das nicht an. Bleib bei mir!« Ich schluchze auf, drücke erneut auf ihren Bauch, fester, immer fester. »Es tut mir so leid.«

Plötzlich poltert es, und mehrere Personen stürzen in den Raum. Irgendjemand ruft mir etwas zu, ein anderer zieht mich grob von Michaela weg, die ich umklammere und nicht loslassen will.

»Machen Sie Platz!«, schnauzt mich die Notärztin an. Ein Sanitäter redet auf mich ein – sanfter – doch ich verstehe kein einziges Wort von dem, was er sagt. Alles ist ein Rauschen. Der Boden unter mir bricht weg, und die Wände stürzen auf mich ein. Da ist einer, der mich auffängt und mich hinsetzt. Mir eine Decke umhängt, doch ich friere immer noch.

Dann dringt doch etwas zu mir durch. Es ist nur ein Satz, und doch haben seine Worte die Macht, mich unter ihnen zu begraben:

»Sie ist tot.«

KAPITEL 20
FREITAG, 13. AUGUST 1999

MARLENE

»Warum soll ich rechts ranfahren?« Michael ist anzuhören, dass er von meiner Idee wenig begeistert ist, hält aber trotzdem an.

»Wie müssen jemanden mitnehmen«, erkläre ich ihm. Es wundert mich, dass er den Fußgänger, der leicht schwankend am Straßenrand läuft, nicht gesehen hat. Ich habe ihn sofort entdeckt und auch erkannt.

Ich steige aus und nähere mich dem Jungen, an den ich die letzten Wochen über andauernd gedacht habe. Was für ein Zufall, dass er heute Abend unterwegs ist. Vielleicht ist es ja auch Schicksal. Wo er wohl herkommt? Auf jeden Fall hat er getrunken.

»Thomas?«, spreche ich ihn an.

Er sieht mich an. Einen Augenblick lang scheint er zu überlegen, wer ich bin, dann sagt er »Hi« und lächelt sanft. »Du bist die vom Spieletreff.«

Sein Lächeln ist so süß. In meinem Bauch flattert es. »Ja, genau. Marlene. Wir können dich mitnehmen. Michael und ich fahren auch nach Friedberg.«

»Marlene.« Er zieht die einzelnen Silben meines Namens derart auseinander, als wollte er ihn analysieren.

Ich vernehme das Schlagen einer Autotür. »Thomas? Was machst du hier draußen?« Michael taucht hinter mir auf. Bilde ich es mir nur ein oder klingt seine Stimme abweisend?

»Spazieren gehen. Um einen klaren Kopf zu bekommen.« Thomas grinst und zwinkert mir zu. »Aber ich fahre gern mit euch.«

Ich schaue Michael an. Seinem Gesichtsausdruck nach zu urteilen hätte er Thomas lieber in einer Rakete auf den Mond geschossen. Er scheint den Sohn seines Chefs nicht leiden zu können. Dennoch marschiert er wortlos zum Auto zurück.

»Ist schließlich unser Wagen, den du da fährst«, ruft Thomas ihm hinterher, während wir ihm im Gleichschritt folgen.

Da hat er recht, denke ich. Außerdem wäre es voll rücksichtslos, Thomas im angetrunkenen Zustand nach Hause laufen zu lassen. Bis Friedberg ist es noch ein ganz schönes Stück.

Als wir beim Auto ankommen, hält Thomas mir die Tür zur Rückbank auf. »Setzt du dich zu mir?«, fragt er mit einem spitzbübischen Lächeln. Ich merke, dass ich rot werde, was man in der Dunkelheit Gott sei Dank nicht sehen kann. Natürlich sitze ich lieber neben ihm als neben Michael.

»Du bist jetzt unser Chauffeur.« Thomas klopft Michael von hinten auf die Schulter, bevor er sich anschnallt. »Wir bringen natürlich erst die Lady nach Hause.«

Wir fahren los. In mir toben 1.000 Schmetterlinge. So nah war ich meinem Schwarm noch nie. Er sieht so gut aus. Sein Atem riecht leicht nach Bier, aber irgendwie stört es mich nicht. Diese blauen Augen, die mein Gesicht nun neugierig streichen, halten mich vollkommen gefangen.

»Du bist echt süß«, flüstert er mir ins Ohr. Sein Atem kitzelt, und ich muss mich zusammenreißen, um ihn nicht zu berühren. Hitze steigt in mir auf, und ich werfe einen verlegenen Blick in den Rückspiegel, in dem mir Michaels finstere Augen begegnen. Lieber wäre ich mit Thomas allein.

»Wart ihr zusammen beim Spieletreff?«, will dieser jetzt von mir wissen.

»Nicht zusammen«, korrigiere ich ihn. »Wir haben uns dort getroffen. Ich habe nur vorhin den Bus verpasst, und Michael hat mich mitgenommen.«

»Wie nett von ihm«, säuselt Thomas, und ich bin sicher, Ironie herauszuhören. Die beiden verstehen sich wirklich nicht.

»Und, was hast *du* heute Abend gemacht?« Erneut mustern uns Michaels düstere Augen durch den Rückspiegel.

»Meine Zeit verschwendet.« Thomas spuckt die Worte seltsam frustriert aus und rückt von mir ab.

Eine Weile schweigen wir, während die Dunkelheit an uns vorbeirauscht. Umrisse von Laubbäumen und Feldern, die die Bundesstraße säumen. Ich schaue durchs Fenster zum Himmel, der mit Sternen übersät ist. Der Mond zeigt von sich nur eine schmale Sichel.

Eigentlich wäre es eine schöne Nacht zum Spazierengehen, vielleicht ein bisschen kühl, aber trotzdem. Ich denke an meinen Vater, frage mich, warum er nicht gekommen ist. Hat Robert vergessen, die Nachricht weiterzugeben? Oder …? Ein böser Verdacht drängt sich mir auf. Hat er mit Absicht meinen Eltern nichts von dem Anruf erzählt? Innerlich schüttle ich den Kopf über so einen Unsinn. So etwas würde mein Bruder nicht tun, selbst wenn er sauer auf mich ist.

»Mach doch mal das Radio an«, fordert Thomas. »Sonst schlafe ich ein.«

Michael dreht am Knopf, und »Mambo No. 5« von Lou Bega dröhnt aus den Lautsprechern. Der Sommerhit in diesem Jahr. Ich mag das Lied.

Ich summe die Melodie mit, und Sekunden später fällt auch Thomas mit ein. Bewegt Kopf und Schultern im Rhythmus und strahlt mich an, als er meinen belustigten Blick bemerkt.

»Geiler Song, oder?« Sachte stupst er mit seiner rechten Schulter an meine linke, um mich zu einem Sitztanz zu animieren. Lachend komme ich der Aufforderung nach. Als der Refrain ertönt, singen wir beide im Duett. Michael reagiert gar nicht auf die Musik, starrt nur weiter durch die Windschutzscheibe. Besser so, schließlich muss er sich auf das Fahren konzentrieren.

Als das Lied zu Ende ist, meint er zu uns: »Ihr könnt echt nicht singen.«

Thomas stößt mit beiden Handflächen gegen die Rücklehne des Fahrersitzes, als wolle er Michael schubsen. »Hey, nichts gegen unsere Gesangskünste, ja?« Er legt mir einen Arm um die Schulter und zieht mich zu sich heran, was einen Sturm in mir auslöst. Mein Herz klopft so laut in den Ohren, dass ich die Werbung, die jetzt im Radio läuft, kaum verstehen kann. Was auch daran liegt, dass Michael die Lautstärke heruntergedreht hat.

»Ich finde, du hast eine sexy Stimme«, flüstert Thomas mir zu.

Ich lege meinen Kopf an seine Schulter und schließe die Augen. Er riecht toll. So männlich.

Aus dem Radio erklingt jetzt »Hijo de la Luna« von Loona, einer meiner liebsten Hits.

»Hey«, protestiere ich, als Michael den Sender wechselt. »Schalte wieder zurück, den will ich hören.«

»Ja, los, sei nicht so unromantisch«, springt Thomas mir bei.

Lächelnd öffne ich die Augen. Er mag das Lied also auch. »Will gar nicht wissen, auf welche Musik *du* so stehst.« Da ist ein merkwürdiger Unterton in Thomas' Stimme. »Immerhin weiß ich ja, worauf du sonst so abfährst.« Er lacht frech, während Michael vor uns merklich zusammenfährt. Irgendwas ist da zwischen den beiden, und es sorgt dafür, dass ich mich unwohl fühle.

Michael tritt auf die Bremse, da das Friedberger Ortsschild im Scheinwerferlicht auftaucht. »Wo genau wohnst du noch mal, Marlene?«

»Ich habe eine Idee«, kommt Thomas meiner Antwort zuvor. »Wir könnten einen Nachtspaziergang durch den Weinberg machen.«

»Es ist zu dunkel«, entgegnet Michael brüsk.

»Schwachsinn. Bei den vielen Sternen nicht. Der Weinbergsweg ist dann total romantisch.« Thomas greift nach meiner Hand, während seine andere weiterhin um meine Schulter geschlungen ist. »Du kommst schon noch mit mir mit, oder?« Er senkt die Stimme. »Wäre schön, noch ein bisschen allein mit dir zu sein.«

»Ich fahre dich nach Hause«, sagt Michael, und es klingt wie ein Befehl. Seine dunklen Augen im Rückspiegel bereiten mir eine Gänsehaut. Auf keinen Fall möchte ich noch mal nur zu zweit mit ihm im Auto sitzen.

Im Weinberg bin ich nachts noch nie gewesen. Allein würde ich da um die Uhrzeit auch nicht reingehen. »Ich laufe mit Thomas«, sage ich entschieden. Ich kann mir nichts Schöneres vorstellen, als Hand in Hand mit ihm unter dem Sternenhimmel zu schlendern. Es sind ja nur ein paar Meter bis zu unserem Haus.

»Du hast es gehört«, meint Thomas mit triumphierender Stimme. »Lass uns unten bei der Treppe zum Weinbergsweg raus.«

»Marlene, bitte, lass mich dich heimfahren.«

»Du bist so ein Mädchen«, spottet Thomas. »Die Lady hier hat mehr Eier als du.«

Das zieht. Michael biegt in die enge Gasse zum Weinbergsweg ein. »Soll ich mitkommen, Marlene?«, fragt er, nachdem das Auto zum Stehen gekommen ist.

»Nicht nötig. Ich bringe die Lady sicher heim.« Thomas drückt sanft meine Hand und zieht mich aus dem Auto.

»Danke dir fürs Mitnehmen«, verabschiede ich mich von Michael.

Er antwortet nicht, doch zu meiner Überraschung hat sich sein Ausdruck gewandelt. Er ist voller Sorge.

KAPITEL 21
SONNTAG, 18. AUGUST 2019

ROBERT

Die ganze Nacht war ich auf den Beinen. Die Hälfte der Zeit bei meiner Mutter, die andere bei Valentina, die vor acht Stunden mit einem Schock in die Uniklinik eingeliefert wurde.

Mehrmals habe ich die Ärzte gebeten, mir zu sagen, was ihr passiert ist, doch da ich kein Angehöriger bin, erfahre ich nichts. Auch ihr Vater, der in ihrem Zimmer auf einem Besucherstuhl geschlafen hat, kann mir nicht weiterhelfen. Valentina hat bisher kein Wort gesprochen, sondern ist in einen unruhigen Schlaf gefallen.

Ich lasse die Hand meiner Mutter los, die ebenfalls schläft. Das Piepen der Maschine, die ihre Herztöne aufzeichnet, verrät mir, dass sie noch lebt, obwohl die fahle und magere Gestalt im Krankenbett kaum noch an die Frau erinnert, die mich großgezogen hat.

Mit einem Seufzer schleiche ich aus dem Zimmer und steige eine Treppe hinauf auf die Station, auf der die Detektivin liegt. Was ist in der Buchhandlung vorgefallen, dass sie derart in Schock ist? Hat sie Michaela gefunden? Falls ja, wo ist sie?

Nach einem leisen Klopfen öffne ich Valentinas Einzelzimmer. Ihr Vater sitzt immer noch an ihrer Seite und lässt sie nicht aus den Augen. Der Anblick ruft eine Erinnerung in mir wach. Mein eigener Vater, wie er an Marlenes Krankenbett saß, als sie mit hohem Fieber in die Klinik musste. Derselbe Blick voll tiefer Sorge, den er mir gegenüber nie an den Tag gelegt hat. Oder erinnere ich mich nur nicht daran? Möglicherweise machen Väter sich um ihre Töchter aber generell mehr Sorgen.

»Wie geht es ihr?«, frage ich mit einem Flüstern.

»Gut. Die Ärzte sagen ja, die Kopfverletzung ist harmlos. Der Schock aber wohl nicht.«

Ich betrachte Valentinas Gesicht. Sie ist sehr blass, der Haaransatz verschwitzt. »Hat sie immer noch nichts gesagt?«

»Nein. Sie schläft nur, allerdings mit Unterbrechungen. Sie schreckt zwischendurch immer mal wieder auf.«

»Haben Sie von irgendjemandem eine Auskunft bekommen?«

Er schüttelt resigniert den Kopf. »Ich habe kaum eine Person gesehen. Es hatten wohl nicht viele Ärzte Nachtschicht.«

Ich nicke nur und hole mir den einzigen verbliebenen Stuhl im Raum, um ihn an die andere Seite des Bettes zu stellen.

»Wie geht es Ihrer Mutter?«, fragt mich Valentinas Vater.

»Unverändert.« Ich höre, wie brüchig meine Stimme klingt. »Sie ist nur noch selten wach.«

»So war es bei meiner Frau am Ende auch.« Er lächelt mich traurig an. »Es ist ein Segen für sie, wenn es nicht zu lange dauert.«

Wieder nicke ich nur, wobei ich darüber etwas anders denke. Meine Mutter soll die ganze Wahrheit über Marlenes Tod erfahren, bevor sie stirbt. Außerdem habe ich ihr noch etwas zu beichten. Das darf ich nicht länger aufschieben.

»Ich komme gleich wieder.« Entschlossen stehe ich auf und gehe zurück zu meiner Mutter. Als wüsste sie, dass ich sie sprechen muss, ist sie wach. Sie lächelt, als ich den Raum betrete.

»Hallo, Mama.« Ich nehme ihre Hand und bin erstaunt darüber, wie warm sie ist. »Ich muss dir etwas sagen.«

Erwartungsvoll schaut sie mich an. Ich atme tief durch und räuspere mich mehrmals. Wo anfangen?

»Erinnerst du dich an den Anruf an dem Abend, an dem Marlene gestorben ist?«

Sie schaut mich fragend an, dann schüttelt sie sanft den Kopf. »Welcher Anruf?«

»Ich war kurz während des Films auf dem Klo, da hat das Telefon geklingelt. Ich habe euch erzählt, es sei Malte gewesen.«

Ihre Augen weiten sich, und sie nickt. »Ja, jetzt erinnere ich mich. Was ist damit?«

Ich schlucke mehrmals, fürchte, die Worte werden mir nicht über die Lippen kommen.

»Was ist los, Robert?« Meiner Mutter treten Tränen in die Augen, als wüsste sie, was nun kommt.

»Ich habe gelogen. Es war Marlene, die angerufen hat.«

Ihre Augenbrauen ziehen sich zusammen, als sie versucht zu begreifen, was ich da sage. »Das ist doch nicht wahr. Sie hat uns nicht angerufen.«

»Doch, Mama. Marlene hatte den Bus verpasst und wollte abgeholt werden.« Ich senke den Blick, wage es nicht, sie anzusehen. »Ich habe es euch absichtlich nicht erzählt, weil ich so sauer auf sie war an dem Tag.« Meine Stimme bricht und ich versuche, nicht zu weinen.

Meine Mutter sagt nichts. Außer dem Piepsen der Maschinen herrscht Stille im Raum.

Ich nehme die Brille herunter, lege sie auf den Nachttisch und greife mir mit Daumen und Zeigefinger an die inneren Augenwinkel. »Es tut mir so leid.«

Schließlich schaue ich sie doch an. Ihr Blick ruht auf mir. Unter den Lidern hat sich Tränenflüssigkeit gesammelt. Zu meinem Erstaunen lese ich keinerlei Abscheu oder Vorwurf in ihren Augen, sondern Betroffenheit, was mich noch viel mehr aufwühlt.

»Ich bin schuld, dass sie nicht sicher nach Hause gekommen ist.« Ich schluchze auf, wende den Blick ab, fühle mich wie ein kleines Kind. »Es ist alles meine Schuld.«

»Robert, sieh mich an«, fordert sie mich auf und drückt meine Hand. »Es ist nicht deine Schuld, dass sie tot ist. Du warst gerade mal 13.«

»Trotzdem, ich …« Ich kann ihr immer noch nicht in die Augen sehen.

»Du warst ein Kind«, setzt sie beharrlich fort. »Kinder sind immer unschuldig.« Sie zieht mich zu sich heran, und ich lege meinen Kopf an ihre Schulter. »Ich hätte sie nicht zu dem Spieletreff gehen lassen sollen. Es war dein Geburtstag. Den feiert man zusammen. Als Familie.«

Wir weinen gemeinsam ein paar Minuten. Schließlich löse ich mich langsam von ihr und greife nach einem Taschentuch vom Nachttisch.

»Ich muss zu Valentina. Sie liegt seit gestern in der Klinik.«

»Wie meinst du das, sie liegt hier? Ist ihr was passiert?«

»Sie hat einen Schock. Mehr weiß ich nicht. Deshalb muss ich mit ihr reden. Ich hoffe, sie ist jetzt wach.« Ich greife nach meiner Brille.

»Hat sie etwas herausgefunden, was Marlene angeht?«

Ich nicke. »Michaela Stöcker ist eine Zeugin oder hängt da mit drinnen.«

»Die Tochter von unserem Pfarrer?«, fragt meine Mutter ungläubig. »Sie war damals beim Spieletreff.«

»Ja. Valentina und ich sind sicher, dass sie dir die Briefe mit dem Schmetterling geschickt hat und die Rosen auf Marlenes Grab gelegt hat.«

»Warum?«

»Vielleicht war sie in Marlene verliebt«, antworte ich. »Alles andere müssen wir noch herausfinden.« Ich drücke noch mal ihre Hand und verlasse den Raum.

Als ich zwei Minuten später Valentinas Zimmer betrete, registriere ich mit Freude, dass sie wach ist. Ihr Vater steht neben ihr und betrachtet zufrieden, wie sie ihr Frühstück verschlingt.

»Guten Morgen«, begrüße ich sie. Sie ist noch immer blass, doch sie lächelt und hebt zum Gruß eine Hand, in der sie einen Plastiklöffel hält. Offensichtlich hat sie sich gerade den Erdbeerjoghurt auf ihrem Tablett vorgenommen. Beim Anblick von Vollkornbrot und Käse knurrt mein Magen. Wann habe ich eigentlich zuletzt etwas gegessen?

Valentina scheint meinen Blick bemerkt zu haben. »Greif zu. Ich werde eh nicht alles essen.«

»Wirklich?« Ich nähere mich dem Tablett.

»Nun nimm schon.« Sie grinst mich an. »Sonst fällst du uns noch vom Fleisch.«

»Sehr witzig«, antworte ich. »Dir geht es wohl schon besser.« Ich greife nach dem Brot.

Ihre Mundwinkel kippen nach unten und sie legt den Löffel beiseite. »Michaela ist tot.«

Ihre Worte lassen mich die Mahlzeit für einen Moment vergessen. »Was? Was ist passiert?«

»Ich habe Michaelas Auto auf dem Parkplatz hinter dem Dom entdeckt.« Sie schüttelt den Kopf. »Unfassbar dumm, dass wir da nicht am Nachmittag schon nachgesehen haben. Jemand hat den Wagen aufgebrochen, wahrscheinlich etwas gesucht. Wie in ihrer Wohnung. Über den Hintereingang bin ich dann in die Buchhandlung reingekommen.« Sie macht eine Pause und lehnt sich erschöpft zurück. »Michaela lag in ihrem Büro. Alles war voller Blut.« Ihr Vater tritt näher ans Bett und legt eine Hand auf ihre Schulter. »Jemand hat sie erstochen. Es war grauenvoll.« Ihre Augen schimmern bei der Erinnerung. »Ich habe versucht, ihr zu helfen, aber es waren einfach zu viele Einstiche. Ich hätte eher da sein sollen. Dann wäre der Notarzt schneller gekommen, und sie hätte vielleicht gerettet werden können.«

Sie macht sich Vorwürfe. Das kenne ich nur zu gut. Ich setze mich zu ihr ans Bett. »Du hast getan, was du konntest. Jetzt müssen wir denjenigen finden, der ihr das angetan hat.«

»Die Kripo war eben da«, merkt ihr Vater an. »Sie wollen Valentinas Aussage, sobald sie gefrühstückt hat.«

»Ich weiß doch gar nichts«, sagt sie mutlos. »Es war niemand mehr da.«

»Vielleicht war es dieselbe Person, die Michaelas Wohnung durchsucht und dich niedergeschlagen hat«, rege ich an. »Kannst du dich an irgendetwas erinnern?«

Sie schüttelt den Kopf. »Nein. Aber Michaela hatte ein Schmetterlingstattoo auf ihrem Unterleib. Das wusste ich nicht.«

»Dann stimmt wohl unsere Vermutung, dass sie die

Briefe mit der Zeichnung geschrieben hat«, sage ich und ergänze geknickt: »Nun kann sie uns nicht mehr sagen, wer der Täter ist.«

»Ein Schmetterling?«, mischt sich Valentinas Vater ein. »Was hat der mit dem Fall zu tun?«

»Falls Michaela in meine Schwester verliebt war, dann stand der Schmetterling in den Briefen vermutlich als Symbol für das Gute und Schöne oder für die Auferstehung«, erkläre ich ihm. »Denn wenn Michaela unschuldig ist, hat sie sich vielleicht gewünscht, dass Marlene wieder zurückkehrt.«

Valentinas Vater wirkt skeptisch. »Also ich verbinde mit einem Schmetterling eher die Verwandlung zu einer Schönheit«, bringt er hervor. »Von der Raupe zum Schmetterling eben.«

»Michaela hat sich auch zum Schönen gewandelt«, pflichtet Valentina ihm bei. »Zu ihrem wahren Selbst. Ich denke, deswegen waren ihr Schmetterlinge so wichtig. Sie wusste schon damals, wer sie ist und dass ihr Körper sich an ihr wahres Ich anpassen muss.«

Ich bin verblüfft über die treffende Analyse. »Für Michaela hatte meine Schwester bereits diese Schönheit erreicht.«

Valentina nickt. »Vielleicht wollte sie so sein wie Marlene. Nur hat diese eben den Tod gewählt.« Sie schnieft. »Und nun ist Michaela selbst tot.«

»Wir finden heraus, wer das getan hat.« Tatsächlich habe ich das Gefühl, der Lösung näher zu sein als jemals zuvor. »Wenn der Täter Michaela getötet hat, weil sie zu viel wusste, wozu dann noch diese Suchaktionen? Irgendetwas muss sie gegen ihn in der Hand gehabt haben. Etwas, das seine Schuld beweist.«

Plötzlich richtet Valentina sich auf. »Michaela hat etwas geflüstert, bevor die Rettungskräfte kamen. Rosen.«

»Rosen?«, wiederhole ich. »Aber wir haben ja schon vermutet, dass sie es ist, die die Rosen aufs Grab legt.«

»Nein«, wirft Valentina ungeduldig ein. »Ich bin sicher, sie hat mir den Hinweis darauf gegeben, wo wir den Beweis finden.«

»Auf Marlenes Grab?« Kann ich mir nicht vorstellen.

»Nein«, antwortet Valentina. »Im Rosengarten.«

VALENTINA

Ich schlage die Bettdecke zurück, um aufzustehen, doch mein Vater hält mich zurück.

»Was wird das?«, fragt er streng.

»Wir müssen zum Pfarrhaus.« Ich sehe Robert an, dass auch er sofort los möchte.

»Die Kripo ist gleich hier, um dich als Zeugin zu befragen«, ermahnt mich mein Vater. »Wie sieht das denn aus, wenn du dann nicht mehr hier bist?«

»Er hat recht«, lenkt Robert ein. »Ich fahre allein hin. Leihst du mir deinen Wagen?«

»Kommt nicht infrage.« Energisch setze ich meine Füße auf den Boden. Ich trage nur Strümpfe und Unterwäsche, was Robert mit hochgezogenen Augenbrauen quittiert. »Ich fahre. Die Kripo kann warten.« Ich will wissen, warum meine beste Freundin ermordet wurde und wer ihr das angetan hat.

»Tinchen, du musst der Kripo von eurer Vermutung mit dem Rosengarten erzählen, das ist dir hoffentlich klar.« Mein Vater verschränkt die Arme vor der Brust. Jetzt kommt der Polizist in ihm zum Vorschein, und sein Ausdruck verrät mir, dass er ausnahmsweise nicht auf meiner Seite steht.

Ich öffne den schmalen Kleiderschrank auf der Suche nach meinen Jeans. »Das ist unser Fall«, entgegne ich. »Robert und ich sind so weit gekommen, da lasse ich mir jetzt nicht von der Kripo zwischenfunken.« Ich werfe Marlenes Bruder einen beschwörenden Blick zu. Sag doch auch mal was!

»Solange wir keinen Beweis gefunden haben, werden wir der Kripo nichts sagen«, stimmt er mir zu, und ich lächle. »Aber wenn du mitkommst, wird die Kripo erst recht auf unsere Spur gebracht. Deswegen fahre ich allein.« Er tritt zu mir neben den Schrank und hält die Hand auf. »Den Autoschlüssel bitte. Keine Widerrede.«

»Der Wagen steht noch am Dom«, sage ich frustriert, krame aber den Autoschlüssel aus meiner Handtasche und reiche ihn ihm.

»Was immer ich finde, bringe ich hierher.« Robert berührt mich leicht an der Schulter. »Versprochen.« Er verabschiedet sich von meinem Vater, der ihm mit unglücklicher Miene hinterher sieht.

»Ich denke, ihr macht einen Fehler«, sagt er und lässt sich auf einen Stuhl fallen.

»Mach dir keine Sorgen, Papa. Ich werde der Kripo schon alles erzählen, aber erst löse ich den Fall.«

Mein Vater vergräbt seufzend den Kopf in den Händen, bevor er mich eindringlich warnt. »Es ist zu gefährlich geworden. Michaelas Tod sollte dich aufgerüttelt haben. Überlasst das Ganze lieber den Profis.«

»Ich bin ein Profi!« Ich kann nicht umhin, lauter zu werden. »Und ich schulde es Michaela, die Sache durchzuziehen.« Sie ist meinetwegen gestorben, denke ich, und schlucke den Kloß in meinem Hals hinunter.

Ich hole mein Smartphone aus der Handtasche. Der Akku ist fast leer. Es zeigt drei entgangene Anrufe aus der Detektei an und eine Sprachnachricht von Melissa, die ich sofort abspiele.

»Valentina, Mensch, wo steckst du? Kris wartet am Einsatzort auf dich. Hast du verschlafen? Der Chef ist stinksauer und fragt sich, ob dir noch was an deinem Job bei uns liegt. Melde dich bitte, ja?«

Mist! Ich habe vollkommen vergessen, dass ich heute einen Einsatz habe.

»Ach, Tinchen. Das klingt alles gar nicht gut.« Die Sorge meines Vaters versetzt mir einen Stich.

»Das biege ich schon wieder hin«, behaupte ich und wähle Melissas Nummer. In dem Moment klopft es an der Tür, und ohne Aufforderung betreten ein Mann mittleren Alters und eine Frau, kaum älter als ich, das Zimmer.

»Frau Wallrapp?« Auftritt und Tonfall des Mannes zwingen mich aufzulegen. Alles an den beiden riecht nach Polizei. »Kripo Würzburg, Hauptkommissar Kabel mein Name. Das ist meine Kollegin, Oberkommissarin Lanig.«

Die Frau nickt mir zu, lächelt aber nicht. Stattdessen räuspert sie sich, bemüht, mir nicht zu lange auf die nackten Beine zu starren.

»Wir haben ein paar Fragen zum gestrigen Abend. Wie

es aussieht, geht es Ihnen besser, das freut uns«, sagt ihr Kollege.

Ich ärgere mich, aufgestanden zu sein und den unerwünschten Besuch nun halbnackt empfangen zu müssen. Schnell schlüpfe ich wieder unter die Bettdecke. »Etwas, ja. Danke.«

»Es tut uns sehr leid, was mit Ihrer Freundin passiert ist.« Die Oberkommissarin zieht sich den zweiten Stuhl im Raum heran. »Wir werden alles tun, um herauszufinden, wer ihr das angetan hat.«

Nicht, wenn ich es zuerst herausfinde, denke ich, lächle aber betont dankbar.

»Haben Sie jemanden am Tatort gesehen?«, fragt Kabel.

Ich schüttle den Kopf. »Es war niemand sonst in ihrem Büro. Ich war zu spät.«

»Warum waren Sie dort?«

Ich hätte mir vorher überlegen sollen, was ich ihnen erzähle. Schließlich dürfen die beiden nicht wissen, dass ich in Marlenes Fall ermittle. Nachdenklich beiße ich mir auf die Lippen und schiele zu meinem Vater hinüber, der mich sorgenvoll, aber schweigend beobachtet.

»Ich meine, die Buchhandlung war ja schon geschlossen«, sagt Kabel mit mehr Nachdruck. »Was hat Sie bewogen, dort hinzugehen?«

»Michaela und ich waren an dem Abend verabredet«, lüge ich. »Als sie nicht auftauchte, habe ich sie gesucht. Da der Haupteingang zu war, bin ich über den Lieferanteneingang reingekommen.«

»Dann haben Sie die Tür eingeschlagen?«, fragt Lanig.

»Nein, das Glas war bereits zerbrochen. Vom Täter, nehme ich an.«

»Hmm«, brummelt Kabel. Mit seinem zerknautschten Gesicht und dem leicht von unten nach oben gerichteten

Blick erinnert er mich ein wenig an *Columbo*. Ich hoffe, er kommt nicht auch noch mit einer »letzten Frage« um die Ecke. Das Ganze fühlt sich für mich wie ein Verhör an, nicht wie eine Zeugenbefragung. »Warum haben Sie Frau Stöcker nicht zu Hause gesucht?«

Mist. Soll ich sagen, dass ich in der Wohnung war? Dann werden sie sich fragen, warum ich angesichts der Verwüstung nicht die Polizei gerufen habe. »Ich war bei ihr. Hab geklingelt, aber es hat niemand aufgemacht.«

Die beiden Kommissare wechseln einen vielsagenden Blick, den ich trotzdem nicht deuten kann. Ich merke, wie ich unter der Decke zu schwitzen anfange.

»Eine Bewohnerin der Anlage hat uns erzählt, dass sie gestern Abend eine Frau ins Haus gelassen hat. Die Beschreibung passt ziemlich genau auf Sie.« Die Augen des Hauptkommissars durchbohren mich.

»Da muss sie mich verwechseln.« Hoffentlich werde ich nicht rot. Bei meinen ein Meter 80 und den auffälligen Augen ist eine Verwechslung unwahrscheinlich. Mein Vater pustet zischend die Luft aus, entschuldigt sich und verlässt den Raum.

»Die Ärzte sagen, Sie haben eine Verletzung am Hinterkopf«, insistiert Columbo weiter. »Wie haben Sie sich die zugezogen?«

Verdammt, der Typ nervt. Vielleicht sollte ich ihnen doch die Wahrheit erzählen. »Verdächtigen Sie mich?«, drehe ich stattdessen den Spieß um.

»Nein«, antwortet die Oberkommissarin. »Keine Sorge.« Sie ist eindeutig der »good cop« in dieser Konstellation. »Wir haben die Tatwaffe nicht in der Buchhandlung gefunden und gehen davon aus, dass der Täter sie mitgenommen hat.«

»Okay«, sage ich nur.

»Die Kopfverletzung?« Kabel klingt ungeduldig.

Genervt stoße ich die Luft aus. »Okay, ich war in Michaelas Wohnung. Jemand hat mir eins über die Rübe gezogen, und ich war eine Weile ohnmächtig.«

»Warum haben Sie nicht die Polizei gerufen?«

»Ich hatte Angst um Michaela, wollte schnellstmöglich nach ihr sehen. Daher bin ich gleich in die Buchhandlung. Ich habe in dem Moment gar nicht darüber nachgedacht, die Polizei einzuschalten. Tut mir sehr leid.«

»Hmm«, brummelt Columbo wieder, scheint es aber zunächst zu akzeptieren. »Den, der Sie niedergeschlagen hat, haben Sie auch nicht gesehen?«

»Leider nicht.«

»Haben Sie eine Idee, warum jemand Frau Stöcker getötet haben könnte?«, fragt Lanig. »Ihre Wohnung und das Büro waren verwüstet, ganz so, als hätte jemand etwas gesucht. Handy und Laptop der Toten sind verschwunden.«

»Ich denke selbst die ganze Zeit darüber nach«, flunkere ich. »Aber mir fällt absolut nichts ein.«

»Hatte sie Feinde?«

»Feinde?« Ich stelle eine überraschte Miene zur Schau. »Kann ich mir nicht vorstellen. Jeder mochte sie.«

Die beiden Kripobeamten tauschen erneut einen Blick. Der Ältere nickt seiner Kollegin zu. »Nur zu, stellen Sie die Frage.«

Was kommt jetzt?

»Frau Stöcker hat vor 20 Jahren als Zeugin in einem Mordfall ausgesagt«, sagt Lanig. »Marlene Muth. Hat Sie Ihnen gegenüber mal was dazu erwähnt?«

Einen Moment lang bin ich überrascht. Alle Achtung, die haben ihre Hausaufgaben gemacht.

Mit klopfendem Herzen verneine ich. »Das sagt mir nichts.«

»Na schön.« Columbo erhebt sich und reicht mir eine Visitenkarte. »Bitte halten Sie sich für weitere Befragungen bereit. Sollte Ihnen noch etwas einfallen, rufen Sie mich umgehend an.«

»Na klar«, antworte ich und atme erleichtert aus, als die beiden das Zimmer verlassen.

Ich greife nach meinem Handy, das ich vorhin auf dem Nachttisch abgelegt habe, um Melissa anzurufen. Fluchend stelle ich fest, dass der Akku nun komplett den Geist aufgegeben hat. Mein Ladekabel habe ich nicht dabei. Die Tür geht auf, und mein Vater kommt zurück ins Zimmer.

»Na?«, fragt er. »Hast du es überstanden?«

Ich nicke, frage dann: »Hast du zufällig ein Ladekabel dabei?«

»Nein. Aber du kannst gern mein Handy benutzen.« Er reicht mir sein Smartphone.

Ich nehme ihn in den Arm. »Danke, dass du nichts gesagt hast«, flüstere ich.

»Wohlgefühlt habe ich mich nicht bei der Sache.« Er rückt etwas ab und sieht mir in die Augen. »Ich hoffe, du weißt, was du da tust.«

»Mach dir keine Sorgen.« Ich weiß, dass er es trotzdem tun wird.

»Ich brauche die Akte zurück. Du weißt, ich habe sie nur für das Wochenende bekommen.«

»Sie liegt bei Robert zu Hause. Ich rufe ihn eben an, dass er sie mitbringt.« Mir fällt ein, dass seine Nummer nicht im Handy meines Vaters gespeichert ist. »Mist. Wir holen sie später. Versprochen.« Ich wähle die Nummer der Detektei. Am Wochenende werden Anrufe auf Melissas Handy umgeleitet. Diesmal geht sie nach dem ersten Klingeln ran.

»Na, du hast ja Nerven«, sagt sie. »Olli ist am Toben. Wie …«

»Ich bin im Krankenhaus. Tut mir leid, dass ich mich erst jetzt melden konnte.«

Einen Moment lang herrscht Stille, dann, nachdem der Schock nachgelassen hat, fragt sie: »Im Krankenhaus? Oh mein Gott, geht's dir gut? Was ist passiert?«

Bilder von Michaela erscheinen hinter meiner Stirn. Das viele Blut. Ich kann nicht darüber reden. »Lange Geschichte, aber ich bin okay. Ich werde trotzdem heute keinen Einsatz mehr übernehmen können. Kannst du mich bitte bei Olli entschuldigen?«

»Ja, natürlich. Kein Problem. Dann kurier dich erst mal aus. Und melde dich, falls du was brauchst, ja?«

»Okay, danke.« Ich lege auf. Das Problem wäre erst mal gelöst. Zumindest so lange, bis mein Chef Wind davon bekommt, dass ich an seiner Detektei vorbei Fälle löse.

Ich schaue auf die Uhr. Kurz nach 8 Uhr. Robert ist seit einer Dreiviertelstunde weg. Allein für die Fahrt nach Friedberg und zurück braucht er mindestens 40 Minuten. Hauptsache, er findet was im Rosenbeet. Etwas, das den Täter nicht nur entlarvt, sondern mit dem wir ihn auch dingfest machen können.

ROBERT

Im Pfarrhaus ist es eine Seelsorgerin, die mich empfängt und ins Wohnzimmer zu Michaelas Eltern führt. Sie sitzen auf dem Sofa. In ihren Gesichtern lese ich Schock, Leere und Ungläubigkeit. Ich muss mich zusammenreißen, um die Trauernden nicht zu umarmen. Ich weiß, wie sie empfinden. Meine Eltern und ich haben es am eigenen Leib verspürt. Bald schon werden ihre Gefühle in Wut und Schmerz umschlagen. In meinem Falle kam die Verdrängung hinzu. Der Verlust, den sie zu tragen haben, ist wie ein Stachel im Körper. Am Anfang spürt man ihn stark. Irgendwann lernt man, mit dem Schmerz umzugehen, doch er wird immer da sein. Das eigene Kind oder die Schwester zu verlieren hinterlässt eine Wunde, die niemals heilt.

»Von ganzem Herzen mein Beileid«, sage ich, obgleich ich weiß, dass meine Worte ihnen nicht helfen. Michaelas Vater reagiert nicht. Geistesabwesend starrt er auf den Parkettboden, ein Schatten seiner selbst. Frau Stöcker sieht mich immerhin an, das Gesicht ein Meer aus Tränen. Schlimm genug, wenn das Kind vor einem stirbt, aber bei Weitem grausamer ist die Art und Weise, wie sie ihre Tochter verloren haben. Ebenso brutal, wie meine Eltern und ich Marlene verloren haben.

»Ich habe eine Bitte«, sage ich leise an Frau Stöcker gewandt und gehe vor ihr in die Hocke. »Ich müsste mir Ihren Rosengarten ansehen.«

»Sie haben gar nichts zu bitten!« Die Reaktion des Pfarrers kommt unerwartet und feindselig. »Wegen Ihnen ist Michi tot. Es ist Ihre Schuld!«

Seine Worte treffen mich, weil er recht hat. Hätten Valentina und ich die Vergangenheit ruhen lassen, wäre sie noch am Leben. Wir haben eine Menge aufgewühlt. Dennoch ziehen wir das jetzt durch. Wir werden endlich klären, was mit Marlene geschehen ist.

»Haben Sie das der Polizei erzählt?« Der Gedanke beunruhigt mich.

»Noch nicht. Aber das werden wir. Wie Sie und diese Detektivin in der Vergangenheit wühlen und Michi was anhängen wollen.«

»Ihre Tochter ist möglicherweise unschuldig und nur ein weiteres Opfer«, sage ich ohne rechte Überzeugung. Ich glaube immer noch, dass die Buchhändlerin Mitschuld hat am Tod meiner Schwester. »Deswegen muss ich Ihren Rosengarten ansehen.«

»Was glauben Sie da zu finden?« Des Pfarrers dunkle Augen blitzen. »Verschwinden Sie endlich und lassen Sie uns in Frieden.«

Frau Stöcker erhebt sich und packt mich sanft am Oberarm. »Kommen Sie. Ich bringe Sie hin.«

»Was tust du?« Ihr Mann springt auf und stellt sich uns in den Weg. Die Seelsorgerin, die bis dahin geschwiegen hat, unternimmt einen Beschwichtigungsversuch.

»Ich denke, wir sollten uns alle beruhigen und wieder hinsetzen«, sagt sie.

»Ich will mich aber nicht beruhigen«, schnauzt er die junge Frau an, die erschrocken zusammenzuckt. »Meine Tochter ist tot, verdammt noch mal.« Er schluchzt auf und lässt sich aufs Sofa fallen, wo er das Gesicht in den Händen vergräbt. Ich glaube, es ist das erste Mal, dass ich einen Pfarrer fluchen höre und weinen sehe.

Die Seelsorgerin setzt sich neben ihn und legt ihm eine

Hand auf die Schulter. Eine Geste, die er zu meiner Überraschung zulässt. Auch ist mir aufgefallen, dass er – zumindest in meiner Gegenwart – zum ersten Mal das Wort »Tochter« in den Mund genommen hat. An der Reaktion seiner Frau merke ich, dass es auch für sie eine Premiere ist. Eine eigentümliche Trauer darüber, dass Michaela dies nicht mehr erleben darf, überfällt mich.

»Kommen Sie«, sagt Frau Stöcker erneut und führt mich raus in den Garten. »Ich möchte auch die Wahrheit wissen.« Sie wischt sich die Tränen aus dem Gesicht. »Was genau suchen wir?«

»Ich bin nicht sicher«, antworte ich. »Vermutlich werden wir graben müssen.« Ich sehe mich nach einer Schaufel um.

»Im Schuppen.« Frau Stöcker deutet auf eine kleine Holzhütte am Rande des Gartens. »Wir haben eine Harke und einen Spaten. Ich helfe Ihnen.«

Wir holen die Geräte und ziehen uns jeder ein paar Handschuhe über, dann deute ich auf die kleine Holzbank. »Saß Michaela immer dort?«

Frau Stöcker bejaht meine Frage.

»Dann fangen wir dort an.« Ich laufe mit dem Spaten zu der Seite des Beetes, an der die Bank steht.

Michaelas Mutter folgt mir, hält dann aber plötzlich inne. »Geht es um etwas, das meine Tochter vor Kurzem vergraben hat oder vor 20 Jahren?«

»Vor Kurzem«, antworte ich verwundert. »Warum fragen Sie?«

»Weil mir gerade einfällt, dass Michaela nur wenige Tage nach Marlenes Tod einen abgestorbenen Rosenbusch ersetzt hat. Hier drüben.« Sie zeigt auf die der Bank gegenüberliegenden Seite des Rosengartens. »Dazu muss man ein tieferes Pflanzloch ausheben, damit die Wurzeln beim Hereinsetzen nicht geknickt werden.«

Ein mulmiges Gefühl beschleicht mich. Welchen Beweis hat Michaela so tief unter der Erde versteckt?

»Dann grabe ich dort, und Sie harken vorne bei der Bank.« Wir tauschen die Positionen. Eine ganze Weile vernehmen wir nur das scharrende Geräusch unserer Geräte. Ich lege die dornigen Sprossachsen frei, grabe mich immer weiter vor zum Wurzelstock. Noch bevor ich diesen vollständig von Erde befreit habe, fällt mir etwas ins Auge. Ein Fetzen Stoff. Weiß-rot. Mir wird übel, trotzdem ackere ich weiter. Ziehe die Pflanze samt Wurzelstock heraus. Die Rose ist durch das Kleidungsstück hindurchgewurzelt.

Ich muss mich hinhocken. Es ist nicht die Erschöpfung, die mich in die Knie zwingt, sondern der Anblick von Marlenes Kleid. Oder dem, was davon übrig ist. Vor Wut brülle ich los. Ich wusste es. Michaela hat meine Schwester auf dem Gewissen.

»Was ist passiert?«, fragt ihre Mutter. »Haben Sie etwas gefunden?«

Ich bin nicht in der Lage zu antworten. Wie soll uns dieser Fund helfen?, frage ich mich frustriert. Nach 20 Jahren wird man keine Spuren mehr an dem Sommerkleid finden. Warum tut Michaela uns das an? Will sie mich auch nach ihrem Tod noch quälen?

»Hier ist etwas«, ruft Frau Stöcker plötzlich.

Verstört schaue ich in ihre Richtung. Sie hält einen kleinen Gegenstand in die Höhe. »Ein USB-Stick.«

VALENTINA

Um kurz nach 9.30 Uhr taucht Robert endlich wieder in der Klinik auf. Immerhin hatte ich inzwischen Zeit, mich zu waschen und anzuziehen. Heute Mittag werde ich entlassen, und mein Vater ist bereits nach Hause gefahren, um sich selbst frisch zu machen. Nicht, ohne mir zuvor das Versprechen abzuringen, dass ich zum Essen bei ihm vorbeikomme.

Zu meiner Verwunderung wird Robert von Michaelas Mutter begleitet. Sie trägt eine Laptoptasche unter dem Arm. Beide sehen abgekämpft aus.

»Wir haben Überreste von Marlenes Kleid im Garten gefunden«, begrüßt mich Robert. Dunkle Flecken auf seinen Hosenbeinen und Erdklumpen an den Schuhsohlen zeugen davon, dass er eine Weile gebuddelt hat.

»Was?« Damit habe ich nicht gerechnet. »Wie kann das sein nach so langer Zeit?« Ich frage mich auch, warum meine Freundin das Kleid vergraben hat. Hat sie Marlene etwa doch getötet?

»Es lag recht tief in der Erde, da gibt es, glaube ich, nicht mehr so viele Mikroorganismen«, antwortet Michaelas Mutter. »Gerade bei Kunststoff dauert die Zersetzung dann wahrscheinlich länger.«

»Wir haben auch diesen Stick gefunden.« Robert reicht mir einen kleinen Plastikgegenstand in Form eines Buches.

Ich muss schlucken. »Die verkauft Michaela in ihrer Buchhandlung. Habt ihr schon nachgeschaut, was drauf ist?«

»Nein. Wir wollten ihn uns gemeinsam mit dir anschauen.«

Frau Stöcker und ich nehmen auf den Stühlen am Tisch Platz. Robert stellt sich hinter uns.

Michaelas Mutter wirkt seltsam gefasst dafür, dass sie vor wenigen Stunden ihre Tochter verloren hat. Nur ihre geröteten Augen verraten, dass sie in der Nacht kein Auge zugetan hat. Sie klappt den Laptop auf und gibt ein Passwort ein.

»Sind Sie wirklich sicher, dass Sie das sehen wollen?«, fragt Robert.

Sie bejaht. »Ich muss. Sonst werde ich noch verrückt.«

Robert nickt verständnisvoll. Wahrscheinlich denkt er an seine Mutter, die ich vorhin besucht habe. Sie hat jedoch geschlafen, weswegen ich nicht mit ihr gesprochen habe.

Frau Stöcker steckt den USB-Stick an den Rechner und öffnet den entsprechenden Ordner. Er enthält nur eine Datei. Ein Video. Gespeichert gestern Vormittag. Die Uhrzeit verrät mir, dass es etwa eine Stunde nach meinem Besuch in der Buchhandlung aufgenommen worden ist. Unwillkürlich muss ich an unseren Streit denken, daran, dass ich sie habe hängen lassen, weil ich danach nicht mit ihr sprechen wollte.

Ihre Mutter atmet einmal tief durch, dann klickt sie auf den Film.

Meine beste Freundin taucht auf dem Bildschirm auf. Dem Hintergrund nach zu urteilen sitzt sie in ihrem Büro. Ihre vom Weinen geschwollenen Lider zeigen, wie sehr sie die Diskussion mit mir aufgewühlt hat.

»Mein Name ist Michaela Stöcker und ich nehme dieses Video für den Fall auf, dass mir etwas passiert.«

Sie zu sehen und ihre Stimme zu hören, treibt mir Tränen in die Augen. Ich sehe, dass es ihrer Mutter genauso geht. Ein Blick über die Schulter verrät mir, dass Robert wie gebannt auf den Bildschirm starrt. Er hält Michaela für schuldig, ich sehe es in seinen Augen.

»20 Jahre lang habe ich geschwiegen. Aus Angst, Scham und Schuldbewusstsein. Das ist keine Entschuldigung, ich weiß, aber ich bin nun bereit zu erzählen, was in jener Nacht geschah, in der Marlene getötet wurde. Zunächst möchte ich Roberts Familie um Verzeihung bitten, dass ich ihr Briefe geschrieben habe. Sie drücken die Wut und Verzweiflung eines Teenagers aus, der zu feige war, die Wahrheit zu erzählen.«

Automatisch drehe ich mich wieder zu Robert um, der den Kopf senkt. So viele Menschen haben die Wahrheit gescheut und dazu beigetragen, dass Marlenes Tod ungeklärt geblieben ist.

»Ich bin davongelaufen, viele Jahre, um mich selbst zu finden, aber auch, um neu anzufangen und die Vergangenheit hinter mir zu lassen.« Michaela schluckt ein paar Mal, bevor sie weitersprechen kann. »Aber nun weiß ich, dass niemand vor seinen Taten fliehen kann. Als ich wieder in die Heimat zurückkam, hatte ich all die Jahre Angst, dass jemand Fragen stellen würde. Lange Zeit ging es gut. Dass ausgerechnet du, Valentina, der Wahrheit so nah kommen solltest, hätte ich – verzeih mir – nicht erwartet. Unser Streit tut mir leid, und ich hoffe, heute hiermit etwas wiedergutzumachen.« Sie schweigt einen Augenblick, dann fährt sie mit zitternder Stimme fort. »Deine Ermittlungen werden schlafende Hunde wecken. Die Täter werden sich gezwungen fühlen, mich mundtot zu machen. Denn ich kann nicht länger schweigen und werde mich der Polizei stellen. Ich hoffe nur, ich finde den Mut dazu, denn meine Schuld wiegt schwer, und es fällt mir nicht leicht, darüber zu sprechen. Für den Fall, dass mir vorher etwas passiert, werde ich dieses Video an einem Ort verstecken, den die Täter nicht kennen.« Michaela macht eine längere Pause, fast scheint es, als würde sie es doch nicht übers Herz bringen, mehr zu sagen.

»Ich habe Marlene bewundert und geliebt. Sie war wunderschön, einfach bezaubernd. Ich wollte so sein wie sie.« Michaela seufzt. »Hätte ich gewusst, was geschieht, hätte ich ihr an dem Abend nicht angeboten, sie nach Hause zu fahren.«

Wir drei halten gespannt die Luft an. Hängen an ihren Lippen. Beinahe hätte ich vergessen, dass wir in einem Krankenhaus sind. Michaela also hat Roberts Schwester an dem Abend mit dem Auto mitgenommen. Wie erwartet, war Marlene nicht mit einem Fremden mitgefahren, sondern mit einer Person, die sie kannte und der sie vertraute. Beide wohnten in Friedberg, was also lag näher, als sich für den Heimweg zusammenzutun? Nur – was war danach geschehen?

»Ich habe sie nicht getötet«, antwortet Michaela auf meine ungestellte Frage und sieht ernst in die Kamera. »Aber ich habe nicht verhindert, dass sie es getan haben.«

KAPITEL 22
FREITAG, 13. AUGUST 1999

MICHAELA

Wütend schlage ich aufs Lenkrad. Warum geht sie mit diesem Arschloch mit? Was hat er an sich, dass die Mädchen alle auf ihn abfahren? Nur weil er gut aussieht und Geld hat? Zum Kotzen, wie verliebt sie ihn angesehen hat.

Und was will Thomas eigentlich von Marlene? Sie ist gar nicht sein Typ. Mir schwärmt er immer von Sandra vor und dass er »die Kleine« schon bald rumkriegen würde. Warum also macht er sich jetzt an ihre Freundin ran?

Ich schreie die Windschutzscheibe an. Thomas Rüther mag ein Engelsgesicht haben, aber er ist fast genauso schlimm wie sein Vater. Ein Teufel! Wenn Marlene wüsste, wie er über Frauen spricht, wäre sie sicher schockiert.

Ich sollte fahren. Sie ist selbst schuld. Sie wird schon merken, wie er tickt. Aber der Gedanke, dass sie allein mit ihm in diesem Weinberg ist, bringt mich um. Ich weiß nur nicht, ob es Eifersucht ist oder Sorge, die mich davon abhält, nach Hause zu fahren. Thomas' letzter Blick war eine Warnung: Wehe, du folgst uns.

Er wird ihr nichts tun, oder? Er steht gar nicht auf sie. Thomas wird sie nach Hause bringen. Aber was soll dann die blöde Idee mit dem Spaziergang?

Ich kann den beiden nicht folgen. Thomas wird sauer sein, und er weiß zu viel über mich. Trotzdem wage ich es nicht wegzufahren. Ich bin wie gelähmt.

Entscheide dich endlich, fordere ich mich stumm auf. Lauf den beiden hinterher oder verschwinde von hier. Aber entscheide dich gefälligst. Mit einem weiteren Wutschrei stoße ich die Fahrertür auf. Ich will nur sichergehen, dass sie okay ist. Dass er sie nach Hause bringt. Wie versprochen. Denn ein Versprechen von einem Rüther ist so viel wert wie ein fauler Apfel.

Leise schließe ich die Autotür und sehe mich um. Es ist still in der Nachbarschaft. Um diese Uhrzeit sind in Friedberg die Rollläden heruntergelassen und die Bürgersteige hochgeklappt.

Geschwind erklimme ich die Stufen zum Weinbergsweg. Thomas hatte zumindest in einem Punkt recht: Es ist nicht so dunkel, wie ich es erwartet habe. Das Licht der Sterne und des Mondes leuchtet mir den Weg. Die Wolken, die den Würzburger Himmel bedeckt haben, sind noch nicht in Friedberg angekommen.

Dennoch sehe ich die beiden zunächst nicht. Sie müssen einen deutlichen Vorsprung haben.

Ich beschleunige meinen Schritt. Die Grillen zirpen so laut, als würden sie für uns ein Konzert geben. Schon romantisch, denke ich. Aber ich weiß genau: Thomas ist kein Romantiker. Alles, was der von Frauen will, ist Sex.

Jetzt sehe ich die beiden. Sie stehen eng umschlungen mitten auf dem Weg, keine 20 Meter entfernt. Erst denke ich, dass sie knutschen, und will enttäuscht kehrtmachen, doch dann fällt mir auf, dass mich irgendetwas an dem Bild stört.

Marlenes Körper windet sich in Thomas' Arm. Nicht vor Lust oder Erregung. Statt sich ihm entgegen zu drängen, schiebt sie ihn mit den Händen von sich. Oder täuschen mich meine Augen? Es sind kaum mehr als ihre Umrisse, die ich erkennen kann.

Alarmiert nähere ich mich den beiden.

»Lass das!«, höre ich Marlenes Stimme. »Bitte hör auf!«

»Ach komm schon. Du stehst doch auf mich.« Thomas packt sie fester. »Erst heißmachen und sich dann zieren geht nicht.« Er greift ihr an den Busen. Sie taumeln und plötzlich liegen sie am Boden. Er über ihr.

Ich bin wie erstarrt. Warum reagiere ich nicht?

»Bitte, Thomas«, fleht Marlene. »Ich will nach Hause.«

»Ihr blöden Schlampen seid doch alle gleich. Da tut man alles für euch, lädt euch ein, besorgt Konzertkarten, und was kriege ich dafür?«

Ihr Schrei übertönt das Konzert der Grillen. Er klingt furchtbar in meinen Ohren.

Endlich erwache ich aus der Schockstarre. Ich laufe zu den beiden und packe Thomas am Kragen seines Polo-shirts. »Geh runter von ihr.«

Sein Ellbogen reagiert blitzschnell und erwischt meinen Unterkiefer. Er knirscht schrecklich. Der Schmerz zieht sich bis zu meinen Schläfen. Ich schwanke, kann mich nur mit Mühe und Not auf den Beinen halten.

»Halt dich raus«, zischt Thomas mir zu. »Und du, halt den Mund.« Er umschlingt mit einer Hand Marlenes Hals, während er sich mit der anderen Jeans samt Unterhose bis zum Oberschenkel herunterzieht. »Dir Schlampe zeig ich's.«

Der Schmerz betäubt meine Sinne, und ich muss mich hinhocken, so übel ist mir.

Selbst nachdem ich aufgehört habe, Sterne zu sehen, brauche ich einen Moment, um zu verstehen, was sich vor meinen Augen abspielt. Zuerst fällt mir auf, dass Marlenes Kleid nur noch ihren Oberkörper bedeckt. Ihre Unterhose hängt verloren um ihre Fesseln. Zwischen ihren Beinen liegt Thomas und bewegt sich rhythmisch. Sein Keuchen ekelt mich an. Galle steigt in mir auf.

»Du Schwein!« Meine Worte sind ein jämmerliches Wimmern, weil Tränen auf meine Stimmbänder drücken. Ich stürze mich auf ihn, um ihn von ihr runterzuziehen. Mit den Händen versucht er, mich abzuwehren. Wenigstens liegen sie nun nicht mehr um Marlenes schönen Hals.

»Du bist gleich an der Reihe«, keucht Thomas. »Falls du ein Mann bist.«

Erst jetzt sehe ich, dass Marlenes Augen geschlossen sind und ihr Kopf seltsam auf die Seite gekippt ist, so als würde sie schlafen. Sie ist bewusstlos. Oder ist sie etwa …?

»Du hast sie umgebracht«, stoße ich fassungslos hervor. Dem Brechreiz kann ich nichts mehr entgegensetzen. Ich wende das Gesicht ab und übergebe mich auf das Pflaster. »Du Arschloch hast sie umgebracht.« Ich heule los, während Thomas einfach weiter in sie hineinstößt, als würde es ihn nicht kümmern, ob er es mit einer Lebenden oder einer Toten treibt.

Nach einem letzten Stoß fällt er stöhnend auf ihr zusammen. Dann steht er auf und zieht sich die Hose hoch.

»Die ist nicht tot.« Er spuckt auf Marlene. »Das wette ich. Unkraut vergeht nicht.«

Ich krieche zu Marlenes leblosem Körper, ziehe das Kleid über ihre blutige Blöße und rüttle sie sanft an den Schultern. »Wach auf!«, flüstere ich weinend. »Bitte, wach auf.«

»Idiot!« Thomas stößt mich zur Seite und beugt sich über Marlene. Einen Moment lang fürchte ich, er würde sie erneut vergewaltigen, doch dreht er nur ihren Kopf zu sich. »Sie atmet noch. Sag ich doch.«

»Wir müssen Hilfe holen«, sage ich und stehe auf. »Sie braucht einen Arzt.«

»Bist du bescheuert?«, fährt Thomas mich an. »Damit sie ihm erzählt, was passiert ist?« Zum ersten Mal vernehme ich so etwas wie Furcht in Thomas' Stimme. »Aber wir müssen sie von hier wegschaffen. Sie muss verschwinden.«

Wie das klingt, denke ich. Wegschaffen. Als wäre Marlene ein Gegenstand, den man nach dem Gebrauch loswird. Erneut sehe ich zu ihr. Sie ist weiterhin bewusstlos. Wie schwer ist sie verletzt? Wie lange wird sie noch durchhalten?

»Sie braucht einen Arzt«, beharre ich.

Mit einem Satz ist Thomas bei mir und schlägt mir die Faust ins Gesicht. »Du tust, was ich dir sage! Oder soll ich meinem Vater erzählen, dass du in den Pausen und nach Feierabend gern mal die Frauenkleider bei uns anprobierst?«

Ich bedecke heulend das getroffene Auge. Mehr noch als der Schlag schmerzen seine Worte. Thomas hat mich einmal dabei erwischt. Nur ein einziges Mal war ich unvorsichtig. Seitdem droht er damit, es dem Chef und meinem Vater zu erzählen.

»Glaubst du, mein Alter behält einen Azubi, der gern spielt, eine Frau zu sein?«

Das ist kein Spiel für mich, denke ich, aber das wird Thomas nie begreifen. Für ihn ist es nur ein Mittel, um Macht über mich zu haben.

Meine Eltern werden mich hassen, wenn sie es erfahren. Mein Vater hat alles dafür getan, dass ich diese Ausbildungsstelle kriege. Wie enttäuscht wäre er, wenn er die

Wahrheit über mich herausfindet? Angeekelt wäre er, da bin ich ganz sicher.

»Sie braucht einen Arzt«, flüstere ich weinend, merke aber, wie mein Widerstand bröckelt.

Thomas packt meinen Hals und umschlingt ihn so fest, dass ich Angst habe zu ersticken. »Ich schwöre, ich bring dich um, wenn du mir nicht hilfst.«

In Panik versuche ich, mit den Armen seine Hand von meinem Hals zu befreien, aber er ist zu stark für mich.

Nach einer gefühlten Ewigkeit, in der ich fürchte, das Bewusstsein zu verlieren, lässt er von mir ab. »Hör auf zu heulen, du Pussy, und pack sie an den Schultern. Wir bringen sie zum Auto.«

Ich schnappe nach Luft, huste, der Sauerstoff brennt in meiner Lunge.

»Sei still!«, zischt Thomas mir zu. »Du weckst noch die ganze Nachbarschaft.«

Wenn es nur mal so wäre, denke ich, doch in den anliegenden Häusern rührt sich nichts. Wie können sie in ihren Betten liegen oder vor dem Fernseher sitzen und nicht mitbekommen, was hier los ist?

Mit tränenden Augen und laufender Nase folge ich Thomas' Anordnung. In mir macht sich Ohnmacht breit. Und Angst. Ich fürchte mich vor Thomas und seinem Vater seit Tag eins im Modehaus. Ich bin ein elender Feigling.

Gemeinsam schleppen wir Marlene zum Auto. Ich will sie auf die Rückbank legen, doch Thomas besteht darauf, dass wir sie in den Kofferraum bugsieren. Samt Handtasche, die seltsam verdreht, aber immerhin lose um ihren Hals liegt.

»Falls uns jemand anhält, will ich nicht, dass man sie auf dem Rücksitz sieht«, erklärt Thomas mir in einem Tonfall, der keine Widerrede duldet. »Du fährst.« Er wirkt total nüchtern, während ich mich wie betäubt fühle. Mit dem Ärmel meines Pullis wische ich mir die Rotze aus dem Gesicht.

»Wohin?«, frage ich heiser, nachdem wir auf Fahrer- und Beifahrersitz Platz genommen haben.

Thomas überlegt einen Moment. »Es ist sicherer, wenn wir ihre Leiche später in der Nacht beseitigen. Wenn alle schlafen. Solange bringen wir den Wagen zu mir nach Hause.«

Ich zucke zusammen. Wie er über sie redet! Wut staut sich in meiner Brust an. »Sie lebt noch«, presse ich verzweifelt zwischen den Zähnen hervor.

»Gerade noch so. Sie wird da hinten ersticken.« Es klingt unmenschlich. Ich habe mich getäuscht. Thomas ist nicht wie sein Vater. Er ist schlimmer.

Meine Knie beginnen zu zittern, während ich daran denke, wie Marlene langsam im Kofferraum erstickt. »Ich kann das nicht«, sage ich leise.

»Dazu ist es zu spät. Du hängst da jetzt mit drinnen.« Thomas zwingt mich dazu, ihn anzusehen. »Fahr los.«

»Ich gehe zur Polizei«, drohe ich. Woher ich den Mut nehme, weiß ich nicht.

»Dann erzähle ich denen, dass du mitgemacht hast«, kontert Thomas. »Fahr – verdammt – noch – mal – endlich – los.«

»Ich habe sie nicht vergewaltigt. Das können die anhand der Spuren leicht feststellen«, behaupte ich, ohne mich wirklich auszukennen. Damit habe ich mich nie beschäftigt.

»Du hast Marlene getragen, du hast sie berührt, du hast sie im Auto mitgenommen.« Thomas' blaue Augen sind so stechend, dass ich mich frage, wie sie Marlene so täuschen konnten. »Selbst wenn du nicht in ihr warst, werde ich erzählen, dass du sie angefasst hast.« Böse grinst er mich an. »Was denkst du, wem die Polizei eher glaubt: dem Sohn eines angesehenen Unternehmers oder einem Psycho, der gern Frauenkleider trägt? Du wirst auf jeden Fall mit dran glauben, wenn du zur Polizei gehst. Das schwöre ich.«

Ich starte den Motor. Ich hasse mich dafür, dass ich Marlene die Mitfahrt angeboten habe. Dass ich mich so sehr danach gesehnt habe, ein paar Minuten mit ihr allein zu sein. Und ich hasse sie dafür, weil sie Thomas unbedingt mitnehmen wollte. Sie hat den Tod eingeladen, mit uns zu fahren.

Es sind nur wenige 100 Meter bis zum Anwesen der Familie Rüther. Thomas öffnet das Tor, und ich fahre den Wagen auf den Hof.

»Du kannst hier übernachten«, bietet er mir an. »Ich lasse mir eine Ausrede einfallen, warum du bei uns bist. Gegen 4 Uhr fahren wir sie irgendwohin, wo sie niemand findet. Dann dürfte alles ruhig sein.«

»Ich muss nach Hause«, entgegne ich. »Meine Eltern machen sich sonst Sorgen.«

»Na gut. Aber wehe, du drückst dich nachher.«

Wir steigen aus, da bemerke ich, dass im Haus Licht angeht.

»Scheiße«, murmelt Thomas, und ich folge seinem Blick zur Haustür, die in dem Moment aufgerissen wird. Die Außenbeleuchtung springt an.

»Thomas?« Roland Rüther kommt die Treppe hinunter gelaufen. In Bademantel und Hausschuhen. Selbst in diesen Klamotten wirkt mein Chef einschüchternd. »Wieso kommst du so spät, und wo ist dein Auto?«

Erst jetzt fällt sein Blick auf mich und den Dienstwagen. »Michael?«, fragt er verwundert. »Was machst du denn hier?« Er tritt näher und inspiziert mein Gesicht. »Und wie siehst du aus?« Da mein Auge pocht, gehe ich davon aus, dass es ganz schön geschwollen ist. »Wart ihr in eine Schlägerei verwickelt, oder was?«

»Michael hat mich mitgenommen«, antwortet Thomas. »Mein Auto steht noch vor der Carl-Diem-Halle in Würzburg. Ich habe ein bisschen was getrunken, daher war es sicherer so.« Er sieht mich beschwörend an. Es ist offensichtlich, dass er vor seinem Alten Schiss hat, was mir aus irgendeinem Grund Genugtuung verschafft.

»In Ordnung«, sagt Roland Rüther. »Ich schicke morgen früh den Chauffeur nach Würzburg, um den Wagen abzuholen.« Er schleicht um den Dienstwagen herum, als würde er ihn auf Unfallspuren untersuchen. Ich sehe Thomas an, dass er wie ich die Luft anhält. Hoffentlich öffnet sein Vater nicht den Kofferraum.

In dem Moment hören wir ein Klopfen. Mein Herz setzt einen Schlag aus, nur um anschließend im Doppeltakt weiterzurasen.

»Was zum Teufel?«, murmelt Roland Rüther und läuft in Richtung Kofferraum. Erneut dieses Geräusch, das sich zu einem Trommeln steigert. »Hilfe«, dringt es gedämpft durch das Metall.

»Vater, nicht«, ruft Thomas und hetzt zur Rückseite des Wagens. Er legt die Hand auf die Heckklappe.

»Öffne den Kofferraum«, befiehlt sein Vater streng. Ich bin unfähig, mich zu rühren. Mein Puls ist auf 180, und obwohl alles in mir danach schreit davonzulaufen, bin ich zur Salzsäule erstarrt.

»Vater, bitte«, sagt Thomas gequält.

»Öffne den Kofferraum!« Roland Rüther ist lauter geworden. »Sofort.«

Thomas flucht, macht die Heckklappe aber auf.

Sein Vater starrt ins Wageninnere, dann seinen Sohn an. »Mein Gott, was habt ihr getan?!«

»Bitte helfen Sie mir.« Marlenes Stimme ist dünn, man versteht sie kaum, doch bewegt sie mich endlich dazu, mich dem Kofferraum und den beiden Männern zu nähern.

»Tut mir leid, Vater«, stottert Thomas. Ich habe ihn noch nie stottern hören. »Sie hat mich provoziert.«

Marlene hat sich aufgesetzt und versucht, aus dem Auto zu klettern. Ihr Anblick bringt mich um. Sie ist leichenblass, der Hals mit Spuren von Thomas' Pranken übersät. Ihr dunkles Haar und das Kleid sind verschmutzt.

»Bitte«, sagt sie wieder. »Ich brauche Hilfe.«

Ich reiche ihr meinen Arm, um ihr aus dem Auto zu helfen, doch Roland Rüther versetzt mir einen Stoß, der mich aus dem Gleichgewicht bringt. Ich falle auf den Hosenboden.

»Geh ins Haus«, raunt er seinem Sohn zu.

»Aber ich …«

»Sofort!«, schreit er. Dann drückt er Marlene in den Kofferraum zurück.

»Nein!«, brülle ich und schieße hervor. Erneut ernte ich einen Schlag ins Gesicht, der mich in Dunkelheit stürzt.

Als ich aus dieser auftauche, sehe ich Roland Rüther über den Kofferraum gebeugt, die Arme in den Hohlraum versenkt. Sie zittern, als würde ihnen etwas immense Kraft abfordern. Ein Trommeln tönt aus dem Inneren. Nur langsam begreife ich, dass es Marlenes Füße sind, die gegen das Metall schlagen. Das Geräusch ebbt ab.

»Was tun Sie da?« An Rüther vorbei spähe ich in den Wagen. Er presst seine Hände auf Marlenes Mund und Nase.

»Es muss sein«, keucht er. »Es ist gleich vorbei.« Er sieht auf Marlene hinab, als wäre sie ein verwundetes Tier, dem man den Gnadenstoß versetzt.

»Hören Sie auf«, quietsche ich und greife nach seinen Armen. Reiße an ihnen, doch gelingt es mir nicht, ihn zu stoppen. Ich beiße ihn in den Oberarm und trete ihm gegen das Schienbein, was Rüther zwar einen kurzen Aufschrei entlockt, doch lässt er nicht locker.

Jedenfalls nicht sofort. Erst als Marlenes Zappeln stoppt und das Leben in ihren Augen erloschen ist, lässt er japsend ab.

Ich klappe vor dem Heck zusammen. »Sie Bastard«, schluchze ich. »Sie verdammter Bastard.«

Rüther greift mir unter die Arme, um mich aufzuheben. »Reiß dich zusammen!«, zischt er mir zu. »Wir sind noch nicht fertig.«

Doch, das bin ich, denke ich. »Ich kann nicht mehr«, wimmere ich. »Ich will nach Hause.«

»Du bist zu Hause. Du bist jetzt ein Teil dieser Familie«, meint Rüther beinahe feierlich. »Und in meiner Familie kümmert man sich umeinander. Das erfordert Opfer, aber ich verspreche dir, dass es dir und deinen Eltern an nichts fehlen wird.« Er dirigiert mich zum Beifahrersitz und schnallt mich an. Ich selbst bin dazu nicht in der Lage. Wie in Trance höre ich seine Worte: »Wir bringen das Mädchen weg.«

Sie heißt Marlene, denke ich. Das Mädchen hat einen Namen, du Bastard.

Ich weiß nicht, wie lange wir fahren oder wohin. Irgendwann hält er an und weist mich an, Marlene zu entkleiden.

»Es könnten Spuren an ihrer Kleidung sein«, teilt er mir mit, als würde mich die Begründung noch kümmern. Marlene ist tot, und ich habe nichts getan, um es zu verhindern.

Wir hieven ihren Körper in einen Container, die Handtasche schmeißt Roland Rüther hinterher. Als wir wieder im Hof seines Anwesens sind, packt er Marlenes Unterhose und ihr Kleid in eine Plastiktüte und drückt sie mir in die Hand.

»Verbrenn das!«, trägt er mir auf. »Ich lasse den Wagen schnellstmöglich zusammen mit anderen aus der Firmenflotte reinigen.« Er packt mich an den Schultern und sieht mich eindringlich an. Ich bin nur ein willenloses Wrack in seinen Armen. »Lass dir eine gute Story einfallen, was dein blaues Auge angeht, verstanden?« Ich antworte nicht. »Hast du mich verstanden?«, fragt er schärfer.

Ich nicke schwach, und er klopft mir auf die Schulter. »Du bist mein bester Azubi, glaub mir, ich weiß das zu schätzen.« Wohlwollend lächelt er mich an. »Selbstverständlich werden wir dich nach der Ausbildung übernehmen. Bei *Mode Rüther* wirst du immer Arbeit haben.«

KAPITEL 23
SONNTAG, 18. AUGUST 2019

ROBERT

»Wir haben nie wieder über die Nacht gesprochen«, beendet Michaela ihre Geschichte. »Meinen Eltern habe ich erzählt, dass ich mir das blaue Auge zugezogen habe, weil ich im Dunkeln gegen unseren Türrahmen geprallt bin. Dasselbe habe ich auch gegenüber der Kripo behauptet.« Sie schüttelt ungläubig den Kopf. »Ich kann im Nachhinein nicht fassen, dass sie mir das abgekauft haben, aber sie haben erst Holger verdächtigt, dann einen unbekannten Konzertbesucher.« Nach einem Seufzen ergänzt sie: »Später berichtete mir Thomas noch, dass er eine von Marlenes Sandalen im Kofferraum gefunden und in einem anderen Müllcontainer entsorgt hat. Die Kripo hat den Schuh wohl nie gefunden und die Rüthers nie ernsthaft verdächtigt.« Michaela wischt sich eine Träne aus dem Augenwinkel und schweigt einen Moment. »Ich habe es nicht geschafft, Marlenes Kleid zu verbrennen. Es zu behalten war für mich, wie einen Teil von ihr immer bei mir zu haben.« Erneut hält sie inne. »So oft habe ich mir danach gewünscht zu sterben. Einmal habe ich versucht, mir das Leben zu nehmen, doch es ist mir nicht gelungen. Erst ein paar Jahre später habe ich es geschafft, mich von der Familie Rüther loszueisen und ein neues Leben in Berlin zu beginnen. Es tut mir sehr leid, dass ich so lange geschwiegen habe. Verzeiht mir.«

Meine Fingerknöchel scheinen weiß durch die Haut, so fest habe ich die Hände um die Lehne des Holzstuhls gekrallt. Mein Atem kommt stoßweise.

Der Schrei im Weinberg. Marlene hat also tatsächlich dort um ihr Leben gekämpft, während meine Eltern und ich zu Hause auf ihre Rückkehr vom Spieletreff gewartet haben. Thomas hat meine Schwester nur wenige Meter von uns entfernt vergewaltigt und sie danach zu Roland Rüther gebracht, der sie getötet hat. Der Gedanke, dass mein Vater das Auto, in dessen Kofferraum Marlene lag, nur um wenige Minuten verpasst haben kann, ihm vielleicht sogar begegnet ist, bringt mich um.

Michaelas Mutter hat den Kopf gesenkt und weint leise. Valentina ist die Erste, die wieder Worte findet. »Wir müssen den Stick der Polizei bringen.« Sie steht auf und berührt mich sanft, aber nachdrücklich am Oberarm. »Roland und Thomas Rüther gehören hinter Gitter.«

Ich schnaufe, starre immer noch auf den Bildschirm. Er ist schwarz, doch die Bilder, die Michaelas Erinnerungen in meinem Kopf haben entstehen lassen, sind noch immer da. In mir brodelt es.

»Sie dürfen damit nicht davonkommen«, drängt Valentina. »Wir sollten sofort los.«

Ich nicke, habe aber nicht vor, zur Polizei zu gehen. Ich löse den Stick vom Rechner und stecke ihn in die Hosentasche. »Ich erledige das.«

»Robert?« Valentina sieht es mir an. Mir entgeht nicht der warnende Unterton. »Wir erledigen das gemeinsam.«

»Sicher«, presse ich zwischen den Zähnen hervor. »Du brauchst dir um deine Lorbeeren keine Sorgen machen.«

Es ist nicht fair, meinen Zorn an ihr auszulassen. Doch so einfach kommt mir die Unternehmerfamilie nicht davon.

Valentina verzieht das Gesicht. Sie ist verletzt. Verständlich. »Darum geht es nicht.«

»Worum geht es dann?«, fahre ich sie an. »Darum, dass die Täter einen so genannten fairen Prozess bekommen? Dass sie ein paar Jahre kriegen – wenn überhaupt – und dann wieder frei herumlaufen, um sich das nächste Mädchen zu holen oder einer anderen Frau das anzutun?«

»Robert, ich verstehe dich.« Wieder berührt Valentina mich am Arm. »Aber eine andere Möglichkeit gibt es nicht.«

Ist mir bewusst. Auch, dass niemand meine Schwester wieder lebendig machen kann, aber trotzdem …

»Sie sollen mir wenigstens ins Gesicht sehen und bestätigen, was wir da eben gehört haben. Das sind die beiden mir schuldig, meinst du nicht?«

Valentina schüttelt den Kopf. »Sie haben Michaela getötet. Die Familie ist gefährlich. Lass uns zur Polizei gehen und eine Aussage machen.«

»In der Zwischenzeit sind die Täter über alle Berge«, fürchte ich. »Sie wissen, dass wir an ihnen dran sind.«

»Aber sie haben keine Ahnung, dass wir den Beweis gefunden haben«, widerspricht sie mir. »Wir kriegen sie, wenn wir jetzt handeln.«

»Wer weiß, ob das Geständnis einer Toten überhaupt zählt«, sage ich frustriert. »Und die Vergewaltigung ist sicher schon verjährt.«

»Mord verjährt nicht«, antwortet Valentina scharf. »Auch nicht die Beihilfe zum Mord.«

»Schluss jetzt!«, geht Michaelas Mutter dazwischen. »Ich bringe den Stick zur Polizei.«

Von wegen. »Nie im Leben.« Sie wird den einzigen Beweis vernichten, um Michaelas Beteiligung zu vertuschen und ihren Namen reinzuwaschen. Ich traue ihr nicht.

»Sie hat recht, Robert«, sagt Valentina. »Willst du den Stick wirklich zu den Rüthers bringen?« Sie sieht mich an, ihr Blick voller Bedenken. »Überleg doch mal. Was, wenn sie ihn dir wegnehmen? Dann haben wir nichts mehr gegen sie in der Hand.«

»Wir machen eine Kopie«, schlage ich vor. »Auf die Festplatte des Laptops.«

»Wir verlieren nur Zeit«, sagt Frau Stöcker entschieden. »Ich gehe jetzt zur Polizei. Mit oder ohne Stick.«

Ich taste nach dem kleinen Gegenstand in meiner Hosentasche und schlucke. Er ist so leicht und wiegt doch so schwer in meiner Hand.

»Ich nehme den Stick«, sagt Valentina leise und streckt mir die geöffnete Hand entgegen. »Ich begleite Frau Stöcker zur Polizei und stelle sicher, dass Michaelas Geständnis in die richtigen Hände gelangt. Versprochen.«

Ich atme tief durch. Schaue der Detektivin einen Moment lang tief in die Augen, dann gebe ich auf.

»Na schön«, sage ich und überreiche ihr den USB-Stick.

»Komm mit uns, Robert«, bittet sie mich mit belegter Stimme. »Tu dir das nicht an.«

»Ich wünschte, das könnte ich«, antworte ich. Dann drehe ich mich auf dem Absatz um und verlasse das Krankenhaus.

Das Dorf ist wie ausgestorben. Die meisten Leute werden auf dem Friedhof, in der Kirche oder bei einem späten Frühstück sein. So überzeugt ich bin, das hier tun zu müssen, so brauche ich doch einige Minuten, bis ich es wage, die Klingel vor dem Tor zu drücken. Immerhin habe ich mir genau überlegt, was ich sage, damit sie mich hineinlassen. Auch hatte ich ein wenig Zeit, meine Wut, wenn nicht herunterzukühlen, dann wenigstens so weit unter Kontrolle zu haben, dass ich Thomas Rüther nicht sofort an die Gurgel gehe.

»Ja, bitte?«, schrillt es durch die Gegensprechanlage. Eine weibliche Stimme.

»Robert Muth. Ich bin hier, um mit Thomas Rüther zu sprechen. Und mit seinem Vater.«

»Roland Rüther ist sehr krank und empfängt keinen Besuch«, vernehme ich die Antwort. »Was möchten Sie von seinem Sohn?«

»Ich überbringe ihm einen Gruß meiner verstorbenen Schwester Marlene«, sage ich mit fester Stimme, obwohl alles in mir zittert.

»Ich fürchte, ich verstehe nicht ganz.«

»Er wird es verstehen«, halte ich dagegen. »Und er wird mich sprechen wollen.«

Ein Summen ertönt, und das Tor vor mir öffnet sich langsam. Auf dem Weg zur Villa kommt mir ein Sicherheitsmann entgegen und weist mich an stehen zu bleiben. Es ist nicht der Typ, mit dem ich mich gestern geprügelt habe.

»Umdrehen«, fordert er mich auf. Dann tastet er mich ab.

»Ich trage keine Waffe«, sage ich wahrheitsgemäß, aber er setzt seine Untersuchung ungerührt fort.

»In Ordnung«, sagt er schließlich. »Folgen Sie mir bitte.« Er führt mich in die Villa, für deren Schönheit ich im Augenblick keine Muße habe. Im Gegenteil sorgt der Prunk dafür, dass mein Hass auf diese Familie nur noch mehr wächst. Ihr könnt noch so viel Geld haben, denke ich. Das gibt euch nicht das Recht, euch über das Gesetz zu erheben. Viel zu lange sind sie damit durchgekommen.

Thomas Rüther empfängt mich in einem Raum im ersten Stock, der aussieht wie eine Mischung aus Bibliothek und Arbeitszimmer. Mehrere Regalwände mit Büchern, zwei Lesesessel und ein mahagonifarbener Schreibtisch, auf dem ein Computer und zwei Aktenordner stehen, geben dem Ort einen heimeligen Anstrich. Dennoch sträuben sich mir die Nackenhaare. Alles nur Fassade!

Aus seiner Überraschung, mich zu sehen, macht Thomas Rüther keinen Hehl. Hat das Personal mich nicht angekündigt? Den versprochenen Gruß meiner toten Schwester nicht ausgerichtet? Der Sicherheitsmann stellt sich vor das einzige Fenster des Zimmers und verschränkt die Arme hinter dem Rücken. Dabei lässt er mich nicht aus den Augen.

»Ich wundere mich doch sehr, dass Sie es wagen, sich hier noch mal blicken zu lassen.« Thomas Rüther zieht die hellen Augenbrauen hoch. »Ich meine, nach Ihrem gestrigen amateurhaften Auftritt als Möchtegern-Detektiv.« Er feixt spöttisch. »Wo ist Ihre hübsche Kollegin?«

»Hat Wichtigeres zu tun.« Wenn du wüsstest, dass sie gerade auf dem Weg zur Polizei ist. Ich muss ein boshaftes Grinsen unterdrücken.

»Ich hätte Sie beide anzeigen können, das ist Ihnen hoffentlich klar«, bemerkt Rüther herablassend. »Ich habe nur Sandra zuliebe davon abgesehen.«

Am liebsten würde ich dieses Bubigesicht zu Brei hauen. Nie zuvor habe ich eine solche Mordlust in mir verspürt. »Hat sie noch mal mit Ihnen gesprochen?«, presse ich zwischen den Zähnen hervor.

»Nein.« Wieder ist Rüther überrascht. »Sollte Sie?«

»Nicht mehr so wichtig«, antworte ich und setze mich in einen der Lesesessel. Er ist genauso gemütlich, wie er aussieht. Ich lasse meinen Blick über die vielen Buchrücken schweifen. *Jenseits von Gut und Böse* von Friedrich Nietzsche, *Leviathan* von Thomas Hobbes, *Kritik der reinen Vernunft* von Immanuel Kant.

»Ich habe Sie nicht für einen Philosophen gehalten.« Ich kann nicht umhin, dass ich höhnisch klinge.

»Mein Vater ist ein großer Fan«, antwortet Rüther. Wenn er meinen Spott bemerkt hat, dann scheint er nicht beleidigt zu sein. »Sie sind wohl kaum hier, weil Sie sich für meine Bibliothek interessieren.«

Ich schüttle den Kopf und presse die Lippen aufeinander.

»Möchten Sie etwas trinken?« Er läuft zu einem Sideboard mit mehreren Flaschen Alkohol und schenkt sich ein Glas Cognac ein, ohne meine Antwort abzuwarten.

Ich lehne ab. Ich muss einen kühlen Kopf bewahren. Doch Rüther so zu sehen, lässig gegen den Schreibtisch gelehnt, das Cognacglas schwenkend, bringt mich zur Weißglut.

»Also«, er sieht mich erwartungsvoll an. »Weshalb sind Sie hier?«

»Sie wissen, warum.« Meine Zähne knirschen.

Rüther schaut in die bernsteinfarbene Flüssigkeit. »Wenn es um Ihre Schwester geht, so kann ich Ihnen nicht helfen.« Diese Abgebrühtheit! Mir so ins Gesicht zu lügen.

»Marlene«, betone ich, »so war ihr Name.« Ich erhebe mich aus dem Sessel. »Ich weiß, dass Sie sie auf dem Gewissen haben.« Meine Eingeweide lodern.

Rüthers blaue Augen durchdringen mich. »Ich weiß nicht, wovon Sie reden.« Er leert sein Glas und stellt es auf dem Schreibtisch ab, hinter den er sich nun verzieht. »Es ist besser, Sie gehen jetzt.«

»Michaela hat vor ihrem Tod ein Video aufgenommen.« Ich postiere mich vor dem Schreibtisch. »Da Sie Ihren Laptop haben, werden Sie es sicher schon gesehen haben.« Aus dem Augenwinkel nehme ich wahr, wie der Sicherheitsmann sich rührt. Dass ich mich Rüther so weit nähere, hat ihn in Alarmbereitschaft versetzt.

Auch der Unternehmersohn hat reagiert. Es war nur ein nervöses Zwinkern und ein kaum wahrnehmbares Zucken im Oberkörper, doch beides ist mir nicht entgangen.

»Sie hat in dem Video genau geschildert, was damals geschehen ist.« Ich stütze mich auf dem Schreibtisch ab. »In der Nacht, als Marlene gestorben ist.«

Rüther zieht sich weiter hinter den Schreibtisch zurück, doch da ist nur noch wenig Platz bis zur Wand. »Verlassen Sie mein Haus. Sofort.« Dass ihn meine Worte aus der Fassung bringen, erkenne ich am Zittern in seiner Stimme.

»Sie haben meine Schwester vergewaltigt«, fahre ich ihn an. »Im Weinberg hinter unserem Haus. Danach haben sie Marlene in einen Kofferraum gepackt, damit sie erstickt.« Ich lasse meiner Wut freien Lauf. »Doch waren Sie zu feige, sie zu töten«, spucke ich aus. »Das haben Sie Ihrem Vater überlassen, nicht wahr?«

Rüther gibt dem Security ein Zeichen, und keine Sekunde später packt mich dieser am rechten Arm. Ich brülle wütend auf, als er ihn mir auf den Rücken verdreht.

»Ich begleite Sie jetzt nach draußen«, sagt der Sicherheitsmann so ruhig, als würde er mir eine Führung durch das Anwesen vorschlagen, und schiebt mich aus dem Zimmer.

»Sie kommen damit nicht durch«, fauche ich Rüther an, während ich mich im Arm seines Angestellten winde. »Wer hat Michaela getötet? Sie selbst, oder haben Sie das einen Ihrer Schergen erledigen lassen?«

Der Sicherheitsmann schiebt mich die Stufen bis ins Erdgeschoss hinunter und greift an mir vorbei zur Haustür, um sie zu öffnen. Dann versetzt er mir einen Stoß ins Freie. Ich stolpere, fange mich jedoch, und mit einer Geschwindigkeit und Kraft, die ich gar nicht von mir kenne, drehe ich mich um und boxe dem Kerl ins Gesicht.

Jaulend weicht er zurück, und ich nutze die Gelegenheit, um ihn zwischen die Beine zu treten. Er krümmt sich und sinkt auf die Knie. Das gibt mir genug Zeit, die Treppe wieder hinaufzulaufen. Ich betrete das Arbeitszimmer und schließe die Tür hinter mir. Drehe den Schlüssel, der mir vorhin, als ich im Sessel saß, aufgefallen ist. »Jetzt sind wir ungestört.«

Rüther starrt mich ungläubig an. Alle Farbe ist ihm aus dem Gesicht gewichen.

»Wir sind nämlich noch nicht fertig mit unserer Unterhaltung.« Langsam gehe ich auf ihn zu. Er steht immer noch hinter dem Schreibtisch und sieht mich mit einer Mischung aus Feindseligkeit und Furcht an.

»Warum Marlene?«, frage ich und ziehe mir einen der Sessel vor den Schreibtisch. »Wieso haben Sie ihr das angetan?« Meine Schwester war in dich verliebt, denke ich mit Verachtung. Sie hätte sicher auch so irgendwann mit dir geschlafen, auch wenn allein der Gedanke daran Übelkeit in mir aufkommen lässt.

Rüther seufzt, schenkt sich ein weiteres Glas Cognac ein und stellt ungefragt auch eines vor mir ab, bevor er auf dem Stuhl hinter dem Schreibtisch Platz nimmt. Er trinkt einen Schluck und fährt sich durchs blonde Haar. »Sie war einfach da.« Die Beine übereinandergeschlagen schweigt er einen Moment, nachdenklich. Dann sieht er mich direkt an. »Ich wollte Sandra«, gesteht er. »Immer schon.« Er lacht freudlos auf. »Dieses Biest. Ich konnte sie an dem Abend nicht haben, also habe ich mir Marlene genommen. Es hatte nichts mit ihr zu tun. Es wäre mir mit jedem anderen Mädchen auch passiert.« Er lehnt sich im Stuhl zurück und leert das Glas in einem Zug. »Ich wollte es, und sie war einfach da.«

Fassungslos starre ich ihn an. Mehrmals muss ich schlucken, bevor ich weitersprechen kann. »Und Michaela?«

»Michael hing da mit drinnen. Daher habe ich mir auch all die Jahre keine Sorgen gemacht. Auch nicht, als er nach Berlin ist. Als er als Frau zurückkam, habe ich ihn zuerst nicht einmal erkannt.« Rüther schüttelt den Kopf. »Verrückt, oder? Wieso will man freiwillig eine Frau sein? Armes Schwein. Völlig verdreht.« Er lässt seinen Zeigefinger neben der Schläfe kreisen.

Ich bin kurz davor, dem Kerl eine reinzuhauen. »Und dann?«

»Dann kamen Sie. Und diese Detektivin. Als Sie beide vor unserem Haus aufgetaucht sind, habe ich geahnt, dass Michaela gequatscht hat. Oder zumindest bald quatschen würde. Das konnte ich nicht riskieren. Also habe ich dafür gesorgt, dass sie für immer schweigt.« Er seufzt. »Offensichtlich nicht schnell genug.«

Unten in der Halle höre ich laute Stimmen. Bestimmt hat der Sicherheitsmann Verstärkung angefordert. Dann bleibt mir nicht mehr viel Zeit für Antworten.

»Haben Sie sie erstochen oder einer Ihrer Leute?« Ich bin sicher, der Hass, mit der die Tat ausgeführt wurde, spricht für ihn als Täter.

Rüther breitet die Arme aus und zieht eine unwissende Grimasse. »Was spielt es für eine Rolle? Sie war nur eine Frau.« Er grinst gehässig. »Nicht mal eine echte.«

Das reicht! Ich wuchte meine 85 Kilo über den Schreibtisch. Dass ich Laptop und Cognacglas dabei zu Fall bringe, ist mir egal. Ich schmeiße mich auf dieses Arschloch, das dem Überraschungsangriff nichts entgegenzusetzen hat. Mein Gewicht lässt den Schreibtischstuhl nach hinten kippen, und ich lande auf Rüther. Automatisch legen sich meine Hände um seinen Hals. Ich will, dass er krepiert. Leidet wie Marlene.

Plötzlich gibt es einen Knall, und die Tür fliegt aus den Angeln.

»Polizei!«, schallt es in den Raum. »Aufstehen und Hände hinter den Kopf.«

Nur widerwillig löse ich meinen Griff um Rüther und erhebe mich mit erhobenen Armen. Mein Gegner röchelt und greift sich an die Kehle.

»Alle beide«, präzisiert der Uniformierte, weil der Unternehmersohn der Aufforderung nicht gefolgt ist.

Rüther setzt sich auf und rutscht auf dem Hintern näher zum Schreibtisch. Was hat er vor?

»Treten Sie zur Seite«, weist der Polizist mich an. Vermutlich, weil er keinen freien Blick auf Rüther hat. Ich folge der Anweisung, während der Unternehmersohn die Schreibtischschublade aufreißt. Beim Anblick des Inhalts begreife ich. Zu spät.

»Hände hinter den Kopf«, höre ich den Uniformierten ein weiteres Mal rufen. Er peitscht an mir vorbei, während Rüther die Waffe an die Schläfe führt.

»Nein!«, schreie ich entsetzt. Dann jagt Rüther sich eine Kugel in den Kopf.

KAPITEL 24
EINE WOCHE SPÄTER

VALENTINA

Ich lege die rote Rose auf Michaelas Grab. »Von deinem Lieblingsplatz«, flüstere ich. »Du fehlst mir.«

Auf dem Friedberger Friedhof tummeln sich an diesem Sonntag mehr Leute als auf einem Jahrmarkt. Ich fürchte, nicht alle sind zum Trauern gekommen, sondern eine morbide Schaulust hat sie hergeführt. Vorhin hat mich wieder ein Journalist um ein Interview gebeten. Er wollte es vor Marlenes Grab aufnehmen. Vollkommen pietätlos. Der Tod von Michaela, Roberts Mutter und Thomas Rüther innerhalb von einer Woche sowie die Aufklärung von Marlenes Ermordung haben den Ort erneut in den Fokus der Medien gerückt. Ich habe einen großen Anteil daran, der mich auf der einen Seite stolz macht, auf der anderen jedoch stark belastet. Meine beste Freundin wäre noch am Leben, wäre ich nicht so versessen darauf gewesen, den Fall zu lösen.

»Es tut mir leid«, entschuldige ich mich bei Michaela und wische mir eine Träne aus dem Augenwinkel. »Ich wünschte, ich wäre an dem Tag ans Handy gegangen.« Meine Freundin hat sich am Tag ihrer Ermordung bestimmt nicht nur mit mir versöhnen, sondern mir auch alles beichten wollen. Mit meiner Hilfe hätte sie sich der Kripo gestellt, bin ich mittlerweile überzeugt. »Du hattest Angst, und ich war nicht für dich da. Bitte verzeih mir.«

Ich verabschiede mich von ihr. Nur 50 Meter entfernt wartet Robert auf mich. Seine Mutter liegt jetzt neben Marlene. Wenigstens sind sie endlich vereint, denke ich, obwohl ich nicht gläubig bin. Die Aussicht auf ein Leben nach dem Tod hat mich nie berührt.

Robert lächelt mich traurig an, und ich nehme ihn kurz in den Arm.

»Jetzt können sie beide in Frieden ruhen«, versuche ich, nicht nur ihn aufzumuntern. »Dank deiner Hartnäckigkeit.« Robert hat seiner Mutter vor ihrem Tod alles über Marlenes Ermordung erzählt. Ich weiß nicht, inwiefern er dabei ins Detail gegangen ist, aber so, wie ich Gisela Muth kennengelernt habe, wollte sie nicht verschont werden. »Es tut mir leid, wie es ausgegangen ist.« Dass Thomas Rüther sich einer Gefängnisstrafe entzogen hat, macht mich noch immer wütend. Auch ist nicht geklärt, ob er Michaela eigenhändig getötet hat oder ob einer seiner Angestellten den Auftrag ausgeführt hat. Ich habe mit der Kripo gesprochen, und sie haben nur meine Fingerabdrücke sowie die von Michaela und ihren Angestellten im Büro sichergestellt. Wer auch immer meine Freundin getötet hat, muss Handschuhe getragen haben. Wir können nur hoffen, dass der Täter andere Spuren wie DNS hinterlassen hat, die noch zu ihm führen. Roland Rüther wurde zwar festgenommen, doch ob er angesichts seines Gesundheitszustandes ins Gefängnis muss, bleibt abzuwarten.

»Ich bin trotzdem froh, dass wir das gemacht haben«, sagt Robert. »Dass ich mich auch der eigenen Schuld gestellt habe.« Ich will protestieren, doch gebietet er mir Einhalt. »Es ist okay. Ich werde lernen, damit zu leben.«

Ich frage mich, ob ich das auch kann. »Wann geht dein Flug?«, wechsle ich das Thema.

»Erst spät am Abend.«

»Brauchst du einen Chauffeur?«, biete ich ihm schmunzelnd an.

»Wirst du mich dann gehen lassen oder wieder im Auto einsperren?« Robert grinst, und ich muss lachen. Er wird mir fehlen. Ich würde sogar so weit gehen zu sagen, dass er ein Freund geworden ist, stelle ich erstaunt fest. Vielleicht der einzige, der mir geblieben ist, denn Kris war die ganze Woche über seltsam distanziert mir gegenüber. Möglicherweise ist mein Kollege auch nur genauso verwirrt wie ich darüber, wie viel Wertschätzung man mir im Büro auf einmal entgegenbringt. Auf jeden Fall werde ich mit ihm sprechen müssen, denn ich möchte ihn als Freund nicht verlieren.

»Was ist nun mir deiner eigenen Detektei?«, fragt Robert, als hätte er meine Gedanken erraten. »Nachdem so viele Medien über dich berichtet haben, bist du jetzt ja so etwas wie eine Berühmtheit.« Er zwinkert mir zu. »Privatermittlerin löst *Cold Case*«, zitiert er eine Würzburger Zeitung. »Also wenn das nicht die beste Referenz für dich ist.«

»Jetzt ziehst du mich auf, oder?« Tatsächlich bin ich noch nicht sicher, ob ich den Sprung in die Selbstständigkeit wage. Olli hat mir eine saftige Gehaltserhöhung angeboten, damit ich bleibe, und ein wenig mehr Berufserfahrung schadet mir vielleicht nicht. Ich habe noch einiges zu lernen. Leider wird mein Chef nicht müde, vor der Presse zu behaupten, dass ich den Fall nur mithilfe seiner Detektei gelöst habe.

»Ein bisschen«, gibt Robert zu. Zum ersten Mal seit Tagen kommt sein Lachen auch in den Augen an. »Aber im

Ernst: Wenn du eine Empfehlung von mir brauchst, stehe ich gern zur Verfügung.«

»Du bist ja dann weg«, sage ich und kann nicht verhindern, dass ich niedergeschlagen klinge.

Robert mustert mich durch seine Brillengläser. »Stehst du etwa auf mich?«, fragt er unsicher, was so putzig ist, dass ich schallend loslache.

Als ich mich wieder gefangen habe, sage ich: »Bild dir mal nichts ein, Nerd.«

Robert pustet erleichtert die Luft aus und grinst. »Gut. Denn ich werde genug damit zu tun haben, meine Beziehung mit Ava zu kitten.« Er seufzt. »Wenn es da überhaupt noch etwas zu retten gibt.«

»Ihr habt diese Woche nicht gesprochen?«

»Doch, aber nicht über Marlene. Ich möchte ihr alles persönlich erklären.« Er senkt die Stimme und räuspert sich. »Und ihr sagen, dass ich mir vorstellen kann, sie zu heiraten und eine Familie zu gründen.«

Sieh an. Ich spüre, dass diese Entscheidung etwas mit dem Licht zu tun hat, das wir in seine düstere Vergangenheit gebracht haben. »Ich bin überzeugt, wenn du erzählst, was deiner Schwester passiert ist, wird sie alles verstehen.«

Schweigend stimmt er mir zu. »Und keine Sorge. Ich muss auf jeden Fall in absehbarer Zeit noch mal nach Deutschland, um das Haus zu verkaufen. Wenn alles gut läuft, bringe ich Ava vielleicht mit, um ihr meine Heimat zu zeigen.«

Ich nicke mit heimlicher Freude. »Melde dich dann mal, ja?«

»Na hör mal«, antwortet er. »Ich hatte eigentlich gehofft, wir skypen vorher oder so.«

»Einverstanden, Nerd«, antworte ich lächelnd. Es wird eine Herausforderung für mich sein, eine Freundschaft über Distanz zu pflegen, aber das tut mir wahrscheinlich ganz gut.

Ich schiele an Robert vorbei zu einem grauhaarigen Mann, der auf uns zukommt. Obwohl er jetzt älter ist, erkenne ich ihn aus den vielen Artikeln wieder, die ich über Marlenes Tod gelesen habe. Ich deute mit dem Kinn in seine Richtung. »Ich glaube, da will dich jemand sprechen.«

Robert dreht sich um. »Mein Vater«, haucht er, bevor er wieder mich ansieht, die Augenbrauen zusammengezogen. »Ich möchte nicht mit ihm sprechen.«

Ich lege ihm eine Hand auf die Schulter. »Gib ihm eine Chance. Für Marlene.« Schließlich sind Vater und Sohn das Einzige, was von der Familie Muth übrig geblieben ist.

Robert zögert, nimmt dann einen tiefen Atemzug und nickt ergeben. »Du hast recht«, sagt er. »Ich sollte mit ihm reden. Marlene zuliebe. Sie hätte es so gewollt.«

DANKSAGUNG

Tja, mit den Danksagungen ist das immer so eine Sache. Sie dürfen am Ende eines Romans nicht fehlen, niemanden vergessen und schon gar nicht langweilig sein. Schließlich gibt es Menschen, die die letzten Seiten zuerst lesen (warum, verstehe ich bis heute nicht), und dann wäre es doch fatal, wenn die Danksagung schon so einschläfernd ist, dass man gar nicht erst zum Prolog oder ersten Kapitel zurückblättert.

Ich habe mich daher gefragt, ob es eigentlich eine Angst vor Danksagungen bzw. dem Schreiben eben dieser gibt. Immerhin existieren doch Fachbegriffe für alle möglichen Arten von Phobien. Eine »Angst vor der Danksagung« habe ich allerdings nicht gefunden. Sollte jemand den Begriff kennen oder einführen wollen, so bin ich für Vorschläge offen.

Nun, Ängsten soll man sich stellen, also, los geht's, in der Hoffnung, wirklich niemanden auszulassen:

Ein Roman basiert immer auf einer Idee. Mein erster Dank geht daher an Dr. Dirk Rieger, ehemaliger Nachbar und sehr guter Freund, der mich zu »Schrei am Main« inspiriert hat. Natürlich wird eine Idee stets verändert und weiterentwickelt, doch hoffe ich sehr, lieber Dirk, dass du das Grundgerüst der Geschichte wiedererkennst. Ich bin gespannt, wie dir das Resultat gefällt. Ohne dich gäbe es diesen Roman nicht.

Anna Mechler von der Literaturagentur »Lesen und Hören« in Berlin gilt wie immer der Dank für die erfolgreiche Vermittlung des Manuskripts, in diesem Fall an den Gmeiner-Verlag. »Schrei am Main« ist nun schon der vierte Roman aus meiner Feder, der bei einem Verlag erscheinen darf. Das macht mich sehr glücklich und auch ein wenig stolz. Ich freue mich auf die weitere Zusammenarbeit mit dir, liebe Anna.

Stete Begleiter all meiner bisherigen Romane auf dem Weg von der Idee bis zum fertigen Manuskript sind folgende Personen, denen ich hiermit ein großes Dankeschön ausspreche:

Meine Schreibkollegin (neudeutsch: »Schreibbuddy«) Yvonne Quasdorf, die ebenfalls Kriminalromane schreibt und die Rohfassung jedes einzelnen Kapitels kritisch unter die Lupe genommen hat. Ebenso haben meine Eltern all meine Romane vorab gelesen. Tatsächlich ist mein Vater der kritischste Testleser, auch wenn mir das viele nicht glauben werden. Besonders wenn es um Anglizismen in meinen Texten geht, reagiert er allergisch. Auch in »Schrei am Main« werden Sie einige davon finden, allerdings größtenteils durchaus beabsichtigt, vor allem, wenn sie aus dem Munde meiner männlichen Hauptfigur Robert kommen, der ja in Kanada lebt.

Weitere Testleser waren Raphael Tollkühn, begeisterter Krimileser aus dem Raum Würzburg, Sabine Voltscheff, ehemalige Kollegin und ebenfalls bekennender Fan der Spannungsliteratur, sowie Talia Klenk, die diesen Roman als »Sensitivity Readerin« (Ja ja, böser Anglizismus) begleitet hat. Wem der Begriff nicht geläufig ist: Sensitivity Reader prüfen das Manuskript im Hinblick auf sensible Themen. Bei »Schrei am Main« spielt Transsexualität eine wichtige Rolle, und da möchte man als Autorin die Lebenswelt, Erfahrungen und Gefühle Betroffener möglichst authentisch wiedergeben, ohne unabsichtlich bzw. aus Unwissen abwertende Beschreibungen zu nutzen. Talia Klenks Hinweise waren daher essenziell für den Roman. Ich hoffe sehr, es ist mir gelungen, das Thema mit der gebührenden Sensibilität rüberzubringen. Allen Testleserinnen und Testlesern gebührt der Dank dafür, dass sie das Manuskript mit ihren Anmerkungen stark verbessert haben. Jan Schimmer, auch dir danke für deine Unterstützung bei diesem Roman!

Vielen Dank natürlich an Claudia Senghaas, Lektorin und Programmleiterin bei Gmeiner, und an alle weiteren Mitarbeiterinnen und Mitarbeiter des Verlags, die bei der Entstehung von »Schrei am Main« mitgewirkt haben. Auch allen treuen Leserinnen und Lesern meiner Romane ein herzliches Dankeschön! Wenn »Schrei am Main« das erste meiner Werke ist, das Sie gelesen haben, freue ich mich natürlich ebenso. Ich hoffe, es hat Ihnen gefallen.

Wer mag, darf mich gern unter www.kirsten.naehle@t-online.de kontaktieren und eine Rückmeldung zu meinen Büchern geben. Oder Sie besuchen einfach mal eine Lesung von mir, meine Webseite www.kirstennaehle.de oder folgen mir auf Instagram und Facebook.

Marco Corelli
Isarwalzer
Kriminalroman
368 Seiten, 12,5 x 20,5 cm,
Broschur
ISBN 978-3-8392-8075-1

Während der prachtvollen Hochzeitsfeier im
Englischen Garten verschwindet die Braut spurlos
vor dem Hochzeitswalzer – kurz darauf wird sie tot
aufgefunden. Hauptkommissar Tino Haffner, bereits
als Gast vor Ort, ermittelt unter den prominenten
Hochzeitsgästen. An Verdächtigen mangelt es nicht,
denn nicht alle Anwesenden waren dem Brautpaar,
einem Mitarbeiter der Bayerischen Staatskanzlei und
einer erfolgreichen Unternehmerin, wohlgesonnen.
Der Fall spitzt sich zu, als der einzige Zeuge stirbt,
bevor er aussagen kann, und die geladene Minis-
terpräsidentin sich einmischt, weil sie glaubt, der
Mörder hätte es auf sie abgesehen …

GMEINER SPANNUNG

WWW.GMEINER-VERLAG.DE
Wir machen's spannend